浅绿
作品

天配良缘

之 SHANGJUN 下

商君

新世界出版社
NEW WORLD PRESS

目录 contents（下册）

第一章　舒清到访

算算时间，舒清也该来了，商君做好了菜，走回前厅，就看见秦修之拿着一把折扇，看得认真："怎么不多休息一会儿？"

"大白天的睡不着，我的手只是小伤而已。"晃晃手中的折扇，秦修之问道，"这是你题的字？"

商君看了一眼，回道："嗯。"不记得什么时候写的了。"斑竹一枝千点泪，湘江烟雨不知春。"扇面上，两行不大的行书，字迹有力，运笔有神，刚毅中带着点点娟秀，俊逸潇洒，配合画面上几片水墨竹叶，寥寥数笔，一幅烟雨竹林的景象跃然眼前。秦修之赞道："诗好，字更好。"

商君好笑，说到字，还是舒清的字好，秾纤折中，遒劲自然。刚想开口，杨忠满脸笑意地走进来，说道："主子，朗月已经领着舒清小姐入庄了，与她随行的还有四个男人。"舒清果然还是带轩辕逸他们来了。虽然不知道她怎么想的，商君还是很高兴能见到舒清。听完杨忠的话，她急忙迎了出去。秦修之目视商君匆忙奔出去的背影，本来要迈出去的脚又收了回来，他就不去凑热闹了，舒清想见的也只是商君吧。

秦修之怔怔地盯着扇面，却不是在欣赏，心思早不知飘到什么地方去了。直到商笑拥着慕容舒清说笑着进了厅中，秦修之才抬起头来。舒清身后还跟着几个男子，轩辕逸是他之前就见过的。修之朝他轻点了一下头。轩辕逸深沉的眼冷冷地打量了他一会儿，才轻轻地点头算是回礼。轩辕逸的无礼修之并未放在心上，笑着和慕容舒清打招呼："舒清。"

“修之，你还在这儿?”慕容舒清笑着走到他面前，看了一眼他手中的扇子，是商君题的字，这两人都是风雅之士，怪不得这么投契。慕容舒清欠身行了一个礼，说道：“我还在想怎么能再找到你呢，一直都没有好好谢谢你。”确实应该好好谢他，若不是他，她或许已没了性命，又或者失去了自由。秦修之连忙起身，扶着慕容舒清的手臂，叹道：“和我不用这么客气。”若不是她，他可能到现在也不能见到母皇，也不会结识商君这样的奇人，要说谢，那该是他谢她吧。

“行了，大家入座吧。”商君好笑地看着这两人，一手拉着秦修之，一手扶着慕容舒清，把他们带到主桌前。商君视线迎向从进庄开始就面无表情的轩辕逸，拱手笑道：“久闻轩辕将军大名，请上坐。”轩辕逸也客气地拱手回道：“庄主客气了。”眼睛却一直在舒清、商君和那个叫秦修之的男人身上徘徊。他认得他，就是送舒清来军营的男子，他们三人早就认识，那么他们是什么关系呢？清儿，你——欠我很多解释。

慕容舒清感觉到轩辕逸炙热的目光，坦然地与之对视，仍是那淡淡的一抹浅笑，却莫名安了轩辕逸的心。好，他等着她的解释。其他随行的人可就傻了眼了，才刚从商君俊美容颜中回过神来，想不到这主屋之内，还有这样一个温润如玉、翩翩风采的美男子，就连那刁蛮的小姐长得也是美若芙蓉、姿比牡丹。莫不是这缥缈山庄人杰地灵，出的都是这神仙般的人物?“朗月，吩咐厨房可以上菜了。”商君举起酒杯，朗声说道，“难得今日缥缈山庄这么热闹，商君敬各位一杯。”

主人已经举杯，众人也应和地举起了酒杯，一口饮尽之后，裴彻客气地拱手说道：“商庄主客气了！是我们打扰了!”

“知道打扰还赖着不走!”本来只是一句寒暄之词，但是商笑一句不咸不淡、不轻不重的话，却让这饭桌之上的气氛瞬间变得尴尬。

李鸣最先想要发难，这商家小姐不免有些欺人太甚了，可是裴彻却在桌子下边轻踢了他一下，让他到嘴边的话又咽了下去。裴彻一路上也十分纳闷，他是真的不认识这位姑娘，就更谈不上得罪了，莫不是有什么误会？裴彻起身，先向商笑行了一个礼，才问道：“商小姐，不知在下哪里冒犯小姐？这其中是否有什么误会?”商笑手里把玩着杯子，扬起甜甜的笑容，懒懒地回道：“误会？没有。”怎么会是误会，前两天她太顾念舒清姐姐，想到军营里看看她，结果就是遇见了这个瘟神。若不是他，她早就神不知鬼不觉地见了舒清姐姐，也不会被哥狼狈地救回来，扭伤她的手就不说了，还害她被罚禁足陵园。现在再看到他，还不有冤报冤！

裴彻一怔，好美的眼睛，原来她笑起来的时候这么可爱。裴彻继续问道：“那为何小姐对在下如此不善?”商笑敛下笑意，一副孺子不可教也的表情，一边摇头，一边叹道：“没办法，有些人一看着就让人讨厌!”

想不到她会这么回答，一桌子的人愣在那里，不知道说什么。尤其是裴彻，哭笑不得地站着也不是，坐下来也不是。轩辕逸幸灾乐祸地勾起嘴角，终于有人和他见解一致了。李鸣则低着头猛喝水，他也很想笑，可是却不敢在裴彻面前太过放肆，只得辛苦地忍着。舒清却是不想忍，开心地轻笑出声，原来这只狐狸也有吃瘪的时候！这样的场面实在是让裴彻下不了台，虽然商君也觉得很有趣，不过作为主人，她还是对商笑喝道：“笑儿!”算准了大哥不会怪她，商笑撇撇嘴，懒得再看裴彻一眼。

饭桌上的气氛并不轻松，商君不时地和慕容舒清、秦修之闲聊，好似轩辕逸他们并不存在一般。李鸣心生不悦，他们来这里是谈正事的，不是来陪着吃饭喝酒的，有这个时间，还不如在战场上杀敌呢。李鸣放下筷子，直截了当地对商君说道：“商庄主，我们这次来是有事相求。”

商君也放下酒杯，儒雅地问道：“不知商某有什么可以做的?”

她愿意接这个话茬儿，这么说还是有希望的，或许李鸣的误打误撞也能成事。裴彻和轩辕逸对看一眼都不语，让李鸣和商君周旋。

李鸣连忙说道：“苍月布了一个什么阵势，邪门得很，我军想请庄主帮忙破阵。”

商君摇了摇头，笑道：“商某只是一介商贾，我看将军是找错人了。”眼睛还不着痕迹地看向舒清，只见她低头吃得开心，一副不关心的样子。

“商庄主您别谦虚了，山庄周围摆的阵势非常厉害，您要是愿意破阵，那还不是手到擒来。”虽然李鸣也觉得这个商君没什么本事，但是军师说他行，就姑且先给他灌点迷汤，看他答应不答应。商君却不吃他这一套，仍是谦虚地笑道：“将军谬赞了，那些只不过是护庄的小把式，难登大雅之堂。”

商君这话虽是自贬，实则已经明白地拒绝了他们的提议。若是识趣之人，此时就应该寒暄几句，带过这一话题，可是这次他们来的目的就是要破阵之法的，一定要说服他。怕李鸣言语间得罪商君，裴彻拉了一下李鸣的衣角，示意他不要再说下去。裴彻起身，手执酒杯，一饮而尽杯中之酒，才侃侃道来：“商庄主，相信东隅、苍月之战，您也有耳闻。我军出战完全是自卫，并没有要夺城掠国的野心，若是让苍月获胜，必会战事不断。那么受战火之苦的会是两国人民，对贵庄的生意也会大有影响。若是庄主肯出手相助，提早结束这场战争，那将是百姓之福。”传闻缥缈山庄时常送粮送衣给贫苦人家，希望用百姓能打动他。

商君一直微笑的脸渐渐低沉了下来，用百姓来威胁她吗？她又不是圣人，以为自己可以兼济天下。商君也拿起酒杯，只是没有一饮而尽，而是细品美酒，直至杯中酒空，才掷地有声地回道：“缥缈山庄立于两国交界，我只管做生意，不问政治。再说，这保家卫国，战场杀敌之事该是将军们的责任吧！”这一句责任说得裴彻瞬间无语，李鸣却忍不住叫道：“你这人怎么这么没有良心！”李鸣的叫嚣，让商君本来就不好的脸色更显得阴霾，而她明显的拒绝，显然也让轩辕逸他们下不来台。一时间，饭桌上的气氛更加压抑紧张起来。

“啊——”慕容舒清的一声轻呼，瞬间打破了这低迷紧张的气氛，众人纷纷往她这边看过来，只见一个婢女紧张地站在一旁，手中端着一碗汤。婢女有些不知所措，她记得她只是轻轻地碰到舒清小姐，应该没有烫伤或者撞伤吧。虽然不知道是怎么回事，但是也知道舒清小姐是庄主的贵客，连忙道歉道：“对不起，舒清小姐。”

商笑也紧张地扶着慕容舒清问道：“舒清姐姐，你没事吧。”

舒清捂住受伤的左肩，轻皱着眉头，看起来很痛苦。她只得在心里向那位婢女道歉了，刚才那样的气氛，再谈下去也是无益，正巧她不小心撞到她的肩膀，她也就顺势装着旧伤发作了。

商君马上走到慕容舒清身边，问道：“上次听说你受伤了，还没好吗？”按照上次她看到的情况，她的伤势应该没有什么大碍！

秦修之也担心地说道：“舒清，要不要请大夫给你看看？”只有他知道当时那一箭是多么凶险。慕容舒清笑着摇摇头，回道：“嗯，没事。”今天坐了一个时辰马车，虽然肩膀上确实有点疼，但是也没有那么严重，她只是不想让他们吵起来才叫出声的。

“笑儿，扶舒清到清风阁。”商君却不理会这些，对着众人一拱手，说道，“各位慢用，商某先告辞了。”便扶着慕容舒清进了后院。

难道她的伤口又裂开了？轩辕逸站起来想要跟过去，衣袖却被裴彻拉住。裴彻对他无声地摇摇头，现在的形势，他最好不要跟过去。轩辕逸停了一下，才坐了下来，狠狠地灌了一大杯酒，脸色阴沉得吓人。

暗自伤神的还有秦修之，一种郁闷的情绪让他堵得慌，可是他到底在郁闷什么？是因为守护在舒清身边的是商君，还是商君眼中只有舒清呢？天啊！他的脑子真的乱了，他对舒清到底是什么感情，对商君又是什么心思！想到那张俊逸的脸，秦修之慢慢被心里越来越明显的情意所困。

商君和舒清在清风阁里说话，商笑看舒清一晚上没吃什么东西，准备到厨房为她端一碗鸡汤。走在刺姬花道上，商笑看到了一道墨青的颀长身影，寒风中，他的背影几乎融入妖艳的花海中。商笑微微眯眼，看清男子的侧脸，缓步迎了上去，笑道：“秦大哥，这么晚了还不睡？”秦修之回过神，微笑回道：“我还不累，随便走走，舒清的伤势好一些了吗？”自从舒清来了之后，他的心就一直有一种奇怪的感觉，让他坐立不安。

“我哥陪着她呢，你放心吧，没什么大碍。”看他神色恍惚的样子，商笑狡黠地扬起嘴角，一脸了然地说道，“哦，我知道了，你是在想舒清姐姐想到睡不着是吧。”秦修之急道：“不是的。”

“这么紧张还说不是？”秦修之急于否认，在商笑眼中就是害羞，商笑走到他身边，轻声低笑道，“我和哥哥都觉得你和舒清姐姐很配呢。加油！”今天看见他们站在一起，商笑更是肯定没有人比这两人更适合的了。

秦修之刚才是反射性地否认，他自己还没有搞明白他为什么急于否认的时候，就听见了商笑的话。秦修之心下一沉，皱眉低问道：“你哥也这么认为？”“对啊。”商笑用力点头，就怕他不相信似的。

他也觉得他和舒清配，他应该高兴的，不是吗？但是他惆怅什么呢？秦修之苦笑，这一刻他还能忽略自己真正的心思吗？他对商君是怎样的情意，其实早已经明了，只是不能也不敢承认而已。

“怎么了？”商笑有些奇怪地看着秦修之惆怅的表情。

秦修之摇摇头，他能怎么回答，说我喜欢的人其实是你哥哥？

承认了自己的心情，秦修之既感到轻松，也觉得压抑。他这样的感情实在不知道怎么面对商笑纯净清澈的眼。“没什么，我有些累了。你也早点休息吧。”秦修之移开视线，转身离开。“哦。”商笑莫名其妙地看着一向优雅的秦修之匆匆穿过花海，消失在眼前。这是怎么回事？

第二日一早，轩辕逸一行人，商君、商笑、慕容舒清、秦修之分别坐于花厅。昨夜一直不语的轩辕逸起身，开门见山地说道：“商庄主，我也不想再浪费大家的时间。破阵对我军之战至关重要，恳请你出手相助，若是庄主觉得与己无关，那轩辕逸也不再强人所难。”商君一边吹着手中的清茶，一边笑问道：“说说你的想法，我帮你破了阵，你就有把握赢？”

他有兴趣？裴彻悄悄看了一眼在一旁闲闲地吃着糕点的慕容舒清，一切好似与她无关，昨夜商君的态度强硬得很，怎么一早就变了？

轩辕逸朗声说道：“我已经有了新的进攻策略，你指挥正面破阵，我军分两路人马，一路走屈山，绕过其布阵范围，直接从后方进攻。到时他们的主要注意力都放在阵势之中，我军后方突袭定能出其不意。你若破阵成功，前后夹击，必能得胜。另一路人马走雪山，绕到最后方，趁我军与苍月交战之时，烧其粮草，以其人之道还治其人之身。”昨夜与舒清聊了很久，靠自己的力量，目前想要扳倒陇趋穆是不可能的，但是如果加上轩辕逸和舒清的力量，还是有机会的。而且舒清说得没错，轩辕逸确有良策。商君放下手中的茶，一改散漫的态度，认真地分析道：“三路进攻确是好方法，但是，其一，你可知敌军储粮正确位置？其二，这个战略方法对时间要求很高，你能否保证到时配合得刚刚好？其三，尤霄此人我见过，以我对他的了解，他绝不可能只布一个阵势就以为高枕无忧。所以，你的三路进攻是否可行？就怕到时正好落入别人的圈套之中。”

他的此番见解，不仅让李鸣收起了不以为然的表情，更是让轩辕逸眼前一亮，也来了兴致。他从怀里拿出随身带着的地形图，在商君面前摊开，说道：“我军已查明粮仓位置，至于进攻时间就以你破阵之时开始。你进入阵中放出信号，另两路就开始进攻。至于尤霄此人，交战两月，我已知道他的狡猾，但是他也有个弱点，就是过于狂妄。他将阵势拉得很大，而且他自信没有人能破他的阵，因此阵势之后，另设有暗沟机关，就再无其他防范，所以三路进攻还是可行的。”

商君细看地形图，上面标示清楚了路线明细，当下对轩辕逸也心生佩服，果然不愧为东隅镇国将军，尤霄想要赢，估计是难了。商君对轩辕逸更有了信心，当即爽快笑道：“好，我答应破阵。”

“真的？”李鸣惊呼，这么容易就答应了？裴彻也惊于商君的转变，再看慕容舒清，还是一副置身事外的闲暇模样，真的不是因为她吗？她和缥缈山庄到底什么关系？她对商君竟有这么大的影响力，商君笑道：“我像在开玩笑吗？走吧，尽快解决这件事。”她有些等不及了。

一行人起身，一直坐在最旁边的秦修之忽然站起来，抱拳问道：“不知秦某可否同行？”秦修之苦叹，他应该喜欢舒清的，不然活泼的商笑也可以，可是他脑子里想得最多的还是商君。昨晚已经知道了自己的心意，他应该逃离的，离他远远的，但就是管不住自己，想要一路跟随他。他承认，他疯了。商君还没有来得及说话，一旁的商笑也跳起来说道：“我也要去。”商君无奈地摇摇头，笑道：“笑儿，这不是去玩。”

“哥，让我去。”她知道，这次与苍月之战，关系到报父母之仇，所以，她一定要去。商君还想说什么，却被商笑坚毅的目光震住，最后还是轻轻地点了点头。裴彻觉得气氛有些低迷，笑着说道：“好吧，既然大家都想出力，就一起吧。”谁知，一番好意却换来商笑丝毫不给面子的嗤笑：“又不是帮你，多事。”这下气氛活跃了，花厅里一阵哄笑。可是裴彻却是哭笑不得，他这是招谁惹谁了！一群人只顾着讪笑，舒清却看见很有趣的一幕，修之那双清润的眼始终不离商君，或许商君的春天就快到了吧。

一行人回到东隅主帐，商君便提出要独自去探一探那个神秘的迷阵。孤身前往太危险了，舒清本是不同意的，但是商君一句“不懂阵，谈何破”让她无话可说，最后她只能陪着商笑在军营里等候。商君临行前竟还在她耳边说如果她回不来，让她照顾笑笑，这让本来就已经担忧不已的舒清更加惊惶。

商君策马奔至乱林前，最后一丝残阳已被黑云吞没，日已损，月未明，此时正是明暗交替的时候，也是所有阵法能量最强的时候。商君并不急着进入，而是骑着踏雪，在外围跑了一圈。从外面看，就是一个五行迷阵，商君并没有掉以轻心，她感觉得到，这个五行阵中必定还有玄机。

在阵前等了一会儿，直到群星璀璨，月上梢头，商君才按星宿位置选好正位，轻拍踏雪的屁股，笑道：“别乱跑，在这里等我啊。”踏雪乖巧地轻踏前蹄，商君利落地潜入阵中。按照六仪九星的排列方法，商君并没有花很多力气就进了五行迷阵，进去之后，不出所料，很快眼前出现了幻象，所有的景物瞬间模糊。商君收敛心神，不随幻象而动，始终站在生门的位置，即使迷影不断，她依然能视物。就在商君勘察了一会儿，准备退出的时候，忽然看见前方荧光忽闪，那是什么？

她小心地接近荧光所在，谁知才靠近，数把飞刀齐发。商君微惊，闪身躲过，细看前方，处处隐蔽着暗器和杀机。商君暗叹，好精密歹毒的连环阵，先以五行阵将人群分散，逐个攻击。再用迷心阵惑人心智，任敌人残杀，最后还有天龙阵里的机关把守，一不小心，就会粉身碎骨。这是谁布下的阵呢？环环相扣，相辅相成，此人的术数之精，与她不相上下。

商君沉浸在精妙的连环阵中，忽觉一股强劲的掌风向她袭来，内力刚猛，掌风却至柔。她只感到胸口如鸿毛拂过，劲道却直逼心房，一口浊血涌上喉头，这一掌她竟是无可回避！身处迷阵中，商君胸口刺痛，眼前幻象不断，她只看见前方一双阴鸷冷残的眼睛如秃鹰盯着濒死的猎物一般冷视着她，好可怕的眼睛！商君肯定，他就是这迷阵的布施者！只因他的出现，立刻让迷阵如注入生命一般，越发诡秘起来。

封住自己的大穴，护住心脉，商君转身闯入天龙阵，她受了伤，怕定力不够，被迷阵所惑，于是背靠住众多巨石中的一块，趁机调息运气。这时，一道冷得如地下钻出来的男声漠然地传来："你是谁？"

没有人能在中了他一掌之后，还能活下来。这个孤身闯入的男子不仅自由穿梭在他的连环阵中，而且受了他一掌，还有能力思考，并隐身于天龙阵中。凌郁莫名地有些兴奋，他喜欢能反抗的猎物，起码能让他多玩弄一会儿。蔑视一切地看了一眼前方的巨石，商君的藏身所在，凌郁嗤笑道："既然敢来，却不敢报上名讳？"

商君低喘着收了内力，一丝黑血沿着唇角慢慢滴落，好厉害的一掌，后劲十足，她的心脉已损。天下间竟有如此阴毒的掌法！这个人到底是谁？他是尤霄的帮手吗？商君明白，她不是他的对手！她绝不能死在这里，但是前有劲敌，后有迷阵，她要如何逃出去？

暗夜下，乱石堆里的嶙峋怪石，似乎有感于诡秘的气氛，越见森冷。商君背抵巨石，凉意透心，缓解了一下胸口的灼热，她在这里躲不了多久，必须趁着自己还清醒尽快离开。她深吸一口气，站直身子，走出巨石，对着前方朗声回道："行不更名，坐不改姓，商君。"

商君一边说着，一边努力看清前方密林里的那抹暗黑影子，只可惜天色昏暗，而她因为胸口有伤，视线也越来越模糊。"商君？"凌郁狭长的眼微眯，冷残的声音带着几丝疑惑，问道，"缥缈山庄的商君？"商君暗惊，他知道她？而自己对他却一无所知，这个人是什么来头？压下心中的不安，商君微微昂头，悠然回道："正是。"

不错，受了他一掌，还笑得出来。凌郁斜睨着巨石旁那抹白衫孤影，冷笑道："原来你还真有些本事。"四国之事，没有什么能逃过他的眼睛，缥缈山庄也不例外。早就想会会这神秘的商庄主是否如血影暗士查到的那样无所不能，今天看来还真有点意思。

面前的人，即使离她那么遥远，商君依旧感觉到他阴腐的气息。冬夜寒冷，额头上的汗却沿着脸颊一滴一滴地滑落，湿了掌心。今天走不出去，她必死无疑。现在唯有放手一搏了，即使看不清前方，商君依旧盯着黑影所在的方向，挑衅道："这阵虽然精妙，却不是不能破解的。"

凌郁不以为意，回道："我知道你懂，只可惜这阵不是靠你一个人就能破的。"东隅能找到一个商君，已是极其不易。不可能找到这么多人来破阵，而他也别想再出去。

商君大笑，即使胸口震得生疼，她还是满目不屑地哼道："没有人教过你，话别说得太满吗？要不要赌一场？"

"商君，不要用这些激将法、小伎俩来对付我，会让我看不起你，你今天是没命出去了。"面对叫嚣，凌郁心情颇好，他最喜欢看困兽之斗了，尤其是他们自以为聪明的样子，更是可笑。

"那可不一定。"商君忽然半跪下身子，运足内力猛推身旁的巨石，撞向前面的乱林，这是她唯一的机会，她必须全力以赴。巨石一瞬间扑过来，推倒了好几棵大树，向凌郁倒下来。乱石推倒的，正是天龙阵的命门所在。只一瞬间，阵门虚空，凌郁向后跃起一丈有余，轻松地躲过树干，只是再看向那抹白影，早已杳无踪影。

凌郁摸索着腰际的烈焰鞭，眼中怒意翻滚，嘴角却诡异地扬起，低吟的男声在乱林间响起，惊起了满地残雪，久久回荡。"商君……"

三个时辰，秦修之第一次觉得时间过得如此缓慢熬人。那个总是自信清朗的男子是否安好？他深知自己这样的感情，不会被世俗所接受，更不会被他接受。他只希望能陪在他身边，直到他安然无恙。

“看，是商庄主！”一声欢呼让帐外的众人都马上站了起来，紧紧地盯着远方。只见一匹白马如闪电划破黑夜般冲回营地，扬起了阵阵烟尘。很快，一人一马回到了营中。商君翻身下马，脸上仍然带着笑意，但是满脸的倦容却掩饰不住。商笑跑到商君身边，拉着她的手，上下打量了一下，忙问：“哥，你没事吧？”商君只是拍拍她的手，轻轻地点点头。看到商君回来，所有人都松了一口气，裴彻笑问道：“商庄主，怎么样？”

商君没有马上回答，只是一拱手，回道：“我已经大概明白了，还要参详参详如何能破，各位请回吧，明早在轩辕逸将军帐中再与各位将军讨论。”她每说一句话胸口就像要炸开一样，气血翻腾。周围的人，她也只是勉强能看见一个个模糊的影子，应答都全凭感觉。她知道自己支持不了多久，借着宽大的袖子遮掩，商君用力地握了一下舒清的手。

众将军面面相觑，等待这么久，就是想听他的见解，这是怎么回事？裴彻虽也有些失望，但是这三个时辰里，商君不知经历多少凶险，看他满目的倦意，也不好强人所难，点头回道：“好吧，商庄主这一行也辛苦了，早点休息。”慕容舒清微微皱眉，商君不对劲。心里着急，赶紧找个借口说道：“庄主，舒清还有一事请教，不知可否？”

商君点头回道：“到帐里说吧。”

慕容舒清随着商君、商笑进了营帐。一进入帐中，她马上上前一步，扶着商君，商君也顺势靠在她身上，她忙问道：“商君，你怎么了？”

商君无力回答，一口鲜血从她口中喷出，有舒清在身边，她再也站不住，软倒下去。商君这一倒，吓得商笑脸瞬间变得煞白，无措地叫道：“啊，舒清姐姐怎么办？”这是怎么回事，刚才不是还好好的嘛！

商君忽然晕倒让舒清拉都拉不住，两人一起跌倒在羊毛软垫上，舒清一边艰难地拉着商君，一边对吓傻的商笑说道：“别叫，帮我一把。”

两人合力之下，才好不容易把商君抱到床上。经过一番折腾，商君也慢慢地苏醒过来，只是脸色白得骇人，头上渗出一颗颗的汗珠，有些艰难地喘着气。慕容舒清帮她擦拭嘴角的血迹。

“我……我去找军医过来。”商笑大眼里蓄满泪水，看着商君嘴角仍不断涌出的血，就要往营外冲去。原来已经很虚弱的商君忽然坐起身来，一把抓住商笑的手。她艰难地说道：“笑儿，别去。”商笑连忙停下来，看着她因为剧烈一动而猛烈地咳嗽，她担心得再也不敢乱动一步。商君缓下了咳嗽，才低声说道：“军医来了，我的身份就暴露了……”她不能让这几年的努力就此白费，不能！听她这么说，商笑终于忍无可忍地叫道：“可是你也不能不要命啊！”姐姐这几年女扮男装的苦楚她再清楚不过，难道现在还要为了这个连命都不要了。商君还想再说什么，却是力不从心，无法说话，只得颤抖着紧紧握住商笑的手。

慕容舒清拿来面巾，为商君擦拭脸上的汗和血迹，解开束缚着商君的围布，她自己也女扮男装过，知道被一层层缠绕、喘不过气来的感觉。围布解开之后，一个清晰的暗红色掌印赫然出现在商君的右胸之上，舒清倒吸了一口凉气，这是被怎样的掌力所伤？

胸腔中的瘀血刚才吐出来了一些，再加上舒清替她解开了胸前的围布，商君觉得自己的呼吸好像畅顺了一些，不再像被大石头压住一般难受了。她深吸了一口气，才小声回道：“我胸口中了一掌，那人内力极深，已经伤及经脉。”

“是尤霄吗？”能伤商君的人应该不多，传闻那个尤霄骁勇善战，莫非是他？商君轻轻摇头，回道：“不是，这人的武功比尤霄要厉害得多。”她与尤霄多次交手，最多也不过与他不相上下。伤她的人，武功比尤霄不知要高出多少。武功奇高，现在又相助苍月的，难道是？舒清连忙问道：“是不是一个绛衣男子，精瘦的身形，那双眼像魔魅一般？”

商君想了想，虽然阵中迷境不断，看不清人，但是她还是记住了那双眼睛。舒清没有说错，是一双吸魂摄魄的眼睛，商君问道：“你见过？”

何止见过，慕容舒清轻抚左肩，淡淡地回道：“他差点要了我的命。”

她的回答让商君也是一惊，那人就是射伤舒清的人？怪不得舒清身边高手众多，还是让他得逞。那人是谁？武功竟然如此之高，还有布的那个阵也是精妙至极。慕容舒清拍拍商君的脸，淡然而柔和地说道：“你先躺着，我来想办法。”

舒清说完便向屏风外走去，商君受的是内伤，叫军医怕也是无用，反倒让商君的身份暴露。虽然她并不认同她这样一直女扮男装下去，但这是她的选择，也必有她的打算，就算是要解开身份，也应该由商君自己决定。

慕容舒清找来苍素为商君疗伤，门外已隐约听见商笑压抑的哭声。商君的苦，她从不肯说，总是一个人承担，每次看着她穿着男装，周旋于商贾权贵之间、阴谋诡计之中时，她就为这么一个女子心痛，知道她心中有怨，有恨，有愁，有苦。只是何时，她才能得以解脱？慕容舒清若有所思地看向守望在帐外，立于石间三个时辰仍不能离去的男子。能带给商君幸福和快乐的，会是他吗？

巳时。商君缓缓收回手，对着对面已经满头大汗的苍素说道：“我感觉已经好很多，你内力损耗过大，不要再为我运功了。”窗外艳阳高照，轩辕逸他们应该等得不耐烦了吧。胸口已经没有那么气闷，商君急着下床，才站定就感到血脉翻腾。

苍素轻轻皱眉，提醒道：“庄主的伤势只是暂时压制，最好不要勉强运功。”他一直以为这位身手漂亮、处事果决的一庄之主是男子，刚才为其把脉才知道，他竟是她，这让苍素既惊讶又佩服。

商君轻轻点头，一边整理衣着发髻，一边回道：“我明白，谢谢。”查看没有什么不妥之后，商君立刻出了营帐。

等在帐前的舒清和商笑看见商君出来，迎了上去。商笑急道：“哥，你怎么样？还疼吗？”

扬起一抹好看的笑，商君若无其事地笑道：“我没事了，不要担心。”

“真的？”商笑狐疑。

“嗯。我现在要去主帐，你一夜没睡了，回去休息吧。”

“我……”商笑才张嘴，商君立刻说道：“听话。”眼看着商笑的大眼里再次蓄满泪水，舒清赶紧拍拍她的肩膀，安慰道：“笑笑乖，回去休息一会儿，我陪她去，你别担心。”商笑吸吸鼻子，放开商君的衣袖，不再说话，乖乖地转身走进营帐。两人慢慢向主帐走去，舒清低声问道：“还撑得住吗？”她不会天真地以为几个时辰她的伤就能好，只希望她不要太勉强。商君转头看向舒清，用力点了点，给了她一抹安心的笑容。

走到主帐前，还未进入，就听见一声怒吼传来，“太过分了，简直可恶！”商君苦笑，与舒清交换了一个眼神，才缓缓进了营帐。她微微拱手，淡淡地笑道：“让各位久等了。”

商君没有更多的解释，不紧不慢的步伐几乎触怒了在场枯坐近两个时辰的将军们，他们哪里受过这种闲气。黄锡峰干脆将手中的茶碗往桌上用力一扔，泼出的茶水顺着茶几流下来，溅了一地。

慕容舒清跟在商君身后，越过她的肩膀，看到了这个英气勃勃的将军，脾气还真是不小，在裴彻和轩辕逸面前还敢摔杯子。轩辕逸的这些将军好像个个都很有性格。商君心里哀叹，并非她想迟到，她能勉强站起来说话时就已经是这个时辰了，她也很无奈。细细打量着眼前双眼冒火，却沉默不语的年轻将领，商君不但没有不悦，倒是一脸的欣赏。

“庄主的脸色好像不太好？”裴彻暗暗观察商君。

好厉害的观察力。商君摇摇头，笑道：“可能是昨晚没有睡好，不碍事。”她不愿意说，裴彻也没有再追问，而是直接问到重点：“庄主昨日查看，可有破阵之法？”

“有。”她简洁的回答把大家的注意力都集中了起来，没有人再拘泥于刚才的插曲，始终埋首于地图中的轩辕逸也抬起头来。李鸣一个击掌，激动地说道：“太好了，那赶快破阵吧。”最好今日能破了这邪阵。商君却慢条斯理地摇摇头，说道：“还不行。”

“为什么？”不是有了破阵之法了吗？

忽然胸腔涌上一阵疼痛，让商君有些站不住，站在身后的慕容舒清赶紧撑着她的后背。待这一波疼痛过去之后，商君才暗暗深吸了一口气，简洁地答道："破阵，讲求天时地利人和。"

裴彻站起身来，让人新添一套茶具，才说道："天时地利人和？庄主请坐下细说。"他果然不对劲，这强忍的姿态哪里像是睡不好觉。

看来裴彻已经看出什么，慕容舒清轻拍商君的背，示意她过去休息。坐下之后，商君缓了缓，才淡淡地说道："地利我军已失，那么天时、人和就显得尤为重要。这阵是一个连环阵，里边包含着五行阵、迷心阵、天龙阵。五行阵能将人群分散，让人被困阵中，分不清方向，且容易被逐个攻击。迷心阵顾名思义，会让人迷失心智，互相残杀，或者自杀。天龙阵里有很多机关，一不小心，就会粉身碎骨。至于那些雪狼，只是他们放于阵中，故意造成恐惧、扰乱士气的招数。"听商君侃侃而谈，众人都不禁感慨，原来这阵还有这么多名堂，对商君也更是佩服。他们都是身经百战的将军了，最敬重的就是有勇有谋之士。

"庄主有何破阵妙法？"想不到急于追问的，就是刚才最为不满的黄锡峰。果然是敢爱敢恨、恩怨分明之人，商君微笑着回道："破五行阵之人，本身必须对玄门阵法有所了解，且武功高强，就是独自对敌，也胜券在握。破迷心阵之人不仅武功要高，还必须有不易被侵扰的坚定意志。破天龙阵之人，需身手敏捷，对机关甚为了解。积聚这些人，在农历年三十，也就是七日后破阵，我算过了，那天的午时是这三个月来临风关日照最强、正气最盛的时候，这时破阵，事半功倍。"

他说完之后，帐中却是久久的无语，轩辕逸和裴彻对视一眼，也未说话。黄锡峰皱起眉头，说道："上哪里找这么多能人异士？还有，我们知道那天是破阵的最好时机，苍月也一定知道，到时不知道还会弄出什么花样来。"商君却摇摇头，回答着黄锡峰的问题，却是对着轩辕逸说的："就是他们知道，这一天也是我军破阵的最好时机，尤其是迷心阵，那天破是最妥当的。还有，要是他们的注意力都放在抵御我军破阵之上，不是正合了轩辕逸将军的意了？"轩辕逸点点头，他说得正合他意，但是仍有一个头疼的问题，没有想到那阵中竟还有如此多的阵势，轩辕逸低叹道：“只是，这些人上哪里去找！”

李鸣却是朗声笑道：“这还不容易，商庄主攻五行阵，将军攻迷心阵，军师攻天龙阵。”商君五行术数自是精通，轩辕逸将军多年征战，心智自然坚定，机关暗器，军师最有研究，这人选有何难！

他说得激昂，却被商君一语否定：“不妥，要破阵，一人前往是不行的。最少每阵要有三人带队。再则将军身为军中之首，不可身陷迷阵之中，而且这破阵只是三路进攻之诱敌之计，背后强攻才是主要的制胜一方，所以将军应该率领大队人马从后方攻击。而军师就更不能入阵。”

李鸣不明白地问道：“为什么？”若说将军是军中的中心人物，进不得阵中，军师为何也不行呢？商君想回答他，可是因为刚才说话太多，让她忍不住地轻咳起来，口中一甜，一口鲜血直往上涌。一时间，说不出话来。

裴彻很快顺势接道：“因为三路人马需要有人协调，我军粮草也需要守护，且阵营不可留空，以防敌军突袭我军后方。”众人听着裴彻的解释，慕容舒清赶紧将茶杯递到商君手上，商君掀开茶杯，将口中鲜血吐到杯中。宽大的衣袖，轻轻拭去唇上的血迹。慕容舒清才悄悄地退回到一旁的椅子上。

“那怎么办呢？”少了他们两人，这阵要怎么破？虽然军中还有其他将军，但是要兵分三路，还是需要人手，再则，要说武功高强，意志坚定，军中还有谁能胜得过将军呢！一时间，主帐之中，众将军都皱起了眉头，最后，还是将目光转向想出此法的商君，但是她也是摇摇头，如果不是需要这么多人，那邪气十足的男人也不会大言不惭地说她破不了他的阵了。苦思片刻，商君忽然含笑看向一旁闲闲地拨弄着茶叶的慕容舒清。裴彻似乎也了解他的意思，也将目光调向了舒清。其他将军虽然不明所以，但仍好奇地看向慕容舒清。

慕容舒清本来就无心听他们说那些破阵的事情，她来主要是担心商君，所以注意力也就放在商君身上。好不容易看她好点了，才坐下来，想喝口茶，却感觉到众人的视线莫名其妙地集中到了她的身上。只见商君轻挑俊眉，笑道："这就要看舒清肯不肯帮忙了?"

她？她能帮什么忙？她还没有自不量力到以为自己可以破阵杀敌。慕容舒清苦笑道："我不知道自己有什么可以帮忙的?"商君敛下笑容，说道："只要你肯借几个人!"舒清的手下能人异士很多，今早上的苍素就是不可多得的破阵良才，只要舒清肯借，破阵还是很有希望的。

慕容舒清也猜到，商君所谓的帮忙不会是让她去破阵，而是借人。慕容舒清微微低着头问道："裴军师，请你把前面讨论的话再说一遍，我没有听清楚。"刚才她的心思不在这上面，也就没有认真听商君在说什么，她知道炎雨、苍素都是些木头一样的人，只要她下了命令，就是明知道是个死，他们也会眉头都不皱一下地去做。所以她必须知道这个阵的凶险情况，不能如此罔顾他们的性命。

裴彻则好笑地看着商君，他坐着不动如山地看着他。慕容舒清也盯着自己看，这个计谋是商君想出来的，为什么变成他来解说？叹了口气，裴彻还是乖乖地讲了。商君在一旁不时地补充说明，比刚才跟这些将军们解说得更详细认真。听他们说完，慕容舒清想了想，问道："你是说要找三个擅长奇门术数、三个意志坚定、三个精通机关暗器的人?"众人点头。慕容舒清摇摇头，回道："我恐怕找不到这么多!"

商君给了慕容舒清一个少安毋躁的眼神，说道："我庄中可找到一个擅长阵势，一个精通机关之人，我看黄将军也是个意志坚定的人，修之手下有两人也很不错，再加上我，你只需再找三人就可以。"

慕容舒清不言不语地坐着，一双秀眉轻轻地皱着，却对着商君问道："你还要入阵?"商君点点头，坚定的眼与舒清对视着，说道："我部署这破阵之法，自己怎能不入?"若是她不入，如何能给众人破阵的信心，而且上次她挨了一掌，这次，她还想好好和那男子讨教一番。再则，她的伤还没有严重到不能动的情况，还有七天，她一定要破了这连环阵。

这人怎么这么倔，她伤成这样，怎么入，去送死吗？两人互不相让地瞪着对方。良久，慕容舒清深吸了一口气，才勉强压下心中的恼意，淡淡地回道："让我考虑一下，看谁更适合。"

慕容舒清不愿多言地看着窗外，商君则是若有所思地低头不语，轩辕逸则紧紧盯着慕容舒清，看来没有再讨论下去的必要。裴彻站起身来打圆场道："好吧，庄主你再仔细研究一下破阵的具体方法，等破阵的人都确定下来之后，明日再来讨论。"

商君叹了一口气，缓缓站起身来，抱拳回道："那么商君告辞了。"商君转身，步出了主帐。看来要说服舒清才是最大的工程，很久没有看见她这样恼了。慕容舒清则是连寒暄都省了，直接出了主帐。

待所有人都离开了，只剩下裴彻、轩辕逸时，轩辕逸走到刚才商君所坐的地方，掀开杯盖，只见里边应该是浅黄的茶汤，变成了暗暗的褐色，而且还散发着淡淡的血腥味。轩辕逸和裴彻对视一眼："看来昨晚的入阵查看，没有看起来那么顺利。"只是他有一点想不明白，随即又问道，"可是为什么他要隐藏受伤的事实呢？"查看阵势受伤这也是正常的事情，商君看起来也不是沽名钓誉，怕人取笑讥讽之人，那么他何故要隐瞒呢？

出了营帐，慕容舒清便不再随着商君回营，也没有和她再说话，独自走到梅树下，不发一语地坐着。背靠着粗糙的树干，眼睛注视着渐渐西斜的落日。阳光淡金色的余晖洒在她的身上，没有让她看起来柔和些，反倒是添了几分默然。商君一路跟着她，也不敢说话。就这样在她背后站了很久，直到胸口疼得忍不住咳了起来，舒清才轻叹一声，睁开了眼，转身面对着商君。看着眼前几乎站不住了，却仍是倔强地在自己身后站了快半个时辰的女子，那英气的双目里有歉意、有祈求、有保证，更多的，却是坚持。

舒清长久地不说话，让商君心里很没有底，知道舒清恼她不爱惜身体，气她逞强好胜，但是她有自己的坚持，也有她必须去的理由。两人就这样对视着，最终，还是商君低声叫道："清——"

罢了罢了。舒清抬起手，阻止她说下去，她不想再听她说服自己的理由。既然阻止不了她，就唯有尽全力帮她了。慕容舒清再次倚靠着大树，清幽地说道："你别说了，我知道劝你也是无用。还有七天，好好休息，我会和修之说借人之事，破阵的人选你就不用担心了。"

"谢谢。"想要说些什么，可是这一刻却是无语，她懂她，还要说什么呢？捂住疼痛的胸口，商君慢慢地转身离开。就在商君离开的那一瞬，慕容舒清低低浅浅的声音传来："君，答应我，活着回来。"

商君原来有些僵硬的嘴角，在这一刻微微地扬起，坚定地回道："好。"说完，踏着缓慢却愉悦的步子离去。商君走得艰难，胸口的伤又开始火辣辣地烧起来，每走一步，都好像被一记重锤击中心房一般，眼前又开始模糊了起来。商君告诫自己，不能在这里倒下，一定要坚持到帐中。极力地想保持平稳的脚步，奈何脚步已经不受控制地虚浮。商君胸口灼热，四肢却冰凉，忽然一只温暖的手扶住了她的胳膊，耳边是温和而担忧的男声响起："商君，你没事吧？"

微微眯眼，看清眼前的俊颜，商君紧张的心稍稍放松了一些，还好，是修之。隔着衣衫，秦修之感觉到商君的手在不停地轻颤，他的眼神也少了平日的锐利，脸色更是白得有些吓人。秦修之低声说道："你的脸色很难看，我先扶你回去。"

进了帐中，秦修之明显感觉到商君松了一口气，紧绷的身体也跟着软倒下来，看他几乎栽倒在地，秦修之赶紧揽住他的腰，把他抱在怀里。他，好瘦！腰如女子一般盈盈一握，身板单薄得不像练武之人，而感受到他靠着自己微微起伏的胸膛，秦修之的心一下子狂跳得让他赶紧把商君从怀里扶开，害怕他听见他如脱缰野马一般的心跳。

商笑急忙迎了上去，商君还是醒着的，就是眼神有些涣散，商笑急道："哥！你的伤……"手臂被商君一下用力握住，商笑问到一半的话卡在喉间，看了一眼秦修之，没有继续问下去，只是眼睛里的水雾越积越多。看商君现在的样子，再想想昨晚他的异状，秦修之大概已经猜出商君受伤了。商君不愿说，他不问便是了，搀着商君向内室走去，秦修之说道："扶他到床上再说吧。"

商笑急忙点头，扶着商君在床上坐下，看她脸色惨白，额间满是冷汗，商笑急道，"我去找舒清姐姐。"抓住商笑的手，商君摇摇头，说道："我没事，别去了。"舒清已经帮她很多了，再让她知道她的伤势这么重，只怕破阵之事她就更担心了。

"哥……"吸吸鼻子，不让泪落下来，商笑一脸恳求地含泪看着她。商君轻轻地扬起一抹温和的笑容，轻哄道："笑儿，我真的没事，就是有些累了而已。好了，不哭了，回去休息吧。"

低着头，商笑匆匆地跑了出去，她怕再看着她脸上惨白的笑容，她会忍不住大哭起来。

商笑跑出去了，帐中只剩下商君和秦修之，虽然商君现在疼得恨不得晕过去了事，却还是转过头看向若有所思的秦修之，说道："修之，你有话和我说?"身在皇族，他从没有体会过兄妹间的这般情谊，商君脸上的笑，不仅商笑痛，他的心也没来由地一阵紧缩。对着这张憔悴的脸，他竟也想轻抚他的脸颊，告诉他不要再笑了，而他也真的做了。

当手指滑过冰冷的脸颊，两个人都怔住了，商君双目圆睁，瞪着眼前这个清雅的男人，他，他，他这是在干什么？她应该推开他的，但是她却如被钉在床上一般，一动也不能动。迎着商君大睁的眼睛，秦修之苦叹，他在惊恐？是啊，应该惊恐吧，他不该用这样的感情来亵渎他的美好。秦修之缓缓地收回手，低声叹道："你，好好休息吧。"说完，他起身离去。眼前落寞的背影黯然而去，商君还未明白何意他的心一阵抽痛，就只觉血脉逆流，喉头一甜，暗红的鲜血顺着唇角滑落。听见身后的响声，秦修之回过头，就看见商君唇间和衣襟上尽是血痕。"商君?"秦修之大惊，扶着他低喘不已的身子，秦修之有些不知所措，这是怎么回事，他怎么会吐血呢?

就在此时，帐外裴徊响亮的声音清楚地传来："商庄主，关于破阵之事，我想请教请教，不知道方便吗？”

“别叫人。”秦修之刚想开口叫人，却被商君紧紧地拽住衣袖。一边颤抖着擦拭着唇边的血迹，商君一边艰难地说道，“我不想让他们知道我受伤的事情。我……咳咳咳……”压抑的咳嗽打断了她的话，她最终还是说不下去。即使是话说不出来，商君仍是要坐起来，秦修之按住他的肩膀，让他靠着床沿，说道：“交给我。”他不知道商君为什么不愿意让别人知道他受伤的事情，但是只要是商君的事，他都不会袖手旁观。

掀开帐帘，裴彻一脸微笑地站来帐前，秦修之大方地笑道：“裴军师。”他刚才看见舒清在梅树下没和商君在一起，正想过来探个虚实，想不到秦修之会在，裴彻拱拱手，笑道：“是秦公子啊，我想找商庄主商量商量破阵的事情。”

秦修之堵在帐前，完全没有要让开的意思，侃侃笑道：“要说的商庄主刚才在帐中已经说了，他现在正在苦思还有什么更好的方法，不过一时间也没有什么新的进展。军中一定还有很多事情需要裴军师费心，想到更好的方法，庄主自然要和将军们商量的。”显然他是不打算让他进去了。这秦修之看起来一派悠然，与慕容舒清和商君关系匪浅的样子，没弄清楚他的身份之前还需谨慎，裴彻点头笑道：“这样也好。”眼角扫过秦修之的衣摆，裴彻眼中精光一闪而过，故作惊讶地问道，“秦公，你的衣襟上怎么会沾染了血迹？”

秦修之微惊，低头一看，果然他的衣摆上有几滴暗红色的血迹，应该是刚才扶商君的时候不小心沾染上的。好精锐的眼力，这样的两滴血影子，他居然都注意到了，难怪如此年轻就位列军师。心知裴彻非泛泛之辈，秦修之镇定地拍拍衣角，自在地说道：“这里吗？不过是些朱砂，早上一时兴起，画了几幅画，不小心弄脏了衣服也不知道，让军师见笑了。”

朱砂？是有些像，不过他直觉那是血迹，暗暗观察着秦修之，裴彻笑道：“秦公子还有此雅兴，真是难得。不知公子画的是什么佳作？”

秦修之一副遇见知己的样子，兴致勃勃地笑道：“不过是几幅牡丹争艳图而已，军师有兴趣不如到我帐中，我们可以研究研究。”他的脸上，完全看不出破绽，难道是他猜错了？眼看秦修之就要拉着他去他的帐子里，裴彻摆摆手，回道：“不用了，裴某对作画没有什么研究。我就不打扰了。”秦修之轻轻蹙眉，惋惜地笑道：“如此，唯有作罢了，请。”

裴彻回以一礼，转身离去。目视着裴彻走出数丈之外，秦修之才长长地舒了一口气。进入帐中，看着商君虚弱地靠坐在床上，秦修之走到他身边，担忧地说道：“我还是帮你把舒清叫过来吧。”

胸中郁积的瘀血呕了出来，商君反而觉得舒服了一些，轻轻摇头，回道：“我真的没事，休息一下就好。”

“你这样还叫没事？”秦修之一向温和的声音忽然变得冷硬起来，“我知道你有自己的理由，但是我不能看着你这样不爱惜自己的身体。你知不知道自己现在的样子？”任谁看了也不会相信这样叫作没事！

商君被吓了一跳，喃喃地回道：“修之……我，真的没事。”

心里既急又气，秦修之不管他的辩解，没有余地地说道：“要不我去找舒清，要不我给你找个大夫，你自己选。”

“我……”商君张口却不知道如何继续说下去，那双灿若星辰的眼灼灼地看着他，显示着他的坚持。见惯了他的温柔随和，却不知这样的他固执起来，竟是让人不能抗拒。商君无奈地说道：“好吧，你帮我找苍素。”

“你好好躺着，我一会就回来。”秦修之脸色如常地离开了帐篷，商君看着那道飘逸的背影，心里却别扭得很。想起刚才秦修之的举动，他居然摸她的脸？商君哀号一声，她的伤似乎更重了。

裴彻一路思索着商君的种种怪异举动，他受伤是一定的，他为什么要隐瞒伤情？他在阵中到底遇到什么事？助东隅破阵是否另有图谋？一切的一切都让人疑惑，他做的事就如他的身份一样，迷雾重重。商君，到底是个什么样的人呢？心里想着事情，走走停停，恍惚中听见几声压抑的哭声，裴彻抬起头来，才发现自己已经走到了军营后面的小河旁。几天的大雪早把小河冻成了冰河，夕阳照在晶莹剔透的河面上，别有一番风情。河岸旁，一块巨石上，坐着一个粉装女子，头耷拉着靠在膝上，不时地低泣着。裴彻走过去，看清女子的长相，奇道：“商小姐?”她怎么会在这里哭呢?

商笑听见声音，有些茫然地抬起头来看向来人。美丽的大眼睛被泪水冲刷得又红又肿，睫毛上还挂着晶莹的泪珠，贝齿轻咬樱唇，楚楚可怜。裴彻被这样一张梨花带雨的娇容震得心微微地痛了起来，关心地问道：“你，没事吧?”看到是裴彻，商笑赶紧擦掉眼泪，杏眸圆瞪：“要你管?”

原来还是一朵梨花，看见他就变成了带刺的玫瑰，裴彻百思不得其解，诚恳地说道：“商小姐，我想我们之间一定有什么误会，你是不是发生了什么事情，裴某愿意尽绵薄之力。”

猫哭耗子，不是他们，哥哥会变成这样?商笑不领情，吼道：“谁要你帮忙，滚开!”不愿与这人纠缠，商笑站起身，想要跳下岩石，谁知坐了太久，脚早就麻了，起得又急，脚下一软，商笑惨叫一声，从石头上跌了下来。“小心!”看她倒栽下来，裴彻一急，没有想太多，赶快张开双臂，抱住了商笑的腰肢。

商笑跌在了裴彻的怀里，没受什么伤，好不容易顺了口气，却发现裴彻的一只手抓住她的手腕，一只手紧紧地揽着她的腰，顿时又急又气，骂道：“放手，老色鬼!”老色鬼?且不说他是为了救她才抱她的，单就这个老字，就让他不快，他哪里老了?他可是东隅乃至四国中最年轻的军师，不过二十有六，哪里老?放开了揽着她腰肢的手，却没有放开她的皓腕，裴彻也不爽快地怒道：“你这丫头太不知好歹了。我好心扶你，你还倒打一耙，你……”

“谁要你扶?”手被抓着怎么也挣不开，商笑急了，才不听裴彻的数落，尖叫道，“再不放手，我要你好看!”狠狠地瞪着裴彻，商笑恨不得把他瞪出一个窟窿来。这双眼睛，他第一次见就觉得眼熟，尤其是此刻，明亮璀璨，满是倔强和不妥协。一张被黑巾覆盖容颜的脸与眼前的娇容交叠，裴彻恍然大悟，沉声说道：“是你!”

“你快放手！”他认出她啦？她明明戴着面巾啊。商笑心里一慌，更是用力地挣扎着，脸也别向他处，不敢看向裴彻。

商笑心虚的样子更是证明了她就是那夜的黑衣人，裴彻冷声说道：“你就是上次夜闯军营的人，救你的人一定是商君了，你们为什么要夜闯军营，目的是什么？”他早猜到商君的功力不弱，却不知他的武功竟是如此高，而这两天商君种种不能解释的怪异的举动，更是让裴彻心里的不安越来越重，抓住商笑的手也越发收紧。

目的？这是什么话！为了帮他们破阵，哥哥现在还重伤躺在床上。商笑也火了，骂道：“什么狗屁目的，不是舒清姐姐在军营里养伤，你请我们，我们也不会来。没有舒清姐姐说情，我哥会帮你们破那该死的邪阵？这烂军营有什么值得我们觊觎的，少不要脸了。”挣扎了半天，一点儿用也没有，商笑气极了，抓起裴彻的手狠狠地咬了下去。

裴彻闷哼一声，她居然咬他？这丫头好狠的心，手上血红的牙印清晰可见。嘴上尝到血腥味，商笑才松了口，看裴彻吃痛的样子，商笑得意地说道：“快放开我，你以后看见本小姐，最好绕道，不然我见你一次咬你一次！”看她牙尖嘴利的样子，还真像一只恼怒的小狗，裴彻失笑：“你是狗啊？”商笑仰起头，骂回去：“你才是狗呢！”

举起自己还流着血的手，裴彻伸到她面前，揶揄道：“你自己看，见人就咬不是狗是什么？”伸到眼前的大手，被她咬得血肉模糊，本来她也就是想随便咬咬出口气，谁让他一直不松手啊！心里有些愧疚，但是一想到他诬陷她和哥哥，商笑又恼了起来，嘴硬地回道：“咬的就是你！怎么样？”手上的伤其实不算什么，裴彻只是奇怪，自己对她怎么就气不起来呢？仔细想来，这兄妹俩的行事作风虽然怪异，却也不像是奸险之人，尤其是她，率性而纯真。

“好，就咬我。心情好点了吗？”比起刚才的楚楚可怜，现在的嚣张任性似乎更适合她，裴彻好笑地摇摇头，他是有被虐待狂吗？

她以为他又会和她闹的，忽然听见裴彻类似宠溺的低叹，商笑一时竟不知道应该说什么。对上裴彻关切的眼神，她的心忽然怦怦地跳得厉害。或许是裴彻不想再为难她，商笑用力地一甩手，就脱离了大掌的桎梏。“我的事不要你管！”说着，商笑头也不回地往军中跑去，这个男人一会儿可恶，一会儿温柔，让人摸不透，讨厌得很。看看自己被咬伤的手，裴彻哭笑不得地低喃：“我也想不管啊……”

隆冬的夜，寒冷而寂静，月光明亮却又清冷，天空不时飘落的瑞雪，让本就稀疏的星辰时隐时现，倒显得扑朔迷离起来。雪花伴着清辉闪着柔和的光芒，在寒风中片片飞舞，如朵朵绝傲风雪的寒梅一般。秦修之摊开手掌，一片洁白的雪花落入掌中，随后化作一滴水珠。这世上的事多如这雪花，不奢望拥有，它或许还能安然美好地飘摇于天地间，硬要采撷，只会让它凋零在手心而已。

等了一夜，帐帘终于再次掀开，走出来的是慕容舒清。秦修之迎了上去，问道：“他怎么样?”每每想到他嘴角含血的样子，他的心就一阵阵地抽痛。慕容舒清微笑地安慰道：“别担心，苍素在帮他运功疗伤，会没事的。”刚才听苍素说，只要这几天商君不再受新伤，两人内力相辅疗伤，七日后身体应该能恢复到七八成。她是不懂这些内功的，她只要商君没事就好。

“那就好。”听了舒清的话，秦修之的心也慢慢地放了下来。记起今日商君的安排，舒清和秦修之商量道：“今天商君说了破阵的方法，需要找人帮忙。他觉得袭慕、夜焰是破阵的好人选，我想和你商量一下，能不能请他们帮忙，随商君入阵?”他们毕竟是修之的人，先和他说更好一些。

慕容舒清话音才落，秦修之立刻急道：“他这样还要去破阵? 你为什么不劝他?”难道她就不关心他的伤势吗? 舒清轻轻挑眉，一向温和的修之似乎遇上商君的事情，总是格外容易激动呢。舒清看着帐中透出来的点点烛光，淡淡地回道：“君有自己的考虑和打算，我能做的只是尽最大的能力去帮助她完成心愿，守护她的安全。”轻浅的低语在夜风里几乎被吹散，但是这看似轻柔的声音却每一句都重击着秦修之的心，守护他！这是舒清爱他的方式吗？原来如此，难怪舒清和他之间总有深深的牵绊。就像现在，她只是微笑着凝视营帐，仿佛他们两人中间，并没有距离。

不去理会此时心中不能抑制的疼痛，秦修之叹道：“有你在他身边，他会幸福。”慕容舒清回过身，平静地看着秦修之，问道：“那你呢？”秦修之心下一慌，舒清为什么要这么问，她：看出什么了吗？他要如何回答……

忽然有些害怕直视舒清清明的眼神，秦修之别过头，良久才回道：“我，会是他永远的朋友。”不许他回避，舒清上前一步，追问道：“你真的是这么想的？”他不想又如何，结果可由得他选？秦修之不明白，舒清何苦相逼！轻咬牙根，他还是缓缓点头：“是。”

他感觉不到自己那张绝世俊颜上满是压抑的痛苦吗？瞎子都能感觉到他的言不由衷。修之是个极好的人，包容而坚定，这样的人，配商君不是很好吗？奈何一个一心报仇，一个错配鸳鸯。慕容舒清想张口，却又不能吐露商君的身世，那毕竟是商君的隐私。而且这种事，还是商君自己和他说比较好。想了想，舒清隐晦地说道：“修之，事情不能只看表象，有时很多人认为不可能的事情，其实就在发生。遵循自己的心，不要去抗拒和过多地控制你的感情。你会发现，你一直困扰的问题，根本不是问题。幸福其实很简单，唯心而已！”希望他能听懂。

秦修之眉头紧蹙，舒清话里有话，隐约能感受到她的意思，却又不甚明了。秦修之看进舒清平静的眼眸里，问道：“舒清，你这么说是什么意思？”

他的眼中开始疑惑迷茫了吗？这就对了，舒清满意地点点头，转过身，潇洒地离开了，只留下一句淡淡的话：“很晚了，早点休息吧。”不过她想，秦修之今晚怕是睡不着了。

第二章　破阵之法

农历三十，除夕，正是破阵之日。正如商君所言，今日是阳气最盛、正气最旺的日子，一反前些日子的风雪飘摇。接近正午的阳光，炙烈而耀眼，虽然不似夏日艳阳般逼人，却也足够让人睁不开眼。几日来，商君给三千兵将一一讲解破阵的要领和玄机，大家对她已经信服。今日看见如此好的阳光，正验证了商君的说法，将士们更是信心倍增！中间是轩辕逸带领的三万士兵，他们走屈山，绕过邪阵，从后方进攻，突袭苍月主营。左边是商君带领的三千兵士，正面破阵。右边是李鸣带领的一万人马走雪山，绕到最后方，趁交战之时，烧其粮草。

三军齐整，鲜红的旗帜飘扬在每支队伍的最前方，迎风而舞。轩辕逸站在最前方，暗黑的盔甲，银白的长剑，让本就冷傲的他看起来更加威严。商君暗叹，这个男人在战场上的时候犹如天神，怪不得无往不利。此刻她有些明白，舒清为什么会选择眼前这个男人了。

轩辕逸手握重剑，直指前方，朗声喝道："东隅众将听令，今日与苍月一役，全力以赴，我军必胜!"

"胜!""胜!""胜!"四万人整齐而嘹亮的吼声，仿佛震撼天地，每一声都像是砸在心底。眼前一张张充满信念的年轻脸庞，让商君觉得自己和他们一样热血沸腾。

耳边是震耳欲聋的齐声呐喊，商君仰望天际，心中却是满怀悲怆。爹，您是苍月的主帅，也曾这样带领过众将出生入死、保卫家园吗？可笑的是，您的孩子却站在东隅的军队里，长剑指向苍月的兵将！您是否在怪我？没关系，孩儿知道，自己在干什么。爹，请您相信，我，不会让您失望的！

“出发！”一声令下，三军各自前行，商君转头看了一眼军营大门，没有看见舒清的身影，她竟然没有来送行？拉紧缰绳，正要扬鞭前行，不期看见了一道熟悉的身影——秦修之。他昂首立于门下，素白的锦袍几乎融入苍白的雪地里，墨发结于身后，简单而毫无装饰，却依旧飘逸出尘。七天，他都没有出现在眼前，不曾来探望过她的伤势。今天，他又这样忽然地出现了。只是轻轻点头，淡淡微笑，又让她想起了初见时的那一幕。那时他在船上，不经意地抬头，朗笑。

商君赶紧掉转马头，策马跑到队伍的最前面，不敢再看那清浅的笑容，她害怕去深究自己越发怦然的心跳。现在的她什么也要不起，不如作罢。大队人马出发一个多时辰之后，舒清终于还是忍不住出了营帐。她本想待在帐中等待着他们回来，却是在帐中坐立难安，就是平时极能安抚她的书法，此时也显得无力。只因此次作战的人，轩辕逸也好，商君也罢，还有炎雨、苍素，每一个对于她来说都是至亲之人。这一刻，她感受到了从没有过的无能为力与焦虑。或许坐在主帐中，时刻听着前方的战报，她的心会平静一下吧。

慕容舒清急急地赶到主帐前，抬眼就看见前方那块大石头上，秦修之半靠着坐着，手中拿着一本书，时而久久地盯着书页，似乎陷进去一般，时而看着远方，若有所思。阳光照得他一身的白衫比未融的雪还要洁白，修长的手指心不在焉地翻着书页。慕容舒清好笑地看着他愣愣地坐在那里，也不去打扰他，估计他的心情和自己也是一样吧，这耀眼的阳光下，怎么看得下书呢！军营内的人牵肠挂肚，阵中的人战得正酣。

早在几天前，商君就已经做好分配，三队人马入阵之后，分别前往自己所要攻破的阵势，迅速而有序。三千人一齐入阵，却是异常安静，这是商君的战略，越晚惊动布阵者，对他们越有利。五行阵中，商君的伤势虽然经过苍素的悉心调养，已经好了很多，但是担心会遇上那鬼魅的紫衣男子，所以还是先保存实力。她指挥炎雨、樊峰打头阵。好在埋伏在阵中的苍月士兵并不很多，在一千兵士的协作下，不到一个时辰，五行阵基本已在他们的掌控之中。炎雨来到商君身边，说道："商庄主，五行阵中的苍月士兵差不多都已经歼灭，但是苍素和袭慕还没有任何消息。"

商君点点头，笑着说道："没事，要相信他们，迷心阵和天龙阵破起来不容易，我们只要保证五行阵中的畅通，破了这阵中的布局机关，让他们破阵之后不会再陷入阵中，这连环阵也就破了。"

虽然这次进阵中，感觉到阵势与上次进入时有些不同，但这早在她的预料之中。上次进入被他们发现了，自然会有所改变。但是他们摆的这个阵有一个好处，就是玄妙变化很多，不易化解。同样，它也有一个弊端，就是不易更改阵势，所以，这个阵还是在她的掌握之中。

"是。"炎雨正要将主要的阵法玄妙之处破坏掉，忽然由远及近的马蹄声及脚步声让他停下了脚步。所有人都听到了这不小的声响，纷纷问道："什么声音?"樊峰用心地听了一下，看着商君，平静地说道："听脚步声，这次进来的不下万人。"

万人？他的话也让刚才还在讨论的将士安静下来。他们只有千余人，如何对阵万人？虽然明知道人数悬殊，不过毕竟是久经沙场的精兵良将，每个人脸上的表情都很平静，并没有因为即将到来的激战面露惧色。

商君暗暗点头，这就是她坚持要精挑细选的原因，破阵贵精不贵多。她带进来的每一个人，对阵势基本都有所了解。商君再看看周边的情况，对炎雨说道："炎雨，先不要破坏阵中的布局，调整阵势，利用我们调整过的阵势，对战他们新进来的士兵，这次我们要做猫。"

商君轻松而自信的话，让所有将士都忍不住会心一笑。商君朗声问道："你们有没有信心?"一千余人异口同声地回答铿锵而嘹亮："有!"

商君满意地点点头，说道："好，开始部署吧。把那些人分开，越少人进到天龙阵，对于苍素破阵越有好处，尽量引他们进迷心阵。"

在商君的指挥下，将士们在短短的一炷香时间里，细微地调整了阵势。

他们迅速隐身于阵后，一场反击战马上开始。苍月新进来的将士还没有摸清情况，就被阵势分散了队伍。炎雨率五百精兵，逐个阻击，其余零散兵士也被逐步引到迷人心智的迷心阵之中，眼看这将是一场以少胜多的对战。

阵中忽然涌进五十名蓝衣男子，显然他们对这阵势也是精通至极。他们的加入，打乱了商君的步调。她想要重新调整阵势和布局，还未迈开步子，一个绛衣男子挡住了她的去路。凌郁冷残的眼里浮现着淡淡的兴致，阴冷的声音飘忽着传来："我小看了你，商君。"那一掌没打死他便罢了，没想到还能这么快进来破阵，这个人还算是一个引得起他兴趣的对手。是他！他还在想，他什么时候会再出现呢！商君微微拱手，一派悠然地回道："过奖！"

手下败将，还敢在他面前这么悠闲，一记如火焰般刺目的长鞭毫无预警地向商君挥去。商君迅速侧身，提气后跃才险险地躲过。凌郁手执烈焰长鞭，冷冷地笑道："可惜你今天没有这么好的运气了。"商君轻拍了一下衣袖上的尘土，仍是优雅地立在那里，淡笑着回道："我的运气一向很好，倒是你，运气有些糟。"她的话音未落，更猛烈的一记长鞭势不可当地袭来。

"报！"一声短促的男声，让心绪不宁地坐了半个时辰的慕容舒清和裴彻精神都是一振。裴彻有些激动地站起身，朗声说道："进来。"

小将进了主帐也不啰唆，大声禀报道："苍月调遣一万士兵进入阵中，阵里杀声一片，但是到目前为止，我军还没有人出阵。"

一万？慕容舒清和裴彻两人同时皱起眉头，尤霄在自己与轩辕逸一战已是失利的情况下，还派一万人马进入阵中，不是对迎战轩辕逸很有信心，就是让入阵的人有去无回。慕容舒清起身走到地形图前，查看了一会儿，才问道："阵外苍月还有多少人伏击？"破阵之后有两处出阵口，若是尤霄一定要商君死，那么这里不会没有人伏击。

"大约八千。"八千！慕容舒清看着眼前的地形图，再看看旁边的军事调配图，久久无语。裴彻紧握的双手松了又紧，紧了又松，最后，像是下了决心一般说道："调五千骑兵，等候差遣。"他留守主营就是为了保证主营的安全，最重要的是查看战局，适时地提供支援。本来以为尤霄在知道破阵只是诱敌之计后，会将士兵用于对战轩辕逸上，想不到。他竟会再遣一万人入阵。慕容舒清没有抬起头，眼睛一直不离地形图，淡淡地问道：“你打算让骑兵入阵？”

抬头看向慕容舒清，裴彻有些奇怪，她在知道苍月调一万人入阵以后，反而变得没有那么紧张了，神色也平静了一些。裴彻走到她旁边，回道：“一万对三千！还是在这样的连环阵中，几乎没有胜算。”慕容舒清却轻轻摇头，平静地说道：“我却不是这么想的，商君花了五日的时间讲解阵形及破阵要领，还有带进去的三千士兵，都是久经沙场、精心选拔的。苍月既然要再入一万人，可见原来置于阵中的人，已经死伤严重，不是商君他们的对手了。所以对于这个阵，商君他们要比新进的一万苍月士兵更了解，水能载舟，亦能覆舟。一万对三千，他们也不一定占优势。”

她不是不紧张商君，刚才那一刻她的心几乎要跳出来了，可是这样一点儿都帮不了她。她必须冷静，而且她对商君和炎雨他们有信心。曾听商君说过，在这阵中，他们一样可以借助阵势掩护自己，只要他们破解了这个阵法，那这些原来凶险玄妙的阵法也可以为他们所用。所以，她相信商君应该可以应付。

“那你有什么建议？”听她分析得颇有道理，裴彻也来了精神，舒清总能给他惊喜，希望这次她也能说出化解之道。指着军事调配图，慕容舒清说道：“留守主营的三万士兵，你只可动用一万人。我想你贸然让五千人进入阵中，他们不了解阵形，非但帮不了商君，还会造成无谓的死伤。”

再走到地形图前，慕容舒清拿起两面小旗帜插在了两个出阵口上，淡然而自信地说道：“不如调八千骑兵，歼灭苍月伏击在阵外的士兵，换成我军伏击。商君他们出了阵也一定是精疲力尽了，到时一是可以接应他们，二来要是苍月士兵追击出来，你们也可以箭阵将他们在出阵那一刻就消灭掉。”说完，慕容舒清停顿了一下，才又冷冷地说道，“再则，若是商君他们出不来了，那么苍月的人，也别想有一个人可以出来。”

“舒清，你——”裴彻一时有些不太习惯平时淡雅温文的舒清这样冷峻的样子。原来她不是什么都不在意的，触碰到她在意的人和事，她也可以是毫不留情的。轻轻闭上眼睛，深吸了一口气，慕容舒清才微笑着睁开眼，淡笑着说道："我没事，最终破阵之后，还可以支援轩辕逸。你觉得呢？"她对于军事确实不怎么懂，一切还是要裴彻说了算，毕竟他才是经验丰富的军师。裴彻叹了一口气，说道："我，觉得很好，就这么做吧。"这样做虽然很冒险，但是在入阵也帮不上忙的情况下也只能如此了，希望三千将士能够挺住，突出重围。

长鞭迎面袭来，商君却并不躲闪，自腰间拔出凌霄软剑，如灵蛇一般摆动着轻盈银亮的剑身，与烈焰长鞭交缠在一起，也阻挡了它势不可当的势头。商君仔细看去，这烈焰长鞭几乎有两丈长，要灵活地挥舞和操控它，内功修为必定奇高，上次那一掌已经让她吃足了苦头。再看长鞭上密密麻麻地布满了倒刺，倒刺上幽蓝的光芒显示那上边一定淬着致命的孔雀胆。商君惊出了一身冷汗，被这烈焰长鞭缠上，怕是必死无疑。

烈焰长鞭和凌霄软剑紧紧地交缠在一起，两人同时催动内力，强劲的力量让交缠的利器瞬间分开，也让两人不能控制地后退了几步。

凌郁微微挑眉，没想到，这人看上去年纪不大，内力却很精深。难怪他这么快又可以进阵一战，他有多久没有遇到过对手了，希望这个商君不会让他失望。他再次挥出长鞭，直取商君命门。呼啸而来的长鞭，让商君只来得及向后仰身躲过一击，手中的软剑险险地插入地面，支撑在她的身边。待长鞭从胸前越过之后，商君才借手中之力，一个翻身旋转退到长鞭之外。

商君不敢用力吸气，暗自运功，按下几乎翻滚涌出的血气。她的伤虽然在苍素的精心治疗和名贵药石的辅助治疗下恢复了七成，可是刚才催动内力的时候，胸口还是会疼痛。尤其是凌郁的内力精深，方才被他的内力侵蚀，她的旧伤似乎又开始火烧似的疼。容不得商君片刻地调息，凌郁飞身凌空跃起，再次催动手中的长鞭，似要缠绕上商君一般，环绕似的向商君袭来。商君提气于胸，飞快地挥舞着手中的凌霄软剑，如一条银色的丝带，密密实实地保护着自己不受长鞭的侵蚀。软剑和长鞭上的倒刺碰撞着，发出尖锐的声音。一连数招，凌郁都未能靠近商君，反而被商君天蚕丝及玄铁交织打造的凌霄软剑削去不少倒刺。商君一招横扫千钧，将长鞭震了回去。

凌郁只觉得握鞭的手被内力震得手心直发麻，胸口也闷得厉害。商君也没有好到哪里去，刚才不计后果地提足全身内力，如今一口鲜血再也忍不住地喷口而出。商君用长剑支撑在地面上，重重地喘着粗气。

凌郁暗暗调息内力，刚才商君那一剑，也让他受了不轻的内伤，嘴上却冷冷地说道："商君，若是你原来没有受我一掌，今天你还有可能和我战成平手，如今，你只有受死了。不过你放心，我欣赏你，会留你一具全尸的。"这一战，也算是这几年来，他打得最痛快的一场。

商君用手抹了一下嘴边的鲜血，慢慢站直身子，一边轻咳着，一边还是一副蔑视的样子，笑道："呵呵，能不能杀我，就看你有没有这个本事了！"她连站都站不稳了，还这样狂妄？凌郁再次扬起烈焰长鞭，要给商君致命一击。商君不动不闪，只见她凝神静气，翻转手心，集内力于掌心，掌中鲜红的血迹竟然慢慢凝聚成薄片，如冰晶般。商君再次提气，飞快地掷出手中的晶片。凌郁只觉一道极猛的劲力送着一枚暗器向他飞过来，快得让他避无可避，只得微微侧身，就感觉到右肩剧痛，接下来就是一股麻痹感袭上肩头，令他几乎握不住手中的长鞭。这是什么暗器，速度奇快，还正好打中他右肩的穴道。他再次抬头看向商君，面前早已经空无一人。商君！好个商君！下次，他开始期待下次与他的对决了！

商君用手按着前胸，剧烈的疼痛几乎让她眼睛看不见东西，只能摸索着前进。但是她现在必须离开这里，她再也没有能力对抗凌郁了，若是他这时再追过来，她必死无疑。

最后的云手冰晶掌，她是实在没有办法了才会使用，这是他父亲的独门绝技，以独特的内功心法将劲力集于掌心，可将空气中的水汽凝结成冰，再用独门云罗手打出，不仅一次可多发，速度奇快，且击中人体重要经脉还可让人麻痹甚至死亡。当年父亲凭借这一绝技和军事指挥才能名扬四海，就连轩辕逸的父亲也曾是手下败将。只可惜她并未学成父亲的绝技，只领略了皮毛，今日也唯有化血成晶，逃过一劫。

她摸索了一段路程，前面的细微动静让商君提起了精神，她靠着身旁的岩石稍做调息之后，才偏过头去查看，前方不远处，是炎雨和樊峰。看见他们，商君才稍稍缓了一口气，慢慢地走了出去。

她刚踏出石后，炎雨和樊峰就发现了她。炎雨走过来，看她一身的狼狈，嘴角未干的血渍，苍白的脸色，知道她受了重伤。

炎雨微蹙眉头，问道："你的伤怎么样？"

商君微微喘着气，轻声问道："没事。现在怎么样？那些蓝衣人呢？"

炎雨担心地回道："苍月士兵在五行阵中已经歼灭了一部分，其他的引到迷心阵中了。蓝衣人虽然对阵势非常了解，但是我们也派出了二十个暗士逐个伏击，他们已经不能再造成影响。"这时，从东面忽然涌出一队人马，领头的是苍素。苍素来到商君面前，说道："庄主，天龙阵已破。"虽然语调很平缓，但是难掩好心情。

商君有些站不住地扶着一旁的岩石，声音很轻，却仍是坚定地说道："很好！樊峰，你去接应袭慕；炎雨，你去破坏五行阵的布局；苍素，你带剩下的五百士兵出阵，小心，阵外一定还有伏击！"最后，她的声音越来越弱。

"庄主！"商君的忽然晕倒，让在场的所有人都是一惊。苍素立刻扶着她靠在岩石上，为其把脉："苍素，怎样？"苍素并没有说话，只是微微叹了口气，几不可察地摇了摇头。这次的伤比上次要严重得多，旧伤未愈又添新伤。他以为这世上，慕容舒清就已经是一个够奇特的女子了，想不到她结识的还有更奇特的。他竟不知道，这世上还有这样的女子，足以令天下男儿汗颜。苍素喂她吃下一枚护心丹，才对着炎雨、樊峰说道："按刚才庄主部署的去做。"两人利落地点头，带着两队人马而去。

苍素将晕倒的商君置于马上，自己也翻身上马，扯下腰带，将她与自己捆绑在一起。苍素拉好缰绳，对着身后的五百精兵大声问道："外面至少还有上万伏兵，你们可惧？"

“不惧！”经过这一天的激战，这些原来并不是编在一起的精兵，从互不认识到相互欣赏认同，这一仗，打得过瘾。他们纷纷上马，蓄势待发。苍素满意地点点头，用力踢了一下马肚子，喝道：“好，冲出去！”说完，驱马冲在最前面。五百精骑喊着洪亮的“冲”，紧跟其后！怀着必胜的信念，苍素一手握紧紫银鞭，一手抓紧缰绳，让商君靠在自己肩上。由于炎雨已经将阵法破除，苍素一队五百人很快地出了阵来。眼前的景象却让苍素一怔，只见离出阵口三十丈开外的地方，一排排的弓箭手已经拉了满弓，箭阵直指出阵口，而迎风飘扬的却是写着火红的“东”字的旗帜！

商君的伤越发严重，漫无边际的疼痛席卷着她，让她不住地颤抖着，举目所见，尽是黑雾，什么也看不清，仿佛置身于万年冰窟之中。

这时一双温暖的手紧紧握住了商君冰凉的掌心，如一抹暖流，缓缓流入心间，让她即将麻木的身心再一次有了知觉。谁？商君努力地睁开眼睛，黑雾早已没了踪影，眼前是白茫茫的一片。恍惚中，商君轻轻勾起唇角，温暖的手，宁静的眼，是她吧。商君柔软地叫了一声：“清……”

秦修之手上一僵，迟疑了一会儿，手颤抖着想要收回，可是商君手心的冰凉让他最后还是没有松开手。商君好不容易看清眼前的人，却被这张关切的俊脸吓得惊道：“修之？”张了嘴，她才知道自己的声音竟然低沉得吓人，喉咙像是被火燎过一般，说出的话连自己都听不见。

商君刚要起身，秦修之连忙按住他的肩头，说道：“你受的伤很重，好好躺着，别乱动。昏迷了三天，苍素说你最好不要随意下床，想要什么我帮你。”昏迷了三天吗？秦修之去倒水，商君微微撑起身子，抬眼看了一下周围，只有修之在帐中陪着她。商君有些惊恐地抚上胸口，束布已经取下来了，不过可能是怕她着凉，除了中衣外，还给她穿上了一件薄棉袄。她本就瘦，这样一来也看不出异状。又伸手摸摸发髻，半结着小髻，商君终于放下心来。秦修之端着热茶来到床前，商君有些紧张地拉高被子才接过茶杯。秦修之以为他冷，拿起挂在床尾的白貂长袍细心地给她盖上。

三年多了，束布从不离身，她几乎忘了不缠束布是什么感觉。所以现在即使窝在一堆被子里，但是没有缠束布，商君还是觉得胸前空空荡荡的，尤其是面前还站着一个大男人，她更加尴尬。喝了两口水，喉咙好了一些，商君立刻问道："舒清呢？"

她和笑儿怎么会让修之一个人在这照顾她呢？万一他发现……抬眼不着痕迹地看着秦修之，他面色如常。以她对修之的认识，也是个谦谦君子，若是知道她是女子，必不会与她独处一室。这样想来，她提着的心又慢慢放下了。

商君才醒来，已经找了舒清两回了。秦修之自嘲，他这是在干什么？吃醋吗？不算吧，他连吃醋的资格也没有。罢了，他这又是何苦，舒清好像已经有所察觉。等商君的伤好些了，他还是离开吧。"她……"秦修之刚想回答商君的话，几声如惊雷一般的巨响忽然传来，地面似乎都被震得晃了几晃。

商君惊道："这是什么声音？"声音极近，像雷声，却一定不是雷声。

秦修之走到窗边，卷起布帏，只见靠近后山的地方熙熙攘攘聚集着很多士兵，再前面就是灰雾环绕，看不清是什么。不过听声音，刚才那几声巨响无疑是从那里传来的。回到商君身边，秦修之猜测道："听说苍月有一种新武器很厉害，点燃之后能让周围数丈的人受伤。舒清好像也知道做法，现在正在帮东隅造，名字叫炸药，刚才的轰鸣声可能是舒清他们在后山演示新武器吧。""炸药？当真如此厉害？"商君蹙眉——苍月竟然有这么厉害的新武器，只因为这样，陇趋穆才会派尤霄前来对抗轩辕逸吗？陇趋穆到底还有什么花招？这场她满心以为有机会赢的战争是否根本只是一场陇趋穆控制下的游戏？那么她做了这么多，其实根本没有意义，是吗？要到何时，何时她才能报仇！

心中恨意翻腾，手上也失了控制，握在手中的瓷杯被她掐碎。只听见一声脆响，未喝完的热水飞溅起来，瓷杯的残渣也嵌入了商君的掌心。

"小心！"秦修之赶紧抓住商君的手腕，不允许他再用力。摊开他的手掌，好在残渣扎得不深，小心地帮他清理干净，秦修之忽然发现，他的手好瘦，而且修长得过分，男子会有这样的一双手吗？心里想着，却是抓着商君的手，久久不肯放开。商笑端着药碗，站在屏风旁，狡黠地笑着，用力低咳一声：“咳!”如果不是她拿的药熬了四个时辰，而且要趁热喝，她一定不会这么不识相的。秦修之终于反应过来，急忙收回手，商君也是一脸尴尬。他们明明没干什么，两人的脸都莫名地滚烫。

“我……我去看看药好了没有。”秦修之急急出了营帐，商笑想叫住他都来不及。他也未免太无视她了吧，她手中端着的不正是药吗？他还去看什么劳什子的药。走到商君床前，商笑将药碗递到她面前，眼睛贼溜溜地在她身上转。商君不理她，接过药碗自顾自地喝着。

“有人春心萌动啊……”商笑忽来的调笑，让商君口中的药汁差点喷出来。这一切都是谁害的，瞪着她，商君怒道：“笑儿！你不该在我昏迷的时候，让他单独留在我身边。”商笑努努嘴，不以为然地回道：“为什么不能?”

“要是被他发现了我……我的身份，怎么办?”

显然商笑并没有为这件事困扰，笑道：“发现又怎么样？发现才好！你知不知道，你昏迷的这几天他多关心你，食不下咽，夜不能寐的。我原本以为，他喜欢的是舒清姐姐，现在看来，他根本就是喜欢你。有秦大哥这样细心温柔的男子守护你，有什么不好。别说想让他发现，我恨不得去告诉他，我……”商君急了，怒道：“你敢!”

这次商笑不打算妥协，大声回道：“我为什么不敢！不知道你在别扭什么，你今年二十有三了，别人家的孩子像你这么大的，都是好几个孩子的妈了。你不说，我去说!”越想越觉得自己说的有道理，商笑转身就要追出去。这个妹妹一向说做就做，商君惊得赶紧起身抓住她的手，急道：“我说了不准说，你再这样我……”一口气没喘上来，商君猛咳了起来。

“好好好，我都听你的，你别激动。”她这一咳商笑慌了，赶紧扶着她躺好。在商君的逼视下，商笑才不甘不愿地说道：“行了，我什么都不说，你不要生气了。”顺了顺气，看商笑憋屈的脸，商君苦笑：“笑儿，我们这样的身世如何能像平常人家一样。家仇我是一定要报的，招惹他是害了他，你明不明白?”

不明白！按她这意思，要报家仇就要孤独终老吗？爹娘只有她们两个孩子，难道就是要让她牺牲自己的幸福来为他们雪恨吗？暗自腹诽，商笑却怕再惹她动气，不敢说出口。商君摇摇头，这丫头事情都摆在脸上，哪里还用嘴上说出来？侧过身，商君摆摆手，说道：“总之这件事不许告诉任何人！你出去吧，我累了。”傻丫头，武家的香火，自然由你来继承，总会有人幸福的。

在床上躺了两天，商君感觉好了很多，不过因为她多次旧伤叠加，身体有些受不住，恢复得比较慢。苍素交代不让她太劳累，商笑干脆就不让她出帐门。她也乐得清闲，在还没弄清楚尤霄还有什么花招之前，她决定保留实力。两人坐在床边闲聊着，忽然窗外号角四起，两声长号，三声短号，似缓又急。不一会儿，窗外传来来来回回的脚步声，匆忙却有序。

商笑奇怪地看向竹帘外来来往往的人，说道：“外面好吵，我去看看是怎么回事。”商君轻轻点头。刚才的号角应该是集结军队的号角，要不就是轩辕逸要出兵，要不就是尤霄来犯，不管是哪一个，都将是一场恶战，尤其是两军都有利器的情况下。那个炸药的威力，这两天她也算见识了。

商笑绕过屏风，正好看见推帘而入的慕容舒清，赶紧迎上去拉着她的手，问道：“舒清姐姐，你来了，外面怎么这么吵?”轻轻拍着她的手，慕容舒清微笑着回道：“苍月大军压境，又是一场大战。”听到慕容舒清的声音，商君轻声叫道：“清——”

慕容舒清拉着商笑的手一起绕过屏风，进了内室。商君的脸色还是有些苍白，不过精神看起来还不错，一手扶着床头，一手按着胸口，勉强自己能坐起来。舒清按着商君的肩膀，阻止她下床，问道：“君，好点了吗?”商君也没有再勉强，坐在床边，微笑着回道：“已经好很多了，可以下床走动了。”这两天在苍素和修之的精心照顾下，她觉得已经好了很多。

慕容舒清左右看了看，略带调侃地问道：“怎么没有看见修之?”听说他可是每天都来这报到。舒清调笑的话语，让商君微笑的脸瞬间变得有些尴尬，狠狠地瞪了她一眼，又拿她没有办法。商笑也嘻嘻笑道：“他去取午饭了，是他自己硬要去的！”慕容舒清轻轻撞了一下商君的肩膀，仍不放过她，笑道：“怎么样，不打算告诉他吗？我看他心里斗争得很痛苦哦……”确实痛苦，既放不下心中所爱，又要与这世俗的观念做斗争，还要揣测她与商君的关系，真是好不辛苦。不过看他跑得这么勤，还是商君的魅力要大过那些所谓的世俗礼教，这也是她欣赏修之的地方。

商笑也在一旁凑热闹地叫道：“就是就是，她偏不说，也不让我说！”她都被秦修之感动了，而且他们一个温润如玉，一个风雅清扬，再相配不过了。

“笑儿——”商君轻轻地低吼。商笑吐了吐舌头，躲在慕容舒清身后四处张望，假装没看见商君威胁的眼光。这两人的过度关心，让她不得不说点什么。微低着头，商君淡淡地说道：“他——不适合我。”

“为什么？”舒清问道。抬起头，看着舒清固执的眼睛，商君轻叹一声，回道：“我不会是一个好妻子，我还有很多事情要做。”父母之仇一日不报，她一天不能安睡，难道要他陪着她过血雨腥风的日子？

商君还是将自己隔绝起来，不让人靠近。舒清用手扶着她的脸，问道：“你知道他想要一个什么样的妻子？”适不适合，应该由修之说了算吧。想要推开舒清的手，无奈根本没有什么力气。在舒清执着的眼光紧盯下她避无可避，只得讷讷地回道：“我不知道。”

舒清轻挑秀眉，好笑地问道：“那你凭什么断定他不喜欢你这样的妻子呢？”依她看，修之满意得很，他的家里人会更满意。商君很适合海域的审美观，呵呵！“我——”脸被舒清捧着，让她想撇开脸都不行。面对舒清略带挑衅的问题，她竟是一句话也回答不出来。

商笑没有商君这么多顾虑，大咧咧地说道：“这根本是借口！他连你是一个男的都接受了，还有什么是不能接受的！”

商笑说得直白，让舒清都忍不住笑了起来。商君已经被她们两个打败了，哭笑不得地抚着前额，又是无奈又是气恼地叫道：“笑儿——”

商笑连忙跳起来，一边往外面跑，一边叫道：“好好好，我去厨房看看。”要是把姐姐惹毛了可就糟了。

被商笑这么一搅和，两人都笑了起来。舒清轻拍商君的肩膀，问道：“你真的不考虑?”虽然很为他担心，但是感情的事谁也插不上手。

商君轻轻摇头，有些无奈地说道：“现在还不是时机。”如果他们真的有缘，或许等她报了仇——罢了，不想了，这应该是很久以后的事情了，何必自寻烦恼。商君握住慕容舒清的手，问道：“倒是你，怎么一副忧心忡忡的样子，担心轩辕逸？不是你为他们研制了一种名为炸药的很是厉害的武器吗？有这样好的武器加上轩辕逸的将帅之才，你还担心什么?”她看得出来，舒清有心事。

舒清轻笑，还是瞒不了商君。起身走到窗前，透过细细的竹帘，可以看见外边忙碌却井然有序的人群，舒清说出这几天困扰她的事：“我担心的正是这些炸药。每一种新型武器的诞生，对于战争来说都意味着局势的失衡，甚至会改变天下的格局。如果不是苍月君主野心勃勃，而且他们已经拥有了初步制作炸药的技术，我是绝对不会帮东隅制造的。”

“你是担心有了炸药，东隅的皇上也会耐不住寂寞，想要争霸天下?”这很有可能，当天下离自己很远的时候，每个人都可以说自己根本心不在此。但是当一切唾手可得的时候，还有谁能这样潇洒，尤其是对于一个君王来说。慕容舒清轻轻摇头，叹道：“一统天下之心又何止他一个人有，其实我最担心的是，从今以后我的麻烦会更多。”既然苍月已经制造出了炸药，那么就算没有她战争也一样会进入炸药时代，不同的只是胜利的那一方是谁而已。她无心匡济天下，可是现在看来她注定也不能独善其身了！阳光透过竹帘，斑驳地映射在她的身上，慕容舒清伸出手可以感受得到阳光的亮度，却感受不到它的温度。

看着她清越的背影，扶着床沿，商君慢慢站了起来。虽然艰难，商君还是走到了舒清的身后，揽着她的肩膀，轻拍着给她安慰。人活在这世上，总有这样那样的无奈与心酸，但是，这些都压不倒她们心中的坚持。两人相视一笑，不须多言。舒清看她站着都困难，伸手轻轻扶着她的腰，但是看在刚进来的修之眼里，却是两人相拥着。

秦修之有些茫然地看着他们，他们是那么般配。商君只有在对着舒清时才笑得轻松柔软。他以为他已经习惯，心还是不由得酸楚，即使他愿意为了他不在意世俗，他却已经情定佳人了吧。

舒清看向站在屏风旁边一动不动的修之，发现他的视线一直盯着她扶着商君的手，方才恍然大悟。他的脸色为什么看起来比商君还差？舒清哭笑不得地看了商君一眼，一边扶着她回床上坐好，一边叫道："修之。"

秦修之回过神来，也扬起一抹淡淡的笑，说道："舒清，你也在啊。"放下手中的托盘，秦修之对舒清说道，"你坐会儿，我再去拿一份饭菜过来。"心里轻叹一口气，罢了，或许这样，他才能如她自己所说的那样，永远做朋友吧。

"修之，不用忙了，我也要回帐了。出来大半天，绿倚该担心我了。"一看他晦暗的心情就知道，他一定是误会了，可是商君又是一副不愿多说的样子，让她也不知道怎么去解释，干脆走为上，让他们俩自己大眼瞪小眼好了。舒清背对着修之，对商君做了一个你自己看着办的表情，笑道："君，好好休息，我走了。"

商君轻笑着点头，这人倒是溜得快！舒清走过屏风时，拍了拍修之的肩膀，低低说了一声："别放弃！"她走得潇洒，秦修之却呆呆地看着她的背影，一时反应不过来。舒清再三暗示，是什么意思呢？

在军中待了些时日，知道舒清与轩辕逸是未婚夫妻，尤其是这两天，他不止一次看见夜里轩辕逸牵着舒清的手，送她回营帐，可见他们是一对。舒清这样一直暗示他，是否就是要让他来照顾商君呢？以舒清的聪颖，看出他的心意也不是难事。可他是男子啊，在世俗人眼中，这是多么惊世骇俗之事？舒清嫁了轩辕逸，那商君怎么办？即使舒清刻意压低声音，商君还是听得清楚，心里暗啐，这个舒清，临走还给她惹麻烦。秦修之盯着舒清离去的背影，脸色一阵白一阵红，久久不语。商君无奈，只得出声道："可以吃饭了吗？"

“嗯？哦，好。”商君好笑地看着他，秦修之有些尴尬，赶快把饭菜摆放好，回道：“你饿了就先吃吧，我等笑笑回来一起吃。”

商君抬起头，看向窗外，没看见商笑的影子。在桌旁坐下，商君一边将筷子递给修之，一边说道：“不用等了，不知道她又跑哪儿去了。天凉，我们趁热吃吧，她回来让她自己拿去热。”

“好。”在商君对面坐下，看着他一脸平静地低头吃饭，秦修之手中的碗几次举起又几次放下，最后终于还是放下了碗筷，沉声问道：“商君，有一件事，我想问你。”

“什么？”商君抬起头来，虽然脸上表现得平静，心却在狂跳，她怔怔地看着他满目的严肃，他要说什么？不会是……

到嘴边的话，因为对上商君清润明亮的眼，秦修之紧张得结巴起来：“你，你和舒清，你们……”说了半天，商君只听见几个断断续续的词，隐约听出他要问的事情和舒清有关，心下安定了一些，笑道：“你慢慢想好再说，这样我不知道你要说什么。”

秦修之为难了，他想问商君和舒清到底是什么关系，但这个问题越矩了。他是真的看不懂了，原本以为他们是相爱的一对，后来却发现舒清心中属意的另有其人，那商君是不知道还是假装不知？斟酌再三，秦修之才略带迟疑地问道：“舒清是轩辕逸的未婚妻，你知道，对吗？”

商君点点头，坦然回道：“嗯，他们是指腹为婚的，战争结束后应该就会成亲吧。”早就听闻轩辕逸的大名，从这次接触看来，确实刚毅果决，武功谋略都没得说，和舒清也算是门当户对，郎才女貌。

看他说着居然微笑起来，秦修之更为疑惑：“你不介意？”

迎向秦修之担忧疑惑的眼，商君才恍然大悟，不好直接说不介意，轻轻摇头：“清幸福就好。”她希望身边的人都能幸福，商笑是，舒清亦然。

“那，你的幸福呢？”秦修之蹙眉，他真如自己口中说的那样大度吗？那为何他在他平静的笑容下看到了苦涩和落寞。商君想张嘴，却不知应该如何回答，只是低下头，继续吃饭，不愿作答。

将商君的沉默误解成心伤，秦修之眼神微闪，瞪着商君不语的侧脸，问道："除了舒清，你还能接受别人吗？"

即使极力控制，语气仍是不免有些急切。商君心头一紧，如果这个时候，她还不能感受到秦修之对她的心意，她就太迟钝了，但是感受到了又如何呢？商君依旧没有抬头，冷硬地回道："我不知道。我还有很多事情要做，儿女情长之事我现在不想去想。"也不能去想！

他还是放不下舒清吧。罢了，他本来就打算不打扰他的生活，只是一直不愿真正放手而已，真正配得上他的人，就算不是舒清，也应该是另一个美好的女子。最后让他再自私一回，陪在他身边，直到他找到所爱的人。那时，他就可以带着这段回忆，独自离开了。心中有了决定，秦修之轻松了一些，淡淡回道："我知道了。"

他知道？他知道什么啊？商君忽然觉得头痛欲裂，她自己都不知道她想怎么样。她快疯了！谁来告诉她，为什么男女之事这么复杂？

那日过后，秦修之再也没有提这些事情。依然每日为他端饭，陪他聊天下棋，但是如前几日那般隐隐能感受到的暧昧气息却已不存在。

商君轻执黑子缓缓落下，秦修之应对裕如。商君的伤势已经好了很多，今日是东隅与苍月决战的日子，他却有心思下棋，实则是已经做了比较。尤霄她早就交过手，轩辕逸也在数月来领略了他的才华，若无意外，轩辕逸应该是会赢的。两人正下到紧张之处，忽然听得帐门被粗鲁地掀开，绿倚跌跌撞撞地跑了进来，口中不断地叫着："商，商庄主——"

商笑赶紧起身，一把扶住一身狼狈的绿倚："绿倚姐姐，你这是怎么了？"商君看到她发丝凌乱，脖子上还有一道明显的血痕，心里忽然升起不祥的预感："舒清是不是出事了？"来不及喘气，绿倚急道："小姐，小姐不见了。"她一醒来就倒在帐中，身边是两个暗士的尸体，小姐早已没了踪影。这军中，轩辕逸公子和裴公子都不在，她只得向商庄主求救了。

一行人急急赶到帐中，眼前凌乱的桌椅和摆件，看来是有过一番打斗的。商君一边仔细查看房里的一切，一边问道："绿倚，你先别慌，告诉我事情的经过。”

绿倚深吸一口气，说道：“今天午后，小戎来送鸡汤，然后小姐让我去您那儿拿棋谱。之后，我就晕过去了，醒来小姐就已经不见了！”

午后？那么到现在已经过去两个时辰了，希望他们还没有出关。果然绿倚这儿没有太多线索，她什么都不知道就已经晕倒了。舒清让她拿棋谱，应该是她已经看出对方是谁了，只是劫持她的人是谁呢？察看着暗士的尸体，上面的致命伤是“落叶刀”！细如柳叶一般的刀口，深刻见骨。会使落叶刀的是江湖上排名第六的杀手，他们一共四人，相互合作，极少失手，可是什么人会用杀手来劫持舒清呢？

商君还在思索着，帐外震天的马蹄声和欢呼声纷扰传来，看来她猜得没错，这次轩辕逸应该是胜了。可是，再看一眼这狼藉的营帐，商君握紧了双拳。秦修之拍拍商君的肩膀，担心地说：“看来是轩辕逸回来了。”

舒清失踪，果然点爆了轩辕逸的怒火，决定第二日再次出兵攻打苍月，同时舒清的手下也开始往燕芮、东隅各个方向追查。帐篷里，气氛压抑而凝重，商君一言不发出了营帐，缓缓走向营后的雪山，眼神迷离而忧虑。就在这座雪峰之上，她遇见了舒清，这个带给她希望和信心的人。

秦修之站在他身后，说道：“你想去找舒清。”他用的是肯定句，因为他知道他一定会去的。商君亦不隐瞒，回道：“苍素和炎雨已经向东隅和燕芮的方向去找了，还有苍月，舒清也有可能被绑到与东隅接壤的苍月。只要出了边城，他们要藏匿一个女子何其容易，而东隅的人想要在苍月找到舒清无疑大海捞针。”一身雪貂长袄穿在他身上，他依然那么地清瘦，凛冽的风吹得衣角纷飞，墨丝纠缠，仿佛风雪随时都能把他带走。“你身上有伤，不要轻举妄动。找舒清的事情交给我吧。”他不会阻拦他，只希望能为他做点什么，在他还能留在他身边的时候。

“谢谢你，修之。”商君摇摇头，目视雪峰，仿佛可以穿越它，看见风雪飘摇中的苍月。“没有人比我，更懂得苍月。如果清在苍月，我必会找到她。”商君默念：苍月，我回来了！

第三章　边城

新年已过，严寒依旧，阳光被厚云遮挡，天空晦涩灰蒙，不曾停歇的飞雪渲染得大地一片苍茫。一辆暗黑色的马车在八名侍卫护送下，奔驰于满是积雪的官道上。风雪间，一行人如一支锐利的长箭，划破雪幕，驰骋而去。前日，轩辕逸强攻苍月。炎雨搜遍了整个军营未见舒清，她不在苍月军营！临风关封城三日，也没有可疑马车出城，排查临风关，也一无所获。舒清，你究竟去了哪里？

“你先休息一下吧，边城很快就到了。”耳边低沉的男声响起，商君感觉到一阵温暖袭来，看着身旁帮她将皮貂拉高、细心照顾的绝色男子，有些懊恼，有些无奈，还有一些说不清楚的情绪。

商君以为他温和而谦恭，是一个容易说服的人，这一次她错了。她让修之不要去苍月，修之只是微笑着淡淡回道：“我说过，会陪你一起去找舒清，你是想同行呢还是你在前面走，我跟在后面？”结果一前一后走了两天，修之一副跟定了的样子，无奈，只有让他同行了。

缓缓闭上眼睛，商君靠在窗边闭目养神。虽然有苍素的内力辅助，她的内伤已经有了好转，但是苍素终究不是大夫，还是不能治愈她的伤势。几日来的奔波，她的胸口一直隐隐作痛，这次怕是要修养好长一段时间了。

马车又狂奔了半个多时辰，终于慢慢缓了下来。马车外已经能听见不少脚步声、车辕声。城门数丈外，马车停了下来，卫溪轻声禀道：“主子，边城到了，不过城门把得很严。”

她以前也往来过东隅和苍月，因为两国接壤，边城和临风关的百姓常常有来往，进出一般很少盘问。但是今天看来却大不相同，守城的士兵就多了三倍，每个出入关的人都要一一盘问，甚至检查行囊。商君微微眯眼，问道："不让进？"难道他们已经把慕容舒清送进了边城，不想让东隅的人追过来，故此加强了防备？"不是，是不让出。"进去的人只是盘问一下，出来却极其不易，尤其是马车，不仅里边的人要下车，马车还要被搜查一番，很多人被拦在城门内。

不让出？这就奇怪了，按理说，如果他们抓过了慕容舒清，应该是不让进才对啊，总之这边城古怪。商君低声交代道："卫溪，待会儿就说我们家住福溪镇，到临风关看舅舅，现在要回去。"

"是。"一队人马又开始缓缓向城门驶去。进城的人并不多，他们一行人壮马高相当惹眼。行至城门，立刻被一小将拦住，问道："等等，你们是什么人？要去哪里？"卫溪下马，拱手笑道："官爷，我家公子是福溪镇人，半月前到临风关看望舅老爷，现在正要赶回去。"一边说着，卫溪一边将二十两银子藏在袖间，推到小将手中，轻声笑道："我家公子也是出身大家，官爷行个方便。"小将暗暗掂了掂手中的银子，出手还算大方，斜睨了一眼马车，问道："马车上是谁？"

"正是我家两位公子。"

没有掀开布帘，小将不耐地摆摆手，说道："走吧走吧，别妨碍我们做事。"反正上头只说，严密排查出城车马，没说不让进，看守城门的差事一月不过十八两七钱银子，这样的钱不赚白不赚。

"多谢官爷。"卫溪向前面的夜焰使了一个眼色。夜焰立刻领着车队，进了边城。"等等。"马车刚刚进了城，一道严厉的低吼声自城门上传来。卫溪抬眼看去，一个五十开外、虎背熊腰的男人正从上面走过来，虎目圆睁盯着他们。此人面容刚毅，步履稳健，想用钱收买怕是不可能，卫溪与夜焰对视一眼，两人心中都有了计较。看见班头下来，小将赶紧迎上去，解释道："头儿，他们是福溪镇人，临风关探亲，现在正要回呢。"

“探亲?”班头看了一眼始终沉寂的马车，又扫了一遍个个英挺的侍卫，最后眼光停在卫溪脸上，问道：“探的是哪家啊?”

卫溪面带笑容，侃侃回道：“临风关城南绸缎庄林家。”

临风关林家绸缎庄确实小有名气，不过这些人看起来衣着朴实，却个个气势凛然，一家小小的绸缎庄能云集如此多这样的人。班头心下起疑，再次打量着卫溪，说道：“你说你们是福溪镇人?听你的口音不太像啊。福溪盛产香囊，无论男女皆喜欢佩戴，你们怎么不戴啊?”

卫溪面色如常，心下却是一惊，这人好生难缠！班头指着他，厉声喝道：“还是你们根本就是在说谎?”因为班头的厉喝，十几个守城的士兵纷纷跑了过来，将马车围住，手中的长矛也指向他们一行。暗侍自然不惧这些人，满目的不屑，只是手也抚上了腰间的软剑，只等主子的命令。气氛一下子变得紧张起来。商君暗叹一声，想要起身出去，一双大手按住了他的肩头：“别动，好好休养。”

“这位官爷说笑了。”一道温润却又略带清冷的声音自马车里缓缓传来。所有人都看向马车，白皙修长的手掀开黑色的帘子，一墨衣男子走下马车。待他站定，周围的人无不倒吸了一口气，天哪，好俊的男子，颀长的身材，星眉朗目，嘴边的浅笑让人如沐春风。众人还未回过神来，秦修之已走到班头面前，笑道：“福溪盛产的是烟丝。戴香囊是福溪旁边的芙蓉小镇特有的习俗而已，我们几个大男人，怎么好戴着香囊到处走呢?如果官爷喜欢，我倒是可以让人给您捎几个过来。”

班头回过神来，他还是第一次见这样俊美的男子，竟然失态地盯着人家看了这么久，轻咳一声掩饰尴尬。刚才他故意说错福溪的特产，就是想看看他们是不是真的是福溪人。这位公子确实是福溪口音，他的戒心放下了一些，口气也好了些，问道：“你倒是会说福溪话，怎么护院却是一口东隅音，本官爷就不太明白了。”秦修之朗笑，坦然解释道：“官爷真是观察入微。我们去舅舅家的时候只带了一名护院，谁想东隅苍月正在打仗，舅舅担心我们的安全，特意请了几个身手不凡的护卫送我们回来。”

“原来如此。”这样翩翩风采的美少年，还确实要多找些护卫才是。看他们也不像坏人，班头点点头，说道：“好了，你们进去吧。”

“多谢。”修之拱手，转身上了马车，俊逸的背影，夹带了无数敬慕的眼光。待马车再次行驶，商君才问出了心中的疑惑：“你会说福溪话？”他不是海域人吗？

揉搓着冰冷的双手，外面还真是冷。在商君身边坐下，秦修之才笑着解释道：“我父亲本来是东隅人，十岁的时候随着父亲从海域回到东隅。父亲年轻时救了一个孕妇，女子生下孩子之后，将一块玉佩交给父亲保管，只说如果哪天遇见了玉佩的上阕，就把玉佩给那个人，然后就不告而别了。父亲去了海域，一直耿耿于怀，回来之后，就在三国之内找寻那女子和上阕，都一无所获。直到不久前，我发现舒清居然拿着上阕正在寻找这下阕，我就将玉佩交给了她，这也算了了父亲的遗愿。那辗转游走三国的日子里，各地方的语言都会一些，会说福溪话也是凑巧而已。”

商君了然地点点头，看外边天色已渐渐暗了，说道：“我们先在边城住下吧，看看裘慕和齐凌他们有什么消息。”齐凌是苍月人，一直留守在游城，负责接应龙峡谷过苍月的货物，他比较了解这附近的地形。他怕苍月的人会把舒清从小道带走，特意将齐凌调过来帮忙，已经找了三天，希望今晚能有好消息。“好。”秦修之点头，看前方有一家大客栈，于是对外边的夜焰说道，“夜焰，前面有一个客栈，今晚就在那里落脚吧。”

“是。”夜焰领命，先去打点。到了客栈，秦修之扶商君下马。两人走进客栈已是掌灯时分，客栈里灯火辉煌，人声鼎沸。商君对着身后的卫溪说道：“卫溪，你带两人，到边城所有客栈查看，是否有舒清的消息，小心别让人发现了。”偏僻小道人迹罕至，反而容易留下痕迹，他们会不会带着舒清走官道入城镇，用人群来躲避他们的追查？

“让开，让开。”心里想着这个可能性，几声粗鲁的呵斥声打断了商君的思绪。抬眼看去，十六个劲装男子冲进客栈，锐利地盯着在座的所有人。突来的变故让大堂里的人都不敢吱声，原来还喧闹的客栈一下子鸦雀无声。

见这阵势，掌柜的赶紧走了出来，冲着他们叫道：“你们是什么人？怎么可以胡乱闯进我的店里，你们……”

站在最前面的黑衣男子从腰间拿出一块腰牌，在掌柜面前一晃。掌柜的脸色立刻大变，弓着腰赶紧说道：“您，请便，请便。”

“搜！”男子一声令下，十几人身手奇快地进了后院逐一检查。

看着掌柜，男子翻着桌上的入住记录，冷声问道：“有没有可疑的男子到店里投宿？”掌柜脑门上全是汗，赶紧拱手，回道：“大爷，我们开的是客栈，住的都是过往的商旅，没有什么可疑人物啊。”

商君微低着头，暗暗打量着这一行人，他们应该不是官府的人，衙役执行公务，何以不穿官服。这些人眼神精锐，气息绵长，武功极高，他们到底是什么人？他们在找什么？会与舒清有关吗？留意着周围的一切，商君忽然发现，站在他对面的一个布衣男子有些可疑。他应该也是来投宿的吧。一身蓝布棉衣，破旧而单薄，头一直低着，不时往门外看。发现外边也有人看守之后，他就慢慢地向这边站，最后在他们身后站定。这人是谁？他在躲什么？黑衣男子看过大厅中的人，没有发现可疑之处，开始将注意力转向商君一行。上下打量了他们二人，在看清他们长相的时候微愣了一下，不过很快恢复如常。男子问道：“你们是什么人？”

秦修之坦然地与他对视，笑道：“我们兄弟是福溪人氏，出门探亲，现在正要回家。他们是我们的护院。”

护院？这些人可不像是普通护院，这两人的气质更不像一般的富家公子。不过他们此行的目的是找人，看他们不是要找的人，黑衣男子没有再和修之纠缠下去。正要转身，却看见他们身后突兀地站着一个衣着破旧的男子，自始至终低着头，与他们站在一起很是不配。指着那人，黑衣男子问道：“他呢？也是你们的人？”视线一下子集中到了布衣男子身上，只见他一怔，头更低了。秦修之刚要否认，商君却先一步朗声回道：“是，他是我家马夫。”

“马夫？”黑衣男子缓步走近，绕着布衣男子走了一圈，最后在他面前站定，沉声说道：“把头抬起来。”他不能放过任何一个可疑人物，如果让那人逃了，他自己也命不久矣。锐利的眸，逼人的气势，布衣男子惊得瑟瑟发抖，一路往后退，却仍是低垂着头。黑衣男子见状，身手敏捷地上前一步，一把抓住布衣男子的衣襟，喝道："把头抬起来！"

布衣男子紧张地搓着手，衣襟被人提着，他只得将头慢慢抬起，眼睛害怕地紧紧闭着，前额被乱发覆盖着，大半个脸颊上布满了暗红的疤痕，像是被烈火肆虐过一般，狰狞恐怖。大厅里的人见状，纷纷倒吸一口凉气，移开视线。商君走上前，轻轻抓住布衣男子的肩头，将他拉过来，笑道："他儿时脸被火烧伤了，一直很自卑，平日里不敢抬头看人，还望公子不要见怪。"

刚才看似不经意的一拉一拽，他已经看出眼前的瘦弱男子亦是习武之人，且修为极高，不然也不可能做到要放就放，要收就收。黑衣男子的注意力转到商君身上，布衣男子立刻又低下头，诺诺地退到商君身后。商君自若地与之对视，笑得谦和坦然。黑衣男子一时竟忘了接话。几个黑衣人从后院、楼上下来，在男子背后站定，恭敬地回道："没有发现可疑人物。"

"走。"又看一眼商君，黑衣男子没再说什么，率先走了出去，一行人迅速消失在客栈外。想到刚才趁着拉扯的时候，轻抚了男子藏于袖间的腰牌，商君的脸色越发凝重。那是铁甲军的腰牌，四年前，他就见过无数次！这一次他们的目标可是身后这人？

掌柜的也是见多识广的人，刚才的一番变故，他也看出这白衣公子一行人必是有来历的，于是赶紧迎了上去，讨好地笑道："公子爷，您的上等客房已经准备好了，楼上请。"

商君轻轻点头，朝卫溪使了一个眼色，便与修之一同上楼去了。

布衣男子始终低垂着头，看黑衣人离开了，商君也上了楼，正想悄悄从旁门离开，却被卫溪一把抓住了胳膊，力道不轻不重，却是怎么也挣脱不了。布衣男子一怔，皱眉看向卫溪，只见他面无表情，目不斜视，只是手上使了暗劲，让他不得不随着他们一起上楼。卫溪推着布衣男子进了商君的房间。商君和修之正在喝茶，男子一进来，一边龇牙咧嘴地揉着卫溪捏痛的手，一边又惊又怕地叫道：“你们想干什么，为什么抓我？”

商君悠闲地喝着茶，漫不经心地笑道：“边城内想抓你的恐怕不是我吧，你要自投罗网我也不好拦着。只是我刚刚救了你，你现在出去是想要连累我？”布衣男子收起惊恐的表情，立直腰背，朗声笑道：“多谢公子刚才出手相助，只是若我留在这里，才是真正地连累二位。”此时的布衣男子，哪里还有刚才的唯诺惊恐，即使脸依旧狰狞，却是气宇轩昂。他一定就是那些人要找的人。

商君深知他所言不假，让他留下，不仅会为他们引来杀身之祸，也会耽误寻找舒清，如今任何事情都不能和舒清的安全相比。权衡一番，即使对他再三好奇，商君也不再挽留，提醒道：“若公子执意要走也未为不可，好歹也该换件衣服，顺便换个人皮面具，不再是‘我家马夫’。”他的易容术并不高明，起码和秦修之比起来，拙劣了许多，只不过他把面容毁得狰狞让人不敢正视而已。布衣男子自嘲地摸摸自己凹凸不平的脸，他自以为是的技法在别人眼中不过是拙劣之法吧。他没有因此气恼，反而越发欣赏眼前两个各具风采的男子。拱手于胸，布衣男子朗然笑道：“在下予函，今日有缘结识二位，确是一件幸事，希望后会有期，告辞了。”说完，男子大步而去。一会儿，客栈里走出一个五六十岁的瘦弱老翁，那个儿时被火烧伤脸孔的马夫再没有出现过。

秦修之一直不曾打断商君的话，因为他相信，商君做什么必有他的原因。待男子离开之后，秦修之才不解地问道：“商君，你为何要救他？”

“我摸了黑衣男子的腰牌，他们是朝廷的人，而这个叫予函的男人，你不觉得他虽然极力隐藏，却难以掩盖那一身的贵气？我觉得，他若不死，一定会有一段有趣的故事发生。”商君了解那种无时无刻不提心吊胆、被人追杀的日子。只是她比较幸运，遇见了改变她一生的女子。但是现在，清，你到底在哪里？“那你为何还要让他走？”秦修之也感觉到了予函不凡的气质，但是他那样出去，依旧难逃追杀。

商君摇摇头，深沉地回道：“我们现在的主要目的是找舒清，至于他，如果没有能力躲过一次又一次的追击，那他也就不值得我期待了。”这世上的事，即使再多人帮你，最后都是要靠自己。

商君眉头紧锁，不言不语地盯着外边已经漆黑一片的雪夜，承受着寒风拂面。一直没有舒清的消息，她的心始终不得安宁。他不知道自己面白如纸吗？秦修之无奈起身，将雕花木窗关上，阻隔了一室的寒冷，轻叹道：“奔波了两天，你也累了，先休息一会儿，待会晚饭送来了你再起来吃一些。”

“裘慕，齐凌可有消息？”舒清被劫已经四天了，她如何能不急！

“他们正赶过来，估计午夜才会到。”

希望这次会有消息吧，商君对着修之淡笑道：“嗯，你也辛苦了，去休息吧。”

修之仍是站在他面前，没有离开。商君以为他是担心自己，笑道：“我的伤没那么重，可以自己照顾自己。”秦修之有些尴尬地回道：“这家客栈只剩下三个房间了。”言下之意就是——他们今晚要睡一个房间？商君盯着房间里唯一的一张床，惊讶得脸色一会儿青一会儿红。秦修之哭笑不得，商君这是什么脸色，和他一起住没这么恐怖吧？走到床对面的软榻上坐下，秦修之笑道：“你有伤在身，应该睡得舒服些，放心休息吧，今晚我睡躺椅上。”

感觉到自己的表情太过外露，商君轻咳一声，掩下尴尬，看向那张不大的躺椅，皱眉说道：“这……”才说了一个字，她又不知道应该如何说下去。修之那样高大颀长的身材，在小躺椅上如何能睡得好，但是她总不能与修之共睡一张床吧？秦修之自若地躺在躺椅上，一副挺舒服的样子。看着商君，秦修之轻声笑道：“这次听我的，好吗？”这如询问又似宠溺的话音，让商君僵在那里，罢了，他一个大男人，睡躺椅就睡躺椅吧！

隔着床前的纱幔，商君躺在床上，却是怎么也睡不着。透过薄薄的轻纱，她隐约能看见秦修之正侧躺在软榻上，手里拿着一本什么书，专心地看着，完美的侧脸在烛光的映照下越发地俊美。浅浅勾起的唇角，绝美的弧度，就连他握书的手也洁白而修长。如果说有什么人是完美的，那应该就是修之了吧。商君第一次这样肆无忌惮地看他，或者说，第一次这样肆无忌惮地看一个男人。原来，有一个人不用站得很近，不用说什么，只这么默默地守护在你身旁，心就会是暖暖的。

与修之共处一室，她以为今晚注定难以入眠了，谁想，她只是轻轻闭上眼睛，很快就睡着了。听着内室的呼吸声渐渐绵长，秦修之才苦笑着放下书。他根本一个字也看不进去。隔着轻纱，内室一片昏暗，他看不清里边的人，但仅仅只是听着他浅浅的呼吸声，他竟也能心跳不稳。刚才，他几乎是屏住呼吸，因为他害怕自己混乱的呼吸声打扰了他。他尝到了生命中，第一次爱情的滋味，或许，这正是他爱他最好的方式，在离他不远的地方……守着他。

商君再次睁开眼睛的时候，室内安静而昏暗，抬眼看去，秦修之不在躺椅上，外面只有一盏不明的烛火。商君感觉到房间里只有她一个人，缓缓坐直身子，她已经很久没有睡得这么沉了，或许是太累了吧。

掀开纱幔，房门也在此时被推开，秦修之端着托盘，上边有几个小菜。看见商君起来，秦修之笑道："起来了，先吃点东西。"

"好。"商君在桌前坐下，本来没有什么胃口，不过修之拿的都是她平时爱吃的菜，勉强还能吃一些。商君一边吃着一边问道："现在什么时辰了？"

"亥时已经过了。"

"这么晚了？"放下筷子，商君急道，"他们回来了吗？"

在商君身边坐下，秦修之拿起商君的筷子夹了几块肉，放在他碗里，再把筷子递回他手中，才回道："已经回了，我让他们先去吃晚饭了。你也多吃点，待会儿再谈事情。"

"嗯。"接过筷子，心里惦记着舒清的安危，商君吃得漫不经心。

不一会儿，敲门声响起。商君叫道："进来。"袭慕、夜焰、卫溪、齐凌四人相继进入。商君立刻问道："怎么样？有舒清的消息吗？"

齐凌最先上前一步，抱拳以礼，沉声回道："我查了临风关至游城几乎所有的山林小道，这几天都没有发现三人以上的车队经过，附近的村民也没有看见陌生人往来。”商君转而看向袭慕：“袭慕可有发现？”

袭慕虽仍是一张酷脸不苟言笑，但对商君却算得上恭敬：“我查到沿着边城附近，一辆马车有十人护送，一路往苍月都城天城的方向走。跟了一天，发现他们非常小心谨慎，不入住客栈，都是外宿荒野。我回来的时候他们已经到了游城近郊。”

“知道马车里是什么人吗？”他们果然没有走小道，方向是天城，难道幕后的主事者就是陇趋穆？

“马车里的人从来没有出来，他们武功极高，我不敢贸然打草惊蛇，只在他们送饭进入的时候恍惚看见里边是一个女子。”女子！马车里的人可能是舒清了。她失踪这么久，终于有了一点儿线索，商君激动得声音都有些微颤起来：“是舒清吗？”袭慕想了想，最后还是摇头：“不能确定。”马车内太过昏暗，他根本看不清那女子的脸。

心下有些失望，不过商君还是镇定地继续问道：“还有其他发现吗？”

“没有。”

“不管是不是，先去看看再说。”商君起身，秦修之看了一眼没吃多少的晚餐，张了张嘴，最后还是没有说什么。一日没找到舒清，他一日寝食难安。秦修之轻叹一声，跟在商君身后，也匆匆出了客栈。

一行十人，袭慕带队，连夜赶往游城。马车里，商君面色沉重，秦修之亦是一路无语。夹带着风雪，狂奔了四个时辰之后，破晓的晨光终于还是刺破了云层，新的一天开始了。马车行至一个斜坡上停了下来。袭慕指着坡下一片树林中的一辆马车，说道：“就在下面。他们有两个人在十丈外的地方巡视，还有两个人守夜，其他的人轮流休息。”

商君微微眯眼看去，寒冬腊月，树木凋敝，很容易就能看清下面的情况。他们几人一组将马车团团围住，训练有素，而且十分警觉。黎明将至，应该是守夜者最为疲倦的时刻，可是他们却丝毫未见疲态。商君思索片刻，交代道：“卫溪，你带一个人，把外围巡视的人解决掉。其他的人一对一地缠着他们。我进马车查看里面的人是否是舒清。如果是舒清，这些人一个也不能留；如果不是，立刻撤离。”

正当大家准备出发的时候，一直不语地观察着马车的秦修之担忧地说道：“马车里面是否有人还没弄清楚，你有伤在身，还是让袭慕去查看吧，他见过舒清的。”他的身体再也经不起折腾了。

这……修之说的也不是没有可能，奔波了一夜，胸口的疼痛提醒着她现在的身体状况。商君没有反对，点头说道：“也好。我和修之在马车上接应你们，如果是舒清，立刻把她送上车。”修之暗暗松了一口气。

为了不让对方发现，袭慕他们均下马步行，慢慢接近下面的马车。待他们已经潜伏在四周之后，商君和修之才乘马车冲了下去。忽来的骏马嘶鸣，惊得下面的黑衣人纷纷抽出长剑，戒备地盯着这辆狂奔而来的马车。就在他们的注意力都集中在一个方向的时候，躲在草丛里的袭慕等人从四个方向杀过来，黑衣人一时措手不及，很快双方在凋敝的树林里打了起来。商君和修之所驾的马车也冲到了树林里。商君一边驾车靠近被围在中间的马车，一边对袭慕叫道：“袭慕，救人！”

听见商君的命令，袭慕身边的齐凌一把弯刀横扫，隔开了与袭慕纠缠的黑衣人，让他得以脱身。袭慕奔到马车旁，掀开布帘，刚要进入，一道银光闪过，袭慕侧身躲避。即使已经尽力躲闪，肩头依旧被刺中。袭慕闷哼一声，血腥味立刻在马车里弥漫开来。已经被刺中，他干脆也不再躲，挺身向前，抓住握刀人的手，使力将他拖出车外，两人翻滚在马车下。

商君暗惊：“果然有埋伏！”袭慕肩头中了一刀，藏身于马车里的黑衣人武功也是不凡。袭慕只能紧紧抓住他的手，两人角逐力量。若是让黑衣人夺回了刀，袭慕就危险了。商君当即跳下马车，对着修之说道：“修之，我去救袭慕，你去看看马车里的是不是舒清，他们有可能给她易了容。”

“好。”这个时候，秦修之也不再多言，来到马车前，布帘早已经被撕烂，马车里确实躺着一个女子。秦修之进入马车内扶起女子，借着渐渐明亮的晨光，看清了女子的脸。女子眼半睁着，仿佛能看见，又仿佛看不见，脸上没有什么表情，一张娇俏的脸庞上尽是憔悴。秦修之轻轻抚摸女子的耳后、脖颈，均没有易容过的迹象，这个女子——不是舒清。

商君用软剑解决了与袭慕纠缠的黑衣人，扶着袭慕，向修之着急地问道：“是不是舒清?”秦修之回道：“不是。”不是舒清?商君心下一冷，朗声说道：“撤!”

秦修之正要放下女子，她原本木然的表情突然变得痛苦，一直瘫软无力的手忽然抓住了修之的衣袖，哽咽着低声哀求道：“救……救我……”

秦修之一怔，低头看去，女子正用几乎绝望的眼神看着他。她的手其实没有什么力量，只是软软地拽着他的衣袖，垂死般地挣扎救助：“求你……救我……”商君扶着袭慕回到马车旁，一声长哨，等待着山腰上的马匹应声冲下了山坡。秦修之久久不见出来，商君担心地走到马车前，却看见刚才被他刺死的黑衣人袖间滑落了一块腰牌，拾起来一看：铁甲军。又是铁甲军?商君来不及多想，马匹已经奔到树林里，暗侍们也等着商君的命令离开。将腰牌塞进袖间，商君跨上马车问道：“修之，怎么了?”秦修之为难地看向倒在他怀里的女子。

商君仔细看去，那女子长得极为标致，衣着也算华丽，只是此刻脸色奇差，眉宇间尽是痛苦之色，一滴清泪正从她的眼角滑落，隐于鬓间，嘴里极轻地低声道：“救……我……”

秦修之显然在等商君的意见。商君看了看外面几乎已经所剩无几的黑衣人，想想袖间的腰牌，这些人如果活着，必会给他们带来麻烦，当机立断：“带她走。”秦修之点点头。刚要把女子抱下车，商君对他摆摆手，直接跨上前面的马匹，说道：“修之坐好。”掉转马头，商君走到袭慕身边，问道，“袭慕，你还能驾马吗?”

袭慕点了手上的穴道，勉强坐上马背，回道：“能。”

商君扬起马鞭，冷声说道：“不留活口。”说完驾着马车疾奔而去，身后，是紧随着的十数铁骑。当冬日的暖阳光照大地时，凋敝的树林里，只留下一地的血腥与尸体。

商君驾着马车一路奔至游城。袭慕有伤在身，浑身染血，马车上的女子又昏迷不醒，这样去投宿客栈，行踪立刻就会暴露。虽然缥缈山庄在游城也有几处产业，但是商君现在还不想让铁甲军这么快注意到缥缈山庄，毕竟她在苍月有很多产业，还不适合这么早暴露。在齐凌的安排下，他们最终在游城南山下的一处小院内落脚。这里原来是一对老夫妻居住，前些日子搬去与儿子同住，托齐凌帮忙卖了这小院，今天他们正好可以借住上一宿。将昏迷的女子和袭慕扶进屋内交给修之和夜焰照顾，商君出了小院，齐凌、卫溪知道未能找到舒清小姐，主子必定还有吩咐。

隆冬已过，依旧大雪纷飞，商君穿着雪貂长袍站在雪地里，漫天飘摇的雪花轻落在墨发之上，衬得她的脸显得更加苍白。齐凌、卫溪对看一眼，都没有说话。

“齐凌，你继续在林间小道、山野村林间查探舒清的下落。卫溪，你主要在城镇附近排查，尽快找出可疑的车马。舒清失踪五天了，你们多带些人，试着把范围扩大点找。”五天，已经五天了，商君盯着灰蒙蒙的天际，她现在最是害怕看见天黑，因为那意味着一天又要过去，舒清的危险又多一分。舒清，你到底在哪里，为何一点儿消息也没有？

两人迟疑了一会儿，还是回道：“是。”忽然起了一阵大风，卷起不少雪花，寒风袭面，商君忍不住低咳起来。卫溪蹙眉，明知无用，仍是说道：“主子，这样您身边就没有人了？您还有伤在身，不如……”

商君轻轻扬手，不让卫溪再说下去，袭慕已经受伤了，她不能再把修之的人派出去。暗暗调息，缓了缓元气，商君淡笑道：“我的伤已经好得差不多了，一般人根本伤不了我，而且还有袭慕和夜焰在，你们不要担心。我已经飞鸽传书给御枫，告知他我来到苍月，他应该很快会来接应。”

预料中的结果，好在御枫正在赶来，她也放心了一些。

想起藏于袖间的腰牌，商君问道：“苍月朝廷局势，无声门近日可有消息传来？”卫溪摇摇头，回道：“半月前有过一次消息，只说苍月与东隅这场大战，以吏部尚书厉陵为首的老臣抵触很大，朝廷局势比较紧张。主子，您为何不让无声门帮忙寻找舒清小姐？这样或许会比较快。”无声门门徒众多，虽没有风雨楼在四国皆有名声，但是如果是在苍月境内，几乎没有无声门不知道的事情。

商君有些疲惫地回道："我知道，三天前已经给无声门门主送了信函，只是路途遥远，他们找人也需要时间。舒清是在临风关不见的，如果真的被劫到了苍月，我应该是离她最近的。你们先尽力去寻找吧。"远水始终难解近渴。再者，毕弦离开无声门之后，她多次想要见新门主，都被婉拒，可见，新门主未必愿意与她结交。不再多言，卫溪与齐凌各带三名暗士分两个方向急奔而去。

商君一遍又一遍抚摸着腰牌上的字迹：铁甲军。他们为什么要派十数人去抓一个弱质纤纤的女子，她是谁？客栈里易容的男人又是谁？他们之间是否有关系？苍月到底发生了什么事？商君脑子里，一个又一个问题不断，就像一团乱麻，找不到头绪，只要解开其中一个问题，或许其他的问题也就迎刃而解了。但是现在，她一个也解不开。

"商君，你怎么了？"修之拿着烛台进来，看见商君一人坐在黑暗的房间里，眉头紧蹙地盯着手中的东西。商君抬起头，微笑回道："没事。"

秦修之轻叹，如实说道："你的脸色很难看，苍白憔悴，毫无血色。"

商君苦笑，轻抚自己的脸颊，就是瘦了一些，没有他说的那么夸张吧。看见修之也看向自己手中的腰牌，商君递给他，问道："这是我在那群黑衣人身上找到的。修之，你知道这个腰牌意味着什么吗？"

秦修之接过腰牌，上面雕着一只蛟龙，盘踞在腰牌之上，中间是三个烫金大字："铁甲军"。商君轻轻点头："铁甲军——苍月君王陇趋穆御用的近身侍卫，直接受命于皇上，不受六部监管。捉拿叛党凶徒，铲除皇族显贵，暗杀朝廷异己。他们样样都做得，被誉为皇家卫甲，是陇趋穆最倚重的爪牙之一。"她算是见识过他们的厉害的。

原来如此，秦修之有些担心地说道："这么说，那位姑娘就是朝廷要捉拿的人。"他们本来只是为了来苍月找舒清，现在与朝廷为敌，会很麻烦。商君坦然回道："是。"商君似乎早已知情。秦修之奇道："你有什么打算？"

“边城附近，盘踞了不少铁甲军，各地出入城门，也特别困难。我感觉到苍月一定出了什么事，而且应该不是一件小事。”她一定要知道是什么事，凡是有扳倒陇趋穆的机会，她都不能错过！

商君眼光犀利，语调升高，就连精神也颇为亢奋。秦修之觉得商君似乎对于苍月，尤其是朝廷中事太过上心，心中有疑，也不隐瞒，直接问道：“商君，你不是苍月人，苍月国乱却让你跃跃欲试、气血翻腾，为什么?”这么明显吗？商君失笑，迎着秦修之清澈的眼眸，忽然不想隐瞒他了。深吸了一口气，商君平静地说道：“因为，我本来就是苍月人。”这是她四年来，除了舒清之外，第一次承认自己是苍月人。

这次秦修之真的傻眼了：“那你还帮轩辕逸？是因为舒清……”看他惊讶的样子，商君淡淡回道：“不完全是。现在最重要的就是找到舒清，其他的事情我以后再和你说吧。”若不是她与陇趋穆之间的仇，若不是她靠自己的力量还不足以撼动他的位置，她也不会帮助轩辕逸攻打苍月。只是这些，她还不想说出来，一旦说明，她的身份自然就要被说破了。

看出商君不愿说下去，秦修之也不再追问，不过他可以肯定，商君与苍月朝廷之间必有渊源。将腰牌收入袖中，商君关心地问道：“袭慕的伤怎么样了?”那一刀快准狠，袭慕的伤势只怕不轻。怕他担心，秦修之摇摇头，避重就轻地回道：“伤得并不是很重，只是失血过多，我已经让他好好休息了。”

“那个女子呢?”只要她醒了，或许能从她身上得到一点线索。

“大夫说，她连续服用麻沸散，神智有些不清，身体也极弱，现在还在昏迷，明日会醒过来，好好调理，不会有什么大碍。”想起刚才那女子一直紧紧拽着他的手不肯放开，秦修之颇有些无奈男女毕竟有别，好在现在她神智不清，避免了一些尴尬。

商君虽为女子，但是小时候就上山学艺，都是与师父、小师叔一起生活，后来又女扮男装，男女之防她基本没太在意，所以也不明白修之心里的难题，只当他太累了，劝道：“修之，这段时间，你受累了，你也好好休息吧。”连着两日没睡，秦修之确实有些困意，回道：“好。”只是他人才走到门边，忽然感觉腰上一紧，还未反应过来是怎么回事，就被一股劲力带到墙边。秦修之定睛一看，将他推倒在墙边，一手揽住他的腰，身体跟他几乎贴在一起的正是商君。

商君比他略矮，浅浅的呼吸喷在他的耳朵上，暖暖的，痒痒的，而商君挽着他腰间的手十分用力。两人贴在一起，隔着厚厚的皮裘，虽然感受不到彼此的体温，但是这样暧昧的姿势，已经足够令修之的血脉乱涌了。血气直往脑门上冲，他的心已经快要跳到嗓子眼了，商君无缘无故不会这样。秦修之想要开口问，才要张口，又被商君修长的手捂着，微凉的手心贴着他的唇，秦修之的脸立刻唰地红成一片……

商君警觉地听着房顶上的动静，虽然极轻，却也能听出，不止一个人。怕修之贸然出门，会被他们抓住，商君没有细想就将他带到墙边。捂着修之的嘴，本是怕惊动外面的人，但是现在手下碰触的皮肤越来越灼热，商君不得不抬起头，对上修之有些飘忽的眼。她才发现，修之的额间居然渗出薄薄的汗珠，身体僵硬，连呼吸也有些凌乱不稳。他们现在的姿势，实在有些……暧昧。商君尴尬地收回手，指了指屋顶。秦修之先是一怔，抬起头，就听见房顶上瓦片轻轻响动的声音，他立刻明白商君为何忽然“投怀送抱”了。明知是权宜之计，秦修之却是更深刻地明白，自己对商君的碰触毫无抗拒能力。两人对视得有些尴尬，故又各自移开视线。屋顶上的人竟然没了声息，商君立刻想到，刚救回来的女子就住在隔壁！“糟了！”商君低叫一声，冲出了房门。

赶到旁边的房间，房门已是大开。房间里，一个身形魁梧的大汉正和夜焰交手，一时间难分胜负。夜焰应该也是听见动静赶过来。不大的小院里，两方人马打得不可开交。

商君与修之站在一旁观察着局势，好在这次夜袭的黑衣人并不算多，只有七八个，而且除了屋内与夜焰交手的魁梧大汉武功算得上高强之外，其他人不过平平。看身手、行事作风，他们都不像是铁甲军的人。

商君发现房间里居然还有一个黑衣男子，他正抱着床上的女子想要从窗户翻出去。商君闪身进入，因为有伤在身，不想与他多纠缠，直接亮出软剑。寒光乍起，抱着女子的男子连忙向后躲闪，只是抱着女子的手始终没有松开。看得出他是有些武功的，可是手中抱着一个人，商君这一剑来得又是极快，男子的右臂被划出一道极深的口子，血腥味弥漫了整个房间。商君扶住女子的腰肢，硬是将她抢了过来。

男子点了受伤的穴道，又要迎上来，却在看清月华下商君的面容时，愣了一下，满目惊讶。即使男子蒙着面巾，商君也从他眼中看出惊异的情绪。商君暗想，他认识她？看男子受了伤，魁梧大汉狂性大发，一柄大刀耍得虎虎生威，把夜焰逼到角落里。他却没有乘胜追击，而是直扑商君而去，力透千钧地挥出一刀。商君抱着女子不好闪避，唯有举起软剑硬生生接下了这一刀。一股劲力透过剑身袭来，商君后退了一步，压下翻涌的血气，单手翻转剑花，将大汉逼退。藏于袖间的腰牌突然咣当一声砸在地上。

“铁甲军！”大汉双目圆睁，新仇旧恨一腔怒火全泼向了商君，再次举起大刀，一心只想将商君置于死地。大刀与软剑再一次短兵相接，划出一道玄白的火花。商君皱眉，握紧手中的软剑。此人招式古板，却是力大无穷。她现在胸口如烈火煅烧，虎口隐隐作痛。商君连接两刀，大汉也已经是气血翻涌，惊叹于这孱弱得仿佛随时要倒的男子竟如此厉害。大汉粗声喘息着，改为横握大刀，朝着商君持剑的手砍下去。眼神一暗，商君现在几乎快要提不起剑来，这人的蛮力让她的身体吃不消！

商君眼神虽然依旧犀利，面色已是苍白如雪，她的伤势必又加重了。秦修之大惊，自己却又无能为力，只能急道：“夜焰，保护商君！”

夜焰一跃向前，手中的莹白长剑直刺入大汉的肩胛骨。大汉吃痛，手中的大刀立刻握不住咣当落地。商君看夜焰出手了，放松下来，再也控制不住气血翻涌，一抹殷红自唇间滑落。抱在怀里的女子也软倒下去，一直站在一旁的黑衣男子飞快上前接住女子滑落的身体。

商君只觉眼前一黑，缓缓向后倒去。适时一双温暖的手将她揽到了怀里，耳边，是熟悉的男声焦急地低唤着："商君，你醒醒，商君！"

看到商君再次受伤昏迷，秦修之心疼，夜焰愤怒。随着主子到这片大陆之国也快一年了，商君无论品行武功，都让他们敬佩不已，更别说主子对他推心置腹，情同手足。就是这些人，害他再次伤重，夜焰下手也变得毫不留情！

大汉兵器已落，肩上又受了伤，拳脚抵挡了一阵，最后还是败在了夜焰的长剑之下。院内的黑衣人也不敌暗士，被扭送到了屋里。其中一个年轻男子虽被擒住，口中不停地谩骂着，仍是死命挣扎。夜焰不耐，一脚踢在他的脚弯处，男子跪倒在地，又立刻被点了穴道。

商君靠在修之肩上暗自调息了很久，才缓缓睁开眼睛，低声说道："点灯。"暗士点起数盏烛台，将房间里照得通明。秦修之扶着商君在躺椅上坐下，低声问道："你怎么样？我扶你回去休息吧。"商君轻拭唇角的血迹，她好像有些习惯这身体的残破了，淡淡笑道："我没事。"

半靠着软榻，商君直直地盯着站在最旁边，怀里抱着昏迷女子的黑衣男子。他脸上的黑巾被揭了下来，看样子年纪也不过二十七八，相貌算得上俊秀。不过在修之面前，长相从来不值得提及。经过这一晚上的打斗、变故，他依旧冷静沉着，明明已是阶下囚，那股尊贵的傲然之气丝毫未损。这样的人，刚才何以露出惊异之色？商君与他对视，问道："我们见过？"男子只是看着商君，却不回话。秦修之上下仔细地打量着男子的样貌身形，最后对着商君笑道："如果我没看错，他就是那日你救下的'马夫'。"好的易容，不仅是对脸的易容，还有身体、声音甚至神态。眼前这人，显然学艺未精。

男子脸色微变，商君也从他的脸上得到了肯定的答案，他就是那个自称叫予函的人。有些疲惫地躺下，商君不再看向他们，声音里也尽是倦意："你们是什么人？"谁也没有回话，一道不屑的男声尖锐地响起："呸，你们不用再装了，既然是铁甲军的人，怎会不认识我家主子，要杀就杀，装什么傻！"

商君看了一眼跪在地上一脸愤恨的年轻男子，转头对着始终不语的予函说道：“这块铁甲军的腰牌，是我救下那位姑娘的时候在看守她的黑衣人身上找到的。我不认识你，也不认识那位姑娘。”

“哼，说得好听，你谁也不认识，就这么巧救了两位主子？我看这根本就是铁甲军设好的圈套，要一网打尽！”又是年轻男子愤愤不平的低吼。

夜焰上前想要点他的哑穴，商君朝他轻轻摇头，手撑着脑袋，依旧对着予函笑道：“若不是我救你，你可能已经被捉了去，而那位姑娘本身就已经被抓住了，就算我是什么铁甲军，需要费那么大的劲来一网打尽你们这些本来就在网里的鱼？”

“谁知道你们又想出什么诡计，得到主子们的信任，另有图谋也说不定！”商君忽然低笑出声，即使震得胸口疼痛不已，依旧没有停下来，她今天真是见识了什么叫秀才遇到兵，有理说不清。予函虽然只字未说，却已经是默许了年轻男子的叫嚣。她承认救他们，是想从他们身上找到与陇趋穆有关的突破口，但是这不表示她非他们不可。

“随你们怎么想，本来也不过是随手救了两人，其中的恩怨我并没有兴趣知道。但是你们深夜来袭，恩将仇报，我要一个交代。”缓缓坐直身子，商君声音不高，几乎是虚弱的，却是每一句都直砸听者心里。

“你……”年轻男子还想说什么。予函轻轻抬手，他身边的大汉立刻呵斥道：“一切由主子定夺，勿再多言。”年轻男子恨恨地瞪着商君，却不敢再多言。

第一次见这男子就知道他非一般人。现在这样懒散地坐在软榻上，一双清眸似乎是闭着，脸色苍白到几乎没有血色，可是他散发的气势，在场的每一个人都不会错认，他不是铁甲军的人。他从没听说过陇趋穆身边有这样的人。这么优秀的人，必是有来历的，虽然心中极为欣赏，他仍是不敢轻易信任，妄图亲近。

“我与你救下的女子是一对兄妹。我们也算是名门之后，不想得罪了权贵，遭到暗杀。幸好有人暗中通知，我与妹妹连夜出逃，一直被铁甲军追杀。本想先离开苍月，谁知在边城被铁甲军抓住了，家将只把我救了出来，妹妹被他们带走了。那次大战，我与家将走失，在客栈遇见了你。得你相助，我算逃过一劫，与寻来的家将会合之后，一路打探，找到了妹妹的行踪，今夜才会夜袭救妹。”予函抱着女子，仍是微微躬身，行了一礼，说道，“今夜鲁莽之举，如有得罪之处，还请见谅。”

好个予函！好个鲁莽之举，还请见谅。一段语焉不详，诸多隐晦的说辞就算是对她的解释了？商君冷笑，她只听清楚一点，就是他们被铁甲军追杀。既然从他这儿得不到太多线索，卫溪、齐凌又不在，舒清也下落未明，她实在不应与他们再纠缠。

“放了他们。”让夜焰解了他们的穴道，商君对着予函淡漠地说道，“予函，我姑且相信你说的话，带着你妹妹走吧。”

他竟没有多为难，这出乎予函的预料。此人到底是怎样的行事作风，怎样的心怀？心中对他的欣赏更胜。刚才听人叫他商君，予函想听他自己告知他名讳，于是问道：“多谢公子，敢问公子名讳？”

“萍水相逢，不劳多问了。”看到商君不愿多谈，予函只能暗自惋惜。

“告辞。”一行人才出小院，就听见远处传来轰轰的低鸣。年轻男子一脸惊异，奇道：“什么声音？”商君在修之的搀扶下也走到院外。脚下微微地震动，响声也越来越近，即使天还没亮，但是远处灰蒙蒙的沙尘她却看得清楚，不禁低叹：“来得好快。”不愧是苍月久负盛名的铁甲军。远处传来的声音越发明晰，那是至少上百铁蹄齐奔所发出的踏蹄声。予函脸色一沉，大喝道：“赶快上马，不要拖累他们。”今天怕是在劫难逃了，不可再牵连他人！

商君再次正视眼前急于御马离去的男子，想不到他还有点担当。只是听那马蹄声，商君低喃：“只怕来不及了。”果然，商君话音未落，火把的光芒已经直冲云霄，刺痛双眸，染红午夜的黑幕。马队以极快的速度飞驰，离小院不过数里之遥，转眼即可围攻上来。小院背靠一座矮峰，马队呈半圆形包围过来，予函无论从哪个方向走都不可能躲过追击。而他们，似乎也难逃这一场劫难。

第四章　又见三儿

依照这样的行进速度，不用半刻钟他们就能包围过来。商君蹙起了眉头，救这两个人是她的主意，她不能让修之因此受到牵连。商君静下心来，不去理会越来越刺目的火光和震天的马蹄声，细心观察着周围地形。放眼看去，小院前方就是一条小道，再往前是一片小树林，树林外是官道。铁甲军现在已经进了树林，此刻才想办法布阵绝对来不及。转身向后看去，小院背靠南山，夜里目测，那山峰并不算很高，商君忽然眼前一亮，或许可以从山后离开。眼见火光逼近，何成焦急地看向予函，问道："主子，现在如何是好?"眼前的局势对他们极其不利，但是坐以待毙只能累人累己，轻扯缰绳，掉转马头，予函说道："往东行，先离开这里再说。"

商君听着他们的对话，一边继续观察南山的侧峰，一边淡淡说道："他们用的是蝶形围攻阵法，东西方向埋伏着箭阵，往东必死。"如若予函此时离开，能让他们摆脱危险，商君绝不会多说一个字，只是按照铁甲军的速度和一贯的作风，被牵连已是注定，那他们就没有必要急着去送死。

予函抬眼看去，经过商君这一说，他也发现铁甲军行进的队形，确实是两侧慢中间快，东西方向队伍迟缓肥大，隐约有些像蝴蝶。

何成暗暗打量商君，刚才与之交过手，此人武艺不俗，想不到他只随便一看，就能道出对方阵形。大敌当前，他依然镇静从容，莫不是他已经想到办法了？上前一步，何成抱拳请教道："公子有何高见?"

商君没有回头，对他的问题充耳不闻，只对着一旁的夜焰说道：“夜焰，你上去看看，这侧峰有多高，峰后可有路径离开?”若是峰后无路可去，铁甲军搜山，他们一样无路可走。若是他们再阴毒一些，放火烧山，那真是必死无疑了。“是。”夜焰并不质疑，立刻往侧峰上飞掠而去。

脸上不敢表露丝毫惧意和恐慌，其实商君心里乱得很，只希望天无绝人之路吧。一只温暖白皙的手握住了商君的手。商君讶异地抬头，对上修之含笑的眼她什么也没说，只是对他点了点头。商君赶紧低下头，不敢看他鼓励和安慰的眼睛，因为这样的关怀会让她变得脆弱。而脆弱，是她最最不需要的东西。轻轻抽回手，商君转身看向别处。秦修之怅若有失。

“还有什么要做的?”一道冷硬的声音在背后响起。商君回头，就见袭慕肩头包着厚厚的纱布，表情肃然地站在身后。商君劝道：“袭慕，你的伤还没好，不要妄动。”袭慕不肯离开，坚持道：“我没事，一点儿小伤。公子还有什么吩咐尽管说。”深知他的性格，商君不再劝，说道：“好，你带他们几个，挑选马匹中脚程最快且速度相近的十匹马，再把所有的弓箭备齐全。”如果后山没有路，她还要再想其他办法才行！“是。”商君的爽快让袭慕暗暗松了一口气，领命而去。

看商君的人已经井然有序地在安排着什么，何成再一次上前，诚恳地说道：“公子是否有什么计划，我等愿意相助，共谋出路。”守护主子是他的使命，眼前这人就是希望，他不能放弃。

这魁梧大汉，看来也是忠义之士。商君颇为欣赏这样的人，也不再为难他，说道：“铁甲军人多势众，我们毫无防备，唯有两条路，一是从后山逃脱，二是正面突围而出。你们做好突围的准备。”

“正面突围?”年轻男子低叫，“这不是要我们送死吗?”他就说这人不安好心，就算不是铁甲军的人，也不是什么好人。何成大喝：“何绍华，闭嘴!”对着商君拱手，说道，“公子请继续说。”

商君轻轻挑眉，这大汉有点意思。指着前方渐行渐近的队伍，用手做了蝴蝶形的手势比向敌军，她的手形正好与敌军队形重合，商君一边慢慢收拢双手，一边解说道：“蝶形围攻法在行进中，正面是最容易攻破的。如果让他们再逼近，待两侧的箭阵像翅膀一样收拢，就当真没有机会突围了。”说完商君看向予函，因为最终做决定的人是他。予函盯着前方直冲出官道的铁甲军，再看看商君清澈冷静的眼，最后大声说道：“好，准备正面突围。”一行人正准备往前冲，商君忽然大叫一声：“等一等。”予函和何成对视一眼，不明白地看着商君。商君却直直地盯着南山，只见暗黑的山峰间，几点黑影攒动，身手奇快，不一会儿，就从后墙飞跃而入，最前面的是夜焰。

奔到商君面前，夜焰轻声说道：“公子，我在峰顶遇见一队人马，他们执意要见公子。”这些人武功怪异，行事诡秘，不过他感觉得到，他们对公子没有恶意。商君朝他身后看去，只见几个身着银灰色劲装的男子，只是远远地站着，气韵不凡。为首的男子走到商君面前，问道：“可是商君公子?”商君点头。男子恭敬回了一个礼，才沉声说道：“南山后面绕过灌丛有小路可直通游城。马车已备好，公子请。”商君并不急着走，问道：“你是?”男子并不避讳：“无声门，流云，奉门主之命，相助公子。”

无声门？是御枫收到他的消息之后请无声门帮忙的吗？不管怎样，有无声门相助，逃生有望。商君利落地吩咐道：“夜焰，你去帮袭慕，把准备好的箭绑在马匹尾巴上，把它们分别往东西方向赶。再放一把火，烧了这小院。做完这些，即刻跟上。”说完拉着秦修之，商君随着流云一起来到南山下。抬头望去，南山虽然并不高，也有十来丈，好在从山上吊下了十来根绳索，要上去并不难。

抓着修之的手臂，商君想把他带上去。不过才提气向上攀，胸口一阵紧缩，商君痛苦地闷哼一声。修之急道：“商君，你怎么样?”

商君摇摇头，勉强露出一丝笑容，回道：“没事。待会让他们带你上去。”她的身体比他预料中的更差了。

一波疼痛过去，商君暗暗调息，似乎没有那么疼了，笑道：“这矮峰还难不倒我，放心。”她不喜欢被人抱着，所有身体接触都有可能暴露她的身份，她要尽量避免。

把秦修之带到流云身边，商君问道：“流云，你帮我把他带上去好吗？”这些人中，数此人气息最为绵长强劲，武功应该最高。如果他肯答应，修之必能安全上去。“是。”流云没有推脱，只是对着身后的人说道，“流光，护住商公子。”

“嗯。”流光领命，站在商君身后，等待他上前之后，跟在他后面。

商君感激流云的体贴，微笑着说道：“多谢。”

“公子不必客气，门主有令，全力保护公子，不容有失。”

这……商君有些惶惑，他和无声门新门主没有交情吧？但是看他们对她的恭敬和保护程度，商君几乎以为自己与那门主是八拜之交了！为自己的胡乱猜疑感到好笑，商君摇摇头，笑道：“先上去再说。”

好在流云他们下来的时候已经放了绳索，有绳子借力，上山并不困难，只是商君这些日子以来伤势日渐加重，一路上还是喘了好几次。快到山顶的时候，商君看见山下的小院已经烧了起来，袭慕、夜焰应该也赶过来了，她的心总算是放下了一些。一个纵跃，商君最先上到了山顶。

山峰下，铁甲军已围了上来。小院着火，暂时挡住了铁甲军的视线。商君他们纷纷上了南山。予函想了想，大声说道：“铁甲军人马众多，我们也同他们一起走。”好歹是一线生机。予函一声令下，众人弃马，一路攀爬。

南山顶上并不太宽阔，商君上来之后发现，顶峰上站着几个人，正在检查绳索是否牢固，注视着下面的情况，看见商君上来，纷纷抱拳行礼。商君微笑点头，心里却是越来越纳闷。

天还没亮，山顶上本该一片漆黑，好在山下火光冲天，映照得山顶隐隐能看清人。商君正在疑惑着无声门的事情，一个高大颀长的人向她走过来。他逆着火光，商君看不清他的脸。在他面前站定，男子忽然张开双手，把商君一把揽进怀里。商君先是一怔，而后大怒，刚想出手，耳边传来一声低喃，有些压抑，还有隐隐心痛的男声：“不要动。”

熟悉而又陌生的声音，淡淡的清爽味道，霸道倔强的行事风格，都勾起了商君的记忆，有些不能确定。商君声音在微微地颤抖，叫出了心中时时挂念着的名字：“三儿……是你吗？”

山顶的夜风异常寒冷，吹得衣袂纷飞，男子久久没有回应。商君几乎以为自己认错人了，但是那微乱的呼吸声、如雷鸣般强劲的心跳，都让商君如此熟悉，感觉告诉他，此时将自己紧紧揽在怀里的人，正是当年那个莽撞少年。男子双臂收紧，牢牢环住她的腰，低沉的嗓音，好听得让人心跳，轻柔却带着怒意：“你，又瘦了。”是他，只有他会这样霸道，这样别扭。商君轻推开萧纵卿，看向他的脸。火光映照下，记忆中那张俊俏的脸，依然是剑眉星目，傲鼻薄唇，却又有些不同，仿佛刀削石刻般棱角分明的脸庞上，一双深邃的眼沉稳而冷厉，那卓尔不群的气质，已非往昔可比。四年不见，他长高了，硬是比她高出了半个头。“三儿，真的是你！”又见到三儿，商君欣喜，一时也未去在意萧纵卿始终环在他腰上的手。而刚刚上到山顶的秦修之却被这一幕震得一句话也说不出来，那是商君吗？他被一个冷傲的男人环在怀里，脸上洋溢着惊喜的笑容。他不会错认男子脸上爱怜的笑容、保护的姿态，秦修之听见自己的心怦怦狂跳，夜风吹在脸上原来会痛。

萧纵卿亦感受到不远处过于专注的视线，抬眼看去，是一个绝美的男人，竟是比商君还要更胜三分，墨色长衫，孑然而立，极尽风雅。萧纵卿不喜欢他看着商君的眼神，非常不喜欢在这个男人沉静的目光下，他竟莫名地心绪不宁，揽着商君的手也越发用力。商君这才恍然自己还在萧纵卿怀里，在他不满的眼光下，轻推开他的手。只不过商君一直背对着修之，所以并不知道刚才那两人之间有过一场眼神对决。

待人都上来后，流云回禀道：“门主，人已经全部上来了，铁甲军正向南山而来。”门主？商君蹙眉，无声门的新门主居然是三儿？商君再次看向他，他的神情冷然，目光犀利，这个人似乎不是他印象中的三儿了，有些陌生。看了一眼山下数百人马，眼光扫过刚刚上到山顶的予函，萧纵卿冷漠地说道："砍断绳索，即刻离开。"不管身后众人的目光，萧纵卿拉着商君的手走向唯一一辆马车，说道："君，你乘马车。"

商君想要收回手，奈何三儿手劲不小，不是她挣不开，只是在众人面前拉搡不太好。商君作罢，由他拉着，在马车前站定，却没有急着上车，而是在人群中寻找，终于看见修之，笑道："修之，你也一起吧。"虽然从南山另一面下山没有那么陡峭，但是毕竟修之不会武功，夜风又冷得刺骨。萧纵卿眼中一抹光芒一闪而过，看不清楚是什么，不过他什么也没说。秦修之扬起一抹淡淡的笑容，摇了摇头，回道："不用了，我骑马好了。"

"好吧，那你自己小心。"既然修之这么说，商君也不好再说什么。钻进马车，马车很宽敞，里边布置了一个软榻，上面铺着厚厚的长毛绒毛皮，看起来温暖舒适。萧纵卿随着商君上了马车。马车立刻向前方飞驰。商君靠在软榻上，的确很舒服，即使马车跑得飞快，也不见颠簸。

萧纵卿在软榻旁坐下，眼睛看向车外，没头没尾地问道："他是谁?"

商君早知道他会问，坦然回道："秦修之。"其余的一概不解释，因为她没有必要向他解释，而且既然他是无声门门主，有什么是他想知道而不能知道的呢？秦修之！名不见经传，不在他的关注圈里，不过从今天开始，他会时时注意他的动向。男人的直觉告诉他，这个人将会是他最大的对手，萧纵卿暗暗记下这个名字。

马车里安静了一段时间，商君看向萧纵卿，说道："三儿，有件事我想请你帮忙。"她找了七八天，仍是没有舒清的消息，如果三儿肯帮忙，应该很快有消息。"找慕容舒清吗?"没等商君说明，萧纵卿已经猜到她要问什么，她与那个叫慕容舒清的女人感情好得有些过分。

商君急道："她在哪里?"

萧纵卿手枕在脑后，懒懒地回道："她在东隅，你不用担心她，有很多人马在找她。慕容舒清最多是奔波一些，不会没命的，没人舍得她死。"虽然慕容舒清是个棘手的人物，不过他还是要谢谢她把商君带到苍月，带回他身边。原来舒清在东隅，怪不得她找不到，商君暗暗松了一口气，东隅有炎雨、苍素，还有轩辕逸，舒清应该会没事吧。知道了舒清的下落，商君一颗心放下来一般。看着萧纵卿，商君问道："毕弦走之后，由你接管无声门?"他萧家三少爷做得好好的，怎么会入了无声门。

"嗯。"萧纵卿轻嗯一声，他不想说他这几年在无声门经历了什么，因为商君不需要知道这些。他不想谈，商君有些失望，以前他们虽然不是无话不谈，却也不至于如此。

"这些年，你为什么不肯见我?"她三四次提出与无声门主相见，可惜都被拒绝。原来不知道是三儿，现在知道了，商君有些怅然，他竟是不愿见她吗？久久，商君以为他不会回答的时候，萧纵卿转过身，深邃的眼睛里，流动着商君不懂的流光，低沉的嗓音平静地说道："我对自己说过，等我能帮你实现心愿，保护你不受伤害，照顾你一生一世的时候，才有资格与你站在一起，现在我做到了。"

商君有些恍惚，她不习惯这样的三儿，太过平静，仿佛这就是他的信念，不需要大声强调。只是这样的平静，让商君心慌。斟酌了一番，商君才说道："三儿……看见你长大了，有了一番作为，我很开心。不过你不需要为我做什么，我的事情自己会去处理，我也会照顾我自己，你不用担心。"她又试图撇开他，萧纵卿暗自好笑，她真当他还是当年那个傻愣愣的少年吗？勾起唇角，萧纵卿揶揄地打量着商君，讪笑道："处理得自己一身伤？照顾到连走路都喘成这样？我认识的商君意气风发，身手了得，现在呢？你已经把自己折腾够了，以后的事情我会帮你做完。"

她好像说过，报完仇就会如平常女子一般相夫教子吧，真是值得期待。商君苦笑，果然江山易改本性难移，霸道依然是他的性格，只是这次更难说服而已。商君坐直身子，准备好好和他谈："三儿，你不明白……"

不等她说下去，萧纵卿闲闲回道："你要陇趋穆死！这就是你的心愿，我这样算明白了吗?"

"你怎么会知道?"商君大惊，是她太小看他了吗？三儿到底还知道什么？难道她的身世他已经知道了。既然如此，三儿就更应该知道这里边的惊险，更应该知道为何她不愿意任何人牵扯其中！

看着商君惊讶的表情，萧纵卿轻叹一声，顿时感到有些无力，握住商君冰冷的手，萧纵卿叹道："君，你以为这四年我都在干什么？你以为我为什么要接管无声门，你以为我放弃萧家的产业，混迹江湖，广交群臣，又是为什么？这一切都只有一个原因。"那就是你！萧纵卿没有说出来，商君却清清楚楚听到了他心里的声音。这一次，他没有再大吵大闹，没有生气怒吼，商君却真的慌了，她感受到自己被一股强烈的情感包围着，有些窒息……

马车还在狂奔，车内时间却仿佛静止了一般，直到一道男声自车外响起："门主，铁甲军由东西两面绕过南山，意在山下围堵。"

萧纵卿拉高薄被帮商君盖好被子，轻声说道："好了，你脸色很差，累了就睡一会儿。"

"三儿，等等。"萧纵卿转身要出马车，商君才回过神来，铁甲军还是不肯罢休，想要坐起身子与他商量如何退敌。萧纵卿站在门边，轻轻扬眉，似笑非笑地说道："你最好乖乖地躺好，还是你喜欢我抱你睡？"商君浑身一僵，该死，他居然这样威胁她。如果眼神能杀人，萧纵卿已经千疮百孔。

看她僵在床上一动不动，萧纵卿大笑，心情大好地出了马车。瞪着那道得意的身影离开，商君浑身无力地瘫倒在软榻上。面对这样的三儿，她要怎么办？怎么办……靠在软榻上，商君思绪混乱，不是担心三儿应付不了铁甲军。他虽然没说如何当上无声门的门主，商君也能猜到其中的艰辛。没有一种成功是不需要付出的，他的能耐自然不低。她现在迷茫的是，接下来应该怎么做。

天幕渐亮，隐隐的亮光透过布帘，映照在商君的脸上。轻轻掀开布帘，马车速度慢了很多，改走侧峰，从这里下去已能看见游城的城门，看来三儿想要进城躲避铁甲军。缓缓放下帘子，商君闭上了眼睛，舒清身在东隅，自然有人营救，那么她呢？是要退回临风关继续等待机会，还是潜入天城，创造机会。久久，商君睁开了眼睛，五年，她等了五年，已经够久了，她不想再等，就赌一次吧。

马车进了游城，城门刚开，街上没什么人，他们一路通畅地穿过街道，几经辗转，马车驶入了一座装饰华丽的庭院侧门。商君朝那门楣看了一眼——绯红环翠阁。是青楼！她在生意场上打滚多年，自然知道游城最具盛名的地方，原来竟是无声门的产业。马车在庭院里停下，商君立刻下了马车。庭院不小，环视了一圈，流云正在和一个三十出头的女子说着什么。没有看见三儿，却见秦修之从马上下来。商君走过去，笑道："修之，告诉你一个消息，舒清并不在苍月，目前也没有生命危险，相信轩辕逸他们一定会尽量营救她的。"

秦修之点头，微笑回道："确实是个好消息。"

秦修之笑得勉强，商君担忧地问道："你的脸色不太好，是不是哪里不舒服?"也难怪，这样冷的雪夜里，狂奔一个时辰，没几个人受得了。

"没事，我很好。倒是你，应该找个大夫看看。"他虽然不会武功，身体倒还算结实，如果一定要说不舒服，或许是心里不舒服吧，秦修之自嘲。"君，你不舒服?"一道紧张的男声自商君身后响起。商君回过头，正迎上一只大手抚上她的额间。商君不自在地别过头，想回答他自己没事，萧纵卿已经对着身后的流光说道："流光，请大夫。"

商君张了张口，随即闭上，她说没事，三儿也一样会按照自己的想法去做的。萧纵卿脱下自己的纯黑貂毛披风，轻轻披在商君肩上，带着宠溺轻声责备道："以后不舒服要马上告诉我。"

声音虽然不大，不过足够秦修之听得清楚。秦修之一僵，手缓缓握成拳，又慢慢松开，他说不清自己心里的感受，从见到这个男子的那一刻开始，他不安，心酸，甚至愤怒，他很少这样。这种感觉，与看见商君和舒清站在一起的感觉不同。难道就因为这次站在商君身边的人是男子？他有些错乱了。萧纵卿旁若无人的关心让商君很不自在。稍稍后退一步，商君平淡地回道："我自己的身体自己知道，你不要担心。"萧纵卿轻轻扬眉，也不再逼近，笑道："我们先在这避一避，待铁甲军追得没这么紧了，再回天城。"君，我会慢慢让你适应有我在你身边的日子。

"这位是秦公子吧。"萧纵卿仿佛才看见秦修之的样子，笑道，"我是萧纵卿，君说你一路上帮她很多忙，真是谢谢你这么照顾她。"完全是一副与商君私交甚好的样子。口中说着谢，言辞间不难听出火药味。秦修之假装没听见，微微拱手，回以一笑："萧公子言重了。我与商君既是朋友，本该互相照顾。"

"秦公子不是苍月人吧？在这儿住得可习惯？"

"修之四海为家，对我来说哪里都一样。"

这两人你来我往好不热闹，他们当她是死的吗？既然这么喜欢唇舌暗战，她成全他们。商君直接漠视两人，绕过他们，朝不远处的予函走去。商君离开后，两人不再寒暄，对视一眼之后。秦修之微微拱手，率先离去。萧纵卿盯着秦修之的背影，眼神微闪。

看着商君向他们这边而来，何绍华在予函身边不满地说道："主子，您还要和他们在一起吗？我总觉得他们这行人不简单，怪异得很。"即使他们不是铁甲军的人，也一定有所图。何成拽着他的衣领，把他推到一边，说道："主子，依属下之见，铁甲军人数众多，小姐又昏迷不醒，目前您势单力薄，还是留在这儿，待小姐醒来，再离开也不迟。"何绍华不认同地嘟囔两句，却也不敢顶撞自家老爹。

予函看看怀里完全没有清醒迹象的妹妹，又看一眼已走近的商君，权衡之后，在商君未开口之前，诚恳地说道："多次得公子相助，予函感激不尽，不知可否再叨扰数日，舍妹身体好点我们就离开。"

商君脸上笑意不变，心中却在盘算着是否应该让他们留下。铁甲军并不好惹，她还不想为了他们在毫无准备的情况下与陇趋穆的爪牙起正面冲突。不过予函的身份不明，能让铁甲军出动如此大阵势的人，或许对于自己还是有些用处的。到底应该如何是好呢？就在商君思索的时候，萧纵卿缓步走来，朗声笑道："睿亲王无须客气，郡主安心休养便是。"

"你……"予函，应该是陇宜亥心下一惊。身后的侍卫也个个脸色大变，上前几步护在陇宜亥身侧，手也抚上了腰间的长剑。萧纵卿依然笑得自然，与商君并肩而立，完全不惧眼前目光凶狠的侍卫。陇宜亥忽然轻笑出声，轻轻扬手，示意侍卫退下，轻叹道："无声门果然厉害。"

他一早就知道他的身份了吧，估计现在他是想走也走不了了。陇宜亥昂首，大方坦然地回道："那就叨扰了。"不错，有些气度。萧纵卿随即也客气地笑道："流云，为睿亲王带路。"

"请。"陇宜亥看了一眼商君，眼中闪过一丝疑惑。他看得出，商君在听到他身份的时候也是一怔。他与无声门又是什么关系呢？抱着怀中的女子，陇宜亥随着流云大步而去。商君始终低首不语，直到陇宜亥的身影消失在眼前，她才缓缓抬起头，看着萧纵卿意气风发的脸，问道："他就是睿亲王陇宜亥？你一开始就知道?"

"是。他是一枚好棋子，两虎相争，必会两败俱伤，到时你就可以乘机要了陇趋穆的人头。"他早就对天城中关于睿王卧病在床，不入早朝的传闻有所怀疑，一路追查，想不到这么巧，商君居然救了他。这样刚好，他也不用再安排戏码获得陇宜亥的信任。商君轻轻摇头，回道："陇趋穆的皇位本来就是谋篡而来，陇宜亥确有名义与他一争，但是似乎实力悬殊。"

"那倒未必。"萧纵卿胸有成竹，"陇宜亥是太子威王的嫡子，如果当年不是陇趋穆篡位，如今苍月应该是他的天下。陇宜亥继承了威王的实力，对朝廷的影响亦不可小觑。尤其是武将军被害之后，武家军大多心存不满，虽然已经被分割到各个地方，仍然有不少将军与陇宜亥交往甚密。陇趋穆应该是有所察觉，才会想要秘密处死他。"

"如果是这样，倒是可以一试。"陇宜亥确实是打击陇趋穆最有力的武器，只是商君还是迟疑了一下，说道，"就怕到时苍月会更乱。"

陇宜亥虽然有能力一搏，却不一定能登上皇位。陇趋穆到现在也没有立下太子，到时难免一场混战，朝廷将面临一场浩劫。燕芮始终虎视眈眈，东隅苍月混战，内忧外患，百姓也怕是难以安居了。

轻拍商君的肩膀，萧纵卿显然没有这么多疑虑：“我们不过是想借他的名义和势力杀陇趋穆，到最后谁称王与你我何干?”他的目的就是助商君了却心愿，天下大乱又如何？是啊，谁称王与她何干？她只是要为武家报仇雪恨而去，其他的事情，她何必去管？武家满门抄斩时，谁管过他们！商君眼神一冷，点头回道：“好。”

绯红环翠的庭院里，一道颀长的身影，来来回回，不知走了多少遍，脸上面无表情，目光有些冷。商君不知道自己在烦些什么，自从知道予函就是睿王，听了三儿的计划之后，她就莫名地烦躁。她应该高兴的，不是吗？她离报仇之日越来越近了，她应该兴奋的，这是她日日夜夜期盼的事情，可是她为什么觉得惶恐?“你要去哪儿?”商君抬头，迎上了一双担忧的眼睛，是修之。商君苦笑，她也不知道自己要去哪里，看看天空，回道：“天气不错，出去走走。”

“铁甲军有可能正在城内搜查，你这样出去会有危险。”他早就看见她一个人在院子里走了很久，本来不想打扰她，但是她要出去，实在太危险了，尤其是现在。

“他们的目标不是我，而且我也就在街上走走不会有事的。”知道予函的身份之后，她终于明白铁甲军为何会出动如此多的人了。

商君转身而去，一副不愿说话的样子。看着她孤单而消瘦的背影，秦修之还是忍不住说道：“我陪你吧。”或许他能陪在她身边的时间已经不多了。商君脚下一滞，最后还是轻轻点头：“嗯。”她没有拒绝修之的陪伴，也许是因为他有着和舒清一样让人安定的力量吧，而她现在需要这样的力量。已是正午时分，阳光有些晃眼，两人并排走着，却没有交流。商君始终微低着头，盯着脚下的路，沉浸在自己的思绪中，眉头紧蹙。秦修之默默相伴，猜测他必定是被什么事情困住了，只是自己无从劝解，因为他从不曾对他提及。

秦修之走过一家正要关门的小店铺，想了想，走了过去，片刻之后，手里拿着东西回到商君身边。商君竟一点儿也没发现他离开。秦修之苦笑，如果他现在回去，商君不会以为自己是一个人出门的吧？心里自嘲着，秦修之脚下还是加快了脚步，走到商君前面，将手中的东西递到他面前。

商君低头走着，忽然一怔："这是什么？"待看清秦修之手中的东西，商君不禁奇道，"糖葫芦？"

秦修之将一串甜果糖葫芦塞到商君手中，微笑说道："尝一尝。"

商君盯着手中鲜艳欲滴的果子，哭笑不得地说道："修之，我又不是小孩子。"就是小孩子的时候，这种东西她也是不吃的，更何况现在。

"谁说只有小孩子才可以吃？"晃晃自己手中的糖葫芦，秦修之咬了一口，颇为享受地连连点头，笑道，"尝尝看，味道不错。"

商君好笑地看着秦修之，一身墨衣雅致不俗，却举着一支糖葫芦，怎么看怎么怪异。只是他自己仿佛并不觉得，还满目期待地盯着她。商君无奈，只得也咬了一口，立刻眉头皱成一团。看他吃得艰难，秦修之笑问："没那么难吃吧？"

商君好不容易咽下去，摇摇头，一脸痛苦地回道："太甜了。"甜果本来就甜，再加上厚厚一层糖衣，口中尽是甜腻软黏的味道，赶紧把手中的糖葫芦递给秦修之。

"是吗？"他自己不吃糖葫芦，以为甜果的会好吃，看来商君也不爱甜的。秦修之接过商君手中那串，却把自己原来那串递给商君，说道："那我和你换好了。"他买的是山楂的，没这么甜。秦修之就着商君咬过的地方也咬了一口，表情立刻变得扭曲，真的好甜！

修之吃着她吃过的糖葫芦，商君心里有一种怪怪的感觉。不过他一派自然的样子，商君又觉得自己太过在意了，低头看向自己手中修之刚咬过的糖葫芦，不知道该吃还是不该吃。秦修之以为他是怕甜，保证道："这串没那么甜，真的。你尝尝就知道了。"

商君勉强笑笑，还是咬了一口。这次商君瞪着眼睛看着修之，不咬不咽。秦修之一头雾水，他刚才吃过了真的不甜啊，秦修之小心地问道："这个也甜?"

久久，商君终于咽下去，开口只回了一个字："酸……"

两个大男人，一人拿着一串糖葫芦在大街上吃得表情扭曲，痛苦万分，对视一眼，两人都忍不住笑了起来。大笑了一阵，秦修之接过商君手中的糖葫芦，轻声问道："心情好点了吗?"

商君一怔，眼前拿着两串糖葫芦，笑得温和，却显得有些滑稽的男人，是为了逗她开心吗？缓缓点头，商君心里依旧烦闷，不过刚才她确实尝到了酸酸甜甜的味道。她总算不再愁眉苦脸了，秦修之也不追问她为什么刚才心情不好，只是微笑地走在她身边。心情好些了，商君终于注意到周围的街道，不禁奇道："今天街上怎么人这么少？店铺也很少开。"

东隅有临风关，苍月有游城，这两个地方都是两国货品交易最繁盛的地方，以往来的时候都是人声鼎沸，今天是怎么回事?

修之一路行来，也觉得蹊跷，指着前方一家看着挺大气的店铺，说道："不如我们进去看看，或许老板知道。"商君点头，两人走到店铺门前，抬眼看去，门楣上几个烫金大字"玉满堂"，看上去有些年头了。两人才踏入店门，一个四十出头的男子迎了上来招呼道："两位公子随便看。本店有上好的精品古玩，这些是最新的货色，两位慢慢看，慢慢挑。"

商君环视了一眼，店里装饰得挺讲究，就是货物似乎少了些，放眼看去都是一些普通的货色，除了店铺正中央摆放的一只通体碧绿，翠色逼人的簪子。秦修之也被这只清翠雅致的簪子吸引了注意力。

老板是个精明的生意人，看见秦修之目光停留的地方，立刻将玉簪拿出，介绍道："公子好眼光。此款雪域墨青簪乃是本店之宝，这簪子不仅材质上乘，雕工细致，而且还有明目提神之疗效，和公子这样风流潇洒之人，真是绝配啊！"他也算阅人无数，这两位公子绝对不是一般人。

这簪子确实算得上精品，却不是极品。商君好笑地听着老板的说辞，笑道："那么老板多少银子愿意割爱呢？"老板眼前一亮，假意思考了一下才回道："公子若是喜欢，就五百两好了，结交公子这个朋友。"

五百两？这老板倒也不算奸商，商君拿起玉簪一边把玩着，一边看向门外清朗的街道，说道："老板是看其他店铺都未开门，所以坐地起价吧？"老板脸色微变，回道："公子说的哪里话，我这店虽然比不得东隅的珍宝斋、萧家的流金阁，却也是做了好几代的古玩生意。那些关门的店铺老板都是看游城是货品进出苍月的地方，来捞点钱的外地人。现在苍月东隅打仗了，他们早就跑了，那样的人才是奸商呢。公子若是不喜欢我这簪子，不买便是了。"反正精品他都会收起来，等这仗打完了再拿出来也不迟。原来是因为战争，但是临风关并没有受多大影响啊？商君思量着，老板却要把簪子往回拿。商君忽然按住老板的手，笑道："既然老板是爽快人，我也不啰唆，就五百两吧。"说完爽快地从袖间拿出几张银票，推到老板面前。

商君如此爽快，让老板喜上眉梢，欢喜笑道："我这就给公子包起来。"这边正说着，店外一队人马飞驰而去，纷杂的马蹄声听得人胆战心惊，本来就不多的路人也纷纷走避。他们穿着官服，估计是衙门的人。商君和秦修之对视一眼，都稍稍侧身，背对着门外。

老板把簪子装进礼盒，送到商君手中，摇摇头，说道："苍月和东隅在打仗，听说东隅那个将军很厉害，苍月已经连连败退了。如果打输了，还不知道会怎么样呢。看公子也不像是游城人，还是早日离开为好。"

商君微微拱手，笑道："多谢老板指点。"

将银票收好，老板一边将几件玉佩装入另一个锦盒，一边轻声叹道："指点不敢当。如今这世道，也不过就是混日子，原来就赋税徭役不断，现在又打仗，不说也罢，不说也罢！"虽然只是低喃，却也是无尽的心酸。商君若有所思，将手中的锦盒递给秦修之，说道："修之，我们走吧。"秦修之端着锦盒愣了一下，听见更加急促、响亮的马蹄声传来，而商君已经走到店门外。忽然商君眼神一暗，急奔向前掠去。秦修之大惊，急忙走出去，却被狂奔而过的马队阻了视线，待马队过后，街道上尽是烟尘。

马路对面，商君半跪着身子蹲在地上。秦修之赶紧跑过去，正想去扶他，商君缓缓站直身子，他怀里还抱着一个七八岁的小男孩。

“孩子，你没事吧?”商君轻拍男孩的脸。他浑身都在发抖，脸色惨白，估计是吓怕了。男孩愣了一会儿，忽然比刚才更为惊恐地跳了起来，推开商君的怀抱，眼睛里尽是慌乱，在路上寻找着什么。终于，他看见了路中间被踩得稀巴烂的馒头，小手颤抖着去抓那不成样的馒头，眼睛死死盯着马队离去的方向，口中不停地念道：“我的馒头……赔我馒头……”

孩子喃喃自语的低泣，谁看了都会不忍心。路过的一个大婶好心地劝道：“我说孩子，还是快回家去吧，没撞死你就算幸运了。人家可是办大事的人，不会理会你一个小娃的。”马队早已没了踪影，手中只剩下肮脏的馒头残渣，男孩木然地捡拾着，眼里流转着泪花，听着妇人的话，茫然地抬起头，绝望地问道：“没有这些馒头，我娘和妹妹就要饿死。他们要办大事，就可以踩烂我的馒头?”

孩子稚嫩的声音，悲戚的眼神仿佛一根针，一下扎中商君的心。她要做的事，是否也会踩坏很多人的馒头呢？她痛得无以复加，想上前扶起孩子，竟是挪不开步子。孩子的问题，没有一个人能回答，将踩碎的馒头收好，男孩一个劲儿地往前冲，朝着他的家，那些残渣还能救活他的母亲。

路人纷纷散去，商君一直怔怔地站着。秦修之担忧地问道：“商君，你怎么了?”久久，商君终于回过神，却是有些迷茫地问道：“这世上的事情到底什么是对，什么是错？什么应该做，什么不应该做呢?”

秦修之心下一惊，他从没见过商君现在这样茫然无措的眼神，那么不确定。轻拍着商君的肩膀，秦修之坦然答道：“或许本来就没有什么对与错之分，做人做事但求心安理得吧。”

好个心安理得，好难的心安理得！又下雪了，一朵朵纯白的雪花，从空中缓缓飘落，落在肩头，无声却寒冷。秦修之举起手中的锦盒，为商君遮住密密的雪花，依旧不语地陪着他，直到他愿意离开为止。不知道过了过久，流云远远地向他们奔过来，秦修之才慢慢放下手。奔到商君面前，流云抱拳以礼，有些急促地说道："商公子，门主正在四处找您，请您尽快回去。"商君微微低头，掩下心中的波澜，问道："发生什么事了？"

流云道："苍月已降。"苍月降了？这么快吗？商君脸色微变，急道："回去！"商君与流云急急走在前面，秦修之缓步跟在后面，结着薄冰的锦盒抱在怀里，只因为他的手早已没了知觉。

商君随着流云匆匆踏入绯红环翠，就看见庭院里萧纵卿高大的身影，他的发上、肩上尽是厚厚的白雪，不知道在院里站了多久，仿佛融入了大雪之中，浑身上下满是冷酷之气。他面色阴鸷，眼神却焦急地盯着大门。看见商君，萧纵卿立刻迎了上去，本来一腔怒火，在看见她苍白的雪颜时，只剩下低声的埋怨："这么大的雪，出门为什么不叫我？"

他连眉毛上都沾满了雪花，商君本来想笑，但在听见他沙哑的声音之后，就笑不出来了。这雪看起来是要越下越大，拉着萧纵卿的衣袖，商君说道："先进去再说。"走了两步，商君想到秦修之还在身后，回头看去，只见他还怔怔地站在院门处，商君叫道："修之。"

秦修之没有朝他们走近，只淡淡回道："你们聊吧，我先回房了。"说完便朝着侧院走去。他墨色的修长身影朦胧在雪幕里，商君心下一紧，想要跟过去，肩膀却被萧纵卿揽着，将她推进房间。萧纵卿面带忧色地说道："进去吧，我有事和你说。"想到苍月投降的事情，商君没有抗拒，随着他走进屋里。萧纵卿却是缓缓回头，看了一眼那道风雪中的飘逸墨影，握着商君肩膀的手不自觉地收紧。入了室内，两盆炭火烧得正旺。一下子被温暖包围，商君舒服地轻叹一声，在木椅上坐下，才在雪地里走了一会儿她就觉得累了，这身体是越来越没用了。给商君倒了一杯热茶，萧纵卿才说道："今日巳时，苍月挂上了战降牌。"

商君握着茶杯暖手，眉头轻轻蹙起："轩辕逸果然厉害！不过你不觉得苍月降得太突然了？"即使轩辕逸几次强攻，尤霄守得狼狈，却也不该只短短的七八天就投降了。萧纵卿摇摇头，回道："苍月会在此时投降除了轩辕逸确实勇猛之外，自然还有另外两个原因。”

商君喝着热茶不语，等着他继续说下去。本来想吊吊商君的胃口，看她不急不慢的样子，萧纵卿也没了兴致，懒懒地回道：“第一，就是陇宜亥的失踪，他一日不死，陇趋穆的龙椅坐得一日不安，这是内忧；第二，燕芮宏冥已经称王，世人或许都称道其贤明，陇趋穆却十分清楚，宏冥就是一条毒蛇，有时候比东隅这头猛虎还来得可怕。原来二人合谋先灭东隅再做计较，可惜最后失败了，陇趋穆不得不防燕芮在他力竭之时反扑。”

“你说得有道理，不过我看这次降更像是缓兵之计，陇趋穆不会甘心就此放弃。只要陇宜亥一死，内忧解除，他必会再兴风雨，所以陇宜亥不能死。”

萧纵卿勾起唇角，自信地笑道：“你放心，这么重要的棋子我不会让他死的，先护送他回天城，我们再推波助澜，到时就有好戏看了。”说到这里，商君忽然眼神一暗，面色变得有些晦涩。萧纵卿担忧地问道：“君，你怎么了？”轻轻摇头，商君低声回道：“先等一等。”

“等什么？”萧纵卿不解。

“相助陇宜亥之事，先等一等。”

“为什么？”现在是最好的时机，萧纵卿觉得今天的商君很是奇怪。“你也说现在内忧外患，陇趋穆一死，苍月立刻就会陷入危机之中。没有一个足以保护苍月的新王出现之前，陇趋穆还不能死。”下午那孩子悲怆的眼、稚嫩的声音、犀利的质问再一次在脑中缭绕，商君害怕看见更多这样的眼睛。

新王？萧纵卿不确定地问道：“君，你的意思是，要为苍月找到一个明君？匡扶其登基，才能杀陇趋穆？”商君沉默了良久，最终的回答却是无不坚定：“是。还未能肯定陇宜亥是不是那个人之前，我们最好还是不要轻举妄动。”苍月不需要另一个陇趋穆。

“君，你这么做，就是选了一条艰难一百倍的路来走！你不过是一个女子，天下兴亡与你何干？”萧纵卿紧紧握住商君的肩膀，精锐的眼里满是心疼甚至愤怒，声音几乎是吼出来的。

三儿捏到她有些痛，不过他说的是事实，她选了一条艰难的路来走，或许最后她不但没能杀了陇趋穆，反而死得凄惨，那又如何呢？起码她在黄泉面对爹娘的时候，不愧为武家的女儿。轻轻扬起笑容，商君淡淡回道："天下兴亡或许与我无关，我只求心安理得吧。"想到自己要做的事情，她的心很平静，没有下午的恐慌，这或许就是修之所说的心安理得吧。

心安理得？萧纵卿本来还狂躁的眼渐渐变得幽深，松开商君的肩，萧纵卿没有再说什么，打开房门，柔声说道："你累了，这些事明天再说吧。"商君点点头，起身离开。

目视着商君渐行渐远的清瘦背影，萧纵卿原来还温和的眼越发凛冽。

"流光。"萧纵卿话音才落，一身劲装的男子已出现在身后。

"把睿王被追杀、迫害的消息传到北军驻地。还有，我回到天城之时，要听见关于奉国玉玺的各种流言。"

房间里再一次恢复了安静，炭火烧得正旺，啪啪作响，天渐渐黑了，雪还在不停地下着，萧纵卿一把推开木窗，任雪花夹杂着寒风扑面而来，霸占了一室的温暖。他真是粗心，怎么忘记了，商君再怎么坚强也还是个女子，而且是个善良美好的女子，那些残酷的事情，不应该让她去面对。一切血腥和丑恶，都交给他吧。

第五章　三人同行

商君想着秦修之孤傲的背影，不由自主地向他的房间走去，待回过神来，人已经站在修之门前了。淡淡的烛光从房间里透出来，温暖而宁静，商君正要抬手叩门，屋内传来一声轻柔的女声，让她的手一下僵在那里。

“公子，让琉璃帮你吧。”

秦修之将冻得红肿的手置于袖间，拘谨地回道：“不敢劳烦姑娘。”他没有想到这位姑娘会独自前来道谢，孤男寡女共处一室，实在有损她的名节。陇琉璃一双明眸怔怔地盯着眼前的男子，就是他把她救出来的。她认得这双眼睛，温柔得如早春的微风，还有他的声音，低沉轻吟。在她昏迷的时候，他的样子一直在脑中盘旋，陪伴着她度过黑暗与恐惧。在她醒了的那一刻，她只想立刻见到他，所以她找来了。

将秦修之不自在的样子看在眼里，陇琉璃微微低下头，轻声回道：“琉璃只是想来感谢公子的救命之恩，来之前已和哥哥说明缘由，公子无须担忧。不过若是琉璃让公子如此为难，琉璃走便是了。”

陇琉璃蹙眉低语，神色委屈。秦修之赶紧起身，微微一揖，说道：“小姐言重了，我只是……”一时间不知道应该如何回答而不伤及她的颜面，秦修之确实为难了。

秦修之的局促让陇琉璃轻轻一笑，他果然如她想象中的一样，是个谦谦公子。拿起桌上的白玉膏，陇琉璃温婉地笑道：“公子的冻伤还是要尽早上药比较好，以免日后留下病根。”秦修之进退两难，她好心帮他擦药，他再拒绝似乎伤了她的颜面。但是让她上药，他又觉得不妥，这如何是好？秦修之不语，陇琉璃直接起身，拉着秦修之的衣袖到桌前坐下，用指尖挑起一抹膏药，轻轻抹上秦修之的指尖。

修之的手冻伤了吗？是今天出门的时候冻伤的吧。她竟是一点儿也没有留意到。商君担忧地朝里看去，只隐约看见女子清丽的背影，她正细心地为修之上药。商君抚上门边的手再一次放下，她进去干什么呢？有这么一位温柔细致的佳人照顾，哪里还需要她多事？怔怔地放下手，商君别过头，不再看向那一室的温柔，举步离开。

陇琉璃的手才刚搭上秦修之的指尖，秦修之立刻收回手，胡乱地掏出药膏抹在手上，粗鲁的动作痛得他额上浮起了薄薄的汗珠，好在很快抹匀了，秦修之赶紧笑道："擦好了，多谢姑娘。"

陇琉璃哭笑不得地看着自己手中的药膏，她就这么可怕？

商君刚要跨出修之居住的小院，立刻听见一声略显尖锐的女声："哟，各位爷，你们这样闯进来，我们还要不要做生意啦？"

商君闪身退回小院中，贴着院墙看去，五十多名铁甲军正站在庭院中央，敏锐的眼神扫视着庭院的每一个角落。领头之人根本不理会老鸨的吆喝，冷声说道："搜！"一声令下，铁甲军立刻分为三组，向各个侧院奔去。其中一队直朝着她这边冲来，想到修之房间里的陇琉璃，商君回身奔向秦修之的房间。

房门被忽然推开，秦修之和陇琉璃都吓了一跳。看清是商君，秦修之问道："商君，发生什么事？"商君一边关上房门，一边解释道："铁甲军正在搜查，很快就会搜到这里。"话音才落，纷杂的脚步声已经逼近小院。

铁甲军！陇琉璃脸色铁青，低叫道："他们一定是来抓我哥的！"

"郡主不用担心，睿王身边自会有人关照，倒是你……"铁甲军的人一定都见过陇琉璃的画像，不能让他们发现她。商君忧心地环视了一眼室内，竟发现没有什么可以躲藏的地方。

她是郡主？那个男子是睿王，商君显然知道，那么他救他们是早就计划好的？秦修之觉得自己很悲哀，对于商君的事情，他真的一无所知。

商君看向发愣的秦修之，急道："修之可否帮她易容？"

回过神来，听着外面脚步声越来越近，秦修之摇头："来不及了。"

确实来不及，商君蹙眉思索，忽然抬头看向陇琉璃娇美的面容，眼神一暗，沉声说道："如此……商君得罪了。"话歇，只听见衣料撕裂的声音，陇琉璃的外袍被商君一把撕了下来，露出身上单薄的中衣。"啊！"陇琉璃脸色巨变，环住双臂，惊恐地瞪着商君，躲在秦修之的身后。

商君把衣服散乱地丢在地上，似乎还不过瘾，继续欺身上前。秦修之抓着商君的手，低声问道："商君，你到底要干什么？"

手被秦修之抓着，商君也不再去抓陇琉璃了，却是将手探向修之的衣襟，使力拉扯，秦修之的上衣也被商君扒了下来。将衣服凌乱地丢在床前，商君拽着秦修之和陇琉璃，一把将他们推倒在床上。

"护住她，别让人看见她的脸。"匆匆丢下一句话，商君轻拽纱幔，飞身上了房梁。与此同时，房门被粗鲁地一脚踢开。

如果此时还不明白商君的意思，那他也太笨了。秦修之反应极快地拉起旁边的薄被，盖住陇琉璃的身体，嘴里大骂道："你们是什么人，怎么可以这样闯进来，本公子是花了银子的！"陇琉璃蜷着身子，靠在秦修之身边，一动也不敢动。

铁甲军冲进来，看着这一室的衣物狼藉，大概也知道是怎么回事，忽略床上的两人，将室内翻了个底朝天。商君躺在房梁之上，手抚上腰间的软剑，一双眼紧盯着秀床。搜了一遍，一名小将在领头人身边低声说道："大人，没有发现。"

领头之人微微眯眼，盯着秦修之怀里的女子。商君心下一惊，难不成有什么破绽？室内一下变得异常安静，陇琉璃惊得微微发抖，秦修之忽然一把揽住陇琉璃的腰肢，将她横抱在腿上，瞪着领头人。秦修之一副纨绔子弟的样子，吼道："看什么看？小翠今晚我已经包下来了，她是我的人！"说完，他还对着院外大声喊道，"老鸨，老鸨你给我过来！"

老鸨急忙冲进来，看清床上的人，急忙扬起笑脸，赔罪道："公子息怒，公子息怒，都是我不好，我给您把小红也找过来，算是我的赔偿，今晚一定让您尽兴。"

"滚开，你当爷没钱是不是?"

"哎呀，哪里话，您消消气，消消气嘛。"

两人吵得火热，领头人不耐地皱起眉，低喝道："走。"

铁甲军一行人离去之后，老鸨大声吆喝道："公子莫气，我立刻给您备些好酒好菜。"说完躬身微微做了一个福，关上房门，追着铁甲军而去。

门一合上，秦修之立刻起身下床，将床沿旁的轻纱放下，才连忙说道："修之得罪了。"此时的他早已没有了刚才的轻佻。

陇琉璃轻轻抬起头，面若桃花。捂着火热的脸颊，深呼吸了好几次，她才能尽量平静地回道："权宜之计，公子不必挂怀。"天！她的心都快跳出来了，刚才，刚才靠在他怀里的时候，她以为自己会晕过去。他身上的味道很好闻，连心跳声也温柔稳健，就像他的人一样。

商君从房梁上一跃而下，刚才忽然运功，她的胸口又有些痛，靠在窗边，商君暗暗调息。秦修之赶紧迎上前去，急道："你的胸口又疼了?"

无所谓地摇摇头，商君笑道："不碍事，现在不痛我才不习惯呢。"

一向温和的修之在听见他这样不爱惜身体的自我调侃之后，眼神也变得愠怒。商君轻轻扬眉，赶紧回道："我下次一定小心。"

下次？永远都是下次，秦修之对他的保证一点儿也不抱希望。

靠着窗沿，商君环着双臂，上下打量着秦修之，似笑非笑地调侃道："没想到谦谦君子也还有'不为人知'的一面，商君佩服。"刚才他大喊"你以为爷没钱是不是"的时候，商君差点没笑岔气。想不到温文尔雅的修之扮起纨绔子弟来竟是惟妙惟肖，难怪他的易容能让人无从分辨，他易容的从来都不仅仅只是样貌。秦修之尴尬地勾起唇角，一脸无奈地回道："还不是你想出来的鬼主意。"秦修之哀怨的表情逗乐了商君，商君大笑起来。看他捂着胸口笑得快岔气，秦修之只得轻拍着他的背后，轻声劝道：

“好了，别笑了，待会又咳嗽了。”

商君好不容易收敛了笑容，却感觉到一双明眸大眼正直直地盯着她，即使是隔着帷帐，她也不会错认，刚才是她越规了。商君轻咳一声，微微拱手，说道：“事出突然，冒犯之处，还望郡主海涵。”隔着纱幔，陇琉璃仪态大方地回道：“商公子足智多谋，多次相救，该是琉璃道谢才是。”商君轻轻勾起唇角，暗叹，果然是大家闺秀，声音轻柔婉转，处事进退得宜，让人自惭形秽啊。“郡主言重了。铁甲军搜过之后，应该不会回来，郡主稍作休息，待他们离去之后，我们再送您与睿王会合。”

“有劳。”陇琉璃静静地注视眼前这个一样俊美无双的男子，他与秦修之站在一起，是那么的……怎么说呢？她不知道那是一种怎么样的感觉，只觉胸口有些闷。商君再次回以一礼，不再接话，她似乎不太习惯与这样的金枝玉叶交往。商君回过头，正好看见秦修之冻得红肿的手，蹙起眉头，低声说道：“过来。”

秦修之不明白商君为什么忽然心情不好，跟着他走到外室。商君眼光在凌乱的室内寻找着什么，秦修之问道：“你找什么？”商君没有回他，很快在地上找到了掉落的白玉膏，挑了一点儿药膏在手上，理所当然地说道：“把手伸出来。”修之回过神来看向双手，手上的药膏早在刚才被蹭掉了，迟疑了一下，还是把手伸了出去。

眼前红肿不堪的十指，让商君想要上药的手一僵，这是原来那双修长洁白的手吗？她记得他的箫吹得很好，现在这样还能否吹出那样悠扬委婉的曲子呢？

商君小心地将药膏抹上秦修之的指尖。他轻轻颤抖了一下，商君不敢再抹，僵在那里，懊恼地问道：“很疼？”看他小心翼翼的样子，秦修之轻笑着摇摇头：“不疼。”他要怎么告诉他，他的手之所以会抖，是因为帮他擦药的是他！

无比小心地擦好药，商君长舒了一口气，说道：“小心不要再受寒了。”房间里一下安静了下来，修之沉默，商君也不知道要说什么，帷幔内的陇琉璃一直静静地看着他们，也不说话，这一切显得有些怪异和尴尬。商君干脆起身，走到门边匆匆说道："你照顾郡主，我出去看看。"秦修之想说什么，却已经来不及，商君早已经走到屋外。脚下一刻不滞，踏出小院，商君才放缓了脚步，她现在好像越来越不会和修之相处了。这该如何是好？心绪缭乱之时，只听见绯红环翠外传来打斗声。商君急忙赶过去，只见暗黑的夜色下，并不宽敞的街道上铁甲军与陇宜亥一行打了起来，长剑相交激起的火花在夜里看来格外明显。

商君暗暗心焦，三儿怎么会让陇宜亥给铁甲军缠上，眼看着一柄长剑就要横上陇宜亥的颈脖，虽然力不从心，商君依旧抚上了腰间的软剑。正当她准备出手的时候，一道压抑的男声在身后响起："你要我说多少遍才肯听话！"商君回头，正好迎上萧纵卿既愤怒又无奈的眼神。

大手抓住商君抚剑的手，萧纵卿沉声说道："我说过不会让他们死，你能不能乖乖地给我养伤？"一股无力感让萧纵卿心情烦躁。

显然，商君永远也不知什么叫乖乖听话。丝毫没有离开的意思，商君靠在围墙边，仔细观察着战局中的人。细看之下，铁甲军凶悍十足，陇宜亥和他的手下虽然一路败退，脸上却没有惊恐的样子，莫不是……

看向萧纵卿，商君猜测道："你是想一劳永逸？"

他的商君就是聪明，知道自己不说清楚，商君是不会随他回去的，萧纵卿解释道："不让他们'杀'死睿王，这一路上都摆脱不了铁甲军的纠缠。既然如此，不如设计成全他们。"萧纵卿话音才落，陇宜亥已经在何成的掩护下骑上了快马，向着城外奔去，而铁甲军怎么可能放过他，也立刻追了出去，马队一路纠缠越奔越远。

雪依旧下着，萧纵卿揽着商君的肩膀，轻声说道："好了，外边风大，回去休息吧。明日一早我们就离开这里，回天城。"

"三儿，你是不是有什么计划瞒着我？"平静地看着马队离去的方向，商君并不急着回去，清浅的询问让萧纵卿没来由地一阵战栗。

眼中闪过一丝慌乱，不过很快消散，萧纵卿握着商君的肩膀，将她转过身来面对着自己，沉声回道：“你永远不用担心这些，我做的一切都是为了达成你的心愿，又怎么会瞒着你？”商君清明的眸对上萧纵卿深沉的眼，良久，商君收回视线，淡淡说道：“陪我下棋吧，我睡不着。”

信步往回走的商君，那孤傲的背影让人看了有些害怕！萧纵卿双拳渐渐紧握，只要能保护她，替她做她不愿做不能做的事情，就算最后被她厌弃，他也不后悔。

一颗白子轻巧落下，胜负已分。十二盘棋，下了整整一夜，商君全胜。不是她的棋艺高出三儿多少，而是，三儿一直心不在焉。

商君将棋子放入棋盒，轻轻盖上盖子，门外流云的声音也适时响起：“门主。”萧纵卿疲倦地回道：“进来。”

流云跨进室内，只在门边站定，回道：“禀门主，按照您的意思，已将睿王从崖壁上救下，铁甲军正在搜查崖底。”流云一身的雪污泥泞，不用细说，也知这晚上过得惊险万分。

“睿王现在何处？”

“院内。”

萧纵卿看向商君，笑道：“走吧，接下来就是说服他与我们同行了。不管以后要不要助他登基，现在都必须让他相信我们是在帮他，这样才能让他听话地受我们摆布。”而他喜欢听话的棋子。

商君温和地点点头，并不多言，跟在萧纵卿身后。两人来到庭院，只见陇宜亥还有他的属下也都是一身狼狈，比流云更胜，不过神情却很是愉悦。“睿王受惊了。”萧纵卿寒暄道。

陇宜亥也不在乎一身的污泞，朗声笑道：“门主客气，多谢门主想出如此妙计摆脱铁甲军。”

“摆脱铁甲军只是一时的，陇趋穆一日不死，只怕睿王一日不得安生。”

“你……”陇宜亥脸色微变，如此不礼貌地直呼帝王名讳，就已是死罪，这个萧纵卿是在试探他？

“怎么？太直接了吗？”萧纵卿几乎是张狂地大笑起来，盯着陇宜亥微冷的脸，说道，“我这人一向喜欢爽快的人，睿王若想夺回原本属于自己的东西，我倒是可以助您一臂之力。如果睿王只是想要四处躲藏，过着老鼠一般的生活，那就趁早离去吧。”

“大胆!”何绍华一个跃起，可惜手中的兵器还没来得及出鞘，已经被流云的长剑直指眉心，原本还算愉悦的气氛立刻急转直下。

陇宜亥走近萧纵卿，即使在这小院里，他根本不是他的对手，陇宜亥的脸上依旧没有惧色，只是平静地问道：“你的目的？”

对于陇宜亥的表现，萧纵卿似乎非常满意，轻快地回道：“无声门被陇趋穆视为眼中钉已经不是一天两天的事了，这几年尤为激烈，你是聪明人，应该知道我想要什么!”萧纵卿的要求并不过分，从小在利益间隙长大，陇宜亥自然知道凡事获得必有所付出。转而看向一直沉默地站在最后的商君，陇宜亥问道：“商公子也是无声门人？”她本来只是想旁观而已，想不到这种时候陇宜亥还会想起她。商君淡笑回道：“我不是。”

“那么你只是旁观者了？”

商君摇摇头，坦然回道：“不，我若助你为的是另一件事。”

“你想要什么？”他一直有一种感觉，这个商君不是追逐名利之人，他倒是有些期待他会提出什么样的条件了。

冬日的晨光竟也有些刺眼，微微眯起眼，商君注视着远方刺破云层的朝霞，冷冷地回道：“要一个公道。”

公道？这是什么条件？就算他猜测过无数种商君有可能会提出的条件，却唯独没有想到这个！此时他冷傲的样子比满院的积雪更为冰冷。陇宜亥疑惑了，追问道：“什么公道？”

扬起一抹略带讽刺的笑容，商君笑道：“等你真的登上王位的时候再说吧。”如果陇宜亥不是她要找的人，那么他也没资格给她武家这个公道。

他这话是什么意思？陇宜亥盯着商君绝美的侧脸，对他更加好奇了。

萧纵卿侧过身，挡住了陇宜亥的视线，一副玩世不恭的样子，笑道：

“睿王可以慢慢想，我很有耐心。”

陇宜亥并没有思考很久，回道：“好，你若助我登上王位，无声门便是皇家御赐的情报栈点，不受六部监管。”萧纵卿伸出右掌：“一言为定?”

“一言为定!”陇宜亥没有迟疑地与他击掌。啪！一声脆响，算是击掌为誓。商君冷笑，陇宜亥不是太笨就是太聪明，无声门从来就是个神秘的江湖组织，又怎么会稀罕什么御赐之名？又几时受过六部监管？他是想趁机将无声门收为己用吧。这世上，谁也不是傻子，只不过看谁更懂得算计罢了。

“哥!”侧院内，一道美丽的身影急忙地跑过来，看见陇宜亥满身污浊，急道，“你怎么样，有没有受伤?”扬起笑容，陇宜亥回道：“我没事。你呢?”

陇琉璃看向身后缓步走来的秦修之，略带娇羞地回道：“多亏了秦公子相助，我没事。”商君轻轻挑眉，敢情没他什么事。

大概有些受不了姑娘家欲说还休的样子，萧纵卿有些不耐烦地说道：“睿王收拾一下，我们准备回天城。”陇琉璃抬起头，惊讶地问道：“回天城？可以吗?”她以为他们永远也没有机会回天城了。

“当然要回天城，最危险的地方才最安全。而且在天城还有很多事情可以做。”看了一眼陇宜亥和陇琉璃，萧纵卿说道，“不过这一路上还是要小心，铁甲军找到的尸体已经面目全非，以他们多疑的性格一定还会四处探听。所以，郡主和睿王最好还是易容比较好。”

易容！萧纵卿话音才落，陇宜亥立刻看向秦修之，他可没忘。秦修之一眼就看穿了他的易容，可见，他的易容术必是精湛。秦修之好笑：“我可以帮你们易容，只是想易容成什么人总要告诉我吧。”

陇宜亥想了想，回道：“琉璃也易容成男子吧，不引人注意。”这一群大男人中间夹杂个女子，容易让人怀疑。

商君摇摇头，笑道：“郡主神态柔美，动作秀气，易容成男子只会更引人注目。”女扮男装这么容易？其中的辛苦他们不会明白，光是胸前厚厚的束布，就够憋死这位郡主了。

“我倒有个主意。”萧纵卿眼前精光一闪而过，走到陇琉璃和秦修之中间，说道：“不如让郡主易容做一名美妇人，与秦公子假扮夫妻，岳丈大人大寿，两人回京祝寿，其他人扮作侍卫，一行人上京也就有了名目。”

假扮夫妻？众人还未反应过来，萧纵卿又看向商君，不轻不重地问道：“君，你说可好？”

商君一僵，为什么问她？众人纷纷看向他，尤其是修之，本来似乎要说什么，现在也沉默地盯着她。商君有些不自在，耸耸肩，一副事不关己的样子说道：“这应该问郡主和修之的意见吧。”

陇琉璃脸色绯红，微低着头，小声回道：“琉璃全凭哥哥做主。”

陇宜亥看了一眼秦修之，再看一眼满脸羞涩的陇琉璃，妹妹的心思他自然了然于心。这位秦公子的身份不明，不过看气质修养，应该也是系出名门，一路上让他们多相处也好，他也可以再好好权衡。陇宜亥笑道：“门主这个方法倒是不错，不然一行人上京确实难以掩人耳目。一切都是权宜之计，也不需计较太多了，不知秦公子意下如何？”

秦修之默不作声，依旧盯着商君。

“秦公子？”陇宜亥连叫了两声，秦修之才开口说话，只不过是对着商君说道：“我想听你的意见。”商君眉头几乎打成了一个死结，今天这是怎么了，三儿找她麻烦，修之也来凑热闹吗？修之不会武功，扮作夫妻不仅能掩人耳目尽量减少麻烦，也可以让他成为众人保护的焦点，冷静地想了想，商君沉声回道：“扮作夫妻也好。”

秦修之的心像被一块大石头压着一样沉闷，商君根本不在意他与谁扮作夫妻吧，就是他与别人成亲，他也不会有什么感觉吧，或许还会和他说一声恭喜。秦修之苦笑，他为何还要问呢，不过是自取其辱而已，从来都是他自己一厢情愿、痴心妄想。“睿王、郡主随我来。”不理会身后的目光，秦修之掩下心伤，自顾自地举步走向侧院，没有再看商君一眼。

三人入了侧院，商君看着秦修之离去的背影，若有所思，怅然若失。

适时，一双有力的手揽住了他的肩膀，三儿低沉的声音在耳边轻柔地响起："你昨夜一整晚没睡，眯一下好吗？待会可以走了我叫你。"

稍稍后退，商君还是不太习惯与人靠得太近，不过萧纵卿不管这些，一路揽着她将她送回房间。

何绍华盯着两人相拥离开的背影，面露诧异之色。何成用力拍了一下他的背，喝道："看什么，收拾东西走了。"

两个大男人搂在一起，不伦不类。何成低声骂道："别人事情你给我少管，走。"男风在苍月虽然并不盛行，却自古都存在，商君是什么人，他还不敢肯定。那叫萧纵卿的男人，他已深知是万万得罪不得，尤其是现在这种时候。

在床上翻来覆去也没睡着，商君起身暗自调息运功，太过急于打通因伤闭合的经脉。商君忽觉喉头一甜，血脉逆行，一抹嫣红自唇间滑落。还是不行！她现在的功力才是原来的三成，要到什么时候才能完全恢复？用力捶向身边的木柜，只听见一声闷响，木柜咣当晃了好几下，柜上的书本、瓷器摔了一地。商君颓然地收回手，她这是怎么了？

心烦意乱，商君索性推门而出，凛冽的寒风迎面袭来，寒冷的气息让她躁动的心渐渐平稳。走到院内就看见一身黑衣的萧纵卿站在院中央，高大的身形、沉稳的气势，就只是背影，卓尔不凡的气质依旧让人不能忽略。三儿，真的不再是当年那个男孩了。流云从庭院外进来，恭敬禀道："主子，一切准备就绪，就等睿王和郡主了。"

"嗯。"萧纵卿回头看向侧门，正好看见站在身后的商君有些恍惚地看着他。走到商君身侧，萧纵卿轻声问道："醒了？怎么不多睡一会儿？"

商君把手往衣袖里收了收，回道："睡够了。"

萧纵卿以为她冷，又将身上的披风脱了下来，披在商君肩上。商君不肯，两人互相瞪着对方谁也不妥协，忽然流云低喝一声："站住！"

院子里等待的人都是一惊，纷纷朝流云呵斥的方向看去，只见一个四十开外的中年汉子站在院门口，身上穿着陈旧的棉袄，脸上满是风霜的褶子，也正惊恐地看着他们。流云走近，冷声问道：“你是什么人？”

中年男子慌得后退了一步，战战兢兢地回道：“大爷，我是前院的马夫，老板让我牵几匹马到后院，我什么都不知道啊。”

马夫？流云上下打量了他好一会儿。此时侧院里，秦修之领着一个少妇走了出来，吸引了众人的视线。那妇人面若桃花，看起来温婉大方，一头长发盘成了典雅的留仙髻，站在秦修之身边，活脱脱一个年轻貌美的小妇人。大家都盯着她看，陇琉璃有些不自然地轻拉衣袖，问道：“这样可以吗？”

她一出声，睿王府的家仆们才敢肯定，眼前这个依然美丽却和原来完全不同的女子就是郡主。萧纵卿大笑着轻轻鼓掌，说道：“好个风姿绰约的美娇娘，好般配的一对。”确实很般配，他们两人站在一起，男的俊，女的俏，正是珠联璧合。商君低下头，假意整理衣襟，也因此忽略了秦修之眼中一闪而过的伤痛。

何成一直注视着秦修之的身后，久久不见陇宜亥出来，急道：“睿王呢？”陇琉璃神秘地一笑，回道：“哥哥早就在院子里了。”众人面面相觑。何绍华不相信地喊道：“没有啊，我们一直没有看见睿王出来。”

秦修之沉默不语，陇琉璃笑而不答。这院子里，除了他们一行就没有别人了，等等，还有一个人！何成回过身，看着还被流云押在门边的中年汉子，迟疑地说道：“难道是……”

“哈哈！”中年汉子忽然哈哈大笑起来，朗声说道，“秦公子的易容术可谓出神入化了！”他对易容术一直很感兴趣，也学过一段时间，但是今天见识过秦修之的技艺，才真正知道自己原来学得根本上不了台面，难怪秦修之能一眼看出他的伪装。

“真的是睿王。”刚才还沙哑战栗的声音忽然变得清朗，何绍华不敢相信自己的眼睛。走近陇宜亥细看，他脸上的每一处皱纹都极尽细致，那眉那眼，怎么看都是个中年男人。这张脸连他这个常年跟在睿王身边的人都被蒙骗了，何绍华不得不承认：“太神奇了！”陇宜亥走到秦修之和陇琉璃中间，朗声说道：“以后所有人一律称我为予函，琉璃为夫人，秦公子为少爷。”

“是。”众人点头。“既然都准备好了，那就出发吧。秦公子与‘夫人’同乘一辆马车，予函驾车，其他的人随车护卫。”萧纵卿也震惊于天下真有这样精美的易容术，秦修之果然有点本事！也好，他喜欢有点能耐的对手。刻意加重“夫人”二字，如愿地看到秦修之眉头一皱。萧纵卿心情颇好地看向商君，温柔地笑道：“君，你身体不好，就乘后面装载行李的马车吧。”

“好。”商君爽快地答应了，率先走出庭院，钻进了马车。萧纵卿看着商君匆忙的身影，原来带笑的脸渐渐变得冰冷。

临风关本该悲凉萧索的主帐内，尤霄靠坐在椅子上，双脚叠放在桌上，手里拿着银戟认真地擦拭着，寒光映照在他的脸上，丝毫不见颓败之色。一人未经通报，直接进来帐中，半跪行礼道：“大人。”

未抬眼，尤霄冷冷地说道：“说。”

“睿王被逼至游城北郊的悬崖，拒不肯投降，最后坠崖身亡。”

“坠崖？”尤霄擦拭银戟的手一顿，继续问道，“尸体找到了？确定是他？”

“是的，在山崖下的石滩上发现了尸身。”停顿了片刻，小将还是如实回道，“不过尸体已经被岩壁刮得体无完肤，脸部血肉模糊，但是从身形衣着看是睿王。”血肉模糊？那就是不能确定了。这么容易坠崖，又刚好摔得面目全非，世上没有什么所谓巧合。“调一半人回京保护皇上，其他人继续一路暗访。”

“是。”小将听命而去。陇宜亥的生死关乎这场仗该如何打下去，这是他证明自己最好的机会，他不会让任何人破坏他的计划。放下手中的银戟，手缓缓抚上脸颊上一道深深的疤痕，尤霄眼中寒光四起，口中低吟着两个字：“商君……”

立春已过，却丝毫没有春的气息，袭人的冷风、不时飘落的雪花，都为这本就萧索的天地增加了几分寂寥。一辆华丽的马车，数匹高大黑亮的骏马停在官道的路边。暮雪笼罩下的小茶寮里，最中间坐着一对璧人，少妇美丽端庄，她身边的男子更是俊美无俦，风雅脱俗。两人的身边几张桌旁围坐着数名高大的男子。其中，坐在最边上的两个男子同样夺人眼球。白衣男子脸色略显苍白，一脸病容，不过丝毫未损他俊美的面容。与他轻声低语的黑衣男子虽不及白衣男子俊秀，不过那硬朗的五官、略微冷傲的气质让他与白衣男子坐在一起毫不失色。

小茶寮的主人，是个满脸风霜，六十出头老者，在这官道上开了几十年的小店，来来往往见的人多了，识人的眼力他还是有的，这几个人非富即贵！端着新蒸好的馒头还有热茶给他们一一送上，最后老者走到中间的这双男女桌旁，客气说道："小店只是个路边茶寮，只有馒头粗茶，您随便用。"秦修之微笑着轻轻点头，温和地回道："大叔客气了，这么冷的天，有个茶寮可以歇歇已经很好了。"

大户人家的公子他见过不少，这样好修养的倒是不多，看他们要行进的方向，老者有些迟疑地问道："公子是要去盐城吗?"

"是。"秦修之才说完，老者本就满是皱纹的脸此刻更加皱在一起。秦修之看他欲言又止的样子，轻笑问道："大叔是不是有什么提点?"

"提点不敢。"老者连连摇头，看向前面不远处一座不高的山峰，轻叹一声，"只是前边就是小巾山，乱石密林很多，近两年严苛重税，日子不好过，所以这一带诸多盗贼，公子小心便是了。"老者说完，茶寮里众人面色各异。秦修之微微拱手，笑道："多谢大叔。"

老者摆摆手，退回到灶头边，一边烤着火，一边闷声抽着旱烟，口中似有若无地低喃着："这年月，日子难过啊。"

商君心下一紧，老人的哀叹声音并不大，不过足够落入每个人的心里。商君侧过头暗暗观察着邻桌的予函，易容后的脸庞没有什么表情，闷不吭声地喝着茶，不过他握着茶杯的手却有些泛白。

一杯热茶递到商君掌心，商君回过头，三儿盯着她示意她快喝。

握着手中的温暖，商君轻笑着道："谢谢。"轻啜了一口热茶，商君感受到另一抹视线，抬眼看去，与一双沉静的眼不期而遇。已经两天了吧，他们偶尔会这样眼神交流一会儿，谁也没有主动和谁说什么，或者是不知道应该说什么。就像此刻，商君轻轻移开视线，而修之身边，也响起了那个熟悉的关切女声：“修之，你喝点热茶吧，一路上风大。”

陇琉璃将热茶递到了修之面前，吸引他的注意力。这几日，修之几乎都是在骑马，没有和她同乘一驾。她总感觉到，修之与商君之间有着一种淡淡的情愫。修之对她，总是温和而礼貌，却在看向商君时，眼中流露出异样的神采。可是，他们俩是男子啊！不会的，不会是这样的，他们只是友谊比较深厚而已，她会让修之知道女子的好。想着，陇琉璃干脆将手中热茶递到修之唇边。秦修之一惊，赶紧接过，有些尴尬地说道：“多谢郡……琉璃，我自己来。”

匆匆喝了一口，秦修之起身，看了看外面越来越暗的天色，说道：“天色不早了，出发吧。”说完，秦修之率先走出了小茶寮，一行人也立刻跟上。

陇琉璃有些委屈，她几时对谁如此示好过，他却丝毫不领情。踏上马车，陇琉璃有些痴迷地看着前方那道飘逸的墨绿身影，手缓缓握成拳，她一定要让修之看见她的好，让那双温柔的眼深情地注视着她！只注视着她！

商君斜靠在窗边，撑着额头，马车颠簸着，车内光线不明，什么也干不了。商君半眯着眼睛假寐，心里却思量着，下一步应该如何继续，如果陇宜亥不是他要找的人，该怎么办？到底谁才有资格成为苍月的一国之君呢？心绪乱飞，忽听前方何成一声低吼：“小心戒备。”

商君轻轻掀开布帘，低声叫道：“流云。”她没有随身侍卫，三儿让流云几乎寸步不离地守护她。一般她只要出声，流云必定在身侧。

“公子。”果然，话音未落，流云已经驱马靠近窗边。

看向前方，商君问道：“发生什么事了？”

“没有，前面就是小巾山，沿路都有打斗过的痕迹，所以谨慎些。”

听了流云的话，商君才留意到，道路两侧确实有打斗的迹象，看来这小巾山还真是名不虚传。放下布帘，商君并不太在意。这一行人的武艺，别说遇见盗贼，就是遇上铁甲军，应该也能抵挡吧。

马车又晃悠地行进了一会儿，忽然慢了下来，最后竟停了。

本来商君并不在意，但是浓重的血腥味从车外传来，霸道地钻入鼻腔。商君猛地睁开眼睛，挑开布帘，看向车外。

马车已经行至一片山脚下的小树林，不算宽敞的地方横七竖八躺着二十多具尸体。商君跳下马车仔细查看，这些尸体中有男子也有一些妇孺，身上的服饰未见得华丽，不过死状却异常恐怖。满地都是血污，树干上印着一个个挣扎留下来的血手印。薄雪上也洒满了暗红色的血液。寒风中，血凝结成了冰块，踩在上面，会咯咯地响。

“啊！”陇琉璃才掀开布帘，就看见满地的尸骸，吓得惊声尖叫起来，“修之，这是怎么回事？”他也不知道这是怎么回事。将布帘放下，秦修之只得回道：“你待在车里不要出来。”

“修之……”陇琉璃蜷着身子，还想再说什么，秦修之已经向车后走去。商君走到蹲着查看尸体的萧纵卿身后。萧纵卿起身沉声说道：“刀法凌乱无章，应该是些小蟊贼干的。”确实是，有些人身上有十几处刀伤，如果是高手，只需一刀即刻毙命，现场绝不会这么狼藉。秦修之还未走到商君身边，就被何成拦下：“少爷，这是盗贼的地盘，您还是尽快离开比较好。”

秦修之看向何成，只见他对他使了一个眼色。秦修之也注意到周围的侍卫都戒备地注视树林旁边的矮丛，会意地点点头，朗声说道：“走。”

可惜他们还没来得及上马，一道粗犷的吼声从矮丛中传来：“现在想走只怕来不及了！”随着这声吼叫，矮丛里瞬间蹿出三四十个男人，有高有矮，有胖有瘦，个个手中都举着一把明晃晃的大刀。

几十人很快把他们包围在中间。一个干瘦的男人对着看上去最凶悍的大汉献媚道：“大哥，今天真是我们的好日子，刚刚才宰了一只肥羊，现在又有一只送上门了。”看这些人的衣着打扮，应该也是大户人家，这次他们必定又要发一笔横财了。

“这些人，都是你们杀的？”一道冷硬的男声传来，领头的大汉心下有些打鼓，看向说话的人，竟是一个马夫。不过这人犀利的眼神还是看得人心里不由得发毛。但在这么多兄弟面前不能失了大哥的威风，大汉瞪着予函，骂道：“是老子杀的，怎么样？你们很快也可以去见阎王了。”挥动着手中的大刀，大汉大喝一声：“动手。”几十人同时呼喊着扑了上来。

商君与萧纵卿比肩而立，两人都一副兴致缺缺的样子，光看那凌乱的步伐就知道这些盗贼不过是一群空有蛮力的小蠡贼而已，不用他们动手，睿王府的家将就能把他们制服。果然，不过半刻钟，几十人被打得毫无还手之力，只得跪地求饶，刚才还嚷嚷着的干瘦男子最先哭号起来：“大爷，大爷不要杀我们，我们这么做也是被逼无奈，求求你们，不要杀我们。”

“被逼无奈杀人？”予函冷斥。

领头的大汉终于忍不住哭诉道：“大爷，咱们兄弟本来都是穷苦人家出身，老老实实干活养家啊。但是这些年，捐税一年重过一年，种的粮食连上缴都不够，就别提养家了。这里的人，哪一个没有卖儿卖女，哪一个没有沿街乞讨过。我说的句句都是实话啊，不然让我天打雷劈不得好死！”

“是啊，大爷，日子是真的过不下去了，我们才会干这杀人越货的事情啊！谁不想在家过安稳日子！”

“大爷，求求您别杀我们。”

“大爷饶命！”

“我们以后再也不敢了！家里还有妻儿老小，大爷放我们一条生路吧！”一时间，树林里充满了哭喊声。看他们粗浅的腿脚功夫可知，这些人也不是做盗贼的材料，走到这一步，应该也是实属无奈吧。

“何成。”予函冷硬的声音再次响起，却只说了一个字，“杀。”

何成微愣，很快抱拳回道：“是。”说完举起手中的长剑，就要刺入领头大汉的胸膛。

“住手。”清冷的低吟伴随一枚冰凌袭来，极清脆的一声丁零响过，何成的长剑被打偏了方向。说话的，是手中把玩着冰块、脸色依旧苍白的商君。

第六章　分歧

何成握刀的手一紧，心也提上来。这个商君身份不明，无声门门主对他却是宠爱有加，发麻的虎口也提醒着他，商君的武功在他之上。如果今天这个人要与主子为敌，该如何是好？两人的视线交会，谁也没有妥协。所有人都看向商君，等待着他会说些什么。商君却轻轻松手，指尖的薄冰轻巧落地，没入雪中，然后转身走向树林旁的矮丛边，负手而立，看着渐渐被暮云吞噬的红霞，只留给疑惑的众人一个孤傲的背影。

予函轻轻扬眉，抬脚跟了过去。何成紧张地也想要跟上去，却被流云的长剑拦住了去路。才在商君身边站定，予函就听见一道轻如弦乐的男声低低响起，只可惜是质问之声："为什么非杀他们不可？"

"杀人偿命。"

商君双手环于胸前，依旧轻声地问道："他们这么做，是谁的错？"

"朝廷。"予函答得没有迟疑。商君忽然蹲下身子，远处的何成吓了一跳，手中的长剑几乎出鞘，却发现商君只是在矮丛里寻找着什么，觉得自己小题大做。何成尴尬地轻咳了一声，但是眼睛还是死死地盯着商君。

商君翻找了一会儿，终于从矮丛中抓出一只被困在枝叶间的小雪貂，轻抚着雪貂冻得发紫的鼻子，若有似无，仿佛不是很在意一般，问道："而你现在却执意要杀这些被逼行凶之人？"

"我不否认是因为朝廷的无能和荒淫他们才走上这条路，但是这并不能成为他们杀人越货的理由。"盯着商君柔和的侧脸，予函沉声说道，"国有国法，他们必须正法。”商君抚摸雪貂的手停顿了一会儿，不过很快将小雪貂放进衣袖里让它取暖，然后漫不经心地问道：“在你心中，法比情重要？若是你以后称王，必是要以法治国了？”

“是。”予函的手心在慢慢收紧，不知是为了商君傲慢的态度，还是在表现自己的决心。

对手心里的小雪貂极尽温情地轻抚，可惜商君口中的话却着实咄咄逼人：“你心中只有冷硬的法理，没有脉脉温情，如何能体会百姓疾苦？”

被商君的态度激怒，予函的声音也大了起来，指着满地的尸骸，厉声喝道：“什么是有情，什么是无情？我对这些盗贼有情，是否就是对那些惨死的人无情！他们又何辜？君王的恩情真正能眷顾到多少人？苍月之大，要如何以情治国？你所谓冷硬的法理，正因为冷硬，所以它更能约束人，不管是百姓还是高官。若人人遵守该遵守的法规，百姓自然能安居乐业。”耳边几乎是咆哮的嘶吼。商君看进予函带着激扬之色的眼，有些讽刺地勾起唇角。相较于予函的激动，她显得格外冷清，一字一句问道：“你口中的人人，可包括自己？”还是帝王所谓的人人都只是那些可怜的老百姓而已！

“当然包括。”予函戴着易容面具，商君看不清他真实的表情，不过那利眸中的坦荡，她看得仔细，刚毅声音里的坚决，她也听得清楚。再次蹲下身子，让暖和的小雪貂从她掌心中慢慢爬出来。直到它渐渐跑远，商君才起身拍拍身上的碎叶，走回马车。只是在她转身离开的时候，予函清楚地听到一声轻吟。“你最好记住今天你所说的话。”

两个时辰后，小巾山下，堆起了数十个土坟……

马车一路颠簸，没有多久，便入了盐城。商君缓缓睁开眼睛，看向身旁的萧纵卿。他也与她一样，半靠着车身，微眯着眼。只是这马车本来就不大，为了让她躺得舒服一些，三儿半蜷着身子，高大的身子紧挨着车壁，怎么看怎么委屈。

商君不知道，他是不是睡着了，只是尽量轻地坐直身子。现在不过是华灯初上的时候，车外安静得有些过分，商君轻轻撩起布帘，看向窗外。

杂乱的街道上，几乎没有什么人走动，即使有，也是以极快速度奔跑而过。街边的商铺基本已经关门，有些客栈只开着一道小小的门缝，让人觉得这座城镇死气沉沉。“怎么了？”如刚刚睡醒一般的低哑男声在耳边响起，他的气息喷洒在脸上，有些痒。商君一僵，不自在地别过头，放下布帘，故作轻松地回道：“没什么，只是觉得这盐城有些怪。”

他的君是在害羞吗？萧纵卿轻轻扬眉，心情大好地与商君并肩而坐，慢慢伸直脚，蜷久了有些麻。这小小的车厢还真是让人坐卧难安，比骑马难受多了。不过他已经决定，以后要经常找机会到这里边坐。

马车缓缓停稳，萧纵卿掀开布帘跳下马车，把手伸向商君，笑道：“到了，下车再说吧。”用力拍了萧纵卿的手心一下，商君白了他一眼，她还没这么弱，下个车还要人扶。商君潇洒地走下马车，就看见秦修之站在马车边等着陇琉璃下车。

陇琉璃余光看见商君就站在不远处，眸光一闪，正要跨下马车的脚一滑，惊呼一声栽倒下去。秦修之眼明手快，赶紧扶着她的胳膊，陇琉璃却顺势倒入他怀里。温香软玉依在怀里，淡淡的如兰香气在鼻尖环绕，秦修之有一瞬间的呆愣。因为，他没有感觉，没有心跳急速或面红燥热，更别说血脉翻涌，与上次商君抱着他的感觉完全不同。他为什么会对女人完全没有感觉，难道是他一直都不明白自己，他原来喜欢的根本就是男人？

修之没有推开她，陇琉璃心下一喜，缓缓站直身子，仿若不经意般扫过一眼商君。他面色如常整理着微皱的白衫，似乎没有注意过他们一样，但是陇琉璃相信，商君已经看见刚才那一幕，这就够了。商君当然看到了，而且看得很清楚，清楚到陇琉璃眼中的算计她都没有错过，其实她何苦如此？他与修之，只怕终是要陌路的，她何苦与一个“男子”吃醋争宠？

商君虽然低头整理着衣衫，却也感觉到有一行人直直向他们冲过来。商君抬头，三儿已经警觉地拦在她面前。这一行人人数不多，但是看得出来个个都是高手。虽然他们没有冲上来，只是静静地站着看向他们身后，流云的手还是紧紧握住了腰间的长剑。商君微微偏头，看清来人，平拍着三儿的肩膀，笑道："流云，他们是我的人。"听见商君的声音，卫溪、齐凌上前一步，抱拳叫道："主子。"

"卫溪、齐凌，辛苦你们了。"

卫溪从怀里掏出一个暗黑色信封，恭敬地递给商君，说道："一接到您的飞鸽传书，我们就立刻赶到盐城等待了。这是忠叔给您的书信。"

商君展开信笺，才看了一会儿，眼眉上尽是笑意，欢愉不言而喻。萧纵卿很少看见商君笑得如此开怀，奇怪道："什么事这么开心？"

晃了晃手中的信笺，商君笑道："舒清已经救出来了，现在在宫里学礼仪，下月十五就和轩辕逸成亲。"舒清是她最好的朋友，也是与笑儿一般至亲的亲人，她就要与心爱之人共结连理，商君说不出心中到底是什么感受，既感慨又有些兴奋吧。想了想，商君忽然问道："对了，今天几月初几？"

看她喜形于色的样子，萧纵卿失笑地摇摇头，回道："正月二十九。"商君都没有这样关心过他，这个慕容舒清到底是个什么人物？

"二十九了。"商君轻轻皱眉，苦恼地低喃道，"那还有十多天，不知道来不来得及准备礼物。舒清为何如此着急呢？难道这婚事中还有什么隐情吗？"夜色渐深，寒意渐浓，萧纵卿刚想叫商君先进客栈，一声哭喊划破夜空，在这萧索的夜里，听起来尤为凄厉！

"抢米啊！快来人啊！抓住他。"商君抬眼看去，前方一条小巷道里，一个三十出头的矮瘦男子扛着一大袋东西，朝这边一路狂奔。他的身后，一个五十开外的老妇人踉跄地追赶着，一边追一边喊："不要跑！还我的米——"商君蹙眉，轻声说道："抓住他。"话音刚落，齐凌一个健步迎了上去，一双铁腕抓住男子的背襟。男子被拽倒在地上。看齐凌气势凛然，男子顾不得许多，就将肩上的袋子砸向齐凌。齐凌后退一步，一手抓住袋口。男子趁机脱了上衣，泥鳅一样滑了出去，没命地往小巷里面钻。

齐凌放下袋子，就要提气追上去。商君轻轻抬手，示意他不用追了。

走到袋子前，商君轻触袋沿，确实是大米。此时老妇人也跌跌撞撞跑了过来。商君微笑着说道："大婶，这是您的米吧。"

"是我的，我的。"老妇人竟是扑到米袋之上，将米袋抱在怀里，才一个劲儿地感谢道，"谢谢，谢谢公子，谢谢。"

商君微怔，一袋米而已，这冬夜的地上该有多冷！商君小心地搀扶起老妇人，劝道："大婶，你先起来。"

在商君的搀扶下，老妇人才慢慢站起来。看看商君身后壮实的齐凌，再看看商君温润亲和的脸，老妇人扑通一下跪倒在地，央求道："公子，求求您，好人做到底，能不能让他送我回家？这些米是我花了十两银子买的，是家里仅有的积蓄了。如果被人抢了，我和老头子都不用活了。"

商君一惊："十两银子？大婶，你起来说。"扶着老妇人的手肘，商君轻轻使力一带，将老妇人扶了起来。商君不解地问道："这不过三十斤米，为何卖这么贵?"老妇人低叹一声，回道："哎！我们也不知道，这几个月以来米价一直涨。不过就算涨，还不到一两银子，勉强还能生活。可是这十来天里，米价是疯了一般往上涨啊，前两天已是六两一袋了，今天干脆卖到十两。若是不买，只怕再也吃不起米了。"说着说着，老妇人悲从中来，竟低泣起来。一袋米居然涨了十多倍？到底是怎么回事？商君扶着老妇人，轻声问道："官府不管吗?"

老妇人用衣袖在眼角上一抹，摇摇头："官府的事情，我们老百姓哪里知道。我老了，什么也不懂，活一天是一天吧。"

老妇人将米扛在背上，走了两步似乎觉得不妥，又放了下来，紧紧抱在怀里。毕竟是三十斤的米，老妇人只得慢慢往前挪着，寒风肆虐吹拂着她单薄的旧棉衣，丝丝银发与雪花同舞。

"齐凌，送老人家回去。"商君脸色微冷，看着老妇人离去的方向久久无语，任寒雪厉风划过身畔。萧纵卿走到她身边，轻拍着她的肩膀。商君缓缓转过身，一双眼直直地盯着萧纵卿。

迎着商君逼视的目光，萧纵卿心下一颤，却也不躲闪，两人就这样对视着，互不相让。流云与卫溪对看一眼，两人都有些尴尬，各自朝客栈走去，在门口站定，只远远地看着自家主子，并不走远。

“你有什么要和我说的?”他身为无声门门主，苍月发生的任何事情都不会逃过他的眼睛，而他刻意隐瞒，只有一个原因，粮价暴涨一定与他有关！商君冰冷的声音让萧纵卿的眉头轻蹙了起来，心下不愉，口气也有些冲：“你想知道什么?”

“你做了什么?”

“你以为我会做什么?”

“三儿!”商君低吼一声，她只是想弄清楚发生了什么事情，他打算就这样糊弄她吗？双手紧紧握住商君的肩膀，萧纵卿沉声回道：“君，要做成一件事就必须有所牺牲，你什么都想顾及，最后只会什么都顾不上!”

他这么说，是不是就是承认了？商君深吸一口气，一字一句问道：“你到底做了什么?”商君不妥协的逼视终于还是让萧纵卿松了口：“北方驻军已经知道睿王遇险的消息，正以军中出现叛徒为名向天城逼近，并同时驱赶贫农南迁。大批难民涌入，粮食紧缺，粮商囤米，价格自然飞涨。很快，难民会因为没有粮食而与朝廷出现冲突。陇趋穆如果调兵镇压难民，就没有兵力控制北方驻军入京，如果调兵压制北方驻军，天城也将陷入混乱。乱世中，不管你要助谁登基都能事半功倍。”他原本并不想与商君说这些，君的善良他很珍惜，但是在这件事上，只会成为阻碍。他们已经置身其中，不能赢就会输得很惨，而他不允许商君再受一点点伤害。

真的是他挑拨北军入京？商君失望地盯着眼前原本熟悉却在这一刻显得陌生的俊颜，厉声责问道：“你知不知道你这么做会让多少人流离失所、多少人饥寒交迫！毫无顾忌，不择手段，这就是你现在的行事作风?”

商君眼中的斥责深深地刺痛了萧纵卿的心，紧咬的牙根在本就棱角分明的脸颊上浮现出更深的痕迹。倔强地点点头，萧纵卿面无表情地回道：“必要的时候!”

“你……”他居然回答得这么坦然。商君一口气堵在胸口，竟是说不出一句话来！现在的他已经是一门之主，可以一手遮天了，哪里还需要听别人说什么，管他人死活！胸口又开始隐隐作痛，商君一手按住胸口，一手挣开萧纵卿，转身要走。

商君苍白的脸色让萧纵卿慌了神，抓住商君的手腕，急道："君!"

"放手!"想要甩开他的手，却被他抓得更紧。商君疲倦地闭上眼睛，冷声回道，"如果你所谓的帮我就是这么帮的，那我告诉你，我不需要!"那晚恳谈之后，她以为，三儿已经懂得她的意思，原来他还是不懂。三儿做的一切都是为了她，她岂会不知，可是正是因为这一切都是因为她，她才会这样难过，这样生气。是她让三儿变得像现在这般疯狂，这般自私，这般残忍。用力抽回手，商君有些心灰意冷地向着客栈走去。就在她走到客栈门边时，身后，一声低吼喊得她浑身一震。

"商君!"萧纵卿的眼死死盯着商君冷漠的背，血丝已布满眼眶，他不怕君骂他，吼他，甚至打他，但他难以忍受她的冷漠。紧握成拳的手上青筋暴起，却是不停地颤抖着。

"你到底要我怎么样你才满意!"

"你告诉我——"几乎被寒风吹散的低吼如一把利剑，一点点刺入他的心头，商君甚至连抬脚的力气都没有了。她不想要他卷进这场权力纷争的旋涡，她想要他依旧是那个自由自在的萧家三公子。这一切或许都是她的错，如果当年她没有和三儿说那些让他挫败的话，或是他们从不曾相识，三儿现在是否就会过得幸福一些？可惜没有如果。她知道，此时的三儿她再也赶不走了。雪越发大了起来，如丝丝棉絮，轻盈飘落，随风摇曳，只可惜并不唯美，却是冷彻心扉。商君用尽力气，终于还是迈开步子步入客栈的大门，最终没有再回头。

秦修之刚才已经听见他们在争执，即使听不清吵些什么，他却将商君的咆哮、失控看得一清二楚。片刻之后，商君房间里传来茶杯破碎之声。客栈外，那抹墨黑身影长久地立于暗夜之中，任寒风肆虐，风雪侵蚀。瞎子都能看得出来，他们之间——非比寻常。秦修之，你何必自欺欺人？

当当当，夜深人静，轻叩房门的声音听起来格外刺耳，予函握笔的手一顿，一滴墨汁滴落，迅速渗透纸背。声响渐歇，两名带刀侍卫已经悄然出现在予函身旁，警觉地注视着房门。握着笔，手下未曾停滞，笔尖流畅地在纸上划过，予函不耐地问道："谁？"

"商君。"门外清润的男声让予函握笔的手又是一顿，墨汁再次滴落浸透纸背。有些无奈地看着手下这幅墨迹斑斑的字，予函干脆放下笔，对着身旁的侍卫挥挥手，侍卫如来时一样悄无声息地离开屋内。

打开房门，予函看向门外一身白衫，微笑而立的男子，问道："商公子，这么晚有事？"商君微笑点头，回道："有一件事，想问问你的意见。"

北军入京，灾民四起已是事实，她想借这个机会，再试一次予函是否是值得她相助的明主。门外狂风呼呼，商君单薄的白衫被吹得衣袂纷飞。予函打开门，说道："进来再说。"进了房内，商君扫了一眼铺满宣纸的案台，几行风骨飞扬却不太流畅的草书跃于眼前。这种时候还有心思练字，不错。

站在书桌前，商君也不寒暄，开门见山道："北方驻军得知你遇险的消息，正向天城逼近，并同时驱赶贫农南迁。因为难民涌入，粮商又私自囤米，米价正在飞涨。不用我多说，你也知道百姓的生活有多苦了。"

"有这种事？"予函满脸惊异之色，没有立刻回应，蹙眉思索片刻，走回书桌前，一边拿起还蘸着墨的毛笔，一边说道，"我立刻修书北军将领，令他们停止进军，让百姓重回家园。"

商君轻轻按下予函提笔的手，提醒道："北军越是靠近天城，睿王就越是安全。若是要逼宫，你的把握也越大，而且国内局势越乱，越利于起兵取而代之，睿王可以再斟酌斟酌。"口中这么说着，商君却一直仔细地观察着予函的每一个表情、动作，国之将乱，必须有一个明主来掌管苍月。她不能选错。

予函轻叹一声，放下笔，轻声说道："叫我予函吧，予函是我的字。"从见他第一眼开始，他就没有骗过他，而她却一再挑衅、试探甚至讽刺他。直视商君的眼，予函毫不顾忌地回道，"我虽不敢说，要夺位争王完全是为了百姓，却也绝不因为一己私欲陷百姓于水火之中。我陇宜亥要夺回苍月江山，完全是名正言顺的！”他坦白的回答很符合商君的心意，不过商君有些好奇，是什么让他如此自信满满：“如何名正言顺？”

看向商君清明的眼，予函回道：“我只是还没有找到那样东西，只要找到，我就能证明，我才是苍月的国主。”什么东西能证明他是国主？脑中忽然晃过母亲留下的那几行字，商君脸色微变，暗自斟酌了一番，低声问道：“你所说的，可是先帝的亲笔遗诏和奉国玉玺？”商君知道，问出这个问题也就意味着，她已经决定与予函站在同一个方向。

予函惊恐地盯着商君，颤声问道：“你，你怎么会知道？”这个秘密他也是三月前从御史大夫黄岐黄大人处得知，也正是因为知道了这个秘密，陇趋穆才留他不得。但是这些都是朝廷隐秘，商君为何会知道？是萧纵卿告诉他的？那么无声门到底知道多少？

予函大惊失色，商君却是冷笑于心，光是这两样东西的名字，就要了她家一百多条人命，她怎么会不知道！无视予函急于知道答案的目光，商君暗暗调息，确定自己够镇定了之后，才沉声问道：“你可记得武征廷？”

“武大将军？”当年武将军的死不仅震惊苍月，就连东隅和燕芮都不敢相信，陇趋穆怎么会灭了武家满门，他可是天下难求的将帅之才。在黄岐大人的解释下他才了解，武家撞破了这个天大的秘密，又手握重兵，唯有死才能让上位者安心。

予函点点头，叹息回道：“苍月人皆敬重武将军，我又岂会忘记他。遗诏之事，你是从武家两位小姐那里得知的吧。”

商君思索了一会儿，才回道：“是的。”她并不想提及“武家小姐”，这样容易暴露身份，不过显然予函知道，如此看来，他必是从黄岐、高海铭、厉陵三人处得知，因为他只告诉他们三人而已。

“你是武将军的……”商君不等他问完，接话道：“武将军于我，有活命之恩。他一生光明磊落，精忠报国，却受此不白之冤，我曾在他坟前立誓，定为他报仇雪恨，还武家一个清白。”

“原来如此。武家两位小姐呢？是否安好？”难怪，那时他说求一个公道，但是武家小姐为何谁也不找，单单只找商君呢？

“灭门之祸以后，她们孤立无援，最后找到了我，将事情的原委说清楚后，我将她们送往别国疗养了，现在一切安好。”商君走到圆桌旁的木椅上坐下，敷衍地一语带过，一副不愿多谈的样子。

看向商君俊美绝伦的侧脸，冷漠疏离却又异常地吸引人，予函恍然大悟，莫不是商君正是武家小姐的心上人？武将军的准女婿？难怪他会一力承当武家的仇怨。自认为已经猜到商君与武家的关系，予函也不再纠结于此，问出自己最关心的问题：“关于玉玺和遗诏的事情，你还有什么消息吗？我只听黄岐大人提到，武家小姐曾说过武夫人临终前留下血书，上面记载着陇趋穆篡位的事实和玉玺、遗诏的所在。”

“血书我看过。不过上面只提到御笔遗诏、奉国玉玺藏于凤凰灵柩，玄石为匙，其他的什么也没有。你听说过这两样东西吗？”予函从小生活在宫中，希望他能知道些线索，哪怕一点儿也好。可惜，商君失望了。予函茫然地摇摇头，回道：“凤凰灵柩？玄石？我在宫中这么多年从没听过，也不曾听父亲提起过，你一点儿也查不到吗？”

“关于凤凰灵柩，一点儿消息和记载都没有，而玄石确实有些眉目。”在予函期待的目光下，商君侃侃回道，“玄石是上古时代流传下来的仙石，传说得此灵石者可觅人间仙境。我猜这人间仙境应该就是先皇所知的凤凰灵柩。先皇临终前与一术士来往甚密，先皇驾崩后，他便失了踪影。玄石极有可能就是术士之物，但是先皇驾崩快三十年了，术士那时已年过百岁，现在早已不知去向。好不容易查到，术士有两个弟子，但是我找了三年，依然毫无所获。”这么说，术士可能已经百年归老了。予函问道：“术士的两个弟子是什么人？”

“据说，大弟子是神医，二弟子多年来竟是无人提及无人知晓，神秘至极。天下间算得上神医的我几乎都查过了，还是找不到。这么多年来陇趋穆也一直在找，关于玄石他知道的一定比我们多。我们一定要比他快才行。如果遗诏和玉玺落到他手里，对你极为不利。”

这个商君自然明白，与武将军手下的众将经常往来，他们对陇趋穆的所为也心存怨恨，但是却表示绝不做叛臣乱党，如果不能拿出遗诏证明他才是苍月的正主，就注定得不到武家军的支持。

“连无声门也没有办法?”

商君摇摇头，无奈地回道：“无声门在苍月的力量要大一些，而术士的弟子应该是东隅人。”这些年无声门一直在查，查出最多的是陇趋穆篡位逼宫的事实，对于玄石和术士的情况，还是知之甚少。原来以为会有希望，现在看来却是困难重重，迷雾不断，两人都有些郁结。

予函忽然站起身，爽朗地笑了笑，说道：“没关系，玄石我们可以慢慢找。最起码，这两样东西的存在证明了我不是叛乱忤逆之臣。我先写信函给北军将领，难民要先让他们能回家，不至于客死他乡。然后再潜回天城伺机而动，至于术士弟子之事，还是求助风雨楼吧。”

商君微笑着点头，回道：“嗯，我会和沈啸云谈的。”

站在予函身后，看着他沉着地写着给北军将领的密函，商君忽然觉得轻松了很多。这个人处事自有法度，对百姓有着怜悯之心，而在困难面前毫不气馁。她这次应该是选对人了吧。看他写完，将信笺小心封好，商君淡淡地说道：“不早了，我先回去了。”

“商君。”商君正要推开门，就听见予函的声音，回过身，予函忽然认真地对他说道：“谢谢你。”商君一脸莫名，轻轻挑眉笑道：“谢我什么?”

“谢你的忠肝义胆。”忠肝义胆？商君失笑，父亲听见或许会开心吧，而她自己却没有什么感觉，因为她并没有所谓的忠肝义胆。如果可以，她希望自己还是幽山绝壁那个自由自在普普通通的女子。只微微一笑，商君不曾回话，转身离去。予函看着那道傲人离去的背影，眉头渐渐蹙了起来。他见过所谓淡泊名利之人，他们不喜问世事，孤高自许，显然商君不是；他也见过心存高义之人，他们渴望做一番大事业，达成鸿鹄之志，而商君也不是。商君，你到底是怎么样的人？这样的人，会为他所用?

第七章　不速之客

商君缓步走在客栈的走廊上，清冷而昏暗。客栈外边也是一片寂静，风声渐歇，就连落雪的声音也能听得清清楚楚。月光下的大地一片苍茫，白得有些耀眼。这应该是初春到来前的最后一场雪了吧？今年的天气格外异常，快春天了，反而越发地冷。

已是三更了吧，她却毫无睡意，饥民的事情可以解决，驻军的问题也能调解，但是三儿呢？她要如何与三儿沟通，如何让他明白她的想法？她不忍心伤害三儿，她明白三儿这些年为她做的，但是她也不能认同三儿的作为，最可悲的是，她似乎不再能说服他了。她到底要怎么办？身上只穿着单薄的素白外衫，商君却不急着回房，而是靠着走廊的木梯，怔怔地看着客栈外的皑皑白雪，脑子里竟是一片空白。不知站了多久，忽然从右边的小院传来一串极轻的脚步声。商君放眼看去，只看过一抹刺目的红影一闪而过，身形奇快。那妖娆轻盈的体态一看就是个女子，可惜商君未来得及看清楚样貌，来人已经蹿进了最靠里的包间。那是修之的房间。

商君大惊，脸色微变，不过才奔出数步，商君又停了下来。刚才那女子是谁？那身手自然不会是郡主，红衣女子是不是修之认识的人？她这样闯过去，会不会不太好？再次看向修之的房间，里边依旧一片漆黑，没有点灯，也没有声息。如果是会友，何以会不点灯？即使依旧满腹疑惑，商君还是极快地奔向修之所在的房间，站在门口，屏息静听，里边一点儿动静也没有，贴着房门看去，里边又是一片漆黑。一咬牙，商君一把推开修之的房门。房门才开，还未及看清里边的情况，一条火红的丝带满含劲力地朝着她的脖子袭来。

商君暗惊，后跃一步，避开丝带的攻势，伸出手想要抓住它，才发现这红得炽烈的丝带竟是极薄极轻，但却柔韧而冰冷，几乎抓不住它。它仿佛有灵性一般从指缝间滑走。商君紧蹙眉头，手也抚上了腰间的凌霄软剑，能如此精妙地控制这样一条轻薄古怪的丝带，这人的武功路数必定诡异。侧身掠过丝带，商君挥出软剑，想要将丝带斩断，谁知丝带竟与软剑相交，擦出一道微弱的火花。丝带承受不住商君的劲力软倒下来，但是却丝毫未损。商君瞠目，这是什么兵器，竟是凌霄也斩它不断?

丝带滑落，商君有些急切地看向它的尽头，想看看拥有此等兵器的是什么人。屋里光线昏暗，商君费力望去，总算看清不远处的人。那是一张极年轻娇艳的脸庞，洋溢着青春的气息。黑暗中，女子一双灵眸熠熠生辉，骄傲而率性写满微昂的俏脸，一身烈焰红装，配上她略黑的小麦色皮肤，显得健康而野性十足。

女子也怔怔地盯着商君，一双眼在他的脸上流连，毫不掩饰她的惊艳。两人就这样对视了一会儿，商君忽然想起修之的情况还不明了，眼前的人是敌是友也不知道，心下一横，再次扬起手中的凌霄软剑，剑尖直指女子执着丝带的右手。

商君身手奇快，女子大惊，再次挥舞丝带。可惜商君已经近在咫尺，眼看右臂就要被软剑缠上，只听见一声剑气低吟由远及近，商君立刻感到一股强盛的劲力袭来，手中的凌霄软剑被弹开。这屋里还有别人？她刚才居然一点儿也没感觉出来，她的武功真的倒退到这种程度?

凌霄软剑因为刚才的撞击，发出嗡嗡的长鸣，虎口处隐隐作痛，商君抬眼看去，一柄血红色的重剑横在眼前，闪着渴血的寒光。

暗夜中，高大的黑衣男子一手握着长剑，一手捏着修之的咽喉，冷若寒冰的逼视让人窒息。这双眼睛，她认得。

“又是你!”商君低叫。一年前追杀修之的男人莫残，怎么又是他？商君的心一下子提到了嗓子眼，即使她功力十足的时候，也未见得是他的对手，更何况现在。

心急如焚的时刻，商君想起了还站在身边的红衣女子，女子的红绸虽然是件利器，可惜她功力尚浅，而且刚才黑衣男子出剑救她，两人必是一伙的。要救修之，商君决定赌一赌！

商君赫然回身，速退一步，运足全力，逼向红衣女子。莫残手中擒着修之，未能反应，薇娜已经落入商君手中。

扣住薇娜的咽喉，商君与莫残冷眼相对。莫残原本就冷漠的眼，此时闪着幽深的寒光。即使是身处黑暗中，那冷残的杀气依旧震慑人心，低沉的男声如同夹带着冰霜一般袭来："放开她。"

商君前胸隐隐作痛，好强的内力。看着莫残的指尖几乎嵌入修之的脖颈之中，黑暗的房间里看不见修之的脸，但是从喉间溢出的痛苦低吟显示着修之此时的危急。她根本不是男子的对手，商君轻咬牙根，冷声回道："你先放开他！"手下也使了力气，女子疼痛地闷哼一声。商君感受到女子脖间的脉搏怦怦地剧烈跳动着，女子的性命就握在她掌心，听到暗处男子的呼吸声渐渐有些紊乱，商君知道自己抓对了筹码。此时女子的脸色也憋得涨红，商君没有放开她，手劲却是松了一些。

感觉到商君手里收了些许力道，薇娜抓着药粉的手也是一顿。她身上有上百种可以让人生不如死的药，谁擒了她是自找苦吃。不过这个时候她倒可以趁机试试莫残到底有多在乎她。将药粉重新收回袖间，薇娜配合地任由商君挟持，即使脖子已经不是很痛，还是继续表现出痛苦万分的样子。

商君有些莫名，她明明已经收了劲道，女子怎么还是一副生不如死的样子？心下疑惑，不过她现在的精力只能放在莫残身上，无暇顾及其他。

两人各自擒着人质，冷目敌视着，谁也不肯妥协。商君更是不敢妥协，因为她的武功早已大不如前。

屋里的这番打斗，惊动了旁屋的袭慕、夜焰，两人冲进门来，就看见秦修之被一个黑衣男子挟持着。两人抽出长剑，向黑衣男子攻去。

商君挟持着薇娜与他对峙，莫残心情本来就极坏，现在又有两个不怕死的往前冲，他更是不耐烦道："你们想要他死，可以再靠近一点儿。"

商君离他最近。黑衣男子话音刚落，修之忽然发出一声极痛苦的闷哼。商君吓得脸色微白，对着急忙迎上来的两人吼道："不要过来。"

袭慕、夜焰脚下一僵，他们也听见了秦修之痛苦的声音，心里又急又气，却也只得停在原地狠狠地盯着黑衣男子。如果目光可以杀人，莫残估计已经千疮百孔，可惜莫残根本不把这种瞪视放在眼里。

男子的指力如此之强，修之命在旦夕，想到黑暗中的修之脸色通红，呼吸困难的样子，商君的心竟是有些慌乱起来。暗暗调息之后，商君才冷静地怒道："莫残，你不讲信用。"他答应过如果他输了，就不会再杀修之，他居然出尔反尔。

莫残一张冷脸仿佛结了霜一般，极度不耐烦地回道："我这次来又不是来要他的命的。如果我想他死，没有人可以拦得住我。你最好立刻放了那个女人，不然我就要改变主意了。"本来他打算问清楚一件事情就走，若不是商君闯进来捣乱，他早就已经离开了。

不要修之的命他来这干什么？不管他的目的是什么，商君承认一点，如果他要修之死，她确实拦不住。商君大声说道："好，我们同时放人。"

莫残默不作声，商君依旧故我，朗声说道："一、二、三！"说完三的时候，商君松开了扣住红衣女子咽喉的手，另一手在女子身后抓住她的腰带，眼睛紧盯着莫残。片刻之后，商君听见修之大声喘气的声音，心终于放了下来，莫残松手了。秦修之有些踉跄地走出里间，商君立刻放开抓住红衣女子的手，迎了上去。薇娜失望地撇撇嘴，好没意思。莫残都没有为她着急，也没有问她有没有受伤。

"修之，你怎么样？"扶着修之的手，商君的声音有些颤抖，他的手冰冷得吓人。修之只觉得喉咙和胸口像是火燎过一般疼痛，一时说不出话来，只能对着商君微笑摇头，希望能让他安心。

此时的秦修之，脸憋得通红，脖子上红白相间的五指印格外刺眼，而他还是一如平常地对他温和地笑着，想要安抚他惊魂未定的心，却不知修之此时的笑容只会让商君的心更痛。

商君倒了一杯水给修之顺气。莫残冷硬的声音再次响起：“我只和他一个人谈。”商君几乎是咬牙切齿地回道：“不可能。”修之的脸色还未恢复，瘀痕也赫然在目，除非她疯了，不然绝不可能让修之独自和这个浑身上下都危险的人待在一起。

商君回得决绝，莫残也丝毫不肯妥协，两人又一次怒目而视，好不容易稍微缓和的气氛，再一次紧张起来。一直站在旁边的红衣女子翻了个白眼，指着袭慕和夜焰，女子说道：“行了，你可以留下，他们不行。”

她的武功现在不足以保护修之，商君还在思考。修之喝了水，气好不容易顺了下来，不忍商君苦恼，用沙哑的声音吃力地说道：“袭慕、夜焰，在门外守着，不要让任何人靠近。”

“是。”袭慕、夜焰对视一眼，依目前的情况，也只能先退出去再说。

屋里只剩下四人，薇娜从腰间拿出火折子点上蜡烛，房间里一下子明亮了起来，叉着腰微笑着对莫残说道：“好了，没外人了，要说什么快说，再不说天都亮了。”

莫残瞪着薇娜的笑脸，一声不吭。薇娜莫名其妙，不服气地回道：“你瞪我干什么？人家是一对，你非要赶他走他也不会走啊！”

商君本来闲闲地看着他俩吵起来，谁知道女子会忽然来这么一句，害怕自己女子的身份暴露，心下一慌，立刻怒道：“荒唐。”

她激烈的反应换来三人的侧目，秦修之的心更是沉入了谷底。商君果然是鄙视那样的感情的，咽下心中的苦涩，秦修之也配合地解释道：“这位姑娘你误会了，我们只是好朋友。”

“好朋友？”薇娜嗤之以鼻，哼道，“刚才怎么没有一面镜子让你们看看对方的表情。”喜欢就喜欢嘛，不知道他们别扭些什么。

商君与秦修之都有些尴尬，各自别开头。商君轻咳一声，故意沉声说道："你不要再胡说了。我们俩都是男子，怎么可能是一对。"

"男子？"薇娜打量的目光在商君身上溜达了一圈，他是不是男子，她不敢确定。不过刚才他把她困在怀里的时候，她似乎感觉到了不属于男人的柔软。商君被薇娜看得心怦怦跳，脸上却不敢表现出分毫。就在商君担心薇娜会说出什么的时候，她却是话锋一转，一副理所当然的样子说道："男子也可以是一对嘛。"

"啊？"商君傻眼。

轻轻摇头，一副孺子不可教的样子，薇娜背着手，说教道："师父说过，世上的爱情只要是真心相对，就什么都可以超越，超越年龄，超越性别，甚至超越时空，而且啊——"

"薇——娜！"莫残额间的青筋几乎暴起，他不说话，她就当他死了是不是，那么多废话。

薇娜轻轻吐舌，有人好像要发飙了，赶紧退到旁边的椅子上乖乖坐好，连声回道："好好好，我闭嘴，你们继续。"商君好笑地摇摇头，这女子古灵精怪，率性而为，还真是有些可爱呢。真心相对，真的可以超越一切吗？修之若有所思地看向商君的侧脸，最后只能化作一声低叹。

一声鸡鸣划破长空，虽然屋外仍旧一片漆黑，却也昭示着黎明即将到来，莫残低咒一声，这一晚上都在干什么。走到秦修之面前，莫残从怀里掏出一样东西，垂在秦修之面前，冷声问道："我只问你，这个原本是不是你的东西？"

秦修之细看是一块扇形白玉玲珑，晶莹剔透。不明的烛光下，玉佩仍发出淡淡的玉质柔光。玉玲珑正面雕着兰草，没有开花，寥寥数笔的雕刻，却将兰的清幽静雅跃然于玉上。确实是他交给慕容舒清的那块玉玲珑，秦修之坦诚回道："这东西并不是我的，我不过是代为保管。"

莫残眼中光芒更胜，似乎有些激动，盯着秦修之，急道："这东西从哪儿来？"看了一眼莫残急切的样子，秦修之掩眉思索了一会儿，回道："我已经把这玉玲珑和它的来历都给了拥有上阕的人，你若真是它的主人，应该已经知晓。”

莫残冷声回道：“慕容舒清只把玉玲珑交给我，没有说明来历。”

他真的是从舒清那儿得到的吗？想了想，秦修之回道：“好，如果按你所说，那么上阕应该也在你手中，你拿得出上阕，我便告诉你。”

莫残将手探入怀中，很快拿出了另一块玉玲珑。秦修之接过仔细辨认，这块玉面一边雕刻的是一枝怒放的寒梅，一样简单的雕刻，却已经将梅花的灵性和傲骨雕刻得惟妙惟肖了，可见雕刻之人必有爱梅之心。看起来应该是一对，但是这上阕他只见过一次，并不敢确定。想了想，秦修之拿起两块玉玲珑，将系于上阕顶端的殷红锦线提起，让其悬于半空中。

忽然，四周的光线仿佛瞬间就聚集在白玉之中一般，由内而外，慢慢透出微微的紫色荧光。两块玉玲珑渐渐发出柔和的紫光，紫光愈来愈甚，当紫光包围着它们的时候，玉佩开始轻轻颤抖起来。它们的震动发出一阵低低浅浅的如铃声般清脆的响声，窸窸窣窣，忽高忽低，如情人间的低语，如欢快的对吟。“这——”商君惊讶地看着眼前唯美的一幕，一时间竟是不知道说什么。

“天啊！”薇娜也围在桌旁，盯着两块交相应和的玉佩，奇道，“太神奇了！”她家里也有好多奇珍异宝，都没有这个有趣。

秦修之将它们稍稍分开，紫光和低鸣都明显减弱，将它们靠近，就再次发出绚丽的紫光和渐强的低吟，与那日他和舒清看到的一样。缓缓将玉玲珑放下，修之笑道：“果然是一对。”玉佩放下之后，只一瞬间，光华尽敛，怎么看都只是两块玉料上乘的摆件而已。

三人都还震撼于刚才的奇景中，呆愣了好一会儿才回过神来。莫残看着两块玉玲珑，心中有一种难言的感觉，这就是所谓的一对吗？只有在一起的时候才能光华万千？既然如此，又何以分开二十余年！

掩下心中微乱的情绪，莫残对着秦修之，说道：“你现在可以说了。”

修之点点头：“其实……”秦修之才说了两个字，一支凌厉的长箭刺破窗纸，向着他的咽喉处袭来。长箭力透千钧，来势汹汹，商君感觉一股杀气逼人而来，只来得及拉住修之的衣襟往旁边带去，却来不及救站在修之身后的薇娜。好在莫残机敏，手中的赤炼击向长箭，箭锋与重剑摩擦而过，偏了方向，最后直直插在床沿上，箭身没入一半，可见，这力道之猛烈。箭尾的翎毛还在不断地抖动着。四人面面相觑，还没弄清楚是怎么回事，莫残和商君忽然脸色大变。商君大叫一声："小心！"

几乎与商君的喊声同时而来，数十支羽翎长箭再一次凌厉地破窗而入。商君拉着秦修之躲到床旁的衣柜后，只听见长箭咻咻地钉入木柜的声音。商君手撑着柜子，每一下长箭嵌入木头的劲力都透过木柜穿透过来。商君暗暗心惊，好强的臂力！商君稍稍偏过头，看向莫残和薇娜。他们躲在推翻的桌子后面，歪倒的桌面上已经插了十几支长箭，每一支都穿透厚达一寸有余的红木桌面，看样子桌面支撑不了多久。

商君与修之对视一眼。修之也看见了薇娜和莫残的危险境地，对着商君点点头。修之退后一步，商君运气于掌中，使力侧推，木柜立刻打横，隔在木桌前面。薇娜长出一口气，好险，这桌面再来两箭估计就要裂开了吧。从桌后钻出来，一边拍着身上的木屑，薇娜一边抱怨道："这到底是怎么回事？"

四人站在木柜后，只听见院外传来了打斗的声音。商君面色沉重地看向莫残，他也是一脸的寒霜。一会儿箭声渐歇。几道极其迅速轻盈的脚步声穿过外边繁杂小院，直奔里屋。听他们的内息，该是刚才放箭之人，来者绝非善类。莫残亮出了手中的猩红长剑，商君也紧握着手中的软剑，另一只手则紧紧抓住修之的手腕。

满室皆是闪着寒光的箭尖，纷飞的木屑。看向商君严阵以待的侧脸，秦修之心头一热，第一次他毫无顾忌地紧扣住商君的手。这么多年来，他经历过无数次追杀，这次能与商君同生共死，他也不枉此生了。

商君感受到手心的力道，刚想回头，四个身形魁梧的黑衣人冲了进来。他们的武器很是诡异，兵器的前端带着一尺长的狭长双刃尖刀，中间是一条软铁链，握在手中的另一端是一条两寸有余的铁棍。

他们才一进门，四只尖刃立刻袭来。商君挥出软剑，剑身立刻与铁链纠缠在一起，铁链尾端险险地划过商君的脸颊。对方使力一拉，商君极力调整内息，手中的软剑才没有脱手而出。正僵持着，他们中的一人看向放在床上的玉玲珑，立刻扑了上去。好在莫残快他一步，以赤炼截住了他的去路，对着薇娜喊道："薇娜，收好玉玲珑！"

"好。"应了一声，薇娜轻挥手中的嫣红丝带，丝带仿佛有生命力一般，包住玉玲珑。薇娜轻轻收回，玉玲珑已经在她袖间。与商君对峙的那人忽然用内力震开了商君的软剑，掉转方向，短刃逼向薇娜。

商君惊道："薇娜小心！"

薇娜低叫一声，只来得及将手中的丝带举起，一声尖锐的金属摩擦声之后，短刃被隔在红纱之外。黑衣人瞠目，不敢相信自己的短刃居然刺不破薄薄的一层细纱。而薇娜估计已经使尽全力，一口浊血喷在红绸之上，淡淡的血腥味刺激了莫残的神经。商君几乎看不清楚他是如何出的剑，一道红光闪过，伤害薇娜的人已经身首异处！血喷洒得半面墙沿尽是血污。

原本以为同伴惨死，另外三人会被震慑。谁知三人连看都不看倒下的同伴一眼，仿佛死的是不相干的人一般。眼中的冷邪之气让商君忍不住皱眉，他们到底是个什么样的组织？可以对同伴的生死视而不见。

三人紧扣手中的利器，一人攻向莫残，一人逼近薇娜，还有一个短刃所指之处竟是修之，每一招每一式，都是要将修之置于死地。

商君将修之推到身后，黑衣人的兵器杀伤面积太大，铁链一挥，整个里屋几乎都被短刃扫过，好几次都差点刺中修之。商君眼中精光一闪，欺身上前，用软剑缠住铁链，气走全身，运足内力，击出左掌，正中黑衣人前胸。黑衣人被商君内力所伤，跌倒在地，口吐鲜血，被赶过来的卫溪一举拿下。莫残已将另两人打退，薇娜受伤，屋子里的人也越来越多。扶着薇娜退到秦修之身后，莫残低声说道："我会再来找你！"说完抱着薇娜，闪身出了满是血迹、狼狈不堪的里屋。

萧纵卿急急赶来，就看见莫残飞身而出的背影，立刻沉声说道："流云，追。”流云走过商君身边，被她一手拦下，又轻又低的声音在耳边响起：“不要追了。”

流云为难地看了商君一眼，却发现他脸色白得透明，额间一颗一颗汗珠沿着脸颊滴落，嘴唇干涸苍白。流云有些紧张地说道：“商公子，你——”话还没说完，一滴黑血从商君的唇角滑落，她的身体也向后软倒下去。流云吓得赶紧扶住。一直站在商君身后的秦修之也立刻迎了上来。

“商君！”扶着商君，修之感受到他单薄的衣衫下冰冷而单薄的身体。想将他扶到床上，人已经被萧纵卿一把抱在怀里。

“君！”萧纵卿轻拍着商君的脸颊，唇角不断有黑血溢出，萧纵卿的手也有些抖了起来，“君，你怎么样？”喊了几声，商君依旧紧闭双眼。萧纵卿慌乱地将她拦腰抱起，对着身边的流光吼道：“快请大夫。”

“是。”流光话音未落，萧纵卿已经抱着商君走出了这间破败的房间。

卫溪和齐凌对看一眼，将重伤的主子交给外人，好像不太妥当，但是应该怎么样才妥当呢？他们一时也想不出来，只得呆站在原地。呆站在原地的还有一个人，就是满身是伤的秦修之。

陇宜亥和陇琉璃走进院子的时候，黑衣人几乎已经被袭慕、夜焰制服了。陇琉璃最先跑进屋内，看见满身血污的修之，担心地问道：“修之，你，你的脖子！”脖子上的瘀痕又黑又肿，看得她心疼得泪眼婆娑。

“疼吗？”陇琉璃轻轻伸手，想要帮他包扎一下，却被秦修之拦下。

“我没事。”收回一直追随着商君的目光，掠过陇琉璃身侧，无视一屋子的人，秦修之背过身去，淡淡地说道，“我累了，想休息，各位请吧。”

这满地的狼藉污血，怎么休息？“修之——”琉璃想让修之到她的房里休息，才开口陇宜亥一口打断：“琉璃，走吧，不要妨碍秦公子休息。”这傻丫头，看不出人家根本不想理她吗，那温和却孤傲的背影，岂是那么容易靠近的？陇琉璃虽不情愿，也只得随着哥哥离开。小院里遍地都是尸骸，陇琉璃恶心得匆匆回了自己的房间。

何成把几个被俘的黑衣人押到陇宜亥面前，几人虽然已经一身是伤，却依旧不肯屈服。陇宜亥盯着他们看了好一会儿，才冷声问道："你们是什么人?"没有一人作答。何绍华气愤地踢了他们几脚，这些高大的黑衣人居然向后倒去，一动也不动了。何绍华有些傻眼，一边踢着一人的脚，一边骂道："别想装死。"踢了几下，仍是没有反应。何成蹲下身子检查，黑衣人全部口吐黑血，没有了脉息。何成摇摇头，回禀道："主子，他们服毒了。"

陇宜亥轻轻皱眉，问道："是铁甲军的人?"

"不是，没有一个人身上有铁甲军的令牌。"而且铁甲军被俘也不会服毒自尽，这样阴毒的做法应该是江湖帮派的作为吧。轻轻扬手，陇宜亥面色如常地说道："收拾一下，吩咐下去，在盐城休整两天再出发。"陇宜亥看了看门窗尽毁的房间，再看看满地的尸骸，缓缓走出了小院。这些人都是秦修之的几个侍卫杀的？秦修之到底是什么人？这些黑衣人又是什么人？他们与商君是什么关系？他似乎还有很多疑惑没有解开。萧纵卿用热水一遍又一遍地擦拭着商君的额头，可惜一点儿用也没有，被子已经盖了好几层，她的前额上依旧冷汗连连。即使是昏迷，商君的眉头仍是紧紧皱着，呼吸紊乱。轻轻抚摸着她的额头，将她冰凉的手握在掌心，萧纵卿将唇轻轻贴在商君的指尖上，轻声说道："君，你好好睡，有我在你身边，什么都不用担心。"

他真该好好地打自己几个耳光，即使是和她斗气，也不能对她的事情不理不睬。如果他及时发现她的行踪，她是不是就不会受这么重的伤？心里想着，萧纵卿还真的狠狠地给了自己几下。再次转过头来的时候，商君已经睁开了眼睛。萧纵卿半跪床前，怕是惊到她一般，小声地问道："你醒了?"

商君实在没什么力气，又缓缓闭上了眼睛。萧纵卿以为她不想理他，握着商君的手，轻声问道："你还在生我的气?"商君依旧不语。

看她虚弱的样子，萧纵卿心痛了，也心软了，轻叹一声，说道："我知道我的一些做法你不喜欢。我答应你，以后有什么事会和你商量了再去做，好吗？”

久久，商君终于睁开了眼睛，与他宠溺的眼相对。商君低声说道：“如果——”才开口，商君立刻觉得胸口闷得喘不过气来，暗暗调息了很久，她还是坚持说道，“如果我说不能做的事，你真的就不去做吗？”

“我……”迎着商君沉寂而认真的眼，萧纵卿迟疑了一会儿，他不想再骗她。

商君轻轻勾起唇角，轻轻回道：“你不会，你觉得对我好的事情，你就会去做。”

萧纵卿握着商君的手一僵，他不能否认，商君说的是事实，只要是对她好的事情，他还是会去做。

有些僵硬地转过头，看向华丽的帷帐，商君极轻极轻地说道：“三儿，我已经不是小女孩了，你哄一哄就能天真地以为没事了。我不需要任何人宠溺，更不接受哄骗，即使是善意的。”

萧纵卿眼中划过一丝伤痛，在她心里，他就是一个骗子吗？靠坐在床沿上，萧纵卿依旧牵着商君的手，只是力道大得让人疼痛。萧纵卿内心苦涩地说道：“我从来就没有当你是天真无知的小女孩，更加没有想过要哄骗你什么，我只是——”停了一下，萧纵卿深吸了一口气，坦诚说道：“只是想要保护你，照顾你，爱你！”

“三儿！”商君惊讶地睁大了眼睛。

他说过会保护她，照顾她，帮助她，独独没有说过爱。商君被这突来的“爱”字震得呼吸困难，她不知道此时的心痛是因为伤还是因为三儿。三儿对她，已经是爱了吗？她一直以为三儿对她的情更多的还是少年的懵懂演变而来的依恋，难道她错了？

“需要这么惊讶吗？”萧纵卿苦笑，一边摇头一边叹道，“我以为我已经表现得足够明显了，看来还不够。”

萧纵卿忽然翻过身，双手撑在商君身侧。商君现在根本动不了，只能紧张地盯着萧纵卿。萧纵卿缓缓俯下身子，在两人的鼻子几乎碰在一起的时候，他停了下来。看着商君的眼睛，萧纵卿一字一句地说道：“商君，我爱你。我会爱护你，照顾你一生一世，我的誓言永远都不会变。”

不高不低的声音，在耳边缓缓响起，没有刻意地加重语气，却是字字句句都钻进耳里，压在心里。因为疼痛，她的眼前几乎是迷蒙的，但是她依然看清了这双执着的眼。三儿的眼睛很美，尤其是认真的时候，就像现在。商君轻轻眨眼，静静地回视他，正要张口说话，萧纵卿忽然用手指轻点在她的唇上，柔声说道：“你受伤了，不要说太多话，好好静养吧。”说完，他利落地从床上翻身而下，走到门边，沉声说道：“流光，大夫请到了吗?”

背对着商君，萧纵卿交握在胸前的手仍然因为紧张而微微轻颤着，他很想知道，商君刚才想对他说什么，但是商君平静的样子又让他很害怕，害怕她说出他承受不了的话。他现在有些后悔了，不该在这个时候贸然表白，或许等他做得好一点儿，再好一点儿的时候……那时再说，君就会答应吗？他依旧不敢肯定。

“已经在大堂等候了。”流云的声音从屋外传来。

深吸一口气，让紊乱的心跳恢复常态，萧纵卿回道：“请他过来。”

商君忽然低声叫道：“等等。”太过激动，她忍不住低咳了起来。萧纵卿赶紧走到床边，急道：“你有什么事情轻声告诉我就行了，别乱动。”

好不容易顺过气来，商君轻喘着说道：“我受的是内伤，找普通的大夫根本无济于事，让他去看看修之吧。”

又是秦修之！她伤成这样就是因为秦修之，现在醒来不顾自己安危，想到的还是秦修之。他的魅力就这么大？眼中闪过一抹愤怒，萧纵卿的脸色一沉，冷声回道：“他自然有人关心，郡主早就给他请了大夫，亲自悉心照顾，你就不用为他担心了。”

商君无奈地苦笑，她再不说点什么，三儿的脸色就不只刮风下雨，还要电闪雷鸣了吧。轻叹一声，商君以极轻的声音说道：“三儿，你知道我的身份，多一个人知道，多一分危险。”大夫一把脉，是男是女立见分晓。

听了商君的解释，萧纵卿的脸色稍好了一些，轻抚商君冰凉的额头，劝道：“普通大夫虽然不会治内伤，给你调理调理身体还是可以的。你就给他看看吧。”看她依旧摇头，萧纵卿保证道，“你放心吧，我自有办法让他没有机会说出去的。”

没有机会？商君瞠目，惊道：“你不会想——”

杀人灭口吗？萧纵卿哭笑不得：“我不是杀人狂。”他本来只是准备让大夫隔着窗幔诊治，看不见里边的人是谁，也就无从在意是男是女了，想不到商君想到的居然是杀人灭口，他在她心中就真的这么不堪了吗？

暗暗舒了一口气，商君抱歉地看向萧纵卿。萧纵卿回以一个轻柔的笑容，继续劝道：“让他给你看看，好歹调息一下身子，我再帮你找能治内伤的名医。”商君这样三天两头受伤，或者他应该让鬼谷跟在身边才对。

商君想了想，最后还是摇摇头，说道：“你让他回去吧，看了也是白看，有一个人可以治好我的伤。”他原本不想惊动小师叔，但是这次不找他，她或许就要撑不住了。

“谁？”萧纵卿好奇，能得商君如此肯定的人，必是天下难得的名医。不管这人是何方神圣，他都会为她找到。

小师叔应该还在祁家吧，商君回道：“待会儿我修书让齐凌带去东隅就行了。我们明天起程，这里不是安全的地方，一切等到了天城再说。”今天发生这样大的厮杀，铁甲军一定听到风声，这里已经很危险了。

萧纵卿立刻摇头，说道：“你的伤这么重，明天怎么走得了？”

商君极力地勾起唇角，故作轻松地回道：“没事，一点儿小内伤，到了天城再治我也安心些。”

“不行！”这还算小内伤？

想到说服三儿要耗费的精力，商君的头又开始痛了。想了想，商君干脆说道：“找大夫也是要时间的，我会通知他到天城会合，早一天到就能早一天治伤。”明知商君是故意这么说，萧纵卿也拿她没办法，只能回道：“好吧。那你先好好休息。”

坐在床前的地上，半靠着床沿，萧纵卿手托下巴，安静地看着商君的侧脸。商君微闭着眼，无奈地说道：“你这样盯着我看，我怎么休息?”

萧纵卿轻轻扬眉，笑道：“不能休息吗？你可以当我不存在。”

商君实在没有力气和他说笑，用力地将头转向床内，不再看他。

怕她不能好好休息，萧纵卿站起身，帮她把被子盖好，才轻声说道：“好，我出去。”房门轻轻扣下。

床内侧的丝被上，一小摊暗黑的瘀血渗透薄被。商君唇角的污血缓缓地流淌着，费力地睁开眼睛，压抑地喘着粗气，好在三儿最后离开了，不然她真的装不下去了！胸前一阵阵地疼，一会儿像火烧，一会儿像冰窖，每一次吐纳呼吸都好困难。

她知道，自己果然中毒了！

没想到黑衣人兵器上居然淬毒，希望她能撑到小师叔来的时候吧。

出了房门，萧纵卿原本还轻松柔和的脸一下绷了起来，对着守在房门的流云说道：“流云，从今天起，十二个时辰寸步不离地守着商君，商君的命就是我的命！”今天这样的事情，他绝不允许再有第二次！

流云一怔，这个命令意味什么，流云不敢细想，抱拳回道：“是。”

一边走下楼梯，萧纵卿一边对身后的流光低声说道：“流光，调集无声门众，查黑衣人属于什么组织？还有，从房间里离开的一男一女。”

走到秦修之住的客栈侧院，已经是巳时了。雪早就停了，阳光也比平日来得亮些。黑衣人的尸体和血迹被清理得很干净，小院看起来和平时没有什么不同。客栈里的客人来来往往，秦修之原来住的房间门窗依旧破损，里边空无一物。另一侧的厢房外，守着一个高大的黑衣男子，他应该是叫袭慕吧。按照他刚得到的消息，秦修之，海域人，年龄身世不详，他来到商君身边也只是巧合吗?

萧纵卿想得出神，一个急急走来的女子差点撞上他。萧纵卿侧身闪过，再看之下，竟是陇琉璃，手中端着一碗浓黑的药汁。

萧纵卿微微一笑，说道：“夫人，小心啊，别把药给洒了。”

陇琉璃看了萧纵卿一眼，轻轻点头，向着黑衣男子守护的房间走去。

看着陇琉璃姣好的背影，萧纵卿若有所思，眼中闪过一丝戏谑的光彩，扬起一抹淡淡的笑容离开侧院。

盐城，南山。雪渐渐开始融化，春的气息越发浓烈，微风中带着淡淡的草木清香，初春的阳光温暖而舒适。高耸的南山之巅上半跪着的黑衣男子丝毫没有感受到阳光的温暖，只觉得寒气逼人，低垂着头，不敢看向前方的人，声音中也带着丝丝颤抖：“行动失败。”

山顶上的风仍是强劲，吹得衣袂噗噗直响。久久，一道暗哑的男声低低响起：“先把东西抢到，还有，那个人一定要死。”每一个字都说得一样，没有高低起伏，听不出喜怒哀乐，声音就像打磨的砂纸一样难听，让人毛骨悚然。黑衣人却是松了一口气，这说明他今天不用死，赶紧躬身回道：“是，属下立刻去办。”男子转身立刻奔下山去。

群山峻岭之间，那道身影白得炫目。立于峰峦之巅的人，身着一袭缎面雪白长衫，素白的衣襟上飘着数朵墨兰，飘逸而儒雅。初春时节里，这样的穿着依旧显得单薄。男子一头飞扬的墨发不束不绾，脸上戴着半面玄铁面具，看不见样貌，只看见狭长的细眸向上轻扬着，一把嫣红纸扇在手中自如地把玩。今年的春天，来得有些晚了。一阵微风拂面，白影几个起落，山巅之上，早已没了他的踪影。

冬去春来，又是一年了。商君靠在窗边，透过薄薄的纱帘，看着外面明媚的阳光，热烈得晃眼。今年的春天真是奇怪，来得晚，却是热力非凡。谁承想，半月前还是寒冰覆雪，现在已经春暖花开?

日夜赶路，即使萧纵卿后来为她换了几匹好马驾车，马车依旧颠簸得厉害，胸口一阵火辣。商君从袖间拿出一块丝帕，掩唇压抑地轻咳了起来，久久才顺过气来。缓缓拿下丝帕，点点暗黑血迹在纯白丝帕上显得格外刺眼，商君却是习以为常地将丝帕轻揉在手心里。继续靠着车壁，商君半眯着眼，将身上的雪貂长袍拢了拢，嘴角挂着一丝苦笑。她也不曾想过，自己有一天会虚弱成这样。她中的不知是什么毒，试过用内力将它逼出来，可惜没有用，毒气一直在攻击她的心脉，而且越来越猛烈。如果十日之内，到不了天城，等不到小师叔，也算是天要绝她吧。

马车在官道旁渐渐停了下来，萧纵卿温柔的声音从纱帘外传来：“君，今天阳光很好，你要不要下来走走?”看看窗外的阳光确实很温暖，一幅春意盎然的景象，商君迟疑了一会儿，轻声回道：“好。”

商君有些吃力地坐直身子，将披在身上的貂毛长披风脱下，走到车门前。商君想了想，又拿了一件素白长袄穿上，才掀开门帘走了出去。

马车外，萧纵卿早已经等在车旁，看见商君出来，微笑着伸手扶她。借着萧纵卿的力量，商君跨下马车。抬眼看去，正值中午时分，一时找不到客栈茶寮，一行人在路边就地休息，春日暖阳下，也颇自在悠然。外面的阳光比马车中看到的更为耀眼，商君微微眯起眼睛。一直细心观察她的萧纵卿轻声问道：“很刺眼？我给你找把伞。”

商君摇摇头，回道：“不用了，晒晒太阳也好。”

自从那日客栈打斗之后，商君不是待在马车里就是在客房休息，陇宜亥很少有机会见到他。看他下车，他刻意走了过来与他打招呼，不过在看清商君憔悴而无血色的脸庞之后，陇宜亥不禁有些担心地问道：“商君，你的脸色很差，伤是不是加重了?”商君侧过头，看向他，扬起一抹笑，回道：“我没事，只是有些累而已。”

这种敷衍之辞自然是谁也说服不了，这伤只怕不是一般的重吧。陇宜亥对上商君平静坦然的眼，只微笑着点头，不再问下去。

站在他身侧的陇琉璃不明白其中隐情，真当他是劳累过度，温婉地说道：“商公子，这一路车马劳顿，你身体不好，一定要多保重才是。”她没见过男人这般瘦弱的，看着萧纵卿一直扶着商君的胳膊，陇琉璃美艳的灵眸中闪过一抹轻蔑。

商君莞尔，她是怎么得罪这位郡主千金了？商君微微躬身，回道：“多谢琉璃关心，商君自会小心。”

陇琉璃轻轻欠身，算是回礼。正要转身回马车，却听见商君一声低唤："修之，你陪我到那边走走吧。"陇琉璃一僵，这次看向商君的眼睛里满是厌恶之色。

"好。"秦修之一直很担心商君的身体，现在有机会可以单独和他谈一谈，自然是再好不过。

感觉到萧纵卿扶着自己的手缓缓收紧，商君对着他轻声说道："我一会儿就回来。"对上商君坚持的眼睛，萧纵卿最后还是妥协地后退一步，放开了商君的手，低低在她耳后回道："别太逞强。"

商君失笑着摇摇头，缓步走进道路旁的树林里，秦修之走在她的旁边。树影斑驳中，素白与青墨的两道身影没有走得很近，只是比肩而行，看起来却是那么的和谐而相称，似乎他们就要这样慢慢走远一般。

萧纵卿黑眸微闪，沉默地背靠一棵高大的杉树，眼睛索性闭着，一副闭目养神的样子。陇琉璃却没有那么好的定力，微恼地冷哼了一声，转身跑回了马车上。陇宜亥看看萧纵卿，再看看树林里的两人，若有所思，最后勾起一抹了然的笑容，原来如此！商君确实有这样的魅力能让同为男子的二人为他倾心。只是，商君不是武家小姐的心上人吗？又怎么会和萧纵卿、秦修之有牵扯？

不理会背后一道道灼灼的视线，两人走出了很远，商君才轻声问道："你脖子上的伤好些了吗？"

当时莫残可是毫不留情，脖子上现在还瘀痕未消，不过秦修之却不打算吐实，微笑回道："几乎痊愈了。"

"那就好。"转过身，商君轻声问道，"莫残有没有再找过你？"

"没有。"他也很奇怪，都过去十来天了莫残竟然没有再出现过。

那对神奇的玉玲珑到底隐藏着什么秘密？商君总觉得，这其中一定是有关联的，只是现在还像一团乱麻，理不出个头绪。莫残会是这件事的关键人物吗？他一开始又为什么要杀修之？或者莫残与黑衣人之间也有什么关联，一切只有等他再出现的时候才能解答。

商君轻叹道："修之，你要注意自己的安危，我觉得上次的黑衣人不会轻易放过你。”不顾同伴生死，兵器上喂毒，任务失败立刻自尽，这一切的举动，都说明这群黑衣人所在的绝对是个阴险邪恶的组织。

“我会小心的。商君，你看起来不太好。你到底怎么了?”秦修之担忧地看着眼前的商君。暖阳下，他还穿着厚厚的长袄，脚步也没了往时的轻盈利落，这样的商君，让人揪心。修之的眼如沧海一般幽深。在他默默的注视下，商君有瞬间的恍惚，轻轻别开眼，商君微笑地敷衍道：“习武之人受点伤没什么，你不用太担心了。”觉得修之太过紧张，商君故作轻松地开起了玩笑，“或者，你用易容术帮我把气色弄得好看点，省得他们一个个对我跟快死了似的哭丧着脸?”

本来只是一句玩笑话，秦修之听后脸色一沉，低声轻喝道：“商君!别胡说!”秦修之现在的脸色比刚才更为凝重。商君一怔，哭笑不得，看来没有说笑话的天分。

胸口又开始一阵一阵地痛了，不过商君依旧没有停下脚步，嘴角的笑意更胜。她活了二十几年，虽然大多是苦大于甜的，但是有笑儿，有舒清，有修之，有三儿，有这么多人关心爱护她，老天算是对她不薄了。

两人漫步在树林里，忽然一道急促的脚步声向着他们飞奔而来。奉命守护商君的流云迅速握紧手中的长剑，直到看清来人是卫溪，他才缓缓松了手劲。“主子，东隅送来急笺。”卫溪恭敬地将手中的信笺交给商君，脸色沉重。

急笺？莫不是舒清出了什么事！商君急忙接过信封，打开一看，一向沉稳的商君居然站不稳地后退了一步，要扶着身边的树木才勉强站住。秦修之赶紧上前扶着商君的肩膀，担忧地问道：“怎么了?”

商君握住信笺的手微微颤抖着，仿佛没听见秦修之的话一般，不发一言。在官道上假寐，实则一直注意着商君一举一动的萧纵卿看到这一幕，也立刻奔过来，紧张地问道：“君，你哪里不舒服?”

商君捂住越发疼痛的前胸，暗自调息了很久，才艰难地说道：“先扶我回马车上再说。”萧纵卿和秦修之两人小心地搀扶，才把商君扶到马车旁。在车架上坐下，商君始终微低着头，双手紧握成拳，身体轻轻颤抖着，不知道是因为悲伤还是愤怒。萧纵卿紧紧握着她的肩膀，仍是不能让她平静。萧纵卿抬头与秦修之对视一眼。秦修之莫名地摇摇头，他也不知道发生了什么事。

他只是看了一封信，就变成了这个样子，难道是他家里出事了吗？在缥缈山庄的时候，他就知道商君对家里的妹妹宠爱有加，关怀备至。如果是商笑出了什么事……心里七上八下，秦修之半蹲下身子，轻声问道："商君，什么事让你这么惊慌？是家里出事了吗？"

久久，当所有人都以为他不会回答的时候，商君终于缓缓抬起了头，眼里满是难言的悲伤，声音也有些哽咽："舒清，她——死了。"

商君此言一出，在场的人都愣住了。陇宜亥微微皱起了眉头，萧纵卿担忧地看向商君，秦修之一时间也想不出应该如何安慰他。舒清，那样美好的女子，竟是香消玉殒了吗？

商君忽然站起身，不理会身后众人忧心的目光，掀开布帘，钻进了马车，隔绝了所有人的视线。

舒清，你终于解脱了吗？从她们相识的那一刻开始，她就知道舒清有一颗不被羁绊，渴望自由的心，她想摆脱一切身份、家族的束缚。现在她终于可以放下一切，做自由的自己了吗？

商君低下头，看向被自己攥在手中的信笺，这是舒清留给她的，寥寥数语，舒清给自己上演了一幕金蝉脱壳，她自由了。她不否认，为了让外人相信舒清真的死了，她刚才是有些做戏的成分，但是第一眼看见信笺的时候，她是真的慌了。

舒清自由了，她应该高兴的，不是吗？商君自嘲，她承认自己慌了，怕了！这么多年来，舒清之于她，除了是好朋友之外，那暖暖的笑、淡淡的安慰，是她心里的依靠，安心而温暖。现在，她也要离开她了，今生不知是否还有机会再见。从今以后，真的就只剩下她一个人了吧。既为知己，天涯比邻。君自珍重，勿忘心安！

眼睛定格在信笺最后一行自如洒脱的淡淡笔迹上，商君微扬起头，轻轻闭上眼，掩下眼眶中流转的薄雾，唇边却是环绕着淡淡的笑容。

久久，马车外还是一片寂静。秦修之特有的低吟从窗外传来："商君，你要不要先去一趟东隅？"别人或许不知道她与舒清的感情，秦修之一路看来，深知商君对舒清情深义重，舒清之死，这个打击一定很大！

出乎所有人意料，商君平静的声音从马车内淡淡传来："不用了，还有多久能到天城？"马车外众人对视一眼，最后还是陇宜亥回道："快马加鞭，两日内应该就能到。"

萧纵卿总觉得商君不对劲，干脆直接说道："君，你如果真的想去东隅送她最后一程，我可以陪你去。至于睿……予函他们我也会安排好，你可以不用担心。"马车里，依旧传来平静的回应："赶路吧，尽快赶到天城。"马车外，没有人知道此时商君心里到底在想些什么，马车缓缓向着天城的方向驶去。

苍月军营。"慕容舒清死了？"尤霄翻看兵书的手一怔，盯着前来回报的探子，追问道，"怎么死的？"

探子据实以报："传闻是在宫中学礼仪的时候被皇后下毒毒死的。"

"有这种事？"尤霄合上书，心中生疑，慕容家在东隅可说是要风得风要雨得雨，慕容舒清身为镇国将军未来夫人、慕容家掌上明珠、祁相爷最宠爱的孙女，这样的人物，东隅皇后为何要毒死她？"消息是否确凿？"

被一双冷傲的利眸瞪视着，探子不敢迟疑，立刻回道："是，东隅宫中的内应证实，慕容舒清的尸体确实被祁家领回去了，祁府和慕容家都已经挂上了白帷。"真的死了？这么说来，东隅皇室必要乱上一阵了，尤霄心情忽然大好，笑道："轩辕逸是否已经回京？"

"没有，不过他一天一夜没有出过帐篷。"

"没有？"未婚妻死了，他也不回去奔丧吗？轩辕逸若不走，苍月受降一事就势必要继续谈下去。尤霄再次蹙眉，问道："苍月有没有找到关于陇宜亥的可疑线索。"

“目前铁甲军还未有明确线索说明睿王没死。”

将书丢到桌上，尤霄背着手，在大帐里来回地踱着。踱了差不多一炷香的时间，尤霄忽然说道：“召集各将领，现在正是反击的大好时机！”听了尤霄的话，探子有些惊恐地抬起头，急道：“但是主上说不可轻举妄动……”话还没有说完，探子的声音在尤霄鹰般阴鸷的双目注视下，越来越小。咽了咽口水，探子赶紧回道：“属下立刻去办。”说完迅速退了出去。

尤霄始终背在身后的手缓缓收紧，骨骼咯咯作响，听得人毛骨悚然。

他以战死的假消息迷惑东隅，他们正是放松警惕的时候，此刻轩辕逸又六神无主，这次是反败为胜的最后时机，只要在回京路上设埋伏，定能要了轩辕逸的命。他绝对不会放弃，他一定可以向陇趋穆证明，他能打败轩辕逸。

官道越来越宽阔，道路上的车队行人也越来越多。不少农妇端着水果来回叫卖着。沿路上，简易的茶寮里也坐满了往来路人。

何成驾马走到马车前，对着与陇宜亥一同坐在马车前驾的秦修之微微躬身，意有所指地提醒道：“还有三里就是城门了，少爷、夫人是否要休息一会儿，晚一些再进城？”

秦修之看看周围熙熙攘攘往前赶的商旅车队，想了想说道：“我看不必吧，一行人在路边歇息也不方便，早日入城，也可以早点休息，出发吧。”秦修之所言也有道理，车队就快进城了，一行人偏要在城门外休息，这样更加引人注目。陇宜亥轻轻点头。何成得到主子的示意，不再啰唆。

马队继续向城门行进。何成对着前面的何绍华还有几名王府的家将说道：“你们几个跟我到队伍后面来。”主子易容了，他们没有易容，万一在天城里被人认出来，那就是给主子惹了大祸。袭慕看了何成一眼，眼中闪过一抹激赏之色，轻轻策马，他走在了队伍的最前面。

越靠近城门越热闹，进出城门的人很多。虽然现在苍月已经是内忧外患了，但是天城作为一国之都，依旧保持着它该有的繁华和稳定。马车慢慢通过城门，陇宜亥坐在马车前小心地驾着车。这些守城的将领都认识他，陇宜亥心里有些紧张，面色却不敢有一丝变化。好在守城将领只是看了他们一眼，并没有为难，车队顺利进了天城。

穿过门廊街，车队慢慢行至最为繁华的前门街，一行人悬着的心才算稍稍回了位。商君隔着门帘，看向窗外熟悉又陌生的街道、拥挤又急促的人潮，双手不自觉地握紧了起来。四年，整整四年，陇趋穆，我终于再一次和你站在同一块土地上，这一次，我必要为武家讨一个公道！

马车走得很缓慢，因为前门大街上拥着很多人，大家都朝着同一个方向匆匆忙忙地走去。有些人不时地低声交谈着，有些人默默地随着人流。陇宜亥敏锐地感觉到气氛有些怪异，即使这里是繁华的前门街，中午时分也不应该聚集着这么多人，看他们的样子更不像是来赶集的。

秦修之也发现了周围的人群有些不对劲，对着前方的袭慕说道："袭慕，去问问是怎么回事。"

袭慕领命，翻身下马，走近人潮，每个人都行色匆匆。袭慕对着身边的人大声问道："大叔……"话还没说出口，身边的人已经冲到前面去了，试了几次，都是如此。袭慕干脆抓住正迎面而来，衣衫有些褴褛的年轻男子的肩膀。男子吃痛，吓了一大跳，惊道："你干什么！"

稍稍松了些手劲，冷声问道："你们急匆匆要去干什么？"

原来也是想凑热闹的，男子稍稍放下了心，口气也轻松地笑道："你不知道？外地来的吧？城中法场上，有人要被斩首啦！听说斩的还是个大官呢。"大官？袭慕隐隐感觉到苍月朝中必是又出了什么事情，追问道："是谁？"

"我怎么知道。"男子不耐地扭动着肩膀，却怎么也挣不开袭慕的钳制。男子哭丧着脸，说道："你放手好不好？我还要去看热闹呢。"

眼见这人身上他也问不出什么，袭慕放开了手，男子一溜烟地跑没了影子。袭慕回到马车前，一行人已经停在路边。商君和萧纵卿也下了马车，袭慕走到秦修之身后，回道："主子，前方有个刑场，据说今日要斩一名朝廷重犯。"商君心中立刻升起一种不好的预感，陇宜亥也有些急了，问道："是谁？"袭慕摇摇头，这些市井之徒，所知有限。

商君转过身，看向身边始终不语的萧纵卿，轻声问道："三儿，是谁？"难怪刚才他一直说外面人多不让她下车。只是这被斩之人到底会是谁呢？

萧纵卿本不想说，但是在商君的注视下，还是沉声回道："前御史大夫——黄岐。"

"黄大人？"陇宜亥大惊，怎么会是他，黄大人可是先帝在位时钦点的最有学问的文官，多年来备受尊崇，门生众多，如何落得这等下场？

商君倒是平静很多，淡淡地问道："罪名是什么？"看商君面色如常，萧纵卿才放下心来，回道："结党营私，迫害忠良。"

商君冷笑，欲加之罪，何患无辞？只是陇趋穆真是手段高明，黄岐为官正直，忠于朝廷，却落得个"结党营私，迫害忠良"的罪名，就如同父亲，一生征战沙场，为国为民，最后却死于"叛国通敌"，多么讽刺！

结党营私？商君忽然想到什么，追问道："厉陵厉大人是否也受到牵连？"当年父亲含冤受屈，厉陵虽然没能做什么，但是他毕竟是父亲多年的好友，也已是个垂暮老者，实在不该再遭横祸。

轻拍商君的肩膀，萧纵卿安慰道："厉大人因为年事已高，已被皇上御准告老还乡。"虽然实为削权流放，也算是保住了一条命。

"可恶！"陇宜亥一拳重重捶在车辕上，忽来的力道让马惊得立起了前足。好在流云一把抓住缰绳，稳住惊马。萧纵卿脸色微变看向陇宜亥，冷声说道："我劝你最好不要轻举妄动。"这里是天城，陇趋穆的爪牙遍布，稍有不慎，小命就要不保。

"我要去送黄大人最后一程。"双拳缓缓松开，陇宜亥易容后的脸上，一片死寂，看不出他在想些什么。萧纵卿正要开口阻止，商君轻轻抓住他的手腕，低声说道："三儿，安排琉璃和家将们回去休息，我们陪他走一趟吧。"

"你也要去？"看看前方拥挤的人潮，萧纵卿的眉头几乎要绞在一起了，陇宜亥捣乱就够了，商君也跟着起哄。

“嗯。”商君坚定地点点头，两人眼神较量一番之后，萧纵卿最后还是败下阵来，他好像永远也拒绝不了她的请求。有些烦躁地转过头，对身后的黑衣男子低声说道：“流溪，带他们到西巷别院休息。”

“是。”流溪领命牵着马车往旁边的小巷走去。萧纵卿回过头，商君已经和陇宜亥、秦修之融入了人潮之中。萧纵卿低咒一声，赶紧追赶上去。

何成为难地站在原地，跟在睿王身后，又怕被人认出连累主子，不跟他又不放心。最后，何成还是跟在了陇宜亥一行后面，只是隔着几排人。

越靠近法场，人潮越是汹涌。法场两边，站满了一手持盾牌，一手持大刀的士兵。商君微微抬头看向法场的最外围，一字排开的弓箭皆对准了那半人高的台子。台上跪着一个满脸血污的中年男子，披散的发丝遮住了脸，看不清楚样子，不过那背脊却始终挺得直直的。

这场景太过熟悉，不同的是当年跪在台上的是她的父亲！耳边是百姓纷扰的议论，入目皆是寒光利箭。恍惚中，家人利箭穿胸，血染黄沙的梦魇仿佛又在眼前上演了一次。商君身体不由自主地轻颤起来。暖春的正午，她却觉得自己置身冰窖。旁边小小的推搡，她竟是站不稳。

“小心。”秦修之立刻扶住他的手，手中的冰冷和明显的颤抖，让秦修之心不安起来，停下脚步，握紧他的手，关切地问道，“商君你怎么了？是不是不舒服？”手心缓缓传来的温暖和力量，让商君回过神来，虚弱地笑笑，没有回答。

走到离法场三丈之外，人群拥挤推搡越来越明显，几乎挪不开步子。萧纵卿好不容易走到商君身边，陇宜亥、秦修之、商君和萧纵卿被流云、袭慕护在中间，没有被人群推搡，不过商君的脸色还是很难看。萧纵卿有些后悔让商君来了，但是现在四面八方都是人，想走也走不了。

几声鼓声，从法场中心传来。急促沉重的鼓点，让喧闹的人群安静了下来。一个手拿黄绢的官吏走上半人高的台子，站在黄岐身边，大声念道：“前御史大夫黄岐，为官多年，借职务之便，结党营私，伙同党羽，秘密谋反，迫害朝廷忠良之士，其罪当诛。今日午时问斩，以儆效尤！”

官吏念完，百姓窃窃私语起来，只是声音窸窸窣窣，没有人敢大声说话。“午时已到。”官吏大喝之声，让原本唏嘘声不断的人群立刻安静下来。

今日的监斩官有两人。一个三十出头的男子起身，颇为恭敬地朗声问道：“黄大人，午时已到，你还有什么要说的吗？”一直低着头的黄岐终于缓缓抬起头来，血污的脸上满是鄙夷之色，目光炯炯，沉声回道：“我没什么可说的。”天道不仁，暴君当道，他还有什么可说的。

男子身边另一名官员一脸的不耐，拿起旁边的监斩令，狠狠地扔到台上，大喝道：“那还等什么，斩！”商君眯眼看去，她认得他，方繁！当年他也是监斩官，那獐头鼠目的嘴脸她不会忘记，只是今天看来，他似乎升官了，样子可比那时的诚惶诚恐嚣张得多。

刽子手拿着大刀，一步一步跨上台阶，明晃晃的大刀看得周围的百姓不自觉地后退了一步。陇宜亥一直站在商君前面，看不见他的表情。当大刀举起的那一刻，商君发现他的背肌肉一紧，商君的手立刻搭上陇宜亥的肩膀，抓住他的衣襟，低声叫道：“予函！冷静！”

掌下的身体压抑地低喘着，商君能感受到他心中的悲伤和不甘，只是这种时刻，他们什么也干不了。

黄岐低叹，他一生光明磊落，想不到却要死于此等莫须有的罪名。罢了，公道自在人心！眼光扫过刑台下的人群，黄岐一直平静的眼倏地睁大，死死盯着人群中的一点，脸上表情满是惊异。忽然，他仰天长笑起来，笑声响亮淋漓，口中不断地大声叫道：“老天有眼，老天有眼啊！”

想不到他临死前，还能再见到那个人！这五年来，他不止一次后悔自己当时的瞻前顾后，后悔没能留住那个烈性女子。今天，他居然再见到她。不，应该是他才对，他竟然真的女扮男装，那绝美逼人的容貌、卓尔不群的气势，即使站在一群人中间，他依旧一眼就认出来。将她环绕着护在中间的几个男子，看起来也绝非泛泛之辈。

当年他们三人果然没有看错人，若她为男子必有无限的作为。

大笑声响彻云霄。商君抬眼看去，与黄岐的眼神交会，那双圆睁的眼里，有惊讶，有欣慰，有希望。商君微怔，她没有想到，他竟还会认得她。思索了一会儿，商君还是对他轻轻点了点头。

方繁被黄岐的笑声惊得毛骨悚然，大声喝道："还不快斩！"

刽子手回过神来，再次举起大刀。黄岐轻昂起头，看向朗朗晴空，大声笑道："武将军，黄某人这就来陪你！"刽子手手起刀落，血溅白帷，一颗头颅翻滚几下，短短一瞬间，一条生命逝去。

商君痛苦地闭上眼睛，那声"武将军"叫得她的心莫名地疼痛。

陇宜亥却是全程都睁着眼睛，眼睁睁地看着大刀挥落，头颅翻滚，幽深的眼睛里仿佛也染上了鲜红，闪着冷残的光芒。商君第一次在这个男人身上感觉到了危险的气息。

"走吧，还有很多事情等着你做。"说完，商君转身向着人潮的反方向走去，现在血腥的味道让她恶心。这不会是第一场屠杀，也不会是最后一场，或者有一点三儿说得对，要做成一件事就必须有所牺牲，什么都想顾及，最后只会什么都顾不上。

低头思索着，商君忽然感到一道阴冷的视线盯得她很不舒服。抬起头看去却是什么也没有，再次低头，这种感觉又一次袭来。商君敏锐地回过身，一抹白得刺目的身影落入眼中。

街角外，熙攘的人潮中，那抹白影突兀地站在那儿，半面玄铁面具在阳光的反射下刺眼而森冷，张狂的发丝纷飞肆意，手中的折扇嫣红似血，他立在那里，仿佛不是人一般。商君看不见他的表情，却时刻感受到来自他的压力，冰冷、诡异、邪肆，光是这样对视着，商君的手心竟是起了一层薄汗。"君？"萧纵卿看她傻傻地站着，叫她也不回答，轻轻拍了一下她的肩膀，商君却像被吓了一跳一般，愣愣地看着他。

"你怎么了？"萧纵卿不解地看着她。

商君没有回答，而是立刻看向刚才那人所在的街角，只剩下熙熙攘攘的人群，刚才的一切仿佛是一场幻觉。

第八章　修之表白

夕阳西下，温暖的金光洒在前厅门廊上，温暖而祥和。可惜宽敞的门厅里气氛却有些压抑。或坐或站着几个人，有人安静地品茶，有人焦急地来回走着，有人一言不发地沉思。商君一直微低着头，面色平静地看着手中翻滚起伏、缓缓绽放的茶叶，心里惶惶不安。自从下午见过那个戴面具的白衣男子之后，她的心就一直不能平静。那抹刺目的白、妖炙的红，不断地刺激着她。

从法场回来就一直沉默不语的陇宜亥终于率先开口："黄岐已经遇害，陇趋穆接下来一定还会继续铲除异己！血雨腥风在所难免。"一旦陇趋穆独揽大权，他想要反败为胜，机会就更渺茫了，他不能让像黄大人这样的忠义之士一个一个凄惨地死去。商君轻吹着茶叶，不急不缓地问道："厉大人告老还乡，何时离开天城？"

众人看向萧纵卿，天城的一切，没有人比他更清楚。萧纵卿心情似乎一直不太好，冷冷地回道："三天后。"只有三天了吗？厉大人乃三朝元老，关于先帝遗诏的事，一定还知道一些他们不知道的，而且现在朝廷中到底还有多少能为他所用的人，也只有厉大人知道。与商君对看一眼，陇宜亥沉声说道："我们必须见他一面。"

萧纵卿直接摇头，回道："他的宅子被包围得严严实实，没有人可以随便进出。除了目前最得宠的刑部侍郎方繁，只有他持着令牌才能进入。而且令牌不是一般的令牌，那是阴阳牌，一分为二，方繁和守军将领一人一半，每一块都是一对一的，不可能伪造出一块一模一样的。"

“又是方繁这个奸邪小人!”陇琉璃听见方繁的名字，一双杏眼圆瞪，怒火中烧地骂道，“迟早有一天，要把他碎尸万段。”如果不是他在皇上面前谗言告密，哥哥和黄大人也不至于招致杀身之祸。“现在最重要的是要见到厉大人，他的狗命先留着!”说到方繁，陇宜亥的眼中虽然也蓄满杀机，面色却依旧沉静，冷静地说道，“秦公子的易容术很好，只要能拿到令牌，我们就能进去。只是这个令牌，要怎么办呢?”

不能仿造，那就只能偷！谁都想到了，只是这种偷鸡摸狗不光明的手段却不能从睿王，这个有可能成为国主的人口中说出来。商君心里暗笑，不在乎地张口说道:“偷吧。”商君说得响亮而坦然，陇宜亥面露尴尬，萧纵卿不由大笑。商君才不在乎什么所谓的名声，陇宜亥太小看她了。中午时有些郁结的心情此刻大好，萧纵卿笑道:“可以试一试。大家一路上也累了，先好好休息吧。偷令牌的事情我会安排。”

商君率先起身，萧纵卿毫无避讳前厅那么多双眼睛，牵着商君的手，一边走一边笑道:“君，我扶你回房间。”

商君想要收回手，却被萧纵卿紧紧拽着，商君苦笑，罢了，随他吧。

两人就这样手拉着手，肆无忌惮地消失在众人的视线中。前厅里的人面色各异。秦修之眼中划过一丝疼痛，陇琉璃小心地观察着他的表情，温婉地起身走到修之面前。刚要开口，修之忽然站起身，朝着商君离去的方向走去。陇琉璃木然地站在原地，他竟是连看也不看她一眼吗?她就不信，抬脚就要追上去，身后陇宜亥劝慰的声音传来:“琉璃，他不属于你!”

那么他属于谁?那个叫商君的男人吗?她不甘心。不理会背后的叹息声，陇琉璃提起裙摆，追随着那道墨色身影而去。

绕过前厅，是一条幽静的九曲石桥，桥面建得几乎与水面一般高，走在石桥上，仿佛走在水面一般。湖水清澈得能清楚地看见水下红鲤鱼欢快地游着。商君才走上石桥，鱼儿纷纷游过来，在她的脚边徘徊。商君忍不住放慢了脚步，萧纵卿不知道从哪里掏出一个小香囊，递到商君手里。商君接过，倒出来一些，发现是鱼食。轻轻撒了一些到水面上，鱼儿争先恐后地抢食，有些甚至跃出水面，细细的水花溅湿了商君的衣摆。一路走一路撒着鱼食，鱼群如一条嫣红的丝带，随着商君的脚步飘摇回荡。

商君不自觉地扬起了唇角，她有多久没有这么好的兴致喂鱼嬉戏了？记忆中，似乎不曾有过。终于看见她笑了，萧纵卿也开心地笑道：“一定是它们也觉得你太美了，你一来它们就围绕在你身边。”

为了让这些鱼儿听话，他让一个身形和商君差不多的人穿着白衫每天给它们喂食，所以只要商君一出现，鱼儿就会游过来。他猜想商君会喜欢，想不到她果然笑了，总算没白养这一池红鲤。

美？商君失笑，她现在又瘦又憔悴的样子，和美扯不上关系吧。晃晃手里的鱼食，商君笑道：“我听说过鱼儿看见美人惭愧地沉入水底，你家的鱼儿倒是特别，看见美人就一跃而起？还有你什么时候有随身带鱼食的习惯了？”萧纵卿无奈地盯着商君揶揄的笑脸，哭笑不得地回道：“君，有时候适当地无知比较可爱。”商君轻轻扬眉，低笑：“无才便是德？”

“对！”她就不能像普通女子那样骄傲一下？惊喜一下？娇羞一下？

故作苦恼地摇摇头，商君叹道：“那我只怕注定要……”两人相视大笑起来。忽然一道若有似无的香味飘散在空气中，好香，商君四处看看，什么都没有看见。萧纵卿但笑不语，牵着她穿过石桥，到了一个院子前。商君抬头看去，“萦绕君心”四个飞扬洒脱的草书嵌在一个精致的青玉门楣上，有些不太相称，却突出醒目。萦绕君心吗？商君若有所思地看着院门，脚下一滞。

萧纵卿轻轻推开院门，更为浓郁的香气扑面而来。在萧纵卿雀跃的目光下，商君还是跨进了小院，眼前的美景瞬间俘获了商君的心神。

院子里，数十棵梨树竞相吐蕊，满树的雪白花蕊，在春风轻拂下微微颤动，无限娇羞。深深吸一口气，尽是醉人的香气。商君缓步走到梨树下，几片娇花随着清风飘摇而下。伸出手，一枚落花停在她的手心上，轻拂花瓣，商君叹道：“梨花开了，真美！”夕阳下，淡淡的金光笼罩着她，一袭雪白长衫的她站在梨花林中，仿佛与皎花融为一体。萧纵卿看得有些痴了，淡淡的愁绪，纤柔的身体，绝美的侧面，美得梦幻！听到她的感叹，萧纵卿不禁回道：“我觉得还是你更美。”

商君手一颤，花瓣从指缝中滑落。背过身，商君收起那一瞬间的脆弱，微恼地说道：“三儿，什么时候你也变得油嘴滑舌了？”

萧纵卿轻叹，虽然只是片刻的温柔，不过他现在已经心满意足了。不接商君的话，萧纵卿指着花林后面的小屋，笑道：“你的房间就在那儿。这个院子只有你一个人住，不会有人打扰你。”

偌大的园子，还有那一池的红鲤，都是特意为她准备的吧。商君缓缓转过头，真心地说道：“谢谢你，三儿。”

商君凝重的表情让萧纵卿的心一沉，故作轻松地耸耸肩，说笑道：“几棵梨树就让你感动成这样？早知道我就把全城都种上梨树。”

“其实，你不必为我做这么多。你这样我不知道应该怎么回报你。”

果然，商君下一句话打掉了萧纵卿勉强维持的笑容。抚着商君的肩膀，萧纵卿微微弯腰，说道：“只要你喜欢，什么事我都会尽力为你办到。”

他本就不是柔情的人，更不屑讨任何人的欢心，为了她，他做全了。为什么她就是不懂？下一秒钟，商君被紧紧地拥入了一个温暖的怀抱里。

“三儿？”

“不要说话，就让我这样抱你一会儿，就一会儿。”

耳边仿佛哽咽一般的男声震得商君一时间动不了，这是那个骄傲、霸道的男子吗？“君！我不想听你说感谢的话，也不需要你回报我。我只希望你不要再把我当成孩子。我是一个能照顾你、保护你的男人！不要这么快就拒绝我，给我机会，好不好？”随着紧拥的怀抱，传递过来的除了强劲的心跳声，还有一波一波的心痛。院内，纷飞梨树下，两人紧紧相拥的一幕，正好落入那双幽深如海的眸中。

为什么？为什么萧纵卿可以这样坦然地表达对商君的感情？为什么他却不敢向商君表明心迹，哪怕是一句？秦修之啊秦修之，你为什么不敢说？为什么——梨花环绕，花雨纷飞，商君安静地靠在萧纵卿怀里，眼前的他们如一对恋人。

原来只是这样看着他在别人怀里，他的胸口就会一阵一阵刺痛，随着每次心跳，那痛就更甚一分。即使这疼痛几乎让他窒息，秦修之仍是移不开脚，别不开眼。陇琉璃追到院前，只看到秦修之木然僵硬的背影，朝里边看去，两人男人相拥的情景映入眼帘。陇琉璃冷笑，真是天助我也，商君和萧纵卿这样抱在一起，修之总该死心了吧。她一定要让修之知道，她比商君那个男人要温柔体贴、娇媚可人得多。

缓步走到修之身侧，温暖娇柔的手轻轻握住了修之的手，陇琉璃温情脉脉地说道："修之，晚饭准备好了，我们走吧。"

修之的手冰冷而微微地颤抖着。陇琉璃将他的手握在掌心，轻轻晃着，依旧是那样柔美的低唤："修之，走吧！"秦修之漠然地收回手，眼睛依旧不曾从商君身上移开。那种既疼痛又依恋的神情刺伤了陇琉璃的心。她这么个千娇百媚的美人站在他眼前，为什么他就一定要盯着一个男人看？紧紧地抓着修之的手，陇琉璃使出了全身的力气。这时候，她不管什么金枝玉叶大家闺秀的仪态礼仪，只想把修之拖走。

被拖着走了几步，秦修之停下脚步，面无表情地说道："放手。"

心有不甘，陇琉璃甩开秦修之的手，指着不远处的小院，愤愤地问道："你刚才看得还不够清楚？难道这样还不能让你回心转意？"

回心转意？他的一颗心都已经系在那人身上了，怎么回心转意？秦修之自嘲地苦笑，若是这颗心可以控制，他又如何会像现在这样？

深吸一口气，陇琉璃轻咬丹唇，语气虽然有些重，但是还是尽量柔和地劝导："修之，他是男人！这样的感情不会有好结果的，你会被人耻笑，甚至是唾弃，你会失去很多东西，难道你都不在乎吗？"

陇琉璃以为秦修之会生气，起码也会脸色大变，谁知他只是轻叹了一声，平静地回道："我知道他是男人。"

他在乎吗？他的心都已经不属于自己，还在乎什么呢？

陇琉璃盯着秦修之绝美的脸，又爱又恨，为什么他就不能看她一眼？都是因为商君。她不会让修之和商君在一起的，不会。

冷哼一声，陇琉璃冷声说道：“就算你不在乎别人怎么看，他呢？他也不在乎吗？说不定连他都会唾弃你，耻笑你？”

一句话似乎刺中了秦修之的软肋，他的脸色都变了。陇琉璃心喜，走到他身边，继续柔声劝道：“修之，你放手吧。”

商君清朗的笑、飞扬的眸，他的一举一动、一颦一笑，他都忘不了。他如何放手！

脑中闪过刚才那相拥的一幕，秦修之心疼难当。不，他不放手！他就是顾忌太多，担忧太多，才会到现在都没有和商君表达过一句，即使最后真的被商君所不耻，他也要告诉他，他的心意。心中有了决定，秦修之的心情稍稍平静了一些。后退一步，对着陇琉璃微微点头，秦修之温和而疏离地回道：“我的事不用郡主担忧。”说完便转身离去，不理会身后女子的低唤。

怒瞪着秦修之潇洒离去的背影，陇琉璃双手紧握成拳头。她关心他，和他说了这么多，他居然就这样对她。委屈、愤恨同时涌上心头，陇琉璃大声叫道：“秦修之，你这个傻瓜，他根本不喜欢你。他永远也不会喜欢你！”秦修之脚下一滞，依旧没回头，继续向前走去。

初春的夜，乍暖还寒，月华如水，透过薄薄的窗纸，朦胧地照在青玉桌上。夜风里飘散着淡淡的梨花香，清风不时拂过花蕊，发出低低的轻吟，一切都宁静而美好，只可惜坐在桌前的人，却没有心情欣赏这些。

傍晚三儿抱了她一会儿，就匆匆离开了。她却从下午坐到现在，一直没动过。三儿喜欢她，她不能再逃避了，但是从以前到现在，她都只把三儿当成亲人，现在要怎么办呢？心情纷扰，忽然一声轻柔的敲门声传来，商君一怔，问道：“谁？”

门外没有回应，依旧是那样轻柔的敲门声。商君警觉，这人的气息均匀绵长，刚才她也没有听出有人靠近，这人武功不弱。商君站起身，冷然说道：“进来。”随着一道掌力，门被扫开，夹带着纯白的梨花，一道颀长的白影出现在门外。月光下，男子一袭缎面雪白长衫与未束的墨发在夜风里纠缠着，张狂舞动，脸上的玄铁面具闪着森冷的寒光，嫣红纸扇半开着，悠然自若地在手中把玩。是他！中午在街角看见的那个男人。

商君不自觉地倒吸了一口凉气。夜里的他更加诡异、邪肆，就只是一个人，却给了商君这么多年来从没有过的压力，甚至是恐惧。

男子跨入屋内，关上房门，一切都那么自然，好像这里是他的地方一般。一双如鹰般锐利的眸，上上下下盯了商君一个来回，才幽冷地说道："十七日，你破了前一个人的纪录，我想看看中了我的幽冥露还能活这么久的人，有什么奇特之处。"

面具里的眼狭长而冷烈，没有一丝温度，如刀割一样沙哑的声音听得人毛骨悚然。他就是那群黑衣人的头？难怪黑衣人如此残忍阴狠，有这样的主子，手下又岂是善类？他这次来的目的是什么？商君心里揣测着，脸上依然平静，冷漠地说道："你现在看到了？"

仿佛知道商君心里在想什么一般，男子轻拍着折扇，一副猫抓老鼠似的惬意，声音却依旧麻木："我今天本来是来要秦修之的命，不过现在，我对你好像更感兴趣。"

修之？商君心下一惊，上前一步与男子对面而立，直视那双阴邪的细眸，冷声说道："你想怎么样？"

男子眸光微闪，一直毫无起伏的声音染上了些许兴味："让我想想。"

这人太嚣张了。商君暗暗咬牙，手缓缓搭上腰间的软剑。

商君还没来得及拔剑，嫣红折扇一挥，搭在商君的手上，男子邪气地说道："放心，我舍不得杀你，我还想看看，你到底能撑几天。"

商君讨厌他一副胜券在握、仿佛能把所有人都玩弄于股掌之间一般的气焰。提气于掌心，商君击出一掌，男子身手奇快地侧身闪过，擒住商君的手腕。商君想要反击，但是刚才忽然催动内力，胸口火烧一般地疼痛。只是稍稍一滞，男子反手点了商君的穴道，冷哼道："有人来了，你可以大声呼救，反正，结果都会和你那个侍卫一样。"

是流云，商君大惊，急道："你把他怎么了？"以男子的身手，还有这阴邪的性情，流云他——男子并不回答，将纸扇轻压在商君的唇上，轻哼："嘘。"

"你——"商君还想说话，由远及近的脚步声传来，真的有人？这么远就能听到脚步声，男子的功力之高让商君心惊，赶紧住了口，敲门声也随即响起。男子好整以暇地靠在门边，手中的折扇轻轻摇晃着，嫣红折扇间，隐隐能看到银白锋芒。商君眉头紧锁在一起，这座宅子里的人没有一个是男子的对手。不管门外的人是谁，呼救也不过是多几个人送死而已。冷瞪着男子，商君尽量平静地问道："谁？"

门外低沉的男声响起，"是我，修之。"

商君的心一下提到了嗓子眼，怎么会是修之？怎么会是他？

男子也是一怔，邪魅的眼轻扬，看到商君一直冷静傲然的脸上染上惊恐，心情忽然变得很好，今晚他的运气似乎不错。

男子轻摇着折扇，并没有立刻对门外的修之出手，而是满目挑衅地看着商君。商君的心如悬在半空中一般惶惶难安，被点了穴道，不能动弹。一边怒瞪着男子与他眼神交锋，一边尽量冷静地回道："我累了，你走吧，有什么事情明天再说。"秦修之没想到商君连门都不让他进，冷淡的语气让他本来就紧窒的心像被人重重地捶了一拳一样痛得无以复加。他真的连表达的机会都没有了吗？不，他不会再退缩了，即使得到的答案是不，他也要听商君亲口告诉他。深吸一口气，让自己的心不要跳得那么急促，秦修之低声说道："商君，有一件事，我想要告诉你，不会耽误很长时间。"

他为什么还不走，商君急得差点要尖叫了，此时男子忽然将手放在门板上，位置不偏不倚，正对着秦修之的胸口。他和秦修之就这么隔着薄薄的门板面对面站着，只要他用力击出一掌，必定打中修之。商君这时候再也管不得什么冷不冷静了，大声叫道："我什么都不想听，你快走！"

商君不同以往的大叫，让秦修之原来还忐忑的心渐渐冷静下来，疑惑地问道："商君，你是不是身体不舒服？"

商君还来不及开口，男子一个侧身闪过门侧，大门也随即被打开——

"商君？"秦修之站在门外，看着商君木然地站在桌旁，一张脸白得吓人，正惊恐焦虑地看着他。还没明白是怎么回事，就听见商君朝他大吼道：“不要过来!”同时，一道光影从他身边闪过，秦修之只觉得肩上一痛，一股巨大的力量将他提了起来，摔进了房内，重重地跌在地上。秦修之只感到一阵眩晕，待眼睛能看清时才发现，房间里居然还有一个人，铁面白衣，邪魅阴鸷。

不等修之起身，男子欺身上前，冰冷的铁手抓住秦修之的衣襟，将他拽了起来，沙哑着声音冷笑道：“一箭双雕，今晚的收获不少，省得我再跑一趟。”可恶！商君咬牙一字一顿地低吼道：“放——开——他!”调气聚息于天池穴，商君尝试着冲破穴道，不知男子用的是什么手法，每试一次，胸中的疼痛更甚一分，穴道却丝毫没有解开的迹象。

生气了？男子沙哑的声音夹带着得意，笑道：“你最好不要擅自运功冲开穴道，不然毒气会顺着你的血气直冲心脉，你就可以直接见阎王了。”

商君冷哼道：“你以为我会怕?”傲然冷视男子，强忍疼痛一次一次尝试冲破穴道，即使气血翻涌，黑血沿着唇角一滴一滴溢出。

男子轻轻扬眉，他真的不怕死？血沿着下巴一滴一滴落在雪白的衣襟上，商君不为所动。秦修之却心痛得顾不上咽喉还被白衣男子擒着，艰难地说道：“商君……不要乱来!”

秦修之的脸憋得通红，呼吸急促。商君又急又恨。男子有些不耐烦地冷哼一声：“我先解决了他，再和你慢慢玩。”

男子手上用劲，秦修之立刻感到喉骨紧窒剧痛，一股眩晕袭来，紧紧抓住男子的手，用尽力气，只说出了三个字：“玉玲珑。”

玉玲珑？男子一怔，立刻松了手，厉声问道：“玉玲珑的秘密到底是什么?”喉咙如火烧一般刺痛，秦修之一边咳嗽，一边猛喘着气。虽然男子松了手劲，他仍是头晕目眩。这么久以来，发生的所有事情似乎都和那块玉玲珑有关。刚才他是在赌，赌白衣男子要杀他也是为了玉玲珑，他赌赢了。但是他真的不知道那块玉玲珑到底有什么秘密。

“不说?”白衣男子冷哼一声，手中折扇轻转，扇骨上几把锋利的短刀立现。男子只轻轻一挥，刀锋掠过秦修之的右肩。秦修之只觉得一凉，温热的血已经沿着胳膊而下，染红了整个臂膀。秦修之漠然地别过头，一个字也不回。他不能说，更不知道说什么，只要男子还想知道玉玲珑的秘密，应该就不会杀他。血腥味一瞬间充斥着整个房间，商君低叫："修之！"

"还是不说?"白衣男子显然没有那个耐性，他想知道的事情，没有不知道的。他不要自己的命是吗？那商君的命呢？折扇指向商君，对准商君胸口，男子毫不留情刺去。

商君动不了，只能眼看着短刀向前逼近，闭上眼睛，等待疼痛的到来。只听见利刃刺入胸腔的声音，一抹温热的血溅上了脖子，她却没有感觉到疼痛。慌忙睁开眼睛，商君惊慌失措地叫道："修之！"

秦修之挡在了商君的面前，利刃当胸穿过。商君看不见修之的脸，但是猩红的血沿着森冷的刀锋滴到石板上，一滴一滴，如一把把刀，全都刺入商君的心里。男子也没有想到修之会扑上来，细眸微挑，这一刀又准又狠，手中的短刃毫不留情地拔出，秦修之立刻软倒在地。

胸中腥燥之气不断上涌，商君终于冲破了穴道，一口鲜血喷向白衣男子。男子后跃避开。商君急忙俯下身，正要扶起地上的修之，男子再次挥扇上前。抽出软剑，隔开折扇，商君握剑的手青筋暴起，她第一次这么想杀人！轻轻放下秦修之，商君提起软剑，直指白衣男子，她脑中只有一个想法，就是——杀了他！

挥剑而出，软剑如一条灵蛇，向着白衣男子脖子缠去。商君只为了要杀他，不管不顾。白衣男子也被商君凌厉的招式和强劲的功力吓了一跳。这人果然厉害，难怪他能撑住幽冥露的毒性，中毒十来天，还被他封住了穴道，居然还有此等功力，心下不敢小看。白衣男子一跃而出。

商君提剑追出，夜风凛凛，满天花雨中，银白软剑与嫣红折扇交锋。商君眼眸猩红似血，只攻不守，招招致命，白衣男子一时间也占不到什么便宜。几个回合之后，商君渐渐体力不支，白衣男子再次亮出短刃，直取商君咽喉。"叮——"一枚透骨钉直射而出，正好打在短刃之上，短刃被打偏，险险擦过商君的脖子。商君趁机挥出一剑，白衣男子翻身躲过。商君喘着粗气再次提剑，此时胸口的痛早已不能让她感到痛，她要他死。

“小君！你不想要命了！”一道严厉的男声从房顶上传来。伤成这样，她要是再打一刻钟，就可以暴毙！

商君微微眯眼看去，房顶上的人一袭紫衫，手中扣着几枚透骨钉，俊俏的脸上满是寒霜。“小师叔——”商君紧咬牙关，怒瞪着白衣男子，冷声哼道，“我要他死！”

祁风华皱眉，小君这是怎么了。白衣男子蓄势待发，祁风华飞身来到商君身前，低声说道：“你先进屋，这里交给我。”商君还想说什么，但是一想到屋里的修之，商君收了软剑，匆匆往屋里赶。

修之侧躺在地上，血染红了青石地面，平时璀璨的眼眸此时紧紧地闭着。商君颤抖着将修之扶起来，抱在怀里，轻拍着他的脸，叫道：“修之，修之你怎么样？”

“我……”是商君吗？秦修之全身无力，冰凉的感觉似乎要将他淹没，颤抖地抓住商君的手，虽然吃力，却仍微喘着说道：“我有一句话，一直想告诉你。”修之冰冷的体温和烫人的鲜血煎熬着她。商君急忙点了修之的穴道，急道：“你不要说话，有什么话等伤好了再说。”

秦修之吃力地摇摇头，低喘着急道：“现在不说，我怕以后都没有机会再说了。”商君慌忙用力按住血流不止的伤口，即使已经点了穴道，但是不知为什么，血仿佛永远也止不住一般，不断地从他的指缝涌出。手不受控制地颤抖，商君的心似乎也随着流淌的鲜血变得冰冷，泪不知何时已经迷蒙了商君的眼，不知道是要安慰修之还是安慰自己。商君不停地低喃着：“不会的，修之，你不会有事的！不会的！”

“君——”眼前早已朦胧一片，紧紧地握着商君颤抖的手，秦修之低喘着说道，“我……”商君俯下身子，将耳朵贴在他的唇边，虚弱的声音断断续续地传来，“我……喜欢你。”他终于说了，带着一抹满足的笑，秦修之缓缓闭上双眼。

我喜欢你……我喜欢你……商君脑子一片空白，一滴清泪沿着脸颊滴落，划过秦修之的眉心。他要告诉她的就是这个？她不要！她不要他在这个时候告诉她！她不要！

“修之，修之你醒过来。你不想听我的答案吗？你醒过来啊。”任她怎么呼喊，怎么摇晃，修之都不再有回应。商君觉得心像被挖空了一般，浑身冰冷。

刚才的一场激战，院子里梨花残瓣纷飞。素白的花瓣下，白衣男子孤立其间，浑身上下散发着生人勿近的气息。森冷面具下的眼已经不能用冷来形容，上挑的细眸满是邪魅冷残的光芒，只是与他对视，祁风华就心惊不已。“又来一个送死的。”沙哑的声音隐含着内力，手中的嫣红间，森冷寒光若隐若现。

看过男子与商君的对决，祁风华已然知晓男子的武功绝对在他之上。紧扣手中的透骨钉，祁风华心里直打鼓，脸上却丝毫不敢表现出心虚。面露不屑，祁风华大声回道：“谁死还不一定呢，你还是为自己准备好棺材吧。”好狂的人！白衣男子眼神微闪，暗暗打量起眼前这个看起来不足二十的年轻男子，年轻的脸上傲气逼人，气息也算均匀有力，却绝不是什么绝世高手。男子冷嗤，果然初生牛犊不怕虎。打开手中折扇，男子脚下使力向祁风华攻去。

好快的速度，祁风华赶快运足内力将手中数枚透骨钉一齐射出。这套掷暗器的手法是师父亲传的绝技，也是祁风华唯一厉害的功夫。若是近身搏击，他身手平平，所以他绝不能让男子靠近他三尺之内。如密雨一般的暗器袭来，男子微惊，他没见过有人可以靠手一次发如此多而且劲力十足的暗器，难道是他估错了，这年轻男子的武艺真的深不可测？只是一瞬间的失神，男子被一枚透骨钉刺中右臂，几乎是同时，一股辛辣疼痛感由右臂延伸至肩胸，直攻心房！男子立刻收了内力，点了穴道护住心脉，阴冷地怒视祁风华，哼道：“你用毒？”

看他中了他新研制出来的麻息散，祁风华终于松了一口气，得意地回道："现在才发现，已经晚了。"中了麻息散，靠内力是不能驱除的，而且瞬间麻痹的同时还能让人痛彻心扉，这人刚才把小君伤成那样，用来对付他正合适。打斗声引起了巡侍的注意，纷扰的脚步声显示来人不少。这些人男子根本不放在眼里，但是右臂的麻痹剧痛让男子不得不重新审视眼前的年轻人。忽然，男子张狂地大笑起来，沙哑的笑声听起来有些惊悚。男子一跃而起，一边极快地掠上房顶，一边笑道："敢在我面前用毒，你是第一个。小子，我会再来找你的。"

他居然没有痛得大叫出声，还能用轻功？难道他的毒对男子没有起作用？还是男子也是用毒高手？祁风华终于也来了兴趣，大声回道："你如果不死的话，我等着。"男子身手奇快，一会儿便如鬼魅般消失得无影无踪。祁风华后怕得惊出一身冷汗，如果不是用毒，他绝不是男子的对手。想起刚才商君的伤，祁风华匆匆跑进屋内。紧紧跟在他身后的是急急赶来的萧纵卿和陇宜亥。

一行人冲进房间，只见商君抱着一个浑身是血的人，近看之下，竟是秦修之。他的脸毫无血色，胸前的血还在汩汩地流着，而商君满目狂乱、失魂落魄的样子更是吓人。祁风华轻扶着商君的肩膀，急道："小君，你怎么样？"呆滞的商君仿佛看见救星一般，忽然激动地紧紧拽着祁风华的衣袖，不断重复着两个字："救他，救他。"声音越来越虚弱，极度的疼痛终于让她支撑不住，倒了下去。

"小君！"祁风华将商君抱在怀里，搭上她的脉搏，再看向倒在血泊中的墨衣男子，眉头紧紧地蹙在一起。

这已经不是第一次了，商君和秦修之为什么屡次遭到暗杀？他们身上到底还有什么秘密？陇宜亥若有所思地缓步退出了房间。

萧纵卿的脸色则是一阵青一阵白，商君苍白的脸上泪痕密布，那泪让他心痛更心伤，君几时这样哭过？

淡淡的花香萦绕，月下梨花美得让人怜惜。祁风华半靠着门廊，斜睨床边脸色铁青、满脸的男人。小君昏迷了五天，他就在这儿坐了五天，几乎不吃不喝，一双眼熬得通红，却始终不肯离开小君一步，而且他知道小君是女扮男装。这么说他们的关系应该非比寻常，但是为什么，他那天见到小君对墨衣男子的感情似乎也不简单？小君到底在干什么？

“修之……”低低浅浅的呢喃从帷幔内隐隐传来。帷帐外的男子又是浑身一震，拳头握紧了又松，松了又紧，脸色一次比一次暗沉。祁风华有时真的很想问，既然如此痛苦，何必还要留在这儿自苦？

“修之……”祁风华抚额哀叹，又来了。僵坐了五天的男人忽然站了起来，在床前站了一会儿，转身大步走出了房间，自始至终没有说过一句。暗黑的夜里看不见男子的表情，只是那宽厚的背影透露的满是情殇。

“修之！”帷帐内，商君低叫一声，气息变得紊乱起来。祁风华立刻赶到床前，搭上她的腕间，四处冲撞的内劲让商君不安地扭动起来，抽出银针，封住她的几个大穴，商君才慢慢安静下来。收回银针，看着商君消瘦的脸庞，祁风华的心像被什么东西揪着一样痛。这毒若是解不了，她的性命只怕不保。即使治好了，武功也大不如前，她可受得了？

“小师叔。”祁风华回过神来，商君已经睁开眼睛，还想要坐起来。一把压住她的肩头，祁风华说道：“不要乱动。”

“修之，修之他怎么样？”脑子里仍是一片混沌，修之倒在血泊里的样子一直在脑中盘旋，心痛的感觉比身体的疼痛更加折磨人。

一醒过来就关心这些有的没的，她怎么都不关心自己还能活多少天？心里气闷，祁风华冷冷地回道：“死了。”

死了？商君瞪大双目，弹坐起身子，修之死了？她的脑子里一片空白，只觉胸口好闷好闷。看她的脸色一下子变得灰白，祁风华扶着她，赶紧说道：“好了，我骗你的，他没死。”

商君有些僵硬地转过头，半信半疑地看着祁风华。祁风华低叹一声，解释道：“他运气好，剑从心脏旁边擦过，只是失血过多而已，死不了。你还是担心自己吧。”他没死！商君提着的心终于放了下来，一下子力气像被抽空了一半，瘫软下来。祁风华扶着她小心地躺好，忍不住数落起来："我才离开多久？你就把自己搞得不成人样。你知道那是什么毒吗？居然还敢催动内力，你这一身的武功不想要了？小命也不要了是不是？"

商君轻轻勾起唇角，偏过头去，有人关心的感觉真好。

又是这样爱理不理的样子，以前她就是这样，祁风华哼道："不要以为不说话就没事。"

"有你在我身边，即使是死我也无憾了。"她知道小师叔已经尽力了，胸口的疼痛已然麻木，这伤怕是没这么容易治好了。

"小君！"祁风华低吼，"你怎么这么不会爱惜自己？你让我说你什么好。"

"小师叔。"商君停顿了一会儿，祁风华认真地听着，只听见低低的声音幽幽说道，"你越来越像师公了。"

什么意思？越来越啰唆吗？听清楚她说什么，祁风华一怔，笑骂道："死丫头！"骂完祁风华自己笑了起来。

商君缓缓闭上眼睛，轻柔的声音若有似无地说道："谢谢你，小师叔。"谢谢你一路陪伴我成长，谢谢你给我带来手足之情。

祁风华半跪在床前，紧紧握着商君冰凉而孱弱的手，眼眶通红，哽咽着说道："和我说什么谢，我不会让你有事的。"一定不会！

秦修之半躺在床上，失血过多让他虚弱得连抬手都困难，而他现在最头疼的是床前的女子。陇琉璃细心地吹凉手中的汤药，盛了一勺，轻轻递到修之唇边，说道："修之，大夫说你绝不能乱动，还是让我喂你吧。"她不会这么容易就放弃的，她不信她的柔情不能将他攻陷。

修之偏过头，吃力地说道："多谢郡主，我自己可以喝。"

陇琉璃微微噘起嘴，哄道："你这样怎么自己喝？乖乖地张嘴。"

秦修之尴尬得不知应该如何回应，他也实在没有精力和她周旋，低唤道："袭慕。"一直站在床旁的袭慕立刻闪身上前，接过陇琉璃手中的药碗。秦修之赶快说道："时候不早了，送郡主出去。"

打开房门，袭慕冷硬地说道："郡主请吧。"

好你个秦修之，好心当成驴肝肺。暗暗压下心里的怒火，陇琉璃起身回道：“好吧，那你好好休息，我明天再来看你。”

带着怒火，陇琉璃急匆匆往外走，和门外迎面而来的人撞个正着。陇琉璃恼怒地抬头，看清来人时她惊得话都说不出来，这人是那个俊美潇洒的无声门门主萧纵卿？一脸的胡子，形容憔悴，满脸寒霜。

萧纵卿看也没看她一眼，直直冲进秦修之的房内。陇琉璃想留下来看看是怎么回事，守在院内的夜焰冷冷地出现在她身后，没办法，陇琉璃只好出了修之住的庭院。萧纵卿高大的身影出现在房内，憔悴的脸、通红的眼，一身的狼狈让屋里的两人都是一怔，袭慕戒备地隔在他与修之中间。

秦修之吃力地坐直身子，说道：“袭慕，把药给我，下去吧。”

袭慕迟疑了一会儿，还是将药碗递给修之，悄声退到门外。房间里，两个男人，一卧一站，四目相对。门外，袭慕、夜焰站在紧闭的大门前，有些尴尬。主子、商公子、萧门主之间的事情，明眼人都看得出，他们一开始虽然诧异，但是一路行来，却不得不承认，也只有商公子这样的无双之人才配得上他家主子。但是现在是什么情况，情敌相见吗？袭慕和夜焰对视一眼，心照不宣，紧张地倾听着里边的动静，生怕自己主子吃亏。

门内，秦修之与萧纵卿四目相对。萧纵卿满脸的胡茬儿，几乎看不清他的表情，只有那双含怒的通红双眼，起伏不定的胸膛显示着他的怒意。秦修之一边喝着药，一边低声问道：“他，醒了吗？”

几乎是同时，萧纵卿亦冷声问道：“君为什么会中毒？”五天了，君都没有醒过来，当时只有他和君在一起，也唯有他知道发生了什么事。

回想那天的经历，秦修之摇摇头，回道：“我不知道他什么时候中毒的，我到房间的时候，白衣男子已经在里面了。他的毒能解吗？”萧纵卿不耐烦地回道：“不知道！”那个自称是君师叔的祁风华，问什么都一副爱理不理的样子，他要是知道君的毒能不能解，还需要急成这样。

“那个男人是谁？为什么要杀君？”查了几天，关于白衣男子的信息几乎是零，这是无声门从来没有发生过的事情。

“他要杀的人，应该是我。”是他连累商君两次受伤，这么多年来，他一直莫名地被人追杀，即使很多次差点丢了性命，他都没有懊恼过。而这一次，他痛恨自己。

又是他！萧纵卿双目通红，狠瞪着半躺在床上面无血色的男人，怒道：“在这样的乱世之中，她要做的事情已经够危险了。你不能保护她，更加不能帮助她，就给我滚远一点儿！只有真正的强者，才配和君站在一起！”秦修之握着药碗的手一紧，气息狂乱，回视愤怒的萧纵卿，冷冷回道：“你这算是在警告我？”

“是又如何！”

“如果我说不呢！”

本就不大的房间里，两个男人，一个暴怒，一个冷凝，互不相让，紧张压抑的气氛，就连站在外面的袭慕、夜焰都不自觉地咽了咽口水。他们跟着主子两年来，从没见好脾气的他动过怒。

放下手中的药碗，秦修之扶着床帏，吃力地站起身子，一步一步走向暴怒的萧纵卿，胸前的伤口因为他的举动，隐隐透出几缕猩红。直到两人比肩而立，秦修之清冷的声音平静说道：“你在怕什么？”

你在怕什么？萧纵卿一怔，望进眼前冷凝如水的双眸之中，他看见了自己狼狈狂乱的眼。他是怕，他怕君最终都不会留在他身边，他怕他再怎么努力，终于都是要和君失之交臂。

“萧纵卿，你今晚来，不仅仅是为了来警告我吧，想问什么就问吧。”

暗暗咬牙，萧纵卿压下心中的不安，沉声问道：“你和君之间，到底是什么关系？”

关系？轻抚胸前辣疼的伤口，秦修之自嘲地低下头。他们之间算是什么关系呢？秦修之并不避讳，坦然回道：“我喜欢他。他对我，或许只是朋友吧。”只是朋友吗？想到五天来，耳边那不间断的低喃，萧纵卿的手不自觉地收紧。如果只是朋友，君会在伤重昏迷的时候，心心念念的都是他；如果只是朋友，自己又何须这样不理智地冲过来质问！

回忆着与商君相识的点点滴滴，秦修之自顾自地低笑道："喜欢一个男子，对于原来的我来说是一件多么荒谬的事情，但是在遇见商君之后，一切都变成那么自然。"萧纵卿和他应该有一样的经历吧。

萧纵卿倏然抬头："你不知道她……"秦修之居然不知道君是女子？萧纵卿惊得脑子一瞬间一片空白。

"我知道这样的感情会对他造成困扰，却还是控制不住自己。其实我很佩服你，不惧怕任何人的眼光和世俗的流言，我却是到了最后才敢说一句喜欢。"在这一点上，他的确不如萧纵卿敢爱敢恨。

轻叹一声，秦修之淡淡笑道："我们公平竞争吧，不管商君最后的选择是什么，我都会接受，并且祝福他的。"听不到商君的选择，他放不开手。

"公平竞争？"这四个字刺激着萧纵卿，指着秦修之，萧纵卿失控地吼道，"你凭什么跟我公平竞争？"秦修之不知道君是女子，他应该高兴的，不是吗？但是为什么，他觉得自己的心被狠狠捶了一拳一般，又酸又痛。

萧纵卿的咄咄逼人终于还是刺伤了他。冷视着萧纵卿，秦修之怒道："萧纵卿，或许我没有能力如你这般，给他更周到的保护，但是我爱他、护他的心丝毫不比你少。"

"够了！"萧纵卿低吼一声，此时的他比来时更加暴躁，转身踢开房门，冲出了屋外。秦修之看着萧纵卿狂奔的背影，一动也动不了，虽然他一直让自己保持着冷静，而他的心就如同胸前的伤口，血流不止。只有真正的强者才配站在君的身边。这是萧纵卿告诉他的。或许他是对的，即使他愿意不要命地去守护他，结果也不过是让他再受一次伤而已，血浸湿了薄薄的纯白中衣，他毫无所觉。

一路狂奔至宅内的乔木林，萧纵卿一拳重重地打在粗壮的树干上，猛烈的力道让树冠沙沙地摇晃起来。而他的手上，木屑深深地扎进肉里，血肉模糊，他却丝毫感觉不到疼痛。如果他不是早知道君是女子，他现在会怎样？或许早早放弃，或许纠结自苦，或许依旧痴恋。公平竞争？萧纵卿忽然狂笑了起来，笑声张狂而凄楚。

第九章　密道

清晨，太阳才刚刚升起，淡淡的红霞映在窗棂上，朦胧中能感受到朝阳徐徐升起。空气中，弥漫着浅浅的梨花香和浓浓的药味，又到了吃药的时候了。果然，纱幔被掀起，祁风华端着两碗药汁走了进来。商君不情愿地睁开眼睛，每天日出日落之时，小师叔都会端着一青一紫两碗药汁出现在她面前。这两碗药是她喝过最苦的，入口辛辣苦涩，让人几欲作呕。喝下之后，胸腹又烧得厉害。不过她从没问过这是什么药，她知道，小师叔为了她的伤，已经费尽心神，是死是活听天由命吧。

半靠着床帏，商君一脸痛苦地接过墨青色的药汁，咽了咽口水，正准备闭眼灌下去，门外传来卫溪的声音："主子，御枫来了。"

终于来了！商君有些激动地轻拉祁风华的衣袖，说道："小师叔，扶我坐起来。"皱起眉头，祁风华瞪着她低骂道："你又逞强。"

祁风华不肯扶她，商君没有再说什么，一手撑着床沿，一手拽着床边的纱幔，想要自己坐起来。不知道是不是药力的作用，她浑身无力，试了几次，满头大汗，最后还是软倒在床上。但是放弃从来不是商君会做的事情，深呼吸几次，商君再次撑着身体坐起来。看她这样折腾自己，祁风华最后还是不忍心地扶着她的肩膀，让她在床中间坐好，还在她身后垫了好几个靠垫。商君感激地对他笑笑。祁风华则是一脸不爽，把药推到她面前，说道："先把药喝了。"他每次都输在小君的倔强之下。

乖乖地把药一口饮尽，祁风华的心情才稍稍好些。两碗药，类牧草要热的时候喝，紫泷藤必须凉了之后再喝，而且要选在日月交替、阴阳相交之时才能发挥最好的药效。这已经是他能想到的最烈的解毒药汁了，希望能救小君一命。拿起丝绢擦掉唇边的药汁，商君低声说道："让他进来。"

房门轻轻推开，御枫走进房间，隔着重重纱帘，隐约看见了坐在床上的商君。听说他受伤了，应该是伤得极重吧，不然他不会坐在床上见他。躬身行礼，御枫叫道："主子。"隔着纱幔，商君微笑问道："好久不见了，御枫。笑儿老是念叨着你，你还好吗？"有两三年了吧，自从她决定要在天城与陇趋穆最后一战那天开始，御枫就被她留在了天城。

想到活泼的商笑，御枫也轻轻勾起了唇角，回道："谢主子关心，我很好。"想到今天来的主要目的，御枫也有些兴奋，说道："您交代的事情基本上已经完成了。"终于完成了吗？商君急切地笑道："你准备一下，三日后我会过去查看。对了，这些日子以来萧家可有异动？"听她说三日后要出门，原来一直懒懒地站在一旁的祁风华一怔，狠狠地瞪着商君，一副恨不得把她打晕的样子。商君赶紧别开眼，假装看不见。

御枫在帘外，自然不知道两人的眼神角逐，如实回禀道："苍月战乱动荡的半年，萧家都很平静，没有任何作为。倒是铁甲军换了新统领，尤霄战死之后，由副统领黄治带领。此人勇猛好斗，稍欠智谋，比尤霄好对付。"商君心头一震："尤霄死了？"

御枫点头回道："这是半月前的事情，尤霄再次起兵，偷袭东隅主营，与轩辕逸正面激战，战死沙场，不过——"御枫语带犹豫。商君急道："说下去。"

"轩辕逸将军在回朝途中，遭到伏击，殁于临风关。"舒清小姐离世，想不到轩辕逸也战死。轩辕逸死了？商君隐隐觉得不太可能，舒清的死是假的，轩辕逸的死是否也只是为了蒙骗世人？如果是真的，那就太好了，他们两人总算可以双宿双栖。微微皱起眉头，商君现在心里想的是另外一个人：尤霄！他是真的死了吗？心中涌起一股淡淡的伤愁，尤霄是陇趋穆的儿子，他死了对她来说，应该是再好不过的吧？脑中不断闪过两人为数不多，却总是火药味十足的对峙，商君不由莞尔。她还没有和尤霄真真正正较量过一场，可惜了。轻叹一声，商君淡淡地回道："好了，你先回去，留意铁甲军的动向。局势动荡，萧家不可能没有打算，盯紧他们。"

"是。"听出商君话语中难掩的疲惫，御枫悄悄退出了门外。

商君以为小师叔必会发飙，却见他半靠着床架，面色浓重。若有所思。商君问道："怎么了?"对上商君疑惑的眼，祁风华沉声问道："你觉得萧家会趁机谋反?"小君特别提到要小心萧家，莫不是她早就发现了什么？疲惫地靠向身后的软垫，商君微闭着眼，轻声解释道："谋反倒是不会。萧家虽然是商贾之家，却与朝廷有着千丝万缕的联系。当年先皇就是得萧家先祖帮助，才得以在夺嫡之战中取胜称帝，而萧家也是苍月境内，唯一拥有独立军队护卫的家族。这么多年来，陇趋穆都没敢动他们，可见萧家的实力。在这种时候，萧家不可能不为自己打算。我是希望，萧家能成为睿王登基的助力。"

"那你为什么不直接问萧纵卿?"这几天听小君说了近年来的经历，大概知道了她和萧纵卿的纠葛。既然萧纵卿是萧家人，而且他对小君用心至极，直接与他商量不就好了吗？商君摇摇头，叹道："萧家真正做主的人是萧纵寒。我不想为了这件事让三儿夹在中间为难。"萧家的军队只服从家主一个人的命令，其他的人或许都不知道有这支军队的存在。如果三儿能随便动用家族的力量，他又何须如此费力地接管无声门！三儿为她已经做得够多了。这一次，还是让她自己来吧。

祁风华受不了地翻了一个白眼，他们都在做着认为对对方好的事情，却又谁也不愿意拖累谁，到最后，是不是真的就不会互相拖累了呢?

"君，是我。"门外，略带沙哑的男声响起。

祁风华轻轻挑眉，幸灾乐祸般轻笑道："说曹操，曹操就到了。"

她醒来两天了，三儿都没有来看过她，但是她也不愿意问小师叔，三儿到底在忙什么。商君撑着床沿勉强坐好，暗暗深吸了一口气，才轻声说道："进来。"进来的除了萧纵卿，还有予函。予函在纱幔前站定，萧纵卿则是直接掀开帷帐走到床前，看祁风华手上还有一碗药汁，只冷冷地说了一声：“我来。”就伸出手接过了药碗。祁风华无所谓地耸耸肩，他现在的样子依旧憔悴，不过比几天前满脸胡茬儿、双目赤红的样子好太多了。反正药也已经凉了，他喜欢喂就让他喂咯。

君的脸色好多了，看来那个祁风华也不算庸医。萧纵卿舀了一勺药汁，送到商君唇边，商君立刻变成了一张苦瓜脸。喝下一口，熟悉的苦涩充满口腔，商君一张脸几乎皱在了一起。萧纵卿皱眉，问道：“很苦?”商君立刻点头如捣蒜，一双绝美的眼中此时满是幽怨。

让商君怕成这样，二话不说，萧纵卿舀了半勺，就往嘴里送。“喂?”祁风华低叫，这人疯了，什么药都敢往嘴里送！好在紫泷藤单独少量饮用没有什么大碍。商君也是看得瞠目结舌，不过她如愿地看见三儿冷峻的脸在下一刻扭曲在了一起。好苦，简直让人毕生难忘！萧纵卿死死瞪着祁风华，恨不得一把掐死他。这个庸医，配的这是什么药！祁风华撇撇嘴，回道：“瞪我干什么，良药苦口，这药能救小君的命。”他以为他愿意啊，紫泷藤药性霸道，不得与任何草药同时煎煮，他比谁都舍不得小君受苦。

萧纵卿把药碗塞到祁风华手中，倒了一杯水给商君拿着，才又接过药碗。只是想到那让人崩溃的药味，萧纵卿怎么也喂不下第二勺。

站在帘子外的予函隐约也能看到里面发生的事情，尴尬地站着，觉得走也不是，留也不是，轻咳一声，故作轻松地笑道：“商君，你的身体好些了吗?”萧纵卿死瞪药汁，一言不发。小师叔闲闲地靠在一旁，这药到底还要不要喝？满嘴的药味想到总是要喝的，商君实在受不了，一把抓过碗，闭着眼睛把药灌了下去。喝完药，商君顾不了这么多，端起手中的清水也一股脑地灌了下去，好不容易口中的苦涩感淡了些，商君才轻轻回道：“多谢予函关心，我没什么大碍。”

这还叫没什么大碍，就爱逞能，祁风华摇摇头，自顾自地收拾着药碗。萧纵卿则是皱眉黑面地站在一旁，也不知道在想些什么。

他们三人在帐内，予函一个人站在帐外，怎么看都有些不太好。但是她现在面色苍白不说，束布未缠，长发只是轻轻拢起，被予函看到他这个样子，实在不妥。商君只能借着说话缓解这样的尴尬：“对了，你见到厉大人了吗?”予函脸色微沉，叹道：“没有令牌，根本进不了那座宅子。”见不到厉大人，他总是不安。商君转头看向萧纵卿，问道：“偷不到吗?”

萧纵卿回过神，心情也变得郁结，回道：“方繁估计是坏事做尽，知道很多人会找他麻烦，他的府邸戒备森严，堪比皇家内院。好不容易进去，找遍了整个府邸都没有令牌的踪影，他可能是随身携带。”

连无声门都偷不到，估计也没有什么人能偷得到吧。心中虽然失望，商君还是淡笑着说道：“过了这么久，厉大人也不在天城了吧，我们再想其他办法好了。”萧纵卿摇摇头，冷声回道：“我们都太低估陇趋穆了。所有人都以为厉大人告老还乡，其实被送走的只有家眷，厉大人已经被彻底软禁了，而且看管得更加严密!”陇趋穆这招果然够狠，这样一来，即使他最后把厉大人杀害了，也不会有人知道。微低下头，商君低喃道：“这么说，要见到厉大人就一定要拿到令牌。”予函也是一脸的沉重，叹道：“对，而且还不能打草惊蛇。若是被发现，厉大人就危险了。”令牌令牌，商君忽然眼前一亮，笑道：“他贴身带着，偷不了，能不能换?”

“换?”萧纵卿和予函都是一怔，怎么个换法?

“令牌他随身携带，不见了他一定会知道。何不找人亲近他，盗了他的令牌，换一个假的给他。我们尽量做得像一些，反正两块令牌分开的时候，他也不会分得清楚是不是原来那块。待你见过厉大人之后，再还回去，神不知鬼不觉。”予函想了想，最后点头赞道：“这倒是个好办法。只是那只老狐狸，奸险狡诈，恐怕找不到机会接近他。”

虽然天气越来越暖了，但是毕竟还是春天。拿起旁边的披肩，萧纵卿一边替商君披上，一边漫不经心地回道：“试一试吧。”也只能试一试了。予函实在不想再对着帷幔说话了，感觉很怪，微微拱手，说道：“商君，你多注意休息，我就不打扰了。”

予函出了屋外。商君忽然一脸严肃地看向萧纵卿，问道：“三儿，流云呢？流云怎么样？”萧纵卿脸色一暗，没有回答，但是看他的脸色，商君已经知道答案了。一记重拳捶在床沿上，商君咬牙低问道：“那个人到底是谁！”白衣银面，邪气阴毒，这个男人伤修之，杀流云，还对她下毒，不杀他，难平心中怒火！商君目光凌厉，语气愤恨。祁风华暗叫一声糟，按着商君的肩膀，厉声叫道：“小君，别动气。”他话音才落，商君只觉得胸腔一阵火辣，一抹嫣红沿着嘴角滴落到纯白锦被之上，如朱砂微溅。

“君！”萧纵卿不明所以，商君怎么会忽然吐血？拿起丝巾掩住商君轻咳不断的唇，急道，“我不会让流云白死的，你别动气。”

轻喘微平，商君仍是不放弃地追问道：“他是谁？”

萧纵卿迟疑了一会儿，这几天全力追查，对于白衣人的事，也算有些眉目。祁风华狠狠瞪了他一眼，萧纵卿会意，回道：“暂时还没有查到。”

怕商君还要追问，祁风华轻推萧纵卿的肩膀，说道：“我要给小君下针，你出去。”萧纵卿担心商君的伤势，不愿意就此离开。祁风华抽出一支两寸长的银针刺入商君的后颈，商君轻轻地软倒下来。萧纵卿心焦地上前搀扶，却被祁风华拦住。祁风华不耐烦地说道：“出去，不要妨碍我。”

看着祁风华认真地整理着银针，萧纵卿一口气梗在胸口，不能发作。谁让自己不会医术，虽然着急，也只能黑着脸无奈地出了屋外。

扶着商君在床上躺好，祁风华面色冷凝，怒道：“小君，我和你说过，要驱除体内的毒，你就不能动气，不能运功，不能劳累。你当我的话是耳边风吗？”缓缓闭上眼，商君轻轻咬唇，良久才低声道：“对不起。”她又让人担心了。

看着商君愧疚低语的样子，祁风华还是心软了，不忍再苛责她，叹道：“算了算了，别说话，我给你施针。”好不容易将几个大穴封住，商君也睡过去了。祁风华一边整理针具，一边在心里把予函、萧纵卿骂了个遍。刚才那一怒，小君今天的药算是白吃了。以后他要隔绝这些人来探病，他们前几天不出现，小君的身体已经有些起色，他们一来，就坏事。这么多大男人，自己处理不了的事情，还好意思来找小君！可恶！

果然，祁风华真的在“萦绕君心”小院的门匾上写了“疗伤勿扰，谢绝见客”八个大字。这几天确实清静了，就连萧纵卿也只是愤闷地盯着牌匾上的字，最后也没走进去。天气越发暖了，商君缠好束带，换上了一件淡蓝长衫，衣襟上几缕金丝水波暗纹，让本来素雅的衣服隐隐透着华贵，头发也高高束起，配上一顶小小的紫金冠，一副翩翩贵公子模样。

祁风华端着药走进屋内，看见商君正在整理衣服，不禁一怔。他不得不承认，这样的小君还真是风华出众。心中了然她今天是要出门了，祁风华将类牧草汁递到她面前，完全无视她讨好的眼神，说道：“喝药。”

商君乖乖地接过药汁，一口饮尽，随手抓了一颗蜜饯塞到嘴里。这是那天三儿离开之后，让卫溪拿进来给她的，平时根本吃不了，太甜了，但是送药就太合适了。将蜜饯含在嘴里，商君眼睛一眨不眨，直直地看着祁风华，也不说话。祁风华背过身去，不看她，哼道：“不要用这种眼神看着我。”求人好歹有个求人的样子，每次都是这样，就会用眼神。商君也不回话，继续盯着祁风华的后脑勺看。不用回头，祁风华也能感受到后脑勺的热力，干脆走到旁边的书柜旁，随便抓了一本书胡乱地翻着。商君还是一言不发，只是转了个身子，换个方向继续看。这样看了一炷香的时间。祁风华不知道小君累不累，他却已经受不了了。把书塞回去，反正他一个字也没看进去，回头瞪着商君，祁风华恨恨地说道：“我说不能去，你也会去的，何必还问我?”商君倒好，不管他说什么，一双眼锲而不舍地继续看。

祁风华苦笑一声，把已经凉透的紫泷藤汁塞到商君手里，笑骂道：“好了，喝完药我陪你去。你在房间里也憋了很久了。”小君脸色依旧苍白，精神却已好了些，让她出去走走也好。重要的是，即使他不同意，小君也会去的，倒不如他陪着去，这样也放心些。

又让她得逞了，从小到大，他好像就没赢过。推开门，祁风华率先走了出去，嘴里低喃着：“你就是吃定我了!”

商君微笑着跟在他身后。门外的梨花依然开着，只是快过花期了，开得有些零落。深吸一口气，带着花香的温暖空气，让商君觉得神清气爽。等在院子里的卫溪看见多日未曾出门的商君，赶紧迎了上去，说道："主子，马车已经备好了。"商君满意地点点头。祁风华却是受不了地冷哼了一声，早就准备好了，刚才是逗着他玩呢？

一行三人，向着大门而去。一路走来，宅子里的家仆还有巡卫看见商君都恭敬地行礼。直到他们走到大门口，流光忽然出现在商君面前，拱手以礼，问道："商公子，您要出门？"商君停下脚步，回道："是的。"

流光迟疑了一会儿，还是说道："门主交代，商公子重伤未愈，还是——"不等他说完，商君微微勾起唇角，朗声问道："萧门主交代我不能走出这个宅子？还是我已经被软禁了？"

商君说得直接，流光倒是不知如何接话了，只得抱拳回道："不敢。"

"你可以去回禀他，说我要出门，但是现在不要拦着我，让开。"商君不急不慢地说完，一双眼沉静地看着流光，不动怒亦不妥协。

流光一怔，主子再三交代，一定要保护好商公子，不得对他无礼，好像没说软禁他，而且商公子平时看起来温和雅致，谁知不动声色也能叫人倍感压力。稍稍后退一步，流光不敢再拦。

待商君出了大门，流光对着身后的侍卫低声说道："快去回禀门主。"说完立刻跟在商君的马车后面，不敢跟得太近，怕被发现，也不敢离得太远，若是跟丢了，他可不好向门主交代。

马车走得快，绕过几条街道，拐进了一条巷子。没走多远，马车在一家看着很简洁却也大气的宅邸前停了下来。马车才停下，候在门边的一个二十岁出头的年轻男子立刻迎了上来。商君下了马车，年轻男子躬身行礼，说道："主子您辛苦了，里边请。"

商君看了年轻男子一眼，这人她见过一次，应该是叫于钦吧，御枫在苍月找的得力助手。商君微笑点头，随着他一路走了进去。流光还在想要怎么跟进去，商君带着轻笑的愉悦嗓音传来："卫溪，你等等流光，里边太乱，别迷路了。"他可没说错，里边不少院落都有她教御枫布的阵法，不识五行八卦者，一定出不来。流光尴尬地从石柱后面走了出来，早知道商公子如此敏锐，他刚才也不用偷偷摸摸跟得那么辛苦。于钦领着商君和祁风华走在前面，卫溪和流光跟在后面。

绕过门前的小院，仍是不见御枫的影子。商君问道："御枫呢？"他上次说过他今天会来，按理说御枫不会出门才是。

于钦生怕商君会责怪御枫，马上解释道："御管事不知道您什么时候过来，已经等了一上午。谁知忽然来了访客，管事见客去了。交代说请您来了先到花厅用茶，他马上就过来。"

商君莞尔，她不过是随便一问而已，看把他紧张的。苍月的一切关系，都是御枫打点着，她应该奖励御枫，又怎么会怪他不来迎接呢。商君微笑回道："让他不用着急，我等他。"

"是。"于钦提着的心总算是放下来了。庄主他平时很少接触，只是听管事每每提及，都是一脸推崇，得管事信服之人，果然是有过人之处。

一行人走至一条蜿蜒的画廊，对面也走来一行人。只见一个中年男子，一身华服，和御枫一边走一边说笑。那男子看着有些眼熟，但是距离有些远，又是在蜿蜒的回廊之上，商君看不真切，问道："于钦，御枫身边那人是谁？"于钦抬眼看去，回道："那位正是今日的访客，刑部侍郎方繁方大人。"商君微惊，方繁？怎么会是他？这个令他们头疼了这么久的人物。看他们交谈的样子，和御枫还颇熟？这是怎么回事？

轻拍商君的肩膀，祁风华低声问道："小君，你要不要避一避？"他们走到一半，御枫和方繁也已经走近，现在再走，只会更招人注意。轻轻摇头，商君低叹一声："来不及了。"

轻轻拉了一下衣领，遮住自己修长的脖子，商君依旧踏着稳健而随意的步子，走在蜿蜒的回廊上，没有走几步，就和方繁迎面对上了。

御枫看见商君，微微躬身点头。方繁暗想，这男子什么身份，得缥缈山庄管事躬身行礼。不动声色间，方繁已将商君上上下下打量个遍。颀长单薄的身材，淡蓝锦袍加身，金丝波纹为襟，脸上若有似无、温文尔雅的浅笑，苍白的脸色略显病态，不过那气韵天成的风度，硬是比平常的世家子弟多出了一分从容不迫的大气。以他为官多年阅人无数的经验看来，此人绝非池中之物。收回视线，方繁装作不经意一般，笑问道："这位是?"

御枫见商君但笑不语，思索了一会儿，回道："这位正是我家主子。"看向商君，御枫说道，"这位是刑部侍郎方繁方大人。"

方繁身后站着六名壮汉，个个虎目方额，太阳穴微微凸起，气息绵长有力，眼观六路，将方繁护在最中间。难怪三儿说难以在不被发现的情况下靠近他。商君轻轻点头，算是打了招呼。

相对于商君的点头示意，方繁却是兴致颇高，惊道："阁下是缥缈山庄庄主商君?"方繁既与御枫熟识，知道她的名字也不奇怪，商君微笑点头。想不到，名震苍月、东隅两国的缥缈山庄庄主商君竟是这样一个孱弱青年？看样子他也不过二十来岁吧，这么年轻，又体弱多病，还能一手掌控两国贸易交换。不管是萧家还是慕容家，都与他交情颇深，足见此人手段了得。拱手于胸，方繁笑道："商庄主，久仰久仰。"

牵起一抹生意场上惯有的虚应笑容，商君笑道："哪里，不过是个生意人，让大人见笑了。"

"商庄主太过自谦了。"纵观天下，燕芮重农抑商，未见商贾大家，东隅慕容、安家平分秋色，苍月萧家独大，而缥缈山庄则是横跨两国，最为牟利的中间商。能做到这般境地的生意人，怕也就他一人了吧。

眸光微转，方繁笑道："刚才老夫还和御管事聊到，在苍月，想买到上等龙涎非找缥缈山庄不可。"

商君轻轻挑眉，这老狐狸可是在暗示她应该识相"进贡"了？双手背在身后，商君一脸遗憾地回道："方大人说笑了，缥缈山庄的好茶、精绸都卖给了萧家，可没有什么好出售的了。"

方繁心下微恼，脸色未见大变，却已然不悦。商君看在眼里，忽然话锋一转，笑道："卖是没得卖了，不过商君倒是珍藏了一些慕容家的极品龙涎新茶，到时可以与大人一同品鉴品鉴。"

一听极品龙涎，方繁立刻双眼发亮，笑道：“如此说来，再好不过了！”刚才的不悦一扫而空，这商君果然识抬举。已是正午，想到府中将要到来的人，方繁拱手笑道：“老夫今日还有要事，先告辞了。商庄主，后会有期。”

“后会——”商君才说了两个字，忽然捂住胸口，表情痛苦。方繁一怔，担忧地上前一步，问道：“庄主您没事吧？”谁知商君顺势倒向方繁，方繁吓了一跳，赶紧伸手扶住商君的胳膊，急道：“庄主小心！”身后的两名侍卫也警觉地冲上前来，被御枫用背挡了一下。

手趁机拂过方繁的衣摆，没有找到要找的东西，商君皱眉，假意撑着方繁的胸口想要站直身子，如愿地摸到了一块半掌大的凹凸硬物。商君立刻收回手，踉跄地站直身子，虚弱地笑道：“多谢大人，商君身体向来不好，一直有心悸的毛病，让大人见笑了。”果然是体弱多病，方繁向身后的侍卫使了一个眼神，两人动作迅速地退回原位。

一副担忧的样子看着商君，方繁说道：“哪里，庄主多保重才是。老夫就不打扰了，告辞。”轻轻点透，商君吃力地回道：“请，于钦送大人。”

方繁随着于钦走了几步，忽然回头盯着商君苍白的脸又看了一眼，才若有所思地走了出去。这个商君他怎么看着有些眼熟，应该在哪里见过，在哪里呢？方繁才走，祁风华立刻搭上商君的手腕。按理说，小君不应该忽然心悸以至于站都站不稳，难道是毒气有变？脉象确实虚弱，但还算平稳，何以……祁风华还在百思不得其解的时候，商君一改刚才虚弱的病态，站直身子，笑道：“我没事。”

没事？祁风华明了，一定又是小君的什么计谋。对于商君谋划的事情，他没什么兴趣，他只关心她的身体。举步往前走去，走过回廊，商君沉声说道：“卫溪、流光，你们下去休息吧！御枫，你跟我来。”

流光看着商君他们走进几丛山石之间，还在想要不要跟过去。卫溪一边向着回廊旁另一条路径走去，一边冷冷地说道：“你想被困在石阵里大可以跟进去，别担心，天黑之前我会进去救你出来的。”

流云一怔，再看向山石之间，早就没了商君的人影。听闻商公子奇门术数、布阵设局十分厉害，他还是不要冒险，在这等候好了。

密密麻麻高低错落的山石景观，组成了险象环生的五行迷踪阵。商君走得很快，祁风华紧随其后，与商君一同学艺，一般的玄阵他不放在眼里，但是小君布的阵他就不敢掉以轻心了，因为他有太多被困在里边几天几夜的惨痛经历！绕了一炷香时间，终于出了石林。后面是一大片刺姬花丛，知道商君和御枫有话要说，祁风华悠闲地走在他们后面。冬季已经过去了，刺姬没有了殷红的花朵，清脆的新绿又是另一番景致。看府邸外简单的门庭，绝对想不到府里别有洞天，竟有如此大的一座刺姬园。

缓步走在刺姬花径里，商君低声问道："你和方繁熟识？"

隐约能感觉出，主子对方繁的事情格外关心，御枫如实回禀道："算不得熟识。方繁一直痴迷于慕容家的精茶，但是萧家的龙涎有钱也买不到，都是萧家人自用，或是送给亲朋好友、位高权重者。方繁买不到，就打起了缥缈山庄的主意。一开始我也不太理他，但是这两年，方繁越发受到朝廷重用，按照主子的交代，在朝中居要职者皆结交。近年来才与他有所交往。"原来如此。难怪他一听龙涎新茶就眉开眼笑，想不到他还是喜茶之人。"他若再来，好好招呼。"想了想，商君又说道，"给我准备些最好的龙涎新茶。"三儿找不到机会接近方繁，她或许可以一试。

御枫微微皱眉，难道主子真的要送给那老匹夫千金难求的龙涎新茶？真是浪费。心中虽有微词，御枫还是回道："是。"感觉到御枫的心情郁闷，商君轻笑，回过身，笑道："带我去看看你忙了几年的成果吧。"御枫立刻回道："好。"语气中难掩兴奋。

御枫带着商君和祁风华走进刺姬丛，走到三七斜分之处，御枫停下脚步，说道："到了。"商君轻轻挑眉："就是这里？"

"是。"御枫麻利地蹲下身子，将手伸到泥土下，一用力，一片三寸见方的土块被他掀了起来，上边植的刺姬依然完好地长在土里。将刺姬放在一旁，御枫手按着土块下边的木板，向右轻推，一个入口出现在他们面前。入口处有一个木梯，御枫率先下去。不一会儿，下面点起了几支火把，商君和祁风华依次下去。待他们都下来了，御枫又爬上木梯，将土块放在木板上，再轻轻地推回原位。

祁风华打量着这个足以容下几十人的密室，在旁边的一角发现了一排木架，上面分包装好了干粮和水袋。密室的另一角堆放着一叠棉被，祁风华笑道："这里是地窖？"这山庄不小啊，没必要挖个地窖装食物和水吧。

御枫黑面，商君大笑："小师叔，你这是在侮辱御枫多年的辛劳成果。"不理会祁风华，御枫对着商君说道："主子，食物一月更换一次，可供五十人食用半月。"商君满意地笑道："很好，开始吧。"

御枫点头，抽起架在石壁上的火把，走到堆放粮食的木架后，踩下架子下面的一块石砖，他身后的石墙缓缓向外打开了一条门缝。待三人都走进门内，御枫反手在石门后用力一拍，石门闭合。借着御枫手中的火光，祁风华看出这是一条通道，不同于地窖的石墙，通道的四壁皆是黄土，通道里隐隐有气流通过。祁风华问道："这是地道？通往哪里？"商君微微一笑，一脸神秘地回道："看了不就知道了。"

商君兴致颇高，昏黄的火光下，脸色竟是有些红润。祁风华配合地撇撇嘴，回道："那我就等着看好戏了，可别让我失望啊！"

御枫在前面带路，商君走在中间，祁风华最后。地道里虽然黑暗，倒也不难走，每到有分岔的路口，都能看见几颗拳头大小的夜明珠，莹润柔和的光芒将岔路照得清晰可见。即使没有火把，也不至于迷路。走了大半个时辰，祁风华暗想这地道到底通往哪里？这么长，中间还有不少岔路，那些岔路又通往哪里？祁风华还在想着，御枫终于停了下来，只见他轻跃上了一个半人高的平台，在墙面上摸索了一会儿，墙面开了一道缝隙，并不大，却已足够出入。

御枫出了窄门，拨开几丛繁密的藤蔓，祁风华抬眼看去，不过是一个普通的山洞而已。洞穴不大，满是矮丛枯枝。三人走出洞外，刺眼的阳光让人睁不开眼睛。祁风华眯眼看去，山洞处在一座山峰脚下，右边是密密麻麻的乱林，左边是北门？祁风华微讶，细细看去，果然是天城的北门城楼。他疑惑地看向商君，只见她心情大好地盯着城楼上飘扬的明黄旗帜，嘴角带着若有似无的笑意。祁风华皱眉，不解地问道："小君，你挖一条地道通往城外做什么？"天城作为苍月最为繁华开放的地方，进出天城从来都不是什么特别困难的事情。再则，以他们的武功，即使城门封闭了，他们一样可以来去自如，何苦劳师动众建一个地道？

商君轻笑，一边转身走回山洞，一边笑道："先看另一条，待会儿我再解释给你听。"又来了，老是喜欢故弄玄虚，吊他胃口。祁风华无奈地跟在商君身后，再一次钻进地道之中，在蜿蜒的地道里又走了大半个时辰，祁风华觉得商君越走越慢，有些不对劲了。轻揽着她的肩头，握住手腕细细把脉，还好，只是有些劳累而已。祁风华轻声劝道："小君，你太累了，过几天再来看不行吗？"

商君暗暗调息，淡笑回道："没事，慢慢走就行。"在这暗道里，他又不能把她拖出去，除了扶着她，祁风华也只剩下无奈了。

御枫回头看了一眼商君，她疲惫的脸上满是薄汗，才走了一个多时辰而已，竟累成这样？一点儿也不像往时的她，她的伤到底有多重？满心的忧虑，御枫的脚步也放得很慢。又走了一会儿，地道忽然变得窄了起来，勉强能经过一个人，高度也不够，他们都只能微微弯腰才能通行。御枫把声音放得很低，说道："主子，快到了。"商君缓缓点头，祁风华能感受到此时的商君浑身上下散发了冷凝的气势，这地道的另一个出口到底通往哪里？

在这样窄小的地道里行走，确实有些辛苦。商君的气息明显已经混乱，手捂住胸前轻喘着，小师叔给她吃的是什么药？这段日子以来，胸口的憋闷和疼痛感少了很多，但是她却越来越容易累，身体也觉得无力。小师叔交代，决不能运功，但是她觉得，她的内力正在一点点消散。这让她很不安。好在只走了一炷香的时间，御枫终于停了下来，他抬起手臂，顶住土墙向上推，一个圆形的出口出现在眼前。御枫轻轻一跃，便轻松出了地道，商君刚想提气而跃，腰间却多出了一双有力的手，将她环在怀里。祁风华轻跃而起，两人也出了窄小的地道。

商君对着祁风华感激地一笑，心中却不免有些失落，她已经没用到处处要人照顾了吗？若是没有了这一身陪伴她多年、让她引以为傲的武功，她不知道自己还有什么用。

放开环着商君的手，祁风华有些好奇，这到底是哪里。他们所在的地方很是奇妙，像是在一个精美的小山里边，隔着自然形成的石缝看去，外边有姹紫嫣红的花草，怪石嶙峋的假山，美不胜收。看起来像是一座花园，祁风华刚想开口问这是什么地方，御枫赶紧拍上他的肩膀，轻轻摇头。祁风华也听见了渐渐走近的脚步声，立刻噤声，只见十几个身穿暗红劲装侍卫面色冷峻，腰别长剑，戒备地巡视着，那身衣服竟是锦衣卫！

祁风华脑子一蒙，这么说，他们现在所在的地方，就是——皇宫！

祁风华睁大了眼睛盯着商君。商君斜靠着背后的石壁，眼眉间尽是笑意，手放在唇上，一副不要大惊小怪的样子，祁风华气结。待锦衣卫走远，商君向御枫点点头，御枫又一次钻进了地道里。商君别有深意地扫了一眼假山外的御花园，眼中锐利的锋芒让祁风华微惊。陇趋穆近在咫尺，难怪小君心潮暗涌。环上商君的腰，祁风华在她耳边低声说道："小君，你一定能手刃仇敌，为你爹爹昭雪，一定能。"

商君微低下头，掩下眼中的湿意，这条路她走到今天真的好苦好累。她的身体累，心更累，她怕她真的坚持不了多久了！

商君低声说道："走吧。"

狭窄的地道里，祁风华只能看见商君单薄的背影，坚持而倔强地向前走着，他的心隐隐作痛起来。一路无语，好不容易终于走回了密室，商君长舒了一口气，撑着石壁，一边喘着粗气。商君自嘲，她真的是弱女子了，走了几个时辰而已，就累成这样。

御枫端来一碗清水，说道："主子，您坐一会儿，喝点水。"

喝了水，又坐了好一会儿，商君终于缓过劲来，笑道："我们出去吧，钻了一天地道，大家一定都饿了。”

三人出了地道才发现，天已经擦黑了，灰蒙蒙的。商君深吸了一口气，清爽的春风裹着刺姬特有的暗香，让人神清气爽。没有走来时的乱林，御枫带着他们穿过刺姬丛后的小路，进去一条狭窄的巷道。走到尽头，御枫打开暗藏的石门，就已经到了府邸的侧厅。进了厅堂，御枫把石门关闭，便是一面精美的书柜，即使细看也看不出端倪。

祁风华环视这间不小的厅堂，看起来和普通的侧厅无异，不过他总觉得这府邸里似乎处处都是机关密道，小君到底想干什么？

商君舒服地靠坐在主位上，脸色好了很多。只一会儿的时间，御枫已经端了热茶和点心进来，在商君身边坐下。祁风华终于忍不住心中的好奇，问道：“你可以解释了，我等着呢。”

一手端着茶，一手拿着糕点，商君向御枫使了一个眼色，御枫了然。

从袖间拿出一张三尺有余的素白锦缎，摊在主位旁的方桌上，御枫指着锦缎讲解道：“主子，这是地道的地图。通往城外的地道有两条，一条的出口在南门外一家旧茅屋里，另一条就是刚才您看到的，在北门红山脚下。通往皇城的地道有三条，一条的出口在冷宫的枯井里，那里生僻，少有人往来，出入密道最为安全，一条的出口在御书房后面的花丛里，还有一条就在刚才您出入的御花园假山下面。”

“很好！”商君满意地点点走。御枫做事还真是让人放心。

“等等。”祁风华盯着这张绘制得密密麻麻的所谓地图，瞠目结舌。原来他们刚才走了大半天的，不过是这如蜘蛛网一般的地道图中的一部分而已。不敢置信地盯着御枫，祁风华惊奇道：“你在天城下面掏一个这么大的地道，难道就没人发现吗？而且还在皇宫里。”祁风华实在想不明白。

御枫轻笑，指着地道经过的地方，解释道：“通往城外的路线，我选的几乎都是贫民集中的地方，他们不会注意地下的声响。而且地道交错的地方都已经购买下来，是缥缈山庄的产业。通往皇城的地道费时最长，都是用小凿子一点点开出来的，而且靠近地面极容易发出较大声响的地方，都选在风雨大作、雷声震天的时候进行。三年来，一直很小心。”话语间，难掩骄傲。

原来如此，祁风华算是服了。在商君身边坐下，端起茶杯又放下，祁风华撑着下巴问道：“好吧，我承认确实很小心，但是你造这样一个庞大的地道要干什么?”用途嘛，商君缓缓勾起了唇角。

“主子。”卫溪略带焦急的声音从门外传来，打断了商君即将要开口说的话。缓缓放下手中的茶杯，商君回道：“卫溪，进来说话吧。”

进了屋内，卫溪立刻禀道：“萧门主三个时辰前过来寻您，在阵外等了半个时辰没见您出来就冲进去了。”

三儿来了？看卫溪郁闷的神情，猜测三儿一定为难他了。商君微笑问道：“现在他人呢?”轻咳一声，卫溪有些尴尬地回道：“还在阵中。”

商君微愣，笑道：“你怎么不带他出来?”

卫溪脸色也不太好，微恼地回道：“我第一次进去，原本想带他们出来的，谁知萧门主执意要进入刺姬丛。没您的命令，我也不敢让他进去。他们在阵里到处乱闯，我拦也拦不住，我的奇门之术本来就不精，想要再寻他们的时候已找不到人了。”三儿的冷硬脾气，她都没有办法，更别说卫溪了。估计在阵中必定起了争执，商君起身，对着祁风华笑道：“小师叔，你坐会儿，我去把他们领出来。”

他被困在阵里多个时辰，也不见小君那么着急地去寻他！心里极度不平衡，祁风华不爽地回道：“才三个时辰而已，着什么急啊。”

看祁风华别扭的样子，就知道他一定又想起小时候的事情了，微笑着摇摇头，商君转身离开。御枫赶紧跟上，她的脸色依旧不太好，御枫担心地说道：“主子，我去吧。”

商君笑道：“你交代厨房准备晚饭吧，我去。”三儿的脾气不好，还在阵里困了几个时辰，怕他倔起来又惹恼了御枫。再则，按照卫溪的说法，他们极有可能闯进了玄阵中的死门，天色已晚，只怕御枫也没那么容易找到他们。商君已经这么说了，御枫只好躬身离去。

独自进入乱石玄阵，商君直奔阵中死门。绕过几块巨石，商君终于看见了三儿高大的背影。商君暗暗舒了一口气，好在阵中的机关并未开启，他们只是被困在里边而已。走近萧纵卿，商君轻声唤道："三儿。"

商君轻浅的声音缓缓传来，萧纵卿立刻回头，只见清冷月色下一身浅蓝薄衫的商君正微笑地看着他，那沉静的样子似乎已经站在那很久了一般。才几天不见，他又瘦了些。被困在阵中几个时辰，本来烦躁不安的心在见到她的那一刻，变得平静起来。

上前一步，将商君抱在怀里，紧紧地。他气她，出门竟然一句交代也没有，说走就走，萧纵卿却一句话也没有说。

本来以为三儿这次一定会大发雷霆，他这样不言不语，倒叫人有些心慌。流光尴尬地背过身去，商君尴尬地挣开萧纵卿的怀抱，叹道："我先带你们出去吧。流光，你跟紧了。"

"是。"流光立刻回身，紧步跟上。在商君的带领下，三人只走了不到一炷香的时间就出了乱石玄阵。流光钦叹，商公子的阵法果然厉害，名不虚传，他们走了一个下午都走不出这么一个小小的乱石阵。刚出到阵外，看见御枫手里拿着一个红色的信笺，迎了过来，商君问道："御枫，什么事?"将手中的信笺递上，御枫回道："您的拜帖。"

拜帖?她几乎不在天城出现，谁会给她送拜帖，还知道她此时一定在府里，难道是萧家?心里疑惑着，商君打开拜帖，看清拜帖中的内容，脸色立刻变得凝重。看她精神恍惚，萧纵卿轻扶商君的肩膀，问道："君，怎么了?"将手中的火红拜帖递给萧纵卿，商君陷入了沉思。萧纵卿接过拜帖细看，眉头也越皱越紧。

第十章　连环计

偌大的花厅里，予函和萧纵卿坐在主位上，商君、祁风华居左，秦修之、陇琉璃居右。经过一段时间的休息，秦修之看起来并没有什么大碍，倒是商君，一直盯着手中的茶，一脸的凝重，不知道他的毒解了没有。秦修之掩下关心的目光，也盯着手中的茶不言不语。

拜帖送来之后，君就这样陷入自己的思绪里，问她什么，她也不答。萧纵卿有一种很不好的预感。拿着火红的拜帖，予函心情大好，笑道："我们想尽办法，都未能接近方繁，这次真是踏破铁鞋无觅处，得来全不费功夫。"真没想到方繁居然会主动邀约商君，终于找到机会换取令牌了。

轻晃着拜帖，予函低笑道："这方繁一向惧内，亦不好女色，为何会选在青楼会客？真是有意思。"何绍华得意地笑道："在青楼更好，找些手脚快的姑娘进去，更容易偷到令牌。"真是连老天都在帮他们。

予函敏锐地感觉到，今天的气氛似乎有些不对，只有他一人欣喜的样子。商君沉思，秦修之心不在焉，萧纵卿、祁风华则是满目凝重。看向商君，予函问道："这次会客，商君是不是有什么安排？"

商君盯着手中的清茶出神。予函以为他没听见，正想再问一次，商君忽然抬起手，侃侃回道："明日，予函易容成方繁，何成、绍华，你们俩易容成侍卫，戌时乘马车，在囚禁历大人的府邸附近等候，我也会在戌时赴宴。三儿，你找几个手脚灵活的姑娘在青楼里准备里应外合。换了令牌之后，派人立刻送到予函手中，我在青楼里拖延方繁。要在他离开之前，把令牌换回去，以免打草惊蛇。不过予函要记住，你只有一个时辰的时间，一定要把握好。”他果然是有了安排，予函爽快地回道：“好，你放心。”

看向秦修之，商君说道：“易容之事，就麻烦修之了。”

秦修之抬起头，应道：“嗯。”两人第一次眼光对上。依旧是那双温润的眼，商君却觉得不自在，立刻移开视线，对着予函说道：“那就这么决定了，大家各自做好准备吧。”

“不行！”“我不同意！”商君话音才落，两道怒吼立刻响起，众人被他们激烈的样子吓了一跳，不解地看向他们。在众人灼灼的视线下，萧纵卿和祁风华对看一眼。萧纵卿走到商君身边，说道：“你身上有伤，不能去冒险。”说完立刻向祁风华使了一个眼色。祁风华马上接话：“对，你身上余毒未清，功力已退了七八成，现在身体极弱，若是发生什么意外，妄自催动内力，必伤心脉，所以绝不能去。”只有他俩才知道商君是女子，方繁约在青楼，说不定就是为了要试她的身份，当然不能去。

相对于他们的激动，商君异常平静地回道：“我自有分寸。”

“君！”萧纵卿狠狠地瞪着她，冷声说道，“青楼之约分明就是一个陷阱，你到底在想什么？”“青楼”二字，萧纵卿说得尤为重。方繁是只老狐狸，在监斩武家的时候就见过君一次。约在青楼想干什么，君不可能不知道，为什么还一定要去！

萧纵卿真恨不得掐死她。商君又一副心意已决的样子。予函轻咳一声，开解道：“萧门主，其实商君只需要在青楼里拖延方繁，并不用与他发生正面冲突，只要我们动作快一些，应该不会有什么问题。若是担心商君的身体，可以在青楼里多派些人手保护，你别太紧张了。”

问题是小君是女人，这句话又不能说出口。祁风华又是气又是急，直接吼道：“你不懂就不要说话！总之就是不行！”

予函身为睿王，几时被人这样吼过。虽然他只是脸色一暗，身边的人却看不得自己主子受辱，就要冲上去与祁风华动手了。

“够了！”商君低喝一声。她平时极少动怒，花厅里一时间安静了下来，深吸一口气，她冷声说道，“别吵了，明天一切按计划行事，就这么决定。”说完也不管他们的反应，头也不回地大步离开。

“君！”萧纵卿立刻起身追了过去。

祁风华也想追上去，手忽然被人拉住，不耐烦地转过身，竟是秦修之。祁风华微怔，冷声问道：“干什么？”都是他害小君受伤，这段时间他也没来看过小君，祁风华对他的印象极差。祁风华冷面以对，秦修之并不在意，微微拱手，轻声说道：“祁公子，借一步说话。”

他和他之间有什么好说的？祁风华本想一走了之，转念一想，小君对他似乎颇有好感，他倒要好好试一试，这秦修之哪里好。两人一前一后出了花厅。眼光掠过一左一右离开的四人，予函眸中精光一闪而过。

出了花厅前的庭院，秦修之走在前面，祁风华缓步走在后面。盯着他颀长的背影，祁风华怎么看都觉得这个秦修之除了长得好一点儿之外，也没什么特别的。两人走进一座小亭子，祁风华斜靠着石柱，双手环在胸前，有些不耐烦地说道：“你想说什么就说吧。”秦修之回过身，也不再客套，直接问道：“商君的伤势到底如何，修之恳请祁公子坦白告知。”叫他出来就为了这个？祁风华冷笑道：“你知道了也没用，何必还要问？”秦修之微微皱眉，这位祁公子对于自己似乎有敌意。看来要知道商君的伤势，还得要些心思才行。心中暗自思量一番，秦修之轻叹一声，说道：“在祁公子眼中，修之或许帮不上什么忙，但是商君的性格你应该比我更清楚。我与他多次患难与共，我或许是那个能说动他的人。”

这话也有些道理，以他对小君的了解，估计小君这两天都不会见他，更别说劝了。让秦修之去劝，或许真比他有用。想了想，祁风华终于说道：“小君早在两个月之前就已经中毒了，只是她一直都用内力压制，你们不知道而已。那次你受了伤，小君发了疯一样要为你报仇，不顾自己中毒已深，妄动内力，让毒气侵入心肺。我一时间查不出她中的到底是何种毒物。时间紧迫，唯有用紫泷藤为她驱毒。紫泷藤能解天下奇毒，但是练武之人都不愿意使用。”

两个月之前？难道说与莫残一起对敌黑衣人的时候，商君就已经中毒了，怪不得他一路上都脸色苍白。他太粗心了，居然毫无所觉。听到紫泷藤能驱毒，秦修之急道：“为什么习武之人不用呢？”

“紫泷藤药性极为霸道，凡是练武之人皆有内力，内力与紫泷藤相冲，两败俱伤，内力越强，反噬也就越强。所以要用紫泷藤必须散尽内力。”习武之人，有谁愿意散尽内力，还不如死了算了。

秦修之惊道：“也就是说，商君现在已经武功尽失？”那倒没有，不过祁风华却不愿意对秦修之吐实情。为了让秦修之全力阻止商君，祁风华自然是怎么严重怎么说了。满脸愁苦地摇摇头，祁风华叹道：“可以这么说，为了救她的命我别无选择。小君一直以她的武艺为荣，你可能不会明白，习武之人若是没了武功，简直生不如死，因此我一直都不敢告诉她。”

“他的内力还能恢复吗？”商君手持长剑、白衣胜雪的样子他见过，那绝世的风采让人过目难忘，他不能想象这样的他若是失了武功会怎么样。光是想，他已经不能接受，更何况商君！

“小君的功力深厚，一时间难以散尽。我一直用类牧草压制她的内力，待毒解了之后，停用类牧草，辅以针灸，内力或许可以恢复一半吧。但是用类牧草压制内力是极冒险的事情，这其中，只要小君稍动内力，一切都功亏一篑。到时紫泷藤的反噬、毒气的侵蚀，立刻就会要了小君的命！”他虽然说得有些夸张，但是若是小君妄动真气，她的武功真的就要废了。

为何他们认定商君去赴宴就一定要动武？秦修之不解地问道：“方繁与商君之间有仇怨？”这人的心思倒是很敏锐，祁风华也不避讳，回道：“是，方繁这次表面上宴请小君，实际上就是为了要抓住她。估计小君是想将计就计，才会以身犯险，这也是我为什么决不许她去的原因。若是去了，哪有不动手的道理，小君只怕是有去无回了。她一辈子都太苦，只想着承担责任，照顾别人，从来都没有想过自己。你若真的关心她，就一定要劝她，决不能让她去。”

刚才听祁风华说商君的病情，他心中早已暗暗有了决定。秦修之沉声说道：“祁公子，修之有一事相求！”祁风华轻轻扬眉，等着他说下去。秦修之忽然上前一步，走到他身侧，在他耳边低语。听完，祁风华倒吸了一口凉气，眼神复杂地盯着身侧的秦修之，他真的要这么做？

萧纵卿跟着商君进了屋内，大门立刻被他砰的一声关上。商君坐在桌旁，仍是不说话。萧纵卿急了：“君！方繁这次忽然邀请，必是不怀好意，他见过以前的你，难道你不怕身份被揭穿吗？”明知道是个陷阱还要跳下去，今天的商君让他很疑惑。看来不解释，是过不了这一关了。起身斟了两杯茶，将一杯推到旁边，商君冷然回道：“他没有那个机会。”萧纵卿心里一惊，问道：“你想杀了他？”

握着手中的清茶，商君看向萧纵卿，轻哼道：“他就是当年杀我父亲的监斩官，是他一声令下让武家一百余人人头落地，你说，他是不是该死？”即使商君已经说得很轻，萧纵卿仍是看见了她握杯子的指尖因为用力而有些泛白。拿下她手中的茶杯，萧纵卿紧紧握着商君的手，说道：“是该死，但是现在不是意气用事的时候。若是以前，我绝不拦你，但是现在你身上有伤。方繁也是个聪明人，既然是要捉拿你，一定是带足了人手。你若是现在就把方繁杀了，陇趋穆必定会有所觉察，你不是要扶持予函上位吗？打草惊蛇，只怕马上就是一场血雨腥风！”他没想到，方繁对君的影响居然如此大，为了杀他，君竟会如此急躁。

手被握得有些痛，商君苦笑。她是恨方繁，却也不至于为了他方寸大乱。温暖从手心传到心里。为了让三儿心安，商君解释道：“若是方繁一开始就死了呢？若是从此以后，朝堂上往来的方繁是我的人，那么以后见厉大人，监视陇趋穆，是不是就更有把握了。”目前能为他们所用的官员不是被斩就是被流放或者告老还乡，他们需要一个人真正进入朝廷。方繁正是一个再好不过的人物。

“你想找人取代方繁，混入朝堂？”萧纵卿暗骂自己，果然是关心则乱，原来商君是另有打算。细想刚才商君在花厅里所说的安排，萧纵卿问道："那你为何还要让予函此时冒充方繁去见厉大人?"

商君摇摇头，坦然回道："杀方繁的事情若能成事，自然一切都好，若是未能成事，起码予函也见到厉大人了。"萧纵卿心下一沉，低声道："你自己也预想到了这其中的凶险，你现在没有武功，根本不能保护自己。我不许你去，要刺杀方繁，我自有办法，我不许你冒险!"

商君脸色微冷，用力收回自己的手，冷硬地说道："你不要再说了，我心意已决。""君……"萧纵卿才刚开口，商君忽然站了起来，背对着萧纵卿，冷声说道，"我累了，你出去吧。"说完，商君干脆转身进了里屋，狠心地用力一扯，层层帷幔纷飞而落，瞬间将萧纵卿隔在了外面。

站在帷幔前，那道清冷的背影变得模糊，孤傲而决绝，萧纵卿伸出手，拽着帷幔，手紧了又松，松了又紧。君从来都没有这样对他，从来没有。君，既然你心意已决，那就不要怪我了！只听见一声巨响，门被狠狠地摔上了。商君背后一僵，却是自始至终都没有回头。

对不起，三儿！对不起。她真的不想再等了，踏入天城的那刻起，她就不想再等！一切都快些开始，快些结束吧！商君以为第二天必定不太平，就算三儿不继续纠缠，祁风华也会和她闹的。谁知，一天下来，风平浪静，一切都按着她原来的计划在进行着。她的心却是七上八下不得安宁，总觉得这其中有些蹊跷。踏进秦修之的园子，就看见他面带忧色，一脸沉重地走出屋外。商君迎了上去，轻问道："修之，你要出门吗?"

听见声音，秦修之一惊。秦修之将握在手中的东西紧了紧，缓缓收入袖间，故作轻松回道："没有，随便走走。"随便走走？商君微微皱眉，今天的修之，看起来有些怪，哪里怪，却又说不出来。在商君疑惑的视线下，秦修之心下紧张，脸上尽量镇定地说道："进来说话吧。"

两人进了屋内，秦修之背对着商君斟茶。偌大的房间里就他们两人，商君有些不自然起来，以前他们常常一起喝酒赋诗，品茶下棋，有时还通宵达旦，都不觉得有什么不妥，但是自从那次修之说……她就不知道应该如何面对他。修之应该也是这样想的吧，不然也不会躲了她这么久。

秦修之将茶递到他面前，两人四目相对。商君赶紧接过茶，一边喝着，一边说道："你的身体还好吧？"

"嗯，已经恢复了很多。"上次他还是莽撞了，果然如他预想中的一样，他还是让商君为难了。他们再也不可能如以前一样自在相处了吧。看不得商君这样为难的样子，轻叹一声，秦修之主动问道："你来找我，是有事吧。"商君暗骂自己的别扭，放下茶杯，坦诚地说道："对。我刚才见到予函了。没想到你只是在入城时见过方繁一面，就已经能够易容得惟妙惟肖，太让人惊叹了。我来，是想请你再帮我易容一个方繁。"

再易容一个？秦修之疑惑地看着商君。商君解释道："今晚我去赴宴，还有一个目的就是杀了方繁，易容一个假的混进朝廷，所以需要你帮忙。"原来，商君还有其他计划。如此一来，他就必须要弄清楚才行。秦修之坐直身子，认真地问道："你要我怎么帮？"

"你先躲在青楼后院，等我的信号。若是成功地杀了方繁，我会让歌姬唱一曲溪水调，到时会有人去与你会合。你假扮成小二跟他们一起进入厢房送菜，人很多，外面的侍卫不会注意少了一个两个的。易容好了之后，你再趁着第二次送菜的机会离开。你一定要记住，溪水调没有响起，千万不要轻举妄动。答应我，好吗？"若是失败了，她就让卫溪将修之强行带走。秦修之听完之后，并不反对，干脆地回了一声："好。"若是他一直在屋里，易容的事就简单多了。

"修之，很抱歉，又让你冒险了。你一定要记得你答应我的，不要轻举妄动。"秦修之意外的配合让商君提着的心总算放下一些。

秦修之并不接他的话，继续问道："你打算用什么方法杀方繁？"

商君微怔，修之今天是怎么了，他以前不会去关心这些。猜测修之也是担心她的身体，商君笑道："你放心，我不会与他动手的，我已经决定用毒。我会先服食解药，把毒倒进酒里，在毒性发作之前，消除他的戒心。待遣走他的近身侍卫之后，就动手要了他的命。"用毒吗？这样也好，想了想，秦修之又追问道："你要易容成方繁的人什么时候进去？"

“和你一起扮作小二进入。方繁为人小心谨慎，厢房他一定派人搜过，想事先藏匿在里面是不可能的。”如果可以，她也不希望修之去冒险，奈何方繁太过小心谨慎，她也是迫不得已。

这么说最重要的还是如何让方繁放松警惕。他一开始就中了毒，若是他毒发的时候，侍卫还在场，就失败了。秦修之一脸凝重地陷入沉思之中。商君担心地轻拍他的肩膀，问道：“修之，你怎么了？”

回过神来，秦修之回道：“我没事。”他这样精神恍惚，晚上会不会太过冒险？心中思量着是否还有别的办法，商君说道：“你先休息一会儿，我去准备一下。晚点卫溪会过来接你。”

商君起身，忽然一阵异样的眩晕感袭来，眼前一黑，向后倒去。一双手利落地扶住了他的腰，将他抱在怀里。好不容易睁开眼，眼前的脸有些模糊，商君低声说道：“修之？你——”话还没说完，商君只觉得脚下一轻，修之竟是将她拦腰抱起。她想说话，却开不了口。

他好轻，轻得一点也不像七尺男儿该有的重量。小心地将商君放在床上，秦修之拉过薄被，轻轻为他盖上。坐在床沿上，眼光在商君的脸上流连，久久不愿移开，他终于可以这样毫无顾忌地盯着他看了。窗外的光越来越暗，秦修之轻声说道：“你累了，好好休息一晚吧。”

脑子晕沉沉的，商君用尽全力不让自己晕过去，耳边隐约听到修之的低喃。商君终于明白自己着了修之的道，一定是那杯茶，修之到底要干什么？越想越慌，商君拼命地想要起来，却不知修之用的是什么药。她使尽了全身的力气，挣扎了很久，只能勉强睁开眼睛。僵硬的脖子不听使唤，商君只能偏过一点头，朦胧中可见一个白衣男子正坐在镜前，不知道在做些什么。片刻之后，男子起身，商君看清了男子的脸，那是——她的脸。

她想起来了，为什么一进门的时候觉得修之怪。他穿着一件白衫，他平时极少穿白衫。原来一开始，他就已经打定主意了。修之，我低估你，你比他们还要厉害得多。商君恨不得立刻坐起来，可惜她一动也不能动。狠狠咬牙，张嘴却只能说出支离破碎的几个字：“不要做傻事……”

祁风华不是说这药能让商君睡过去，怎么他还是醒着的？秦修之半跪在床前，就见商君不安地扭动着脖子。怕他伤了自己，秦修之抚上他的脸颊，听清他口中不住的低喃，低叹道：“记得我和你说过的话吗？对于我来说，这不是傻事，你有你坚持的东西，而我要你活着。起码，不能死在我前面。”眼前一片黑暗，她什么也看不见，但是那双温暖璀璨的眼睛一直在她面前出现。商君暗暗咬牙，狠心地回道：“我不喜欢你，我不喜欢，你走，走。”

不喜欢吗？即使再有预料，秦修之的手仍是不由自主地轻颤起来，就如同他的心。收回手，拉高薄被，秦修之缓缓起身，放下床前的帷帐。

“我知道你的心意了，那就让我再为你做最后一件事。你放心，今晚的事情我会尽全力为你办到的。”帷帐落下，分隔了两人。

“不要，修之，不要去——”脚步声渐渐远去，一滴泪滑落，隐入发鬓，可惜帷帐外的人没有机会看见。

“修之——”握住门把，秦修之再次看向纱帐内，朦胧的人影平静地躺着，那个人是他一生的牵绊。这一仗，让他为他去打吧。扬起一抹欣慰的笑意，秦修之打开房门，走出这里，他就是商君。

院内，袭慕和夜焰坐在院前的石凳上擦拭着手中的兵器，看见商君出来，都起身微微拱手以礼。秦修之深深看了他们一眼，走了两步，又停了下来，说道：“袭慕、夜焰，好好照顾里边的人，他是你们的主子。”

袭慕、夜焰对看一眼，他们知道屋里的人是他们的主子啊，商公子为何如此一说。心里疑惑，两人还是齐声回道：“是。”

秦修之点点头，大步离开了别院，经过与祁风华谈话的小亭子时，就见祁风华如昨日一般，斜靠着石柱。不同的是，此时他眼中不再是戏谑与不耐。没有踏进去，秦修之只是对他轻轻点头，淡笑说道：“他就拜托你了。”说完不再停留，朝着商君所住“萦绕君心”走去。

盯着那道清朗的背影渐行渐远，祁风华轻叹，真的很像。秦修之不仅易容了小君的容貌，就连她风雅的神韵也模仿得如出一辙，如果不是他用自己的声音和他说话，他或许都认不出眼前的人是不是小君。

祁风华坐在亭子里，撑着脑袋，苦恼地看着天边一点点被黑暗吞没的红霞，用力地拍拍自己的脑袋，怎么办？等小君醒了，一定要发狂的。秦修之走进“萦绕君心”，早就等在那里的卫溪迎了上去：“主子，马车已经准备好了，御枫在门外等着了。”调整好声音，秦修之回道：“好，出发吧。”忽然想到自己屋里的商君，秦修之交代道：“对了，修之的身体不好，让他好好休息。你待会儿不用过去接他了，我另有安排。”

现在才另作安排？主子很少这样临时起意，或许是主子担心秦公子吧。卫溪也不多言，回道：“是。”秦修之暗松了一口气，说道：“走吧。”

“我说过，不许你去！”一道霸道的男子声音赫然响起，萧纵卿高大的身影出现在院内。他的身后跟着流光和几个精壮的黑衣侍卫。

糟了，是萧纵卿！秦修之才放下的心又一次高高提起。萧纵卿看似来势汹汹。卫溪稍稍上前一步，站在秦修之身侧。骗过其他人容易，但是萧纵卿，秦修之没有把握，心里暗暗揣摩着对策，脸上依旧如常微笑。

萧纵卿走到秦修之面前，冷声说道：“今日之事，我已有安排，方繁必死，你无须再去。”他不能心软，即使是用绑的，他也不会让君去冒险。

秦修之认真地问道：“你有什么安排？”

平日里，君若是决定的事情，他强行阻挠，君必会不悦，今日却是有些不同。萧纵卿蹙眉，避重就轻地说道：“我在环翠楼内外做好了部署，他进去了就没有机会出来。到时再让假的方繁从环翠楼回去，予函一样可以拿着令牌去见厉大人，计划照常进行，你无须出现。”秦修之低眉思索了一会儿，回道：“方繁此时前来，必是带齐了人马，做足了准备。两方人马在环翠楼里混战，动静必定不小。天城中，朝廷耳目众多，只怕事情会败露。”

萧纵卿低哼：“总之你就是要去！”他就知道君不会妥协的。一把抓住秦修之的手，萧纵卿冷声说道：“不管你说什么，我都不会——”

萧纵卿忽然不说话，一双利眸里满是惊讶。

“你……”不是君，君的手不是这样的。

流光和卫溪对看一眼，不知道萧纵卿为何表情如此奇怪，仿佛没见过商公子一般。他们不明白，秦修之却是再明白不过，他果然没能骗过萧纵卿。心里苦笑一声，秦修之收回手，淡笑回道：“我和你在做同样的事情，只是方法不同。这样吧，先按照原来的计划进行，若是我失败了，就按你的方法办！”他是秦修之。他是要代君去冒险。萧纵卿脑子有一瞬间恍惚，心像被什么东西捶了一下，闷闷的。萧纵卿不说话，应该也是同意了他的说法吧。绕过萧纵卿，秦修之说道：“卫溪，走吧。”

流光堵在院前，踌躇着他是继续拦还是让开？门主原来的意思不是要强留商公子吗？但是现在不发一语，是什么意思？正在流光犯难的时候，萧纵卿低沉的声音缓缓响起：“我会在环翠楼外接应，你自己小心。”

秦修之轻轻扬起唇角，回道：“好。”

流光侧过身子，秦修之与卫溪朝着大门疾步而去。流光疑惑地看向萧纵卿，他自始至终没有回过头，今天的商公子和门主太奇怪了。

良久，萧纵卿终于回过身，却是一脸的烦躁，说道：“流光，吩咐下去，暂缓动手。让方繁进入厢房，注意厢房内的动静，若是他失败了，就按原来的安排，里边的人一个不留，到时保护好他。”说完，萧纵卿却不是走向门外，而是一脸阴鸷地直直朝着秦公子的居所走去。流光心中疑惑重重，却也不敢耽误行程，带着黑衣侍卫赶往环翠楼。走到秦修之的院前，萧纵卿又停下了步子。商君一定就在秦修之屋内，盯着院内良久，萧纵卿眼神一暗，最后却没有踏进去。他现在，还不能进去。

环翠楼，天城数一数二的青楼，门堂宽敞招摇，才是华灯初上，门外已经停满了各式华丽马车，丝竹歌乐之声在门外已能听见。楼内装饰自不必说，极尽奢华，大厅里人声鼎沸。秦修之和御枫才踏入，一个布衣打扮的仆人立刻迎了上来，说道：“庄主，我家大人久候多时了。”

秦修之轻轻点头，回道：“烦请带路。”穿过嘈杂浮躁的大厅，御枫已经警觉地发现大厅里多了不少来来往往，既不像嫖客也不像龟公的男人，就连秦修之也隐隐能感受到大厅里窥伺的视线。看来在楼内做了准备的，不只萧纵卿而已，今晚上只怕不好过。秦修之自若地随着仆人上了二楼，走到最为安静的里间，仆人轻敲了一下房门，随后推门而入。

厢房很大，却与一般层层纱幔屏风的包间不同，这是一个大开间。一张大圆桌摆在最中间，墙上挂着几幅名家字画，旁边是些矮案软榻，没有任何隔断，也因此，包间里没有什么可以隐藏的地方。

秦修之才站定，方繁已经起身迎了上来，瘦长的脸上扬起大大的笑容，说道："商庄主，老夫还以为你不肯赏脸呢！"

秦修之微微拱手，笑道："方大人说的哪里话，大人邀约，岂有不来之理。"抬眼看去，屋内除了方繁之外，还有四人。两人站在桌前端着酒壶，两人靠墙而立，都微低着头，做仆人打扮。只是那健硕的身形，轻盈的步伐，一看就知道不是一般的仆人。

秦修之假装没看见他们一般，淡笑着走到桌前，拿起桌上已经斟满的酒杯，笑道："商君来晚了，自罚一杯。"说完爽快地一饮而尽。

方繁微愣，有些不确定起来。那日在缥缈山庄别院见过商君之后，他回去想了很久，终于想到商君与四年前劫武将军法场的女子长得极像。她有可能就是朝廷钦犯———武家之女，若真是她，将她擒住，绝对是大功一件。他的仕途之路自然是平步青云。

只是商君今日敢来青楼赴宴，还如此豪爽，真的会是女子吗？事情毕竟已经过去四年，当时又只看过一眼，他也不敢确定面前此人就是武家的女儿，待会儿还是不要轻举妄动，一定要试他一试。若商君不是，他可不想愚蠢地与缥缈山庄为敌。秦修之亮出见底的酒杯，方繁立刻笑道："商庄主真是爽快！快请上座。"两人在圆桌前坐下，秦修之轻晃酒杯，故作不满地说道："今日难得与大人一叙，这酒怎么够劲，来人，上几坛子好酒来。"

站在秦修之身后的御枫立刻接话："是。"出了厢房片刻，御枫手提四个酒坛子回来。秦修之接过，打开封口，说道："大人，不如试试我带来的东隅陈酿。”

酒坛才打开，浓厚的酒香立刻在厢房内弥漫开来，光闻就知道，一定是绝品佳酿。方繁眼神微闪，却只是拿着杯子，久久不肯入口，将酒杯至于鼻间，笑道：“果然酒香醇厚。”他是怕酒中有毒吧！真是老狐狸。好在早有准备，秦修之拿起酒杯，大方笑道：“商君先干为敬！”

秦修之再次举起空杯，方繁终于也举起酒杯。美酒入口，方繁忍不住赞道：“好酒！”酒香绕鼻，余味回甘，酒性虽烈，却是如一道暖流滑入喉间，缥缈山庄的东西果真样样都是极品。

陶醉于美酒之中，方繁却也没忘今夜最重要的事情。拿着酒杯，方繁一脸遗憾地说道：“有美酒无美人，岂不扫兴？”未等秦修之回答，他已经大声叫道，“老鸨！”话音才落，一个身着暗红华服、风韵犹存的妇人娇笑着走了进来，才站定，就马上招呼起来：“两位爷，我们环翠楼的姑娘个个貌美如花，不管爷是喜欢风雅脱俗的还是风情万种的都有！”

方繁举起酒杯，轻拍桌面，大声笑道：“都到这儿了，自然是要风情万种的姑娘。老鸨，你可要好好挑啊。”

“是是是。”老鸨连声回道，“我马上把姑娘们给您叫来，包您满意！”临走之前，老鸨眼光扫过秦修之的脸，暗暗倒吸一口凉气，好风流俊帅的男子，这明明就是一个翩翩少年郎君，大人昨天交代的事，又是为何？满怀着疑惑，老鸨却不敢久留，匆匆出了包间。方繁心情甚好，举杯道：“庄主，我们再干一杯。”商君，我倒要看看你，到底是不是假凤虚凰。

“好。”秦修之并不知方繁脑子里这些思量，他只是在计算着毒酒发作的时间，如何在毒发之前让他放松警惕。两人各怀心意，酒还是一杯接一杯地喝着。老鸨走进姑娘的房间，还未开口，一把明晃晃的匕首已经抵在她的腰间。握着匕首的是一个她从未见过的美貌女子。门外就有方大人的侍卫，老鸨还来不及张口，女子一边抓住她的手拖进里屋，一边娇笑道：“妈妈，您可回来了，我们等您好久了呢。”

说话间，腰间的匕首一紧，几乎刺进她的腹部。老鸨不敢违抗，只得跟着她往里走，进了里屋，女子放下了手中的匕首，一把关上房门。

老鸨又想开口，一粒药丸强行塞进了她嘴里，一道掌力狠拍在她的背心，药丸立刻滑入喉咙。“你给我吃的是什么？”老鸨惊得按住脖子，想要吐出来，可惜已是枉然。“穿肠毒药！”一道冰冷的男声从背后传来。老鸨猛地回头，只见身后站着个黑衣男子，正冷冷地看着她。原来待在屋子里的四个花魁已晕倒在地上，手脚都被绑了起来，嘴上还堵了布巾。而她们身旁，站着另外四个同样美艳，却是她没见过的女子，其中一人就是刚才用匕首抵着她的女子。老鸨惊出了一身冷汗，赶紧从袖间掏出一叠银票，双手奉上，讨好地说道：“大爷，饶命啊。我这里有些银票您收下，不够我再去取。您就饶了我吧！”

卫溪侧过身，看也不看她手中的银票，反而走到桌前，掀开了一个木盒，回道：“你乖乖地把她们四人带进厢房，这些金子就是你的。如果你想要花样，就等着肠穿肚烂毒发而死吧。”

烛光下，木盒里满满的一盒金条，晃得人眼花。看见这么多黄金，老鸨眼前一亮，但是一想到刚才男子的话，还有自己吃下去的药丸，扑通一声跪在地上，哭丧着脸泣道：“大爷饶命啊！那里边坐着的是朝廷命官啊。他昨日就交代下来，要找四人进去服侍那白衣公子，而且——”

卫溪急道：“而且什么，快说！”难道方繁还有什么其他计策？

老鸨不敢怠慢，赶紧回道：“而且一定要扒下那公子的衣服。若是能成，重重有赏，若是不能，就要人头落地啊！大爷，里边的人老身实在得罪不起！”卫溪一愣，扒衣服？这算什么？看看时间差不多了，卫溪拔出手中的长剑，低喝道：“好！既然你得罪不起，我现在就要了你的老命！”

“别别别！”凉飕飕的长剑架在脖子上，寒气逼人，老鸨哪里还敢说不，连声回道，“我带进去，带进去就是了。不要杀我，不要杀我！”

收回长剑，卫溪哼道：“你最好老实点，别忘了肚子里的药丸。”

蹒跚地从地上爬起来，老鸨颤声回道：“不敢耍花样，不敢！”

四名女子拥了上来，厉声说道：“快走。”

老鸨磨蹭着往外走，这两边都不能得罪，她要怎么办，一路在心里盘算着，嘴里讨好地问道：“姑娘们都叫什么名字?”带头的紫衣女子用力推了一下老鸨，低喝道：“她们叫什么，我们就叫什么，少磨蹭，快走!”

看来这群女子也会武功，罢了，识时务者为俊杰，有了那一盒黄金，大不了出了事她逃就是了。再则，她肚子里还有不知道是什么的药丸，小命要紧。老鸨心中一番计较之后，脚步也快了许多。

出了房间，一路无阻，老鸨带着她们走进了包间，深吸了一口气，安抚自己狂跳的心脏，一边走，一边笑道：“让两位爷久等了。”

看向身后已经变得柔柔弱弱的四名女子，老鸨轻咳一声，说道：“这四位就是我们环翠楼最美的姑娘了，她们叫春蜜、夏意、秋侬、冬情。”

“春夏秋冬，蜜意侬情?”秦修之轻轻挑眉，笑道，“这名字取得好。”

果然是美人，方繁有些迫不及待要试试这商君的虚实，笑道：“名字美，人更美。还不快过来，给公子斟酒!”

“是。”四名女子应声而来。方繁安排美人是为了试出商君是男是女，而秦修之则是为了偷令牌。看着几名女子走过来，秦修之赶紧说道：“大人太客气了，我怎能独享美人。你们两个快给大人斟酒。”

“是。”紫衣女子和另一名黄衣女子顺势坐在了方繁身边。

紫衣女子举起酒杯，一手递到方繁嘴边，一手柔弱无骨地抚上他的胸膛，整个人几乎倒进了他的怀里，娇笑道：“大人，来，喝一杯嘛!”

美人在怀，方繁接过酒，笑道：“好好好。”一边喝着，方繁向着坐在秦修之身边的两名女子使了个眼色。两名女子对看一眼，想起老鸨说过的“交代”。为了顺利偷到令牌，不让他起疑，其中的红衣女子举杯靠近秦修之，酒也送到他嘴边，笑道：“公子，你也喝，我喂你喝。”趁着贴近之际，红衣女子在秦修之耳边低声说道：“公子，得罪了。”说完手也在他胸前胡乱扯着衣衫，却并未真正拉开。

一个女子在怀里磨蹭，秦修之还真是不习惯，不过为了令牌，秦修之还是虚应配合着。想不到这几位姑娘刚才冷冷冰冰的，现在看来一点儿也不输给她的花魁。趁着还没出什么事，老鸨赶紧说道："老身先告退了。"说完赶紧出了包间。摸到了！紫衣女子暗喜在心，但是方繁将令牌挂在胸口，又隔着层层衣物，如何得手？灵眸微闪，女子轻掀纱衣，微微噘嘴，娇嗔道："大人，公子，你们都穿这么多，不热吗？奴家好热哦！"

"环翠楼的姑娘，果然热情。"方繁哈哈大笑，花魁不愧是花魁，他要的就是脱衣服。方繁对着秦修之笑道："商公子，咱们客随主便吧。"说完率先脱下了外袍。方繁一脱下外衣，挂在胸前的令牌便隐隐若现。秦修之心情大好，顺势回道："如此也好。"除去外衫，秦修之穿着素白的中衣，显得更为单薄。

"大人，来，再喝一杯嘛。"紫衣女子再次欺身上前，抚上了方繁的胸膛。此时方繁心思都集中在秦修之身上，都已经穿着中衣了，那两个女人怎么还没有扒下他的衣服。抓到了！紫衣女子将藏于指尖的刀片轻轻弹出，掠过细绳，令牌顺着手腕滑入袖间，另一只手利落地从腰间取出假的令牌，系上细绳。才刚挂上去，女子的手忽然被一把抓住，方繁盯着怀中的女子，骂道："你干什么？"紫衣女子暗暗心惊，跌坐在地上，一脸委屈地回道："奴家，奴家在服侍大人啊！"方繁摸了摸胸前的令牌，还在！脸上也才微微缓和了一下。

看来令牌到手了。秦修之推开身边的女子，笑道："大人，这样热情的姑娘，商君实在消受不起，不如让她们退下，咱们痛饮几杯。"

退下？方繁刚才为了令牌的事情虚惊一场，再看秦修之只是衣衫微乱，这群没用的女人，一口气凝在喉间，轻哼道："是消受不起，还是无福消受啊？"看他刚才美女在怀，却一副虚应冷静的样子，他不是无能就是个女人。秦修之皱眉，回道："大人此话何意？"

盯着秦修之的脸，不放过他脸上的任何表情，方繁故意放慢语调，说道："我有一位故人，与庄主长得几乎一模一样，不过却是个女人。庄主今日如此忸怩，莫不是就是我那位故人？"

女子！秦修之万万没有想到他会这么说，商君怎么可能是女人，他会是女人吗？脑中闪过商君的种种神情，脑里忽然有些混乱。

迎着方繁窥视的眼，秦修之一怔之后，立刻大声怒道："简直荒谬！"

秦修之刚才片刻的失神，在方繁看来便是大有可疑。向着身后的仆人使了个颜色，方繁假意笑道："既然不是，庄主何须动气。来人，还不快给庄主斟酒赔罪。"

"是。"一名仆人端着酒壶迎了上来，脚下却是忽然一滑，手中的半壶酒全部朝着秦修之洒了过去。酒浸湿了秦修之的衣衫，隐约间，却见他的胸前仿佛绕着布巾，方繁冷笑在心，她果然是女人。

"小的该死，这就给庄主擦干净。"端酒的仆人又迎了上来，手里按着白布，却不是在给他擦拭，而是撕拉着他的衣服。

"你干什么？"秦修之还未来得及反应，男子力气奇大，只是几下，秦修之的中衣被撕破。一直站在门边的御枫飞身上前，一手抓住男子的手腕，使力一推男子后退几步。即使是这样，秦修之的衣服已经被撕得残破，胸膛也露了出来。众目睽睽之下，秦修之觉得很是羞辱，若来的是商君，也要受此番对待。想到这里，秦修之怒火上涌，冷声回道："我商君堂堂七尺男儿，你居然把我比作女子。商某有心结交大人这个朋友，却遭此奚落侮辱，商君今日算是受教了！"

秦修之的衣服残破，看得清楚，他的胸前确实缠绕着几层纱布，但是看起来是治伤所致。而他胸前的肌肉，还有紧实的腰背，虽然瘦，却还是能看出是个真正的男人。方繁心下惊惶，赶紧拱手说道："庄主息怒，庄主息怒！老夫一时眼拙，再加上家奴愚笨，您不要介怀才好，我也是真心想交庄主这个朋友。"秦修之扫了一眼一屋子的侍卫仆人，哼道："真心？"

他是男子，已能确定他不是武家的女儿，而缥缈山庄的主人，他可是真正不想得罪！挥挥手，方繁对着身边的人不耐烦地说道："都出去，都出去。"紫衣女子也顺势回道："是。"四人匆匆出了包间，倒酒的仆人也不敢留下，但是站在墙边的两人却自始至终都没有说话，也没有动过一下。这是最好的机会，一定要把那两人支开！捡起外袍穿上，秦修之说道："御枫，你也出去，我有话和大人单独谈。"

御枫看了一眼方繁身后的两人，久久才转身出了屋外。

秦修之脸上仍旧是一脸的不悦，手中握着酒杯，却是一句话也不说。方繁暗暗思量，环翠楼内外都有守卫，不会有什么刺客能进入，这商君最好还是不要得罪得好，轻轻抬手说道："你们也出去。"

"是。"两人领命，也出了包间。秦修之终于松了一口气，令牌已经到手，屋内也只剩下他们两人，接下来就等着毒发了。方繁举杯，讨好地笑道："庄主，今日怠慢了，老夫再敬您一杯。"

"罢了。"秦修之接过方繁递来的酒杯，暗暗观察着他的脸色。

商君不是武家的后人，虽然有些失望，不过能与缥缈山庄的主人结交，亦是一件大好事，方繁连连举杯，赞道："果真是好酒，只怕也唯有缥缈山庄能有此好酒了。今日能与庄主结识，实在是方某之幸啊！"

"大人不嫌弃，就多喝几杯。"秦修之将空坛扔到一边，拿起另一坛酒，再给方繁满上。

"好！"几杯下肚，方繁的脸色开始潮红，然后是渐渐地泛黑。方繁觉得眼前的景物开始摇晃起来，不禁讪笑道："这酒劲好厉害。"片刻之后，鼻子里有热流涌出，方繁伸手一擦，竟是一片猩红！是血。

方繁惊恐地看向眼前的人，他仍是平静地坐着，一双眼冷冷地看着他。"你……"张了嘴才发现自己的喉咙竟然发不出声音，胸口也一阵阵闷疼。方繁怕了，这酒，这酒有毒。

"来人……"方繁用尽全力，却只能发出几个支离破碎的字，血从鼻子流出来，怎么堵也堵不住。脸色暗黑泛青，垂死挣扎的样子看得秦修之有些不忍地别过头去。

"来……人……"方繁不停地叫着。门外都是武功高强者，若是让他们听见，商君的计划就完了。心下一横，秦修之掏出怀里的布巾，捂住了方繁的口鼻。方繁死命地挣扎，放在桌边的酒杯摔落了下来。

咣当一声脆响，门外立刻响起一声询问："大人，是不是有什么吩咐?”方繁仿佛听见了希望，用尽全力踢踹着，秦修之几乎压不住他。这时，门外再次传来询问声：“大人?”门也被缓缓地推开。

森冷的长剑毫不留情地刺入胸口，殷红的血染红了原本素净的白衫，那张和他一模一样的脸上，扬起的依旧是温暖和煦的笑，却苍白得几乎淡去，唯有胸前的殷红越来越清晰刺眼。

修之！商君几乎被恐惧湮没，她不知道自己是醒着还是睡着，她看见的是梦境还是真实。她只知道她要起来，她不能这样躺着，一次一次尝试，却发现不管她怎么努力，连一根小指头也动不了。

身边似乎有人在走动，修之，是你回来了吗？修之！细碎的几乎吹散在夜风中的低喃，却让祁风华大惊，跑到床前，只见商君眼皮一直在动，半张着嘴，艰难而努力地发出声音。“这怎么可能?”祁风华不敢相信，小君居然是醒着的！她为什么还会醒着，为了让她能够安心地休息，他特意加大剂量，她不可能还醒着，不可能！

“修之……”耳边一声接着一声的低唤，明明白白告诉他，商君的确还醒着。祁风华赶紧抚上商君的腕间，混乱的脉动时强时弱，真气在体内乱冲，她居然靠内力支撑，不让自己睡过去，她怎么可以如此倔强，她这样会死的！不知是气愤还是忧心，祁风华取出银针的手居然轻颤起来。边将长针刺入穴道，祁风华在商君的耳边不停急唤道：“小君，你快停止！不要再运功，快停啊！”或许是扎针的效果，或许是商君听到了祁风华的呼唤，她确实平静了一些。不过只一会儿，她忽然睁开了眼睛。“小君?”祁风华轻声叫道。商君艰难而缓慢地侧过头，看清祁风华，却只说两个字：“解药。”

“你！”祁风华真恨不得一掌拍晕她，却又不得不从药囊里拿出了解药，他算是认输了。不给小君解药，她只会继续催动内力，总不能眼看着她把自己害死吧。

服下解药，商君在床上安静地平躺了一刻钟。正当祁风华的心稍稍放下一些的时候，商君忽然坐了起来，蹒跚着要下床。祁风华赶紧压住她的肩头，明知道答案，还是问道："你要去哪里？"

看也不看他一眼，商君冷冷回道："放手。"她没有想到，小师叔居然会联合修之这样困住她。

小君会生气，他早已经预料到，却不会后悔这样做。不肯放开手，祁风华叹道："他们已经出去很久了，你现在去也来不及了。"

商君完全不为所动，坚持着要起来。祁风华怒道："你怎么这么不懂得珍惜自己，他们为了保护你去拼命，你却枉费他们的心意。你的命不仅是你自己的，你有没有替他们想过？"

"我——"商君紧咬薄唇，冷漠回道，"我不要他们为我拼命！"她一开始就不应该与任何人亲近，不应该连累任何人，是她的错！

商君油盐不进的倔强彻底激怒了祁风华，手上一个用力，反剪其手，轻松地将商君狠狠地摔在了床上。祁风华怒斥道："你看看自己现在的样子，还想做些什么？你帮不了任何人，只会拖累他们。"

这一摔让商君久久动弹不得，她好痛。痛的并不是身体，因为那样的痛，她早就习惯了。她的心好痛，小师叔说得没错，她现在这个样子，连站起来都那么困难，能做什么？她凭什么去救他们？

颓然地倒在床上，商君一动不动，茫然的眼里失去了光彩。

心疼地看着商君颓然的样子，祁风华暗骂自己说得太过分了。身受重伤，商君已经够难过了。他今天这样说，一定深深地伤了小君。在床沿坐下，祁风华轻抚着商君消瘦的脸颊，轻声说道："小君，你是我们心痛的宝，乖乖养伤等他们回来，这才是他们希望的，好不好？"商君缓缓闭上眼睛，毫无回应。祁风华轻叹一声，这样的商君，他该拿她怎么办？

"主子。"屋外，袭慕的声音忽然响起。

商君仿佛没听见一般，祁风华迟疑了一会儿，还是回道："什么事？"

袭慕微怔，回应的为何是祁风华？主子呢？心中有了怀疑，袭慕仔细倾听着里边的动静，回道："前去查探的探子来报，环翠楼外暗伏着很多铁甲军。"主子一直都很关心商公子，所以虽然他没有交代，袭慕依然派人去查看情况。

屋内久久毫无动静。忽然，商君蓦地睁大眼睛，弹坐了起来。刚才袭慕说什么？铁甲军，为什么会有铁甲军？对付方繁，修之就已经够危险了，如果还有铁甲军——商君挣扎着站起来，大声说道："袭慕，进来说话。"

祁风华伸出手，暗叹一声，又缓缓放了下来。罢了罢了，随她吧！

袭慕急忙推开门，夜焰也进了屋内，看清屋里的商君，两人震惊得说不出话来。是商公子？那他家主子？忽然想到下午说话奇怪的"商公子"，两人立刻了然，那才是他们的主子。

顾不得他们的震惊，商君急道："有多少伏兵？"

袭慕终于理清了头绪，人也冷静下来，回道："大约八十人，分别埋伏在环翠楼四周，手中兵器多为弓箭。"

"萧纵卿呢？"从昨日起就未见三儿，商君猜他一定另有安排。

"萧门主与您，不是，与主子一同出发了。据说调集了无声门上百精英，暗伏在环翠楼内外。"商君暗暗松了一口气，这就好，有无声门的人再加上原来的部署，对付八十铁甲军和方繁的手下，三儿和修之应该不会有太大危险。但是为什么才八十人呢？商君皱眉，上次追捕予函，他们就出动了两三百人，这次怎么——"糟了！"商君低叫，"予函有危险。"

好一招声东击西，调虎离山之计！那八十铁甲军应该只是监视三儿他们，为的就是让他们不能脱身去救援，谁说新任铁甲军将领有勇无谋，这一招真是精明。予函不能死，他死了苍月的希望也就死了。其他亲王要么被下放，要么是扶不起的阿斗，予函是唯一有机会与陇趋穆对抗的人，他的品行和治国之道她是见识过的，她或许能将苍月从苦难中带出来。予函一定不能死！

握紧双拳，商君缓缓低下头，对着身旁的祁风华低声说道："对不起，小师叔。"她知道自己在拿命搏，但是有些事情，是死也要去做的。说完，商君抬起头，眼中是平时常见的坚毅冷静的光芒，看向袭慕和夜焰，朗声说道："袭慕，为我准备快马。你们可以选择去环翠楼救你们的主子，也可以选择陪我去救予函，你们自己选吧，我绝不阻拦。”

袭慕、夜焰对看一眼，在对方眼中看见了同样的神情，拱手于胸，两人毫不迟疑地回道：“听凭公子差遣。”只因为眼前此人从未让他们失望过，也因为主子离去前的交代。商君暗暗舒了一口气，现在他身边可用之人真的不多。祁风华摇摇头，师父曾经说过，如果你不能说服一个人，你只有两种选择，一种就是走得远远的，一种就是与他一起沉沦。他走不了，那么只能舍命陪君子了。走到商君身边，祁风华说道：“铁甲军真正的目的应该是予函。让夜焰带一队人马去通知萧纵卿，保护秦修之。我和袭慕带一队人马陪你去救予函，如何?”

“嗯!”商君心头一暖，轻轻点头，掩下心中的感激。商君走到圆桌前，拿来笔砚，摊开天城地图，说道，“夜焰、袭慕你们过来，我们讨论一下如何营救，然后准备出发。”她要他们都能活着回来。

烛光下，四人围坐在圆桌前紧张地部署着。尚书府外，刚刚拿到令牌的予函仍旧不知，危险正一步步临近。

“大人?”门缓缓地被推开，侍卫伸出脑袋，想要一探究竟。大人今日特别交代要密切注意款待之人，若是他有一点点异动，立刻擒住。

门外御枫的心也提了起来，手缓缓移到腰间的长剑上。此时，屋内忽然传来方繁的一声怒吼：“都给我滚出去。不过就是碎了个杯子，别打扰我与庄主谈话。”“是是是。”侍卫赶紧缩回脑袋，又合上了房门。

方繁一双眼早已充血，不敢置信地死盯着眼前的男人，他居然可以模仿他的声音！他到底是何人?

或许是药效发作，或许是方繁已经失去希望，只挣扎了一会儿他就不动了，只是那双眼依旧大睁着，满是诧异、恐惧和不甘。

秦修之喘着粗气，全身的力气也像是被抽空了一般跌坐在地上，手中帕子早就被方繁暗黑的血浸湿。秦修之闭上眼，深呼吸了几下，才缓过劲来。屋外人声鼎沸，不时传来美妙的乐曲，包间里却安静得让人心惊。

按照商君的计划，事情才完成了一半，想到这里，秦修之赶紧站起来，费力地将瘫倒在地的方繁扶起来，让他坐在椅子上。摆弄了半天，方繁仍是不能坐直。秦修之转念一想，干脆让他半趴在桌上，塞了一个酒杯进他手里，自己也趴在桌子上。

不一会儿，便听见方繁大笑着说道："来人，今日太开心了，再上些好酒好菜，我要与庄主痛饮。"门外的侍卫对看一眼，轻推开门看去，只见自己大人与商庄主都背对着他们坐着，两人看来都有些微醺地靠在一起，又看见商庄主连连摇手，回道："大人太客气了，商君实在不胜酒力。"

御枫侧过身，微微挡住侧开的门，对几个侍卫低笑道："看来我家主子与大人真是一见如故，平时他是很少喝得如此尽兴啊。"

其中一个侍卫点头回道："那可不是，大人也极少如此开怀。"

御枫一脸戚戚然，回道："既然如此，可别坏了主子们的兴致，上菜吧。"侍卫连连点头，对着楼下的小二大声叫道："来人，上菜上菜。"

不一会儿，七八个菜同时端了上来。看大人与商庄主相谈甚欢的样子，侍卫也放松了些，意思意思地搜了搜小二的身，没有什么异样，挥挥手，说道："快进去吧。"小二鱼贯而入，菜品也纷纷上桌。

方繁半趴桌上，不一会儿，略带酒意颇为不耐的声音再次响起："都下去吧。"小二们立刻转身出了包间。御枫拍拍几个侍卫的肩膀，颇为熟稔地笑道："主子们不知道还要喝多久，不如我们就在旁边的小间吃点东西候着，如何?"

几个侍卫对看一眼，看包间里觥筹交错，有些动心，又故作矫情地回道："这不好吧。"御枫见小二们都已出来，这些侍卫并未注意少了一个，反手关上门，笑道："咱们开着门嘛，一眼就能看见有没有异样。"

今日大人派足了人手，应该没有人能对大人不利，只略微思考了一会儿，几人点头回道："也好。"

"请。"御枫与他们一起进了旁边的小间。

包间里一切重归平静，一个三十出头、一身布衣的男子从圆桌后面站直身子，躬身叫道："主子。"

秦修之打量了他一番，身形与方繁颇为相似。刚才只一瞬，他已经匿藏在圆桌下，可见此人机敏。点点头，秦修之问道：“就是你?”

那男子点头：“是。”

“快坐下。”秦修之利落地从腰间掏出易容所需用具，好在刚才方繁只是扒了他的衣服而已。说起这个，他想到方繁所说的话，商君会是女子吗？不，不可能。即使心里一直在否定，脑中又不由得想起商君光洁的面庞、红润的薄唇。空拿着用具，秦修之脸色一阵红一阵白。男子担忧地轻声唤道：“主子?”

秦修之回过神来，有些尴尬地轻咳一声，一边帮男子易容，一边问道：“你是否了解方繁的日常行动，语调神态?”要易容成功，光是容貌相似是远远不够的，尤其是声音、语气神态等，有一样不像，便要败露。

男子坦然一笑，回道：“主子放心，小人在侍郎府潜伏过一段日子，对府中事务和方繁都有了解，至于声音——”清了清嗓子，男子开口了，“庄主，你我再饮一杯如何?”

“嗯，惟妙惟肖。”秦修之满意地点点头，脸上已经差不多完成了，加上这声音神态，没有十分也有九分。将最后的胡子打理好，秦修之笑道：“好了。”透过光洁的琉璃玉盏，男子看了看自己的脸，再看看趴在桌上的方繁一眼，不禁叹道：“主子的易容术真是出神入化。”他也学过几年易容术，但是在这么短的时间就易容得如此相像，他真是望尘莫及。

秦修之收起用具，说道：“赶快把衣服换上。”

男子将方繁放倒，利落地扒下他的衣衫穿好。看着地上的尸体，男子为难地问道：“这尸首应该如何处理?”

秦修之环顾四周，包间里既没有隔间，也没有屏风，更没有壁柜，空空荡荡的。轻拍着桌面，秦修之暗叹，这尸体要怎么藏呢?

忽然，摇晃的桌布让秦修之眼前一亮，对着愣在一旁的男子说道：“把他塞在桌子底下。”只要他们离开的时候没有异样就好。

男子听命，赶紧将尸体塞进大圆桌下。整了整衣襟，秦修之说道：

“待会儿你和他们回府，令牌明日我会派人送回侍郎府，尸体留给御枫处理。”秦修之又看他一眼，没有什么破绽，说道：“走吧。”

两人走至门边，男子率先大声笑道：“今日与庄主喝酒，真是尽兴，下次还请庄主光临寒舍。”听见声音，几个侍卫赶快出了小间，打开房门，只见商庄主微微拱手，回道：“大人客气了，商君一定到，请。”

“方繁”点点走，回道：“请。”

两人一前一后出了包间。离开前，秦修之向御枫使了一个眼色。御枫了然地走在最后，趁着他们下楼的时候退回了包间里。

两人说笑间已经到了环翠楼外，正当秦修之与男子告别，准备踏上马车的时候，数支利箭朝着他射过来。“小心！”守在门外的卫溪飞身而起，长剑隔开了飞驰的利箭。秦修之一惊，抬头看去，四周的屋顶之上隐约可见无数黑影，手中的利箭闪着隐隐寒光。秦修之站定，他们倒没有再射箭，看向“方繁”，问道：“怎么回事？”

“方繁”一愣，连连摇头，他也是一头雾水。

秦修之眉头紧蹙，难道被发现了，不可能，因为站在“方繁”身后的侍郎府侍卫也是个个一脸警戒。正在秦修之一筹莫展的时候，一道冷硬的男声响起：“我们被包围了。”秦修之一惊，回头就看见萧纵卿暗沉的脸。未等秦修之开口，萧纵卿丢下一句：“退回去再说。”转身走进了环翠楼。

待秦修之他们都退回环翠楼之后，潜伏在房檐上的黑影也消失无踪。

一辆纯黑的马车停在离尚书府不远的暗巷里。马车旁，年轻的车夫蹲在巷口，戒备地注视着四周。一个布衣男子从车夫身边走过，忽然将一块黑布包裹的东西扔到了车夫手里。帘子被掀开，何绍华兴冲冲地钻了进来，将手里的东西激动地递到予函手中，说道：“主子，令牌送到了。”予函紧握手中的令牌，掀开窗帘，一束月光射进车内，莹润的光华照在令牌上能清楚地看见上面精细的花纹，还有每一处细微的凹槽，这是仿制不出来的。确定手中的令牌确是真的，予函说道：“抓紧时间，我们进去。”

“是！”何绍华钻出车外，坐在何成旁边，轻扬马鞭，马车从暗巷里奔了出来，向着尚书府正门驶去。尚书府前方的城楼上，一个炫白身影傲然而立，如鬼魅一般。

“主人，他们来了。”轻摇着手中的嫣红折扇，玄铁面具闪着森寒的银光，喑哑的声音在月夜里冷冷地响起，如猫捉老鼠般惬意：“不急，等他们进去了再来个瓮中捉鳖。”

“是。”黑衣人不敢多说，立刻退了回去。

马车未靠近尚书府，已被卫兵拦截，喝道：“来者何人？”

已易容的何成朗声回道：“吏部侍郎方繁。”一听是方繁，卫兵立刻收了气焰，回道：“是方大人啊！请您出示令牌。”

何成正打算送出令牌，一只透骨钉朝着他的方向直射而来，嵌入马车壁上。卫兵大惊，叫道：“有刺客！”一时间尚书府前一片混乱。

何成亦是大惊，回头看去，只见祁风华带着一队人马追上前来，对他大声叫道：“有埋伏，快走！”

“走。”马车里予函沉稳的声音传来。何成意会，狠狠地扬起马鞭，马车朝着相反的方向狂奔而去。看着马车离去，黑衣人轻声问道：“主人？”

“是他？”透骨钉，还有那张年轻的脸庞他可是记忆深刻。我不找你，你倒是送上门来了。白衣男子一扫刚才懒洋洋的样子，轻抚着右臂上的伤，指着最前面的祁风华，沙哑的声音冷冷说道：“追！那个人我要活的。”

“是。”黑衣人躬身退去，数道黑影也朝着马车的方向掠去。

第十一章　身陷囹圄

环翠楼里不明所以的人仍在花天酒地，侧厅的包间里气氛却是异常的凝重。萧纵卿本就硬朗的脸此时更是凝霜一般的冷然。秦修之实在不知哪里出了问题，低声问道："到底怎么回事?"

萧纵卿不耐地抬起手，一个身着夜行衣的男子闪身而出，却是直直地朝着秦修之半跪下来，恭敬地叫道："主子。"

秦修之大惊："怎么是你?"他是夜焰手下的人，为何会在这儿？而且还知道他不是商君，难道发生了什么变故，秦修之急道："起来说话，发生什么事?"男子也不拖沓，回道："您离开之后，袭大人派我等随后查探消息，发现铁甲军围困了环翠楼，商……"看了一眼萧纵卿，再看一眼"方繁"，男子停顿了一下，主子现在易容成商公子的样子，其他人或许并不知情，他还是不要直说为好。

一听是关于商君，秦修之急道："他怎么了?"萧纵卿早知他的身份，方繁也已除掉，他现在也不怕别人知道他不是商君，他只想知道，商君到底如何？男子不敢怠慢，立刻回道："公子说，这是调虎离山之计，铁甲军意在围困，拖延时间，让予函公子孤立无援。公子派夜大人带领一队人马来接应您，因为人手有限，夜大人目前只占据了环翠楼外正面的高处，特遣我进来与主子说明详情，里应外合。公子、祁公子，还有袭大人带领另一队人马正赶去救援予函公子。"

虽然男子口中只称公子，御枫和卫溪已然明了，眼前的主子并非自己主子。两人对看一眼，心中都有疑惑，却深知现在不是询问的时候。

他不是昏迷了吗？怎么又醒了！若是铁甲军一心想要捉拿予函，必是派出了精锐之兵，如此商君岂不是——想到他的身体，秦修之看向萧纵卿，急道："我们要想办法尽快出去，支援他们。"转向黑衣男子，秦修之说道，"你过来，细说夜焰所处位置，我们突围出去。"

"是。"黑衣男子迅速掏出怀里的地图，萧纵卿默不作声地听着，脸色自始至终都没有好过，现在则是越发的阴鸷，想不到他居然被铁甲军耍了一回。看向默不作声站在秦修之身后的"方繁"，萧纵卿忽然说道："你也过来，侍郎府那些侍卫我正好有用。"总要有一些挡箭的人，他们是再好不过的人选。

"方繁"看向秦修之。秦修之点头，他才回道："是。"

摊开地图，萧纵卿一边讲解着突围的细节，额上也渗出了细细密密的汗珠，心中不停地默念着——君，你一定要挺住，一定等我！

那边还在酝酿突围，这边已经短兵相接。身后，何成驾着马车，与祁风华并行，大声问道："到底是怎么回事？"祁风华一边闪躲着短箭，一边回道："铁甲军声东击西，将萧纵卿他们围困在环翠楼，其实最终目的是想捉拿予函。你们快走，我在后面殿后，商君在前面等着你们。"

竟是中计了？还好他们及时赶到，不然主子进了尚书府，只怕是进得去出不来了。转念一想，何成又问："商公子如何能出得了环翠楼？"他不是去赴约了吗？环翠楼被围困，他如何脱险？

又一支短箭从耳边呼啸而过。祁风华不耐地回道："说来话长，先离开再说！"看身后黑衣人人数不少，何成也不再啰唆，大喝一声："好！"扬起马鞭，马车极速狂奔向前。

这样不行，要拦住这些人，跟得这么近，小君的计划难以实现。祁风华对着身侧的袭慕说道："你护送他们，我设法拦截他们一阵子。"

"好！"袭慕策马跟上马车。祁风华则忽然用力勒紧缰绳，马匹吃痛，立马扬蹄。趁着回身之际，祁风华掷出手中的透骨钉，双手齐发，全部击中马腹，马匹立刻软倒下来。紧跟着的黑衣人也从马上翻滚了下来。倒地的马匹也惊得后面的马纷纷停下。只一瞬间，何成驾的马车就绕进了旁边的树林里，消失在密林里。

祁风华暗暗松了一口气，一道喑哑的男声陡然响起：“分两队，左右包抄，给我追！”

“是！”

祁风华抬眼看去，月夜下那袭白衣更是炫目，坐在黑马上的男人，脸隐没在玄铁面具下，看不清样貌，但是那逼人邪魅之气却让人不会错认，是他！那个伤了小君的人，虽然他还离得很远，祁风华却已经感受到此人的气势，不由得握紧缰绳，手心竟满是薄汗。

树林里，商君焦急地注视着四周，予函若能进得来树林，就已经胜了一半。缓缓张开手，看向手心中的猩红药丸，商君不受控制地轻颤起来，这是多年前师父给她的药丸：聚元丹。师父交代，不到万不得已，绝不能用，因为它能在一瞬之间，提元气，增内力，但是，药丸效用一过，必会衰竭。她若是不用，以她现在的武功，不但救不了谁，反成拖累，但是用了，她——心驰神恍之间，马蹄之声已然入耳。商君抬眼看去，予函的马车已经向着她这边狂奔而来。将药丸置于袖间，商君迎了上去。马车才停下，商君大声叫道：“予函下马车！”予函才刚跨出车马，商君立刻将手中的黑衣塞到他怀里，说道：“撕掉面具，快。”

虽然还没弄清楚用意，予函却也知情况紧急，一边将黑衣穿上，一边急忙撕扯脸上的人皮面具。远处，马蹄声越来越响。商君转身对着身后几人急道：“你们几个驾车往北边，你们几个驾车往南边。现在马上走！”

“是！”几人利索地上马，与予函所乘一模一样的两辆马车分别向着相反的方向疾驰而去。予函此时有些了解商君的意图了。果然，商君看向他们，说道：“袭慕、何成、绍华，你们保护予函朝东面走，十里外有个岔道，一切按计划行事，快走！”他已经通知了夜焰、三儿他们突围出来之后，立刻前往岔路接应，这样一来予函就能获救。

几人纷纷上马，袭慕却见商君掉转马头，朝着树林的方向，急道：“公子，你要去哪儿？”

"我不能让小师叔一人苦战！我回去与他一同对敌，拖延他们。袭慕，予函就交给你了，一定要救他出去。"小师叔是因为她才以身犯险，她绝不能让他出事。予函交给袭慕，她也放心了。

"你们快走！"扬起手中的马鞭，商君的身影向着树林外奔去。

"公子！"袭慕还想说什么，商君早已隐没于暗夜之中。

"走。"扬起马鞭，一行几人朝着东方奔去……

驾马慢慢走近祁风华，白衣人斜睨着他，轻笑道："我们又见面了，真是让人期待啊！"本就沙哑的声音，伴着笑声，让人听起来更觉刺耳。

祁风华双手环在胸前，不屑地冷笑道："看见你，我想起了一句话，果然是祸害遗千年。"一边说着，手中已经扣满了透骨钉，待他再靠近一些，他就要他好看。

玄铁面具下看不见表情，冷残的声音却依旧轻快，不可一世地说道："嘴巴倒是很硬，就不知道你的命有没有这么硬。"

眼见时机成熟，祁风华运气于腕间，使足全力朝着白衣人掷去。原来还颇为懒散的白衣人，忽然眼神一凛，臭小子，他以为他还会败给同样的招式两次，可笑！轻身一跃，白衣人竟是离开马匹两丈有余，轻松地便躲过了这一击。祁风华一怔，这人的内力好强。

祁风华还在震惊中，只听见白衣男子冷哼一声，说道："小子，让我来教你什么叫用毒！"身子还在下落中，他忽然从袖间撒出一道白色的粉末，随着夜风向着祁风华袭来。

祁风华大惊，来不及多想，亦从腰间掏出他的独门解毒散，朝着迎面而来的粉末撒去。一时间，两种白色粉末在空中交会，竟是瞬间变成了黑色的薄烟，空气中也弥漫着一股刺鼻的味道。

拍拍手中残留的药粉，祁风华哼道："就这点本事，就不要拿出来丢人了吧。"他从小就在毒罐子里长大，和他比用毒，好笑！白衣人眼中兴趣更甚，俯身冲向前去，动作之快超乎祁风华的想象。这么近的距离，透骨钉根本掷不出去，被逼后退数步。白衣人却是如黏上他一般，紧随他身侧，祁风华甩不掉他，只得出手。两人只交手了几招，白衣人忽然一招小擒拿手，紧紧抓住祁风华的手腕，另一只手扣在他的右肩上，沙哑的声音再一次冷冷传来："还算有些本事，可惜，武功太差。"

祁风华不服气，刚想要动，白衣人眼中闪过一抹冷残之色，不自量力！"啊——"只听见一声骨头碎裂的脆响，祁风华的肩胛骨被生生捏碎。

骨头碎裂的声音伴随着祁风华的叫声在夜里响起，听者心颤，尤其是听在商君耳里，如万蚁噬心，痛入心扉。

一道满含杀气的白光袭向白衣男子。白衣男子微惊，不得不放开擒住祁风华的手，侧身跃开。待看清来人，白衣男子笑道："又来了一个，看来我的运气总是这么好。"

刚才那一剑所透出的内力，祁风华站在旁边都已感受到。深知商君的身体情况，祁风华不敢置信地说道："小君！你的武功——"

扶起祁风华到旁边坐下，商君一脸平静地回道："我没事，你别乱动，等我！"看着商君内力充沛，傲然而来的背影，祁风华心中却忽然泛起一抹胆战心惊的感觉。

握着剑，商君稳步走向白衣男子，对于他刚才挑衅的话并不回应。白衣男子却收起了调侃之心，只因商君手中的软剑因他的内力发出龙吟般低沉的清音，让白衣男子心下一凛。

她时间不多，气沉丹田，一招横扫千军，直逼白衣人咽喉，来势凶猛。白衣男子自视内力深厚，不躲不闪，举起折扇，正面迎击，软剑与折扇短兵相接，两人比拼的却是内力。才不过一瞬，白衣男子暗惊商君的内力又刚又猛，这怎么可能?！才月余不见，他的武功竟是突飞猛进到这般程度，难道真有什么仙丹妙药不成！握着折扇的手背震得麻木，几乎握不住折扇，白衣男子不得不御气震开商君。

商君被白衣人的内力震得胸口生疼，但是现在容不得她退缩，再次提剑，直攻白衣男子脸面。白衣男子不再硬接商君的长剑，用折扇隔开商君的攻势。忽然，他手伸入衣袖，一道白色粉末撒向商君。

祁风华急道："小心有毒！"商君眼神一暗，不退反进，提气直冲向白衣男子，手中的凌霄软剑左右挥舞着。在她的内力驱使下，软剑竟卷起了一个旋涡，药粉非但没有沾上她的身，反而随着软剑扬起的旋涡扑向白衣男子。白衣男子没想到商君居然出此险招。赶紧向后跃起，却仍是来不及，被自己的药粉欺身。白衣男子暗惊，退出数丈之外，立刻掏出怀里的药瓶，将解药送入口中。

商君还想提剑再战，远处隆隆的马蹄声响起，滚滚烟尘，足有百余人。虽然她很想要了白衣男子的命，但是聚元丹只能支撑一个时辰，现在已经过去半个时辰了。看着远处急奔而来的铁甲军骑，再看看已经脸色惨白的祁风华，商君终于决定不再恋战。"走！"商君扶起祁风华，跨上马。

白衣男子也不追，冷眼看着他们朝着树林的方向狂奔而去，嘴角勾起一抹冷笑。霜霜是祁风华的爱马，也是千里挑一难得一见的宝马良驹，即使是负荷两个人，依旧稳健而飞快地在树林里穿行。祁风华坐在后面，抱紧商君的腰，即使吃力，还是坚持问道："小君，你是不是吃了聚元丹？"以小君的伤势不可能还有那样强劲的内力。

商君身体一僵，握着缰绳的手紧了紧，却一个字也不回答。

即使早已猜到她吃了聚元丹，祁风华多么希望她能否认，但是她没有。勒紧商君的腰肢，祁风华气得大吼道："你怎么这么糊涂！"聚元丹岂是可以随便吃的吗？她的身体早已承受不住任何折腾，祁风华不敢想象，药力散后小君会怎样——

深吸一口气，商君平静地回道："我没得选。"小师叔为了成全她的大义，甘愿冒险，她早已把他当作亲人，又如何能看着他遇险，即使让她再做多少次选择，这聚元丹她都一样吞了。

淡淡的话语被夜风吹得支离破碎，祁风华却听得清清楚楚，痛苦地闭上眼睛，小君，我不要用你的命来换我的命。

跑入树林深处，商君勒紧缰绳，霜霜扬起前蹄停了下来。祁风华还没弄清怎么回事，商君一手扶着他的胳膊，一手揽着他的腰将他扶下马。没等他开口，商君忽然提气而起，跃上了一棵百年古树，在中间停顿了一下，再次跃起。他们已经跃上了高高的树干，密密麻麻的枝叶将他们的身影遮蔽。纷杂的马蹄声已然逼近。商君出手，点了祁风华的穴道。祁风华惊道："小君，你干什么?"

小心地让祁风华侧躺在一处由三根枝干交错而成的凹陷处，商君淡淡地回道："穴道两个时辰之后会自动解开。"祁风华终于明白她说这话的意思，身子不能动，只能瞪大眼睛，急道："小君，你不能。"

他话还没说完，商君又点了他的哑穴，撕下一截衣摆，将祁风华的肩膀和手臂固定好。密林里，马蹄声已经越来越近，他们找不到人，绝不会罢休。低着头，商君哽咽道："对不起，小师叔。如果我回不去，帮我照顾笑儿。"

祁风华圆瞪的眼中，蓄满气愤、怒火甚至是祈求。小君，你不能这么做，你看着我！祁风华的眼睛几乎瞪得出血，商君却不肯再抬头看向他。

利落跃下，暗黑的背影瞬间消失在眼前。身手奇快地直接跃上马背，商君轻拍着霜霜的脖子，淡笑道："霜霜，为了我们共同要保护的人，并肩作战吧。"仿佛听懂了她的话，霜霜长嘶一声，如满弓之箭一般，一道银白的闪电迎风飞驰。

霜霜的速度很快，背后的马蹄声似乎渐渐离远。狂奔出数十里之外，商君紧紧捂住胸口，撕裂般的疼痛来得比任何一次都激烈，她几乎握不紧缰绳。霜霜仿佛也感受到了商君的痛楚，放慢了一些速度。就在此时，原本漆黑的小道上，泥土中赫然弹出数根手腕粗细的麻绳，横在前方道路上。霜霜机敏地扬起前蹄，立刻停了下来。霜霜几乎与地面垂直，商君抓住霜霜的鬃毛，才没有摔下去。

惊魂未定，草丛间蹿出了百余铁甲军，手中的长箭一齐指向商君。商君一眼看去，白衣人坐在马上，似乎等了他很久的样子。

看见马背上只有商君一人，白衣男子眼神微闪，那小子人呢？这样都能让他逃了，白衣男子微怒，声音却依旧毫无起伏一般冷硬："看来我小看你了，商君。"上次见他，他已经要死不活，今天居然有如此内力，他几乎都不是对手。一路有追兵，他还能把人藏起来，商君，好个商君！

缓缓坐直身子，商君冷笑，不屑之色毫不隐藏，哼道：“而我却太高估你了。原以为你也是一号人物，想不到竟是陇趋穆的鹰犬，真是让人失望。”

“鹰犬？”白衣男子喑哑的声音终于有了起伏，森冷面具下的眼中闪过一抹猩红。“为了不让你失望，把你的命留下吧。”沙哑的冷残之音透出的杀气，让霜霜也不安起来，不停地蹬踏着前蹄。身后的铁甲军也追了上来，前后夹击，将商君堵在中间。商君握剑的手已经不受控制地抖了起来，药效要过了吗？没能杀了他，真是可惜。

白衣男子缓缓抬起手，无数支利箭满弓而对，箭尖直指商君。

商君尝试提气御剑，却是连剑都拔不出来。一股浊气上扬，一口鲜血喷在霜霜洁白的鬃毛上，瞬间猩红一片。终于到了这一天吗？仰头看向满天的星辰，商君忽然笑了起来。爹，娘，女儿真的已经尽力了！

偌大的花厅里，一群人或坐或站，却寂静无声。萧纵卿的拳头紧紧握着，青筋几乎要暴出来。秦修之面无表情，一向温和的眼神失了平静，如风暴来临前的深海，幽蓝死寂。祁风华肩头骨裂加上颠簸，早已血迹斑斑，他却理也不理，怔怔地呆坐着，眼神空洞。按照商君的安排，萧纵卿与夜焰里应外合，突出重围，及时赶到。予函安然回来了，祁风华也得救了。所有人都脱险了，却独少了一个人——商君。

看着这一屋子失魂落魄的人，予函不禁低叹，商君，他那样的人物，就这样死了，太可惜了！

花厅里的气氛过于压抑，一个仆人匆匆走到门前，却是久久不敢出声，暗暗咽了一口口水，才轻声说道：“门主，外边有一位商姑娘求见。”

商姑娘？听到“商”字，所有人都是一怔。

“商笑……”想起小君的托付，祁风华的心瞬时拧在了一起。若不是他，小君根本不需要面对白衣人，也不会像现在这样杳无音信，他有什么脸面来面对商笑？

一直知道君有个万般疼爱的妹妹，却不想是在这样的情况下见到她，萧纵卿心里一阵烦躁，却也不得不回道：“请她进来吧。”不一会儿，一串轻快的脚步声渐行渐近，屋里的人心情却是越来越沉重。

一个粉妆女子大步流星走进屋内，明眸大眼，樱唇翘鼻，和商君长得有几分相似，她应该就是商笑了吧。果然人如其名，她年轻的脸上洋溢着如暖春娇花般明媚的笑容，看得出，一直以来商君把她照顾和保护得很好。她身后还跟着一个年轻女子，淡紫罗裙，颇有几分书卷气。走在最后的是一名男子，斯文俊朗，只是那双仿佛带笑一般的眼里，隐隐流动的锐利，可见亦不是个简单角色。商笑跨进门内，一眼就看见坐在门边的秦修之和祁风华，立刻兴高采烈地笑道：“秦大哥，小师叔，你们都在这儿，那我哥也一定在，太好了。”

相较于商笑的兴奋，与她一同进入屋内的裴彻和朗月都感觉到了气氛不对劲。尤其是裴彻，扫了一眼花厅，没有看见商君的影子，心里已经隐隐有了不好的预感。看见祁风华肩膀上的殷殷血迹，商笑关心地问道：“小师叔，你怎么受伤了？”

祁风华缓缓别过头去，他不忍看那双与小君一样明亮的眼眸。祁风华不说话，商笑莫名其妙，不过一抬头就看见好久不见的御枫，高兴地跑到御枫面前，笑道：“御枫，我好想你哦，好久好久都不见你了。都怪我哥，不让我来看你。”四处看看，没见商君，商笑问道，“对了，我哥呢？”所有人表情都是一凛，终于，商笑也感觉到了不对劲。盯着旁边的卫溪，商笑急道：“你们怎么了？都愁眉苦脸的。是不是我哥出事了？”卫溪一向都是贴身保护他的，现在御枫、卫溪都在，他呢？

御枫不知道怎么回答，也不敢回答。主子和笑小姐的感情这么多年来他看在眼里，若是她知道主子生死未卜，只怕是要疯狂的。御枫和卫溪都低头不答，更是肯定了商笑心中的不安，跑到秦修之面前，商笑急道：“秦大哥你说话啊？我哥呢？”秦大哥对他情根深种，一定知道。

迎着商笑满怀希望又忧心忡忡的眼睛，秦修之开不了口。他要怎么和她说，他有心替商君去面对危险，结果却把他推向了更危险的深渊！

他们这是什么表情？看着花厅里，众人或惋惜或痛苦的神情，商笑心中的不安上升到了极点。手足无措地冲到卫溪和御枫面前，商笑失控地吼道：“卫溪、御枫！我命令你们说话！你们为什么都不说，你们说话啊！我哥在哪里？”商笑几乎是疯狂地拉扯着御枫和卫溪。两人任由她撕扯着，心也随着被撕扯，是他们没有保护好主子。

脑子里各种可怕的念头如蔓草一般，滋生缠绕，不知不觉中，眼眸中已经有莹光闪动。裴彻上前一步，将商笑抱在怀里，沉声劝道：“笑儿，你别这样，冷静点。”依照现在的局面，商君只怕是凶多吉少。

几乎是无意识地挣扎着，商笑哭喊道：“她是我唯一的亲人，我连她在哪里，是生是死都不知道，你让我怎么冷静？怎么冷静？”她不要报仇了，也不要缥缈山庄，她什么都可以不要，她只要她，只要她！

身体的力气像是被抽空一般，商笑靠在裴彻怀里，泪湿的双眼失了明媚，泣不成声。你答应爹娘要照顾我的，你不要笑儿了吗？不要离开我，不要。

姐——姐——凄厉而绝望的呼唤，仿佛从遥远的地方传来，又仿佛是在耳边……商君原本混沌的脑子，痛到麻木的身体因为这声突来的呼唤全都苏醒过来，赫然睁开眼睛，让正在往她身上泼水的黑衣人吓了一跳。

好冷！好疼！商君以为自己早已经对疼痛麻木了，原来不是。

被绑在一个铁架上不能动弹，商君艰难地抬起头，终于看清了周围的一切。一间密闭的石室，墙角的两堆火照亮了四周，入目皆是冰冷的刑具，大大小小。石室里没有窗户，只有一扇窄小的铁门可以进出，她所在的或许只是众多牢房中的一间。耳边不时传来凄厉的号叫，那是生不如死的哀鸣。对于关在这里的囚犯而言，即使不用刑，日日夜夜听着这样的惨叫就已是无尽的折磨。黑衣人恭敬地退后，说道：“主人，他醒了。”

白衣男子缓步走到商君面前，不耐地说道：“商君，我已经没有耐心和你再浪费时间了。给你两个选择，一个是乖乖说出陇宜亥，还有秦修之他们一伙人的下落，我会让你死得痛快一些；至于另一个，你应该不会喜欢，我一直缺一个人，帮我试毒，你倒是个很不错的人选。”

嘶哑的声音，森冷的面具，邪魅的气息，如果说这里是地狱，那么他无疑是最适合这里的主人。商君冷笑，对上白衣人冷残的眼睛，漠然回道：“有什么药，尽管拿出来。”

白衣男子一怔，两人眼神较量，互不相让，一个邪魅冷残，一个桀骜不驯。他讨厌那双冷漠的眼睛！讨厌那骄傲的嘴脸！讨厌那不屑的态度！商君，你该死！

虽然看不见表情，白衣人浑身上下充斥的邪气让石室里其他黑衣人冷汗直流。其中一人颤抖着上前，低声说道：“主人，交给我吧，不管他嘴多硬，我都能让他开口说话。”

白衣男子大喝一声：“好。”他要看看，是他的骨头硬还是铁鞭硬。

黑衣人拿起一条一丈有余的长鞭，上面满是铁器交织的倒刺，在商君面前挥舞了两下，长鞭扫过的地面留下一条深深的沟壑。

“说还是不说？”

商君闭上眼睛，缓缓别过头。黑衣人冷哼：“不说？自找苦吃。”说完，手中的长鞭毫不留情地抽向商君。倒刺顺着鞭子的力道嵌入肉里，血立刻顺着长鞭滴入沙地。

商君紧咬牙关就是不肯哼一声，黑衣人连抽了几鞭，商君本就虚弱的身体支撑不住这样的酷刑，干脆晕了过去。

黑衣男子习以为常，对着身后的人说道：“泼醒他。”

“是！”拿起水桶，身后的男子走到商君身旁，一桶水举起，从他的头顶浇了下去。冰冷的水沿着脸颊冲刷下来，浇在血肉模糊的身上，商君意识模糊，眼睛已经睁不开。黑衣男子得意地吼道：“说还是不说？”不见棺材不掉泪，这回看他还嘴硬！

耳边的声音遥远而模糊，商君再一次别过头去，依旧不屑于理他。黑衣人恼羞成怒，手中的长鞭更是疯狂地往商君的身上抽。泄愤之后，黑衣人喘着粗气，他身后的男子低声说道：“他好像又晕过去了。”

黑衣人大吼道：“继续泼！”他就不信，他还对付不了一个细皮嫩肉的小子。“是。”水泼了一盆又一盆，商君仍是一动不动，冲刷下来的血水让森冷的石室里，充满血腥味。

“装死?”血腥刺激了黑衣人，让他变得疯狂，“让我来。”推开身后的男子，黑衣人走到水桶边，舀了一大勺粗盐倒入水中。男子瞪大了眼睛，就连一直惬意地坐在一旁的白衣男子眼神也微闪，不过他仍是冷眼旁观着。黑衣人搅和了片刻之后，提起水桶，走到商君面前，扬起一抹残忍得意的笑——盐水侵蚀着血肉，辛辣而灼烫，身体的每一处都如同火烧，凄厉的叫声如愿地在石室里响起……

咣当！一个杯盖掉落，碎瓷满地。侧厅里，所有人都看向秦修之，只见他脸色苍白，手微颤着将手中的热茶放下，说道：“对不起，我走神了。”刚才那一瞬间，他的心狠狠地痛了一下，这种痛很奇怪，让他浑身冰冷。

熬了三天，萧纵卿双面赤红，不耐烦地看了他一眼，收回视线，继续说道：“这次我们的对手不仅仅是陇趋穆，我查到——”

“小姐！小姐你要去哪里?”一道焦急的女声传来，众人看向屋外，就看见商笑披散着长发，身上只披着一件单衣，满脸的泪痕，向着侧厅跑过来。裴彻最先反应过来，立刻迎了出去，御枫和卫溪也赶紧迎了上去，他们没有保护好主子，绝不能再让笑小姐出事！屋里的几人对视一眼，也跟了出去。

“小姐——”朗月追着商笑，看见裴彻他们出来，终于缓了一口气。

裴彻抱住蒙头乱闯的商笑，急道：“笑儿，你怎么了?”

“她，她被人鞭打，她满身是血，她……”商笑哭得上气不接下气，狂乱的样子让裴彻一颗心都揪在了一起。扶住她的肩，裴彻柔声哄道：“笑儿，你别急，发生什么事，慢慢说，你说谁被鞭打?”

“她正在受苦，她被人吊着，那些人拼命鞭打她。她身上手上全是血，全是血。我要去找她，我要去找她。”裴彻的劝慰也没能让商笑冷静下来。拽着裴彻的手，商笑哭道：“彻，你陪我，你陪我去，好不好?”她不要在这里等下去，她要去救她。

裴彻急道：“好，我陪你，但是你怎么知道商君被人鞭打？笑儿你先别哭，到底是怎么回事?”

商笑早已哭得不能自已，只是不停地说道：“我要去找她！”

卫溪也急了，问道：“小姐，你知道主子在哪里吗？”

萧纵卿也忍不住低喝道：“快说！”

商笑不停地摇头，所有人都心浮气躁地盯着商笑。朗月好不容易追上，裴彻赶紧问道：“朗月，怎么回事？”

朗月回道：“小姐刚才做了一个噩梦，醒来就哭闹不已。”

噩梦？原来只是一个梦而已，虽然不忍苛责商笑，众人还是好生失望，纷纷转身走进侧厅。看商笑哭得声音都嘶哑了，裴彻心疼地劝慰道：“笑儿，只是一个梦而已。”

他一说完，商笑大怒，狠狠地推开裴彻，吼道：“不是梦！不是梦。她正在受苦，你们都感受不到她在疼，听不见她在叫吗？”

她也希望那只是一场梦，但是她真的听见她的声音了，那么真实，就在耳边！为什么他们都无动于衷。

秦修之心下又是一痛，就像刚才，痛得那么真实。

商笑满脸的绝望让裴彻一惊，赶快抓住她往外跑的身子，说道：“好，我们知道，刚才我们就是在想办法营救商君，很快就能把你哥救出来。”

“真的？”只要能救出商君，怎么都好！商笑拽着裴彻，急道：“你们知道她在哪里了吗？怎么营救？你快说啊！”商笑激动地摇晃着裴彻，身上的外衣早就掉在地上，脸上泪痕满布，眼睛红肿。只不过三天而已，那个初见时如花娇艳的女子已憔悴成了这般模样。予函低叹一声，说道：“裴公子，商小姐如此激动，先扶她到里边再说吧。”

他们对商君究竟在哪里根本不知。其实裴彻也不知应该如何说起，只好扶着商笑，劝道：“笑儿，进去坐下慢慢说。”

进了侧厅，朗月贴心地递上热茶：“小姐，喝杯热茶吧。”

商笑哪有心思，一双眼盯着裴彻，迫不及待地说道：“我没事，你快说。”裴彻为难地看向萧纵卿。

萧纵卿冷声说道：“本来我猜测是铁甲军抓走了君，但是经过这几天的查证，君不在铁甲军的监牢里，抓走君的应该不是他们，最有可能的是最后和君交手的白衣人。”

商笑一急，忍不住追问道：“那他是什么人，会把我哥抓到哪里去？他这么做的目的是什么？”无声门几天的追查，却只得了这么点信息，这是从来没有过的事情。萧纵卿的心情本来就极差，商笑忽然打断他的话，让他本就烦躁的心情更差，口气也变得不耐，“他行踪诡异，极少留下线索，但是白衣人与昊天盟的门人有所接触。昊天盟是苍月一个极其神秘的组织，手段残忍，行事古怪。”

这点与白衣人有过正面较量的祁风华体会得更加深刻。按照萧纵卿的说法，那个白衣人如果是昊天盟的人，小君就更危险了，祁风华的手不自觉地紧了紧。“依那晚的情况看来，你所说的昊天盟和铁甲军之间只怕还有着种种关联，就怕昊天盟也是陇趋穆的爪牙。”

予函叹道：“萧门主，依我看，你继续派人去查昊天盟的总部到底在哪里。大家各自清点人手，保存实力，一旦有商君的线索，尽力营救他。这次的事一定已经惊动了陇趋穆，他必定不会善罢甘休。商君和我们的处境都很危险，不能再坐以待毙了。我待会儿修书北军将领，让他们找借口入京。这一仗是避无可避。”

裴彻轻轻摇头，冷静地分析道：“远水救不了近火。铁甲军一万有余，再加上驻扎天城外的三万护卫军，陇趋穆能马上调度的，就有近五万。”

裴彻没有继续说下去，众人却都已经心知肚明，他们这些人加起来，还不足五百，如何与五万人斗？花厅里又一次陷入了寂静之中。

商笑忽然站了起来，一脸冷漠地向着花厅外走去。裴彻急忙拉住她的手，急道：“笑儿，你去哪里？”

缓缓挣脱裴彻的手，苍白的脸上尽是失望，商笑无力地回道：“你们说了这么多，其实根本没有想到办法救她，不是吗？”她不需要再听下去了，越听只会让她的心越痛。

裴彻还想追出去，被朗月拦了下来：“裴公子，让小姐静一静吧。你们继续讨论如何救公子，我会照顾好小姐的。”

看着那道如幽魂般蹒跚而去的背影，裴彻竟然移不开脚，救不出商君，他追上去又能如何。她需要的不是一个安慰的怀抱，而是她哥哥。

朗月默默地走在商笑身后，陪着她在这片不大的花园里来来回回走了不下十遍。终于，商笑停了下来，蹲下身子，抱着双膝，把脸埋在双臂之间，久久，只听见哽咽的声音颤颤传来：“朗月姐姐，我好害怕。如果她真的有什么不测，我怎么办？”到处都是血，到处都是家人的尸体，长箭没入爹爹胸口，灼热的血洒在她的脸上、脖子上。这些已经多年不曾想起的景象再一次侵袭着她，一幕一幕不停地在她眼前出现。

在商笑身边坐下，朗月轻轻环上她单薄颤抖的肩膀。朗月无语，她不知道应该怎么回答，若是公子真有什么不测，应该怎么办？失去了那个事事承担、体贴包容、傲气朗然的人，她们应该怎么办？

靠着朗月的肩头，商笑终于还是忍不住哭了出来：“我好笨好笨，这么多年了，我为什么没有好好练武，为什么没有帮她分担缥缈山庄的事务，为什么就不能聪明一点儿！”起码不用像现在这样，只能留在这里哭。

紧紧地环住商笑，朗月轻声安慰道：“你别这样，这不是你的错。现在这样的局面屋里那几个大男人都无能为力，更何况你一个女子。”她没有任性地胡乱跑出去，给大家添乱就已经很懂事了。

女子？姐姐就是女子啊，还不是一力承担着一切。越想越恨自己，商笑摇头说道：“都是我不好，如果我有哥哥的武功，有舒清姐姐的能干……”

商笑忽然身子一僵，整个人呆呆地发愣。朗月急道：“小姐，你怎么了？”用力抓紧朗月的衣袖，商笑满是泪痕的脸上绽放出希望的光芒，大叫道：“还有一个人，还有一个人一定可以想到办法救哥哥！”

朗月激动地问道：“是谁？”

左右看看，虽然四下无人，商笑还是倾身向前，贴着朗月的耳际，低声说道：“舒清姐姐！”

朗月睁大眼睛，慌乱地抚上商笑的额头，舒清小姐不是已经死了？

"你跟我来。"心中有了希望，商笑一扫刚才颓然的样子，拉着朗月起来向着她们所住的院落跑了过去。

急匆匆地进了屋内，商笑下了门闩，将朗月拉进内屋，才认真地说道："朗月姐姐，我和你说的事情，你千万不能说出去。其实舒清姐姐没有死，她只是到了一个叫海域的海外国度，就是我们的商船经常进出的那个国家。"商笑表情真切，说话也清楚明白，朗月终于相信她不是担心过头在说胡话了。朗月欣喜地笑道："那真是太好了。"但是转念一想，小姐为什么刚才不说呢，莫不是还有什么隐情？朗月柔声问道："那刚才你为什么不和裴公子，还有御枫他们说呢？"

商君低下头，回道："这件事只有哥哥和我知道。哥哥上次给我的信中特别交代过，这是舒清姐姐的选择，她好不容易过上了自己想要的生活，所以她还活着的事情绝不能让人知道，更不要去打扰她。今天若不是逼不得已，我也不会说出来。"不用哥哥说，她也知道舒清姐姐选择"死"来摆脱，其中一定有很多利害关系和不得已，但是她真的是没有办法了。

公子总是如此，永远都只会为别人着想。轻叹一声，朗月问道："那接下来你想怎么做呢？"轻咬朱唇，商笑思索了一会儿，坚定地回道："我不想惊动他们，打算自己去找舒清姐姐。在她没有答应之前，我不能让其他人知道她还活着。"

"你忽然失踪，裴公子和御枫他们一定会发疯的。从这里来回一趟海域最快最快也要半月。这期间，公子不知道会不会有变故，你还是留在天城让我去吧。不管多么危险，只要朗月还活着，就一定会找到舒清小姐。"商笑连连摇头，急道："朗月姐姐，现在不是进出海域的时节，海上惊涛骇浪，危险重重——"

没等商笑说完，朗月淡淡一笑："没有公子，就不会有朗月，别说是惊涛骇浪，就是刀山火海，朗月也一样闯得！"她这条命本来就是公子的，今日有机会报答，就是死也无憾了！

朗月说得对，来回海域费时良多。如果舒清姐姐还没来，哥哥有了消息，她还能想办法支援，毕竟，她也是缥缈山庄的主人。用衣袖抹掉眼角的泪痕，商笑用力吸了一口气，硬是不让眼眶中的泪再落下，她哭得已经够多了。用力地点头，商笑说道："谢谢你，朗月姐姐。"

朗月微笑着摇头，回道："我这就去收拾行囊。"早一天出发，就能早一天见到舒清小姐。朗月走到门旁，商笑忽然叫道："等等。"

跑到桌前，商笑摊开笔墨，在纸上简要写了事情的缘由。舒清姐姐处事小心谨慎，她自己未能亲自去，总要给朗月一些凭证才是。

"你拿着这封信。"将信笺折好，递给朗月。忽然想到什么，商笑又从脖子上取下一块金镶玉佛吊坠，一同塞到朗月手里，"还有这个。"这是舒清姐姐在她及笄之时送给她的礼物，她一定记得！

"你先去收拾，明日出发，赶往东海港口。我让忠叔安排船只送你出海。他们若是问起，你就说我让你回缥缈山庄帮着忠叔处理事务。"

"嗯。"将信笺和吊坠小心收好，朗月转身出了屋外。紧紧合十双手，商笑一遍又一遍在内心祈祷，希望这几天风浪不大，能顺利出海，希望朗月能顺利找到舒清姐姐，希望舒清姐姐愿意帮他们，希望——姐，你一定坚持，一定要等我们！

商笑伤心离去的背影，刺伤了这一屋子男人的心。他们这么多人竟救不出一个商君。萧纵卿一掌狠狠击在矮几上，茶碗倾倒，瓦瓷热茶溅了一地。"秦修之，我有一事相求。"始终缄默的祁风华忽然开口说道，"我不在的这段日子里，帮我照顾商笑。"小君把妹妹托付给他，他本应该好好照料，只是他不能在这里干等消息。秦修之为人稳重，又对小君情深义重，把商笑暂时托付给他，也不算对不起小君了。秦修之看向他肩膀上缠绕的厚厚纱布，问道："你的伤还没好，要去哪里？"

"我不想干等下去，与其如此还不如求援。我去找我师兄，也就是小君的师父，他精通卜卦命理，一定知道此事是否还有转机。"起码，师兄能知道，小君是死是活。秦修之爽快回道："好。"即使没有他的托付，他也依然会护笑笑周全的。祁风华起身，只对花厅里的众人微微点头，便头也不回地急奔而出。

祁风华走后，裴彻发现萧纵卿、秦修之、予函三人的表情皆有些微变，一副若有所思的样子。他现在关心的只是笑儿在这里是否安全。看向御枫，裴彻说道："陇趋穆有五万兵将可调遣，敌众我寡，我们还是找个地方避一避，先找到商君在哪里再说。"御枫点头回道："住进缥缈山庄的别院吧，里边有主子精心布局的阵法，即使有人闯入，也能抵挡一阵。"

商君所布的阵法之精妙，裴彻在缥缈山庄时就已见识过，刚想说好，萧纵卿却快他一步，冷声说道："你们今晚就搬到别院，有商君的消息我会再告诉你们。"

予函诧异："萧门主，你不与我们一同过去吗？"萧纵卿若是不与他们在一起，他们就变成了"瞎子""聋子"，对天城的局势便更难把握了。

萧纵卿豁然起身："五万大军不除，即使救出了商君，也难逃一死。"

萧纵卿离去，秦修之也漠然地出了花厅。裴彻与御枫对看一眼，也随之离去。花厅里，只剩下予函一行。何成看主子面色微沉，悄声问道："主子，接下来我们怎么办？"

予函缓缓抬头，看向萧纵卿疾步离去的背影，再看看低眉思索、缓慢而去的秦修之，淡然地回了一句"静观其变"，便不再说话。

静观其变？正如刚才他们所说，五万大军是事实，商君失踪也是事实，还需要什么静观其变？这群人眼里心里想的都是那个商君，只想着如何救他，其他的事情早就抛诸脑后了。如果主子不早做打算，待陇趋穆真有什么异动，只怕是指望不上他们。何绍华上前一步，想要劝主子不要把希望放在这群人身上，却被自己老爹点了穴道，只能狠狠地瞪眼。

待予函离去之后，才给他解了穴道。何绍华不服地吼道："爹！您干吗点我穴道，现在还静观其变什么，应该未雨绸缪，早做打算！"

"你懂个屁！"一巴掌拍着何绍华背心之上，何成喝道，"主子这么做自然有主子的打算，你给我管好自己的嘴。"心中愤愤，何绍华却也不敢再回嘴，气恼地跑了出去。看着他负气离去的背影，何成直摇头，这孩子，这么多年了，怎么就一点儿长进也没有，心浮气躁，毫无城府，如何成事？

第十二章　求援

已近初夏，夜风徐徐，本该繁星点点，月华普照，可惜今晚的夜幕形同泼了墨，了无星辰，黑暗的庭院里，一个墨色的身影几乎融入夜色之中。“主子，东西已经收拾好了。”袭慕和夜焰站在秦修之身后，心中满是愧疚。商公子失踪，他们也应该付很大的责任，主子没有责怪，他们却不能不自责。秦修之回过身，淡淡地回道：“袭慕、夜焰，我要回一趟海域。你们留在这里，无论如何，保护好商笑。”

虽然主子依旧如往常一般平静温和，但是这看似随意的两句话，却让袭慕、夜焰心下一惊。还记得从海域出来的时候，主子就曾多番阻止他们随行，只因为主子曾经说过，他不会再回海域，不想让他们背井离乡。但是今天，主子为何又要回去了呢？是因为商公子吧！难怪主子在庭院里一坐就是几个时辰。袭慕和夜焰对看一眼，抱拳回道：“主子三思，我留下来保护商小姐，让夜焰陪您回国吧。”秦修之道：“是出来太久，让你们忘记了服从才是皇家御卫的职责吗？”

虽然只是清冷的一句话，袭慕、夜焰却立刻半跪下身子：“王子！属下不敢忘。但是，保护皇室血脉乃是皇家御卫最重要的使命。”

“你们！”两人直直跪在地上，满脸的倔强，秦修之一气之下，拂袖而去，月夜下，两个傲然的身影就这样跪着，不曾起来。

商笑趴在窗边，看着漆黑的天际，眼中不知不觉又蒙上了水雾。以前这样的夜晚，她若是在家，就会陪自己一起度过，因为天太黑了，担心她会怕。其实，她一点儿也不怕黑，只是想要待在她身边，但是现在，她在哪里呢？低低的叩门声打断了商笑的回忆，警觉地握紧旁边的长剑，商笑问道："谁？"门外传来秦修之温和的声音："是我。"听到是秦修之的声音，商笑放下剑，赶紧上前开门，说道："秦大哥，是你啊，进来坐吧。"把秦修之请进屋里，商笑拿出旁边的茶碗，忙着给他沏茶。

看她忙活着手中的茶具，样子虽然有些憔悴，却也没有了上午的疯狂和绝望。秦修之的心总算放下了一些，轻声说道："笑笑，有一件事，我想请你帮忙。"挑出茶叶，商笑问道："什么事？"

"缥缈山庄可有船队去海域？"若是能跟着他们的船队进入海域，就能快一些，毕竟如他们一般有经验的船只不多。商笑的心忽然提了起来，秦大哥为何有此一问？难道他也知道舒清姐姐在海域？沏茶的手一僵，不敢看向秦修之，商笑假装不经意般问道："你问这个干什么？"

"我想去海域，越快越好！"秦修之的语气不自觉地有些着急。

商笑想起来了，秦大哥好像是海域人，心稍微放下一些。商笑回道："但是现在不是出海的季节，过一段时间再去吧。"

笑笑这话就已是拒绝他了。此次回去是否能成事还不一定，给了笑笑希望最后又让她失望，何其残忍！罢了，还是先不要说吧。秦修之起身，回道："好吧，我自己再想办法。"

"等等。"商笑深吸一口，追问，"难道你真的这么急着回去？"姐姐生死未卜，他不是对姐姐情有独钟吗？怎么能在这个时候离开！

秦修之坚定回道："是。"

"你……"秦修之的坚定刺伤了商笑，一咬牙，商笑哼道，"好，明日朗月正好要随船去海域谈药材的生意，你可以走了！"既然他是如此无情之人，姐姐也不会稀罕！早走早好！

真的有船？心中一喜，秦修之回道："多谢了。笑笑，你一定要好好保重身体。"现在说这些还有什么意思！假惺惺，算她看错他了！背对着秦修之，商笑不耐烦地说道："我累了，你出去吧。"秦修之心知商笑误会了，却不打算解释。若是他能回来，自然不需要解释；若是他不能回来，就让她以为他是贪生怕死之徒吧。侧身退出屋外，秦修之为她轻轻合上房门。屋内，商笑将手中的茶碗用力地摔在地上，碎瓷满地。

紫檀木香袅袅升起，雅致的书房里，素衣男子斜靠在书架前，苍白的脸上毫无血色，半眯的眼睛仿佛总是没什么精神，眼光漫不经心扫过一排排的书架，手中闲闲地拨弄着茶碗。一道急促的脚步声传来，家仆欣喜的声音立刻在门外响起："二少爷，三少爷回来了。"萧纵寒眼中一抹流光闪过，走到旁边木椅上坐下，伴随着一声急切的"二哥！"萧纵卿高大的身影也出现在书房内。头也没抬，萧纵寒冷淡地说道："退下吧。"

书房里只剩下他们两兄弟。萧纵寒才轻轻放下手中的茶，苍白的脸色在烛光下也没有显得红润些。萧纵寒轻笑道："你终于还是回来了，我猜你明天才会回来，想不到这么多年过去了，你的性子还是这么急。"

二哥那双清冷的眼睛，仿佛什么都能看透。他既然知道他会回来，自然也知道他回来干什么。萧纵卿也不拐弯抹角，低头恳求道："二哥，我求你，帮我救她！"二哥掌管着萧家的兵力，只要他肯帮忙，陇趋穆的五万兵马，就不足为惧了。撑着木椅，萧纵寒缓缓站直身子，看向萧纵卿桀骜而憔悴的脸，心里闪过一丝心痛，多少年了，他未曾见过三儿低头。

再次垂下眼睑，萧纵寒掩藏住眼底的精光，冷声唤道："来人。"

话音才落，四个身着灰布劲装的男子出现在萧纵寒身后。

萧纵卿心中暗喜，二哥竟然这么快就答应了！

"把三少爷抓起来，关进石室，不许他接触任何人。"冷冷的声音立刻将萧纵卿的欣喜撕成碎片。"是！"四名劲装男子涌上，身手之快，萧纵卿还没来得及反应，就已经被四人紧紧擒住。

"为什么？"萧纵卿不敢相信地瞪着萧纵寒，吼道，"二哥！你为什么这么做？"他不明白，为什么一向心疼他的二哥会这么对他？

"为什么？"萧纵卿几乎发疯了一般挣扎着，嘶吼着——

浅蓝的海水清澈见底，夕阳西下，残红穿透云层，应和浪花，透露着清爽的气息，微风也携着海水的咸味拂面而来。碧波连天的大海如一幅绝美的画卷。那边是阔海碧波，这边却是苍绿劲翠的竹林，淡淡的海咸湿气和着清爽的竹叶幽香。海边植竹，青翠与明蓝，碧波与竹浪，确实是相得益彰，但是却怎么看都有些奇怪。竹林不大，深处是一座竹屋。苍翠之间，石桌旁的矮凳上，坐着两个人，男子紫衣长衫，身形健硕，眉宇间透出傲然霸气，只是此时，他正嘴角含笑，宠溺地看着对面的素衣女子。

女子青衣墨发，手中拿着一枚白子，久久不能放下。之后，终于还是将白子放回棋盒，苦笑道："我又输了，为什么我和谁下棋都没赢过。"本来以为轩辕逸是个武将，棋艺应该不会如何精妙，谁知她还是输了。

轩辕逸好笑地握着她的手，回道："那就不要下棋了，费脑子，你不能太累，饿了吗？"舒清抚额，低叫道："我才吃完，又不是猪！"人家一天吃三餐，她现在是一天照六餐喂，还让不让人活啊！

起身走到她身边，轩辕逸可没那么好糊弄，轻抚着她微凸的肚子，故作生气地说道："你还敢说，每天就吃那么一点点，现在你不是一个人，可不能饿着我的宝贝。"舒清暗叹，不能饿着肚子里这个，也不能撑死她吧。不过舒清聪明地闭嘴，某人初为人父，她还是不要打击他的积极性比较好。

看看即将被海面吞噬的残阳，轩辕逸扶着舒清起身，说道："快起风了，进屋去吧。"虽然已进入夏季，但是海风依旧寒冷。舒清没有说什么，跟着轩辕逸往回走，才走出几步，只听见远处，一匹骏马以破竹之势向着他们急奔而来。轩辕逸将舒清护在身后，待马匹越来越近，看清是炎雨之后，他才放松下来。狂奔的马在竹林前停了下来，炎雨急步走到舒清面前，说道："主子！"舒清微微皱眉，心中有一抹不好的预感，问道："什么事情怎么急？"

"有一个人要见您。"

舒清奇道："谁？"炎雨侧过身，只见他身后站着一个一身狼狈、脸色苍白的青衣女子，看见舒清，二话没说，就已经跪倒在地上："舒清小姐!”看清女子的脸容，舒清惊道：“朗月?”她是商君身边的人，怎么会出现在这里，现在也不是海船进出海域的日子。朗月憔悴慌张的神色，把舒清的预感引向了更坏的地方，舒清急道：“发生什么事？你快起来说话。”

谁知朗月非但不起来，反而将头重重地磕在地上，哀求道：“朗月求您，求您救救公子!”

“商君?”果然是她出事了吗？心中一紧，舒清上前一步扶着朗月的手臂，说道，“发生什么事情了？你起来说话!”曾经的朗月也是个温婉从容的女子，今日竟是慌乱急切成这般模样，商君到底出了什么事情?

舒清拉她，朗月却是不肯起来。这一拉一拽之间，舒清踩到自己的裙摆，差点摔倒。“小心。”好在轩辕逸及时将她抱在怀里，朗月也赶紧伸手扶着舒清，却意外看见舒清隆起的小腹。夏日轻薄的衣衫，被海风吹拂得紧贴着腹部，肚子也越发明显。舒清小姐有孕了？看她的腹部已经如此明显，该有三四个月了吧。她还会为了救公子而出去吗？海上汹涌翻腾的风浪，她来的时候已经见识过了，舒清小姐可挺得住？她可愿意冒这个险?

朗月愣着不出声，舒清却已经急坏了：“朗月你别发愣，快说话，就你一个人来吗？笑笑呢?”莫不是笑笑也遭遇了什么不测?

朗月回过神来，赶紧从袖间掏出商笑给她的信笺和吊坠一同递给舒清，回道：“我是和秦公子一起来的，他下了船就不知去向了。这是笑小姐让我交给您的。”修之也来了？他人呢？低头看向手中的玉佛吊坠，想到那时笑笑如花的笑颜、商君风雅的淡笑，舒清的心被什么东西拽住了一般。这是在笑笑及笄之时，为了祈求她永远平安幸福而特意送给她的。现在吊坠完好地回到了她的手心，她的主人，却又在何方？赶紧拆开手中的信笺，聊聊数行字。舒清越看脸色越沉，商君竟然到了天城，而且生死未卜！舒清盯着信笺沉默不语，朗月猜不到她心里想的是什么，再度跪倒在地上，哽咽道：“舒清小姐，朗月知道，此时来求您，让您很为难。公子也告诫过，绝不能来打扰您，但是我们真的想不出其他办法了。”

将信笺折好，收入袖间，舒清轻拍着她的手，轻声说道："好了，我知道了，快起来吧。"

舒清既没有答应，也没有拒绝。朗月心里摸不准，走了两步，又停了下来。舒清扬起一抹轻柔的笑，轻轻挥手，淡然说道："去吧，我自有安排。"朗月低头随着炎雨朝着竹屋走去。舒清小姐，心中应该已经有了主意，她再纠缠下去也是无用。

竹林恢复了宁静，天际的残红早已被大海吞噬。月未明，日已落，天地间灰蒙蒙的，明蓝的暮海、青翠的劲竹，在这一刻也变得灰暗。

舒清被揽入了一个温暖坚实的怀抱里，耳边，是许久未听见的霸道低吼："我不准你回去！"舒清轻轻勾起唇角，并未说什么，而是舒服地靠在轩辕逸的怀里，看着远处，渐渐分不出天地的海平线。久久，她才低低说道："我第一次见商君的时候是在雪山上。暴风雪即将到来，那时的她倒在雪地里昏迷不醒，怀里仍是紧紧地抱着笑笑。笑笑身上穿着一层又一层的厚棉袄，而她只穿着一件薄薄的单衣。那时我就在想，这是个怎么的人呢？为了守护心中所系，她应该是可以赔上性命的吧。我救了她，也与她成为朋友，这么多年来，她是我最敬佩、最放不下，也最心疼的人。"

"心疼？"轩辕逸抱着舒清的手一紧，原来就已经暗黑的脸色，因为舒清的这句心疼，更加雪上加霜。感受到身后这个男人不稳的气息，舒清微微一笑，仍是淡然回道："对，心疼！我从未见过一个人，对自己如此残忍，所有的责任、苦难、心酸她都一力承担。虽然我与她从未正式结为姐妹，但是在我心中，她就是我的妹妹。"

"妹妹？"轩辕逸惊异，忘了刚才心中的不愉，不敢置信地问道，"你说商君是女子？"那个丰神俊朗、气宇轩昂的商君居然是女子，如果是真的，还真是让天下男儿汗颜。

"她是。"商君的身份本不应该由她来说，但是她若是不对逸解释清楚，他怕是不会让她去。转过身，舒清看向轩辕逸深沉的眼，柔声问道，"我不能看着自己的亲人有危险也不去相救。逸，你明白我的心，对不对?”他当然明白，舒清看起来清冷淡然，但是只要是她在乎的人，她必定是要护她周全。今天，他是拦不住她了。手轻抚着舒清日渐隆起的小腹，轩辕逸叹道：“我是担心你的身体。此去苍月，路途遥远，光是海上的风浪你就受不了。如果一定要去，让我替你去。”

舒清抓住轩辕逸的大手，在自己的腹部轻柔地抚摸着，淡淡笑道：“按照笑笑信中所说，只怕事情没有那么简单。我会好好照顾自己，保护好你的宝贝，而且，不是还有你陪我去吗?”

看着舒清柔美的侧脸，轩辕逸沉吟片刻，最后还是妥协地问道：“你想什么时候出发?”清儿的柔顺是对他的尊重，而她的心应该是在看见朗月的那一刻，就已经做了决定吧。逸终于还是答应了，舒清暗暗舒了一口气，握紧轩辕逸的手，欣喜地笑道：“明日一早。不过，我要先进宫一趟。你让炎雨、苍素做好动身的准备。”

进宫？想到清儿现在的丞相身份，要离开确实应该和西烈月说一声。扶着舒清上了准备好的马车，轩辕逸回道：“我知道了，你去吧。”

踏入马车，舒清心里想的却不是西烈月，而是秦修之。他回来也是为了君吧！但他想要做什么呢？御书房内，烛火缭绕，照得殿内四下通明，一袭湛蓝流金长裙将西烈月修长的身材衬托得越发挺拔。已经入夜了，她的发丝低绾着，没有梳起高耸的流云髻，也没有戴象征着皇权的紫金钗，但是与生俱来的高贵和久居高位的霸气还是让她看起来威仪不减。

眼前的人，早已经不再是羽翼未丰的太女了，她是海域最崇高的王。修之屈膝，单膝跪地，行礼道：“女皇陛下。”她一向是喜欢这个淡泊清冷的皇兄的，修之会回来，出乎她的意料。不管如何，心中还是喜悦的。扶着修之的胳膊，西烈月笑道：“修之，你回来了，真是太好了。”

手上使了力道，修之似乎执意要跪着，这让西烈月不解。据她对修之的了解，他不是迂腐之人。放开手，西烈月问道：“你这是干什么?”

明日，他就想返回苍月，已经没有时间寒暄迂回，秦修之直言道：“我这次回来是为了求陛下一件事。”

"你说。"什么事这么严重，让修之这般长跪不起。

"我想问您借三千精锐。"

"三千?"西烈月轻挑秀眉，问道，"你要干什么?"区区三千精锐对她来说完全是小数目。她只是好奇，一向无欲无求、清高独行的修之为什么要问她要人。秦修之有所保留地回道："救一个人。"

西烈月不容敷衍地追问："谁?"秦修之缓缓抬起头，回视着西烈月精明的双眸，沉声回道："一个对我来说很重要的人。他被囚禁在苍月，我一定要救他。"若是能救出商君，他可以不惜一切。

"苍月?"西烈月错愕，他竟是要带兵出国吗?双手环在胸前，俯视着半跪在面前的修之，西烈月未应允也未拒绝，反问道："你可知，调遣军队进入别国意味着什么?"意味着挑衅，意味着战争。秦修之沉吟片刻，叹道："我不需要军队，只要几千精锐救人就好。"他的目的，只是救人而已。

又是救人，修之要救的到底是何人?正当西烈月暗自揣测之时，一道严厉的女声自他们身后响起："派兵出国岂是儿戏?"

西烈月抬眼看去，能够如此大摇大摆闯进御书房的，也就只有一个人。微微躬身，西烈月轻声叫道："母皇。"

秦修之心下一沉，她还是来了。低下头，如平常人一般，行了一个大礼，声音却是平淡到毫无感情："上皇。"

上皇?他还是不肯叫她母皇，眼看这个她挂念了十多年的孩子，对她冷淡至极，西烈倾华的心如被针扎了一般痛。他有着和他爹一样的绝色俊颜，温润脾性，却比他爹更加爱憎分明。毕竟做了一辈子的王者，自知心中的苦痛，皆不能表现在脸上，西烈倾华不再看向秦修之，而是对着西烈月说道："随意兴兵，皇儿如何向群臣交代，何以向百姓交代?"

西烈月暗笑，明明心里在意得要命，不然她老人家犯得着大晚上的从行宫匆匆赶来，现在却一副为难修之的样子。西烈月微微低下头，不说话，等着看母皇演的是哪一出。西烈月嘴角含笑，默不作声。秦修之沉思不语，许久没人接她的话。西烈倾华只得轻咳一声，继续说道：“军队不可妄动。但是，从禁卫军中调遣一千精锐出国倒是可行。只不过，禁卫军的使命是护卫我西烈皇室成员。”

原来如此，西烈月算是明白了母皇的意图，她在逼修之承认自己的身份。果然，西烈倾华看向秦修之，冷声问道：“修之，你姓什么？”

秦修之始终低着头。西烈月看不清他的表情，只是他袖间的双拳紧了又松，松了又紧，心中的怨怒不言而喻，母皇这样逼他，只怕物极必反吧！他不同意，她就不会借兵吧，她在逼他！若不是父亲的遗愿，他不会回来见她，他厌恶这个冰冷龌龊，相互倾轧的皇宫，更不屑于所谓的王子身份，但是商君，心里默念着这个名字，他的心会暖，会痛。

片刻之后，修之终于抬起头，眼中满是冷漠：“三千，我要三千人。”

“好，就三千！”西烈倾华也在赌，这次是她留住这个儿子的最后机会。“儿臣，西烈修之。”这个他早就摒弃的名字从牙缝里挤了出来，也说明了他的选择。

“好！”修之的不情愿谁都能看得出来。西烈倾华故意忽略，拉着修之的手，一反刚才的严肃，温和地大笑道：“我儿快起来。”修之就范，西烈倾华心情大好，对着西烈月笑道：“调兵之事，皇儿以为呢？”

母皇都已应允，她还能说什么。西烈月对着身旁的贴身女官说道：“传朕口谕，速调三千精锐，明日随王子出海。”

“是。”女官才走出几步，西烈月忽然叫住她：“等等，尽量选男子。”

修之感激地对西烈月说道：“谢陛下。”无论如何，他总算是借到兵马了。“我儿记住，你既是王子，救人之事一完，应当立刻归国，明白吗？”

稍稍别过头，修之礼貌却冷淡地回道：“儿臣，领旨。明日还要出海，儿臣先行告退了。”西烈倾华满意地点头回道：“去吧。”修之转身，快步离开。远去的颀长背影透着愁绪、失望。修之退下之后，西烈月摇摇头，不认同地说道：“母皇如此逼他，又是何苦？”

“若朕真要留下修之，他绝出不了海域。朕要的是他心甘情愿留在这儿。这么多儿女中，朕亏欠他最多，也希望能有更多的机会补偿他。”每次看见修之的脸，她总会想到他父亲，是她亏欠了他啊。

这也算心甘情愿？补偿他难道就是困住他吗？这就是身为皇族的悲哀。西烈月心中不悦，却也不想为此与她争执，缓缓背过身去。

“朕回宫了，皇儿也早点休息吧。”年纪大了果然不中用了，才不过奔波了一会儿，她就如此疲倦，轻叹一声，西烈倾华转身向外走去。

西烈倾华才走出殿外，紫竹就迎了上来，在西烈月身后回禀道：“陛下，左相求见。”西烈月一怔，不禁失笑，今晚她这儿怎么如此热闹？连这阵子躲她躲得急的舒清都来了。轻轻挥手，西烈月道：“宣。”

片刻之后，舒清清瘦的身影出现在眼前。因为身上太瘦，肚子就格外明显。“你不好好在家安胎，大半夜的来我这儿晃荡什么？”嘴上揶揄着，西烈月还是上前一步，扶着舒清到椅子上坐下。

舒清淡笑不语，左顾右盼。西烈月奇道：“你找什么？”

没有看见预期的人，舒清有些失望地笑道：“我以为修之会在。”

“你也知道他回来了？”转念一想，修之可能就是坐她家的商船来的，她知道也不奇怪，笑道，“他走了，你找他什么事？”

修之果然来找月了，这么说，他这次回来有可能也是为了商君。舒清微笑地摇摇头，回道：“我不是来找他，而是来找你的。”

“什么事？”白天不能说，一定要这大晚上说？

“我要离开海域一段时间。”看着西烈月惊讶的眼，舒清不怕死地加了一句，“明天就走。”

“为什么？”盯着舒清隆起的肚子，西烈月眉头紧锁，担忧地说道，“你现在这样子，走得了吗？”现在不是出海的最佳时节，她这小身板，哪里经得起海上的折腾。

乖孩子，你陪着妈妈跳瀑布、浸寒潭都没事，这次为了救君姨，你一定能挺过去的，对不对？手缓缓抚上自己微圆的小腹，舒清的脸上泛着淡淡的柔光，嘴上却是坚定地说道：“我必须走。”舒清不是那种不分轻重的人，西烈月真的被她搞疯了，语气也有些急躁："给我一个理由?"

舒清抬起头，似笑非笑地回道："和修之一样，为了那个人。"

那人？又是那人！那人到底是谁？让修之甘愿承认他弃之如屣的身份，回来这个他急于逃脱的皇宫，让舒清挺着这么大的肚子，也不惜代价地出去。西烈月微怒："为什么你们两个为了他都这样不管不顾?"

舒清没有多想，只淡淡回道："因为，她值得。"

一句值得，让西烈月哑然，但是仍是不甘心："轩辕逸答应?"

舒清微微点头，回道："他会陪我一起去。"

真是太奇怪了，他们救的到底是何方神圣？看样子舒清是不会告诉她的了，等修之回来她一定要问个明白。

在御书房内来来回回走了好几圈，舒清单薄的身子西烈月怎么看都觉得不放心，思索了一会儿，终于还是说道："我已经答应给修之调三千精兵，既然连你都要去，我就再调两千给你。"原来修之这次是回来请兵的，虽然她原本并不打算带海域士兵出去，但是既然修之为请兵而来，必是有缘由的吧。舒清也不拒绝，笑道："多谢。"

"只是这五千人从东海上岸，要越过东隅才能进入苍月，只怕会横生枝节。"若是惊动了东隅，玄天成绝对不会放过舒清。她不惧怕任何国家，海域的水军四海无敌，就怕给舒清带来麻烦。

"放心。"舒清一脸坦然地笑道，"我自然有办法让他们神不知鬼不觉地进入苍月。"看她胸有成竹的样子，西烈月稍稍放下了心。她说有办法就一定是有良策了。不再阻止，西烈月轻抚着舒清的肩膀，叮嘱道："一定要小心。"轻拍西烈月的手，舒清的心暖暖的。

紧闭的密室里桌椅高床，虽然简朴，但是样样不缺。只可惜，床上被子叠放整齐，没有睡过的痕迹，而斜倒的木椅矮几、满地的碎碗茶渍，显示着主人的暴怒。一个高大的身影背靠着墙壁呆坐着，脸色暗淡，嘴唇干裂，双眼布满红丝，直直地盯着一个地方，一动不动。密室只有一扇厚实的铁门通向外面，铁门紧锁着。这个七窍连心锁，精妙无比，是用最坚硬的玄铁制成，没有钥匙，谁也打不开。而钥匙仅有一把，掌握在萧家家主手中。

萧家的老管家捧着饭菜，小心地从铁门下方，窄小的井口递进去。透过铁门上面的小窗，看见萧纵卿虚弱的样子，老管家心疼地说道："三少爷，您多少吃点东西，都已经六七天了，这样身子怎么受得了？"

看也不看递进来的热饭热菜，萧纵卿仍是直直地盯着前方，口中只不停地重复着一句话："我要，我要见二哥！"老管家又是焦急又是心痛，劝道："二少爷是不会见您的，您何苦和自己的身子过不去！"萧家的几个小主人都是他一手带大的。他们的脾气他是最清楚不过了。三少爷倔是倔在骨子里，二少爷倔，那是倔在心里。这两个人，要斗到什么时候啊！

缓缓地挪动着身子，萧纵卿索性背过身去，见不到二哥，他就是死，也不会吃一口。老管家低叹一声，只得无奈地离开。走到密室的出口，就看见萧纵寒站在梧桐树下，清瘦的身子仿佛一阵风就能吹走一般。老管家走到他身后，萧纵寒低沉的声音缓缓传来："他还是不吃？"

"嗯。"老管家点点头，小心观察着二少爷的脸色，轻声劝道，"二少爷，要不您就去见见他吧。这样下去，三少爷撑不了多少天，他的脾气您不是不知道。您还是……"伴随着几声压抑的轻咳，萧纵寒转过身，苍白的脸上尽是疲倦。老管家哽在喉咙里的话，不忍心再说下去。二少爷用孱弱的身子支撑起萧家这么多年已是不易，谁还有资格再苛责？低下头，老管家轻轻揖手，无声地退了下去。

已是盛夏，梧桐树枝繁叶茂，随着朗朗夜风，肆意摇摆着。轻抚着低喘不已的胸口，萧纵寒抬头看向那生机勃勃的高枝，越发感觉自己的力不从心。轻叹一声，萧纵寒还是缓步踏进了密室。无声地站在铁门前，萧纵寒默默地看着萧纵卿的背影，才不过几日，竟有些佝偻，仿佛身体里的生气都被抽走了一般。

感觉到来自身后的视线，萧纵卿转过头，看清萧纵寒的脸，原本还无神的眼睛立刻圆睁，怒瞪着他，冷冷问道："为什么？"

从未被三儿这样满怀恨意地逼视，萧纵寒的心隐隐疼痛着，脸上却依旧是那样的平静，淡淡说道：“你吃了这些饭菜，我就告诉你为什么。”

萧纵卿动也不动，仍是瞪着他，眼睛里闪着全然不信的光芒。

萧纵寒轻叹一声，敛下眼中的伤痛，举步就要离开。萧纵卿冷硬的声音忽然传来：“等等。”说完，萧纵卿想要起身走向饭菜，多日粒米未进，手脚早已经瘫软，还未站起来，已经再次瘫倒。挣扎着爬向饭菜，萧纵卿不管手中拿的是什么，只往嘴里塞，仿佛不需要咀嚼一般，那双冷眸满怀着寒意，死盯着萧纵寒不放。

稍稍侧过身，不愿去迎视这样一双眼睛。片刻以后，萧纵寒平淡而疲惫的声音缓缓响起：“萧家掌管苍月贸易多年，朝廷早就想找借口讨伐，而这支军队既是萧家的保护伞，同时也是催命符，稍有不慎，必会落人把柄。萧家上下数千性命，你都不顾及吗？三儿，现在局势未明，皇上与睿王之间，胜败难辨，不是萧家出手的时候。”

抓着食物的手一僵，萧纵卿原本满怀恨意的眼渐渐有些暗淡。萧纵卿低下头，声音也终于变得平和了一些：“你为了萧家，可以不帮我，我不会有一句怨言，但是为什么要把我囚禁在这里？”萧纵寒久久不语。

扶着铁门，萧纵卿终于站了起来，对着萧纵寒轻声说道：“二哥，你放我出去吧。”

“不行。”萧纵寒坚决的拒绝，再一次让萧纵卿抓狂，紧紧地抓着小窗上的铁条，吼道：“为什么？”

“因为你是萧家的三少爷，你代表的就是萧家，更因为……”停顿了一会儿，萧纵寒动情地说道，“你是我的弟弟，你若出了什么事，我如何向大哥、向爹娘交代？”

迎着萧纵寒心伤的眼，萧纵卿哽咽地哀求道：“二哥，我求求你，放我出去。商君生死不明，你让我把她找到，救她出来。从今往后，你说什么我就做什么都听你的，好不好？”

三儿做这些，果然都只是为了那个人。“这么多天过去了，他如果被擒，早就已经死了。你就不要再想他了。”

“不可能！不可能，她没有死，她没有死！”萧纵卿口中不停地嘶吼着，尽管萧纵寒所说的极可能是事实。

萧纵寒不愿再看他疯狂的样子，消瘦的身影消失在铁门前。

满目的狂乱，萧纵卿用力拍打着厚实的铁门，对着萧纵寒离去的背影大叫道：“二哥，你放我出去，求你，放我出去……”

背后的拍门声、嘶吼声，都未曾让他停下脚步，萧纵寒扶着石壁，一步一步走出了石室。三儿，不要怪二哥，萧家注定是要交到你手中的，二哥不能让你出事。同样是密室，这边却是两样的光景。森冷，潮湿，阴暗，血腥，是这里永恒不变的基调。白衣男子走进石室，里边的黑衣人立刻迎了上来，恭敬地叫道：“主人！”

“怎么样？”

黑衣人手里还握着铁鞭，回道：“他的嘴真的比铁鞭还硬。”他从来没见过一个人，能受得了这样的酷刑，就算不求饶，起码也应该求死吧。这人就跟个哑巴似的，除了痛极时哼哈几声，就没动静了！

扫了一眼一动不动的商君，白衣男子皱眉：“死了？”

黑衣人赶紧摇头，随后，喃喃回道：“不过也快了……”

走到商君面前，白衣人抓住他的下巴，将他的脸抬起来，血污让他少了风雅之气，却依旧无损他的绝美，折腾了这么多天，估计他也快撑不住了，不知道他的毒那小子解了没有。抓起商君的手腕，白衣男子搭上了他的脉搏。不错，那小子还真的解了他的幽冥露，但这脉象为何有些奇怪，像是……白衣男子万年不变的冷眸里闪过一抹震惊。接下来，屋子里的黑衣人都惊讶地看着邪魅的主子手不停地在这个犯人的脖子上来回摸索着，不过话说回来，这男人长得真是俊俏。果然没有喉结，收回手，白衣男子沙哑的声音里，隐藏不住的兴奋：“弄醒他！”

“是。”黑衣男子赶紧提来一桶盐水，现在普通的冷水根本泼不醒他。

一桶冰冷的盐水浇下去，商君只是轻轻动了一下。她对于疼痛已经麻木，或者再过不久，她就可以解脱，和爹娘团聚了。

白衣男子绕着商君走了一圈，他的身上尽是鞭痕，早已经血肉模糊，手停留在商君的脸上摩挲着，沙哑的声音带着尖锐的笑声在耳边响起："想不到，真是想不到，这么个翩翩公子居然是女儿身，有意思，太有意思了。"屋内的黑衣人一副惊吓过度的样子，主子是不是疯了，他怎么可能是女人？这样的鞭刑，别说女人，即使男子也受不了几鞭！这个商君虽然清瘦，不过几天下来，他们不得不承认，他是一个硬汉！原本意识已经模糊的商君，在听到白衣人的话之后，一个激灵，眼睛倏地睁大。看他这个样子，白衣人心情更好，啧啧笑道："你若是早说，我可能就舍不得对你用刑了。"低喘着，商君只冷冷地吐出两个字："废话。"

"有性格！"白衣男子一点儿也不恼，依旧在商君耳边低笑着，"我现在倒是真不想对你用刑了，我更有兴趣知道，这女儿身是如何装扮成男子的？"沙哑的声音如一把锉刀，一下一下地打磨人心，就连商君也忍不住轻颤。白衣男子的手，缓缓伸向商君的前胸……商君颤抖得更加明显，白衣男子轻佻地拉扯着她胸前已经被鞭打得本就残破的束布，贴着商君的耳际，轻笑道："这么多束布，缠着一定很不舒服吧，不如，我帮你解开透透气！"

男子冰冷的面具磨蹭着商君的脸颊，就如同一条冰冷的蛇紧紧地缠绕着脖子一样恐怖而恶心。商君别过头去，低喝道："你敢！"

"怎么，害羞？放心，我会很轻，保证不会弄疼你。"嘴上说得轻柔，男子的手却是毫不留情地捏着商君的下巴，把他的脸转过来，强劲的指力，在脸上留下一道道青紫，男子的眼中尽是邪气。

男子的脸再一次靠近，商君的手脚都被铁链锁着，丝毫不能动。不甘受辱，商君一咬牙，使了全力，用前额撞向白衣男子。男子早料到他不会这么容易妥协，轻轻一闪，躲了过去。手扣住商君的咽喉，白衣男子冷笑道："好凶悍啊，不过我喜欢。"

"你到底想怎么样？"商君知道，男子不会对血肉模糊的她感兴趣，只不过是为了羞辱她罢了，而她最不能忍受的，便是这般羞辱。

“你若乖乖说出陇宜亥和秦修之的藏匿地方，我就给你一个痛快。不然的话……”男子的手，再一次勾上商君胸前的束布。藏匿地点？若是他们够聪明，应该已经离开原来的地方，但是如果他们没有离开呢？到时被擒的就不只陇宜亥和修之了，还有三儿和小师叔，她不能冒险。

商君久久不答，男子没有这么好的耐性，冷哼道：“不说？也好。”

只听见布条撕裂的声音，一条束布被男子轻松地撕了下来。食指勾着布条，在商君面前晃了晃，然后丢弃在她脚边。因为胸前的鞭伤，不少束布早已经嵌进肉里，每一次拉扯，都痛不欲生。商君感觉不到痛，无尽的屈辱已经将她淹没，掉落的每一缕布条，都是她的尊严。商君好想大声尖叫，但是她不能，那只会让他的敌人更加疯狂和得意。这一刻，让她死去就是最大的恩赐。

居然还不肯说，白衣男子眼神一暗，失了耐心，一把抓住商君的前襟，只要他一用力，撕毁的就不仅是胸前的束布，而是整件上衣。

商君暗吸了一口气，决定震断经脉，自我了断，此时，一声低吼却从门外传来：“住手!”白衣男子一怔，眯眼看去，看清来人，似乎对这人更有兴趣，放开商君，白衣男子双手环在胸前，笑道：“今天是什么风，把你刮到我这里来了。”

商君松了一口气，多日的折磨，她的眼睛早已经模糊，隐约只能看见一个高大的身影向他走过来。一身的黑衣，几乎融入了暗室之中。那人的脚有些残疾，走得极慢，虽然如此，逼人的气势，依旧不容人错认。

这人是谁？那人终于走到商君面前，他有一双如剑一般锋利，如冰一般寒冷的眼眸，此刻，正满含着复杂的光芒盯着她。商君轻轻摇了摇头，让自己能看得清楚一些，一张熟悉的脸映入眼帘，商君惊得倏地睁大了眼睛：“是你?”

尤霄。是他，脸颊上的疤痕还是那样清晰，只是再次相见，他眼中的阴鸷之气更盛，他不是死了吗？商君满腹疑惑。他只是冷冷地盯着商君，没有回话，倒是白衣男子兴致勃然，说道：“对了，我怎么忘记了，你们也算是老相识啊。”走近商君身边，白衣男子抬起商君的下巴，冷笑道：“你没想到，他居然是女人吧。”尤霄忽然出手，重拳毫不留情地击向白衣男子的手腕。男子并不惊讶，后退一步，躲过了这一拳。尤霄没有打下去，寒声说道：“你最好不要碰她。”

白衣男子轻轻扬眉，大笑道：“原来她是你的人啊？不过我听说，老头子可是要她死，你这个鹰犬想要造反？”说到鹰犬的时候，白衣男子还特意看了商君一眼，尤霄才真的是陇趋穆的鹰犬。

尤霄眼神一暗，哼道：“不要用他来压我。”

白衣男子背靠着石壁，面具掩盖下，看不见表情，语气是十足的不屑：“我可没兴趣压你，是你自己太把老头子当回事。”活了二十多年，就为了老头子的一句肯定，自找苦吃。

手不自觉地握成拳头，尤霄低吼道：“我的事情与你无关。”

“好！”白衣男子也不耐烦起来，骂道，“不过这里更不是你撒野的地方，你可以滚了。”尤霄不理会他，怔怔地站在商君面前，眼中的光芒，耐人寻味。

据他所知，尤霄与商君之间是有过节儿吧，今天看来，似乎是他误会了。白衣男子眼中闪过一抹算计，笑道：“你想要她？可以，老头子同意，我就放人。”尤霄不信地看向他：“你什么时候这么乖了？”

白衣人耸耸肩，继续挑衅尤霄：“跟你学的啊！”其实要不要放人，全看他的心情。只不过，他很有兴趣看看，尤霄会不会为了商君忤逆老头子，那一定是异常精彩的好戏。不等尤霄发飙，白衣人心情颇好地笑道：“不妨碍你们叙旧，我等你的好消息。”说完悠然地踏出了石室。

石室里的几个黑衣人面面相觑，不知道是不是应该出去。尤霄却是快了他们一步，一把抓住手握铁鞭的男子，提起他的后颈，一脚踢在他的背上。黑衣人的衣服留在了尤霄的手中，人滚出了石室外。尤霄低斥一声：“都给我滚！”暗室里的两人立刻跑了出去。

将衣服胡乱地披在商君胸前，尤霄说不清自己此时的感受。听到属下回报，商君被闫冽抓了回来，他想也没想地跑了过来。如这般鞭打她、教训她，不正是自己想了很久的事情吗？但是他现在在干什么？

商君低叹：“你居然没有死。”当时听到尤霄的死讯，她还感慨了一番，想不到再次见面，竟是这般境地。

尤霄手上一僵，她就这么恨不得他死？收回手，尤霄冷冷地回道：“你很失望？”商君却是轻轻一笑，没有回他。

盯着商君绝美的脸，尤霄低喃道：“你是女人。”为什么交手这么多次，他居然一点儿也没有察觉，是理所应当地认为，女人不应该如他这般刚毅，或者说嚣张？缓缓抬起头，商君把他的话又还给他：“你很失望？”

“是很失望。”尤霄有些烦躁，“你让我没有机会再与你公平一战，赢了你，也没什么意思。”

商君是女子，这个自己一度认为能激起他战斗欲望的对手，此生最好的敌人居然是女子。那么，他和她之间还有什么好斗的？怎么不叫人失望？商君心中的怒火隐隐回升，哼道：“手下败将，何足言勇！”

商君因为疼痛和疲倦，头始终低着。商君这话，本来就刺激着尤霄，而她低着的头，让尤霄误会她正看着自己残疾的脚。被轩辕逸暗算之后，他摔下了山涧，命虽然捡回来，右脚的经络却完全毁了，这只残腿是他心中的最痛。此时被商君提及手下败将，正击中尤霄的自尊。心中的恼怒和悲愤让尤霄失去了理智，手忽然抓住商君的脖子，并慢慢收紧。

喉间的铁爪，抓得商君不能喘息。冷视着尤霄疯狂的眼睛，商君吃力地低语道：“你可以再用力一点儿，我或许——会死得快一些。”

商君支离破碎的声音，涨红的脸，终于让尤霄找回了理智。匆匆收回手，尤霄背过身去，不住地喘着气，他差点就杀了她，为什么他要松手，为什么他的心跳得混乱，为什么他的手在颤抖。

“商君，你真的该死！”只留下一句似叹息，又似咒骂的低语，尤霄头也不回地冲了出去。商君却再也没有精力去分辨这句话后面的复杂情绪，眼前一黑，昏死过去。

御书房。尤霄等在殿前，不知道站了多久，皇上未曾召见，他只能等。他自己也不明白，为什么要来，脚似乎有自己的意识，为一个敌人求情，为什么？第一次见她，她逃出了他的天罗地网，挑衅他。第二次见她，她破坏了他的行刺计划，使诈点他的穴道，羞辱他。第三次见她，本想痛快地打一场，却掉入冰沟。那时，他终于知道，她叫商君。第四次见她，是在大军主帐，她在他脸上留下了这道不能磨灭的印记。第五次……

抚上脸颊上的疤痕，尤霄手下一僵。他记得他们每一次交手，记得她的一切，只因为商君是他心中最大的敌人、最好的对手，是这样吗？脑中闪过暗室里血肉模糊的人影，尤霄的心没来由地抽搐。对，不是心痛，不是心忧，是抽搐，就像是被人紧紧地拧着一样怪异。

心情忽然变得烦躁，而他久等的人，那道明黄的身影也终于从殿内走了出来。尤霄赶紧迎上去，半跪行礼道："叩见皇上。"

看了一眼半跪在地上的人，陇趋穆冷淡地道："何事？"

思索了一会儿，尤霄还是开了口："有一件事，臣想——"

尤霄还未来得及说完，陇趋穆威严的声音已经响起："有什么话就直说，不要浪费朕的时间。"尤霄敛下眼中的痛，冷硬回道："闫冽抓回来那个人，臣认为应该先放了她，拷问了这么多天，也没有结果。不如放了，跟踪此人或许有更大的收获。"

"那个商君，他还没有死？"他早就下了死令，闫冽居然还让他活着。想起闫冽冷邪自我的个性，陇趋穆心下不悦，口气也越发逼人，"商君是个危险人物，身份不明，武功高强，还是缥缈山庄的主人，和萧家、慕容家关系复杂，又和陇宜亥搅在一起，放了他，根本就是放虎归山。"

"但是他也是一枚很好的棋子，而且——"

"够了。"再次打断尤霄的话，陇趋穆不耐地回道，"这件事我已经交给闫冽去做，你管好自己就行了。"说完，陇趋穆忽然想起了什么一般，继续说道，"还有铁甲军的事情，你以后也不用过问了。"

尤霄身子一僵，缓缓起身，瞪着那张毫不在意，毫无感情的脸，一向冷硬的声音，竟有些抖：“就因为我现在是个瘸子，对你没有利用价值了?”他一直就知道自己的用处，现在他已经没有用了，可以一脚踢开了。

显然尤霄从来没有忤逆过陇趋穆的意思，此话一出，陇趋穆先是一怔，不过很快他皱起了眉，怒道：“你最好时刻牢记自己的身份。”

“身份?”尤霄忽然冷笑了起来。第一次，他正视那张他从来只能仰视的脸，也说出了多年想说却不敢说的话，带着几分恨意，几分挑衅，几分决然：“我什么身份？你的臣子，还是儿子!”

啪！一记响亮的耳光伴着一声暴怒同时响起：“滚！朕不想再见到你!”

脸颊辛辣地痛着，右耳轰鸣地响着，尤霄染上轻雾的冷眸，静静地看着那道明黄的背影带着暴怒，带着威严离去。走得决然，几乎不愿意多看他一眼，毫无留恋，对于他来说，就像赶走了一只没用的狗，有什么好留恋的?“哎。”侧殿屋顶上坐着一道白影，一手轻摇殷红折扇，一手握着一壶酒，玄铁面具在夜光下，泛着银光，更添几分邪肆。叹息声似有若无，多少有些幸灾乐祸的感觉。合起手中的扇子，闫洌把玩着，笑道：“你又不是今天才认识他，何苦自讨没趣。二十多年了，你不倦我都倦了。不过，今天你倒没有让我太失望。”起码还敢质疑老头子了，真是难得！那个商君的魅力不小啊。

心情本来就不好的尤霄，这几声调侃已经足够引爆他的怒气。进宫觐见不能带兵器，尤霄拾起一块石子，使足腕劲向着闫洌掷去。

闫洌微惊，立刻侧身闪过，只可惜手中的酒壶正好被石子打中，烈酒洒了一地，也浸湿了他的白袍。闫洌眼中升起一抹暴怒之色，扔下酒壶，冷声说道：“想打架？你从来就不是我的对手，更别说现在还是个瘸子。”

“瘸子”这两个字，绝对是尤霄此刻的死穴，满肚子得不到宣泄的不甘与怒火，让他一跃而起，飞上了屋顶。皇城的大殿之上，一黑一白两道身影拳来脚往，打得不可开交，不过很快，胜负已分。闫洌一记重拳，正中尤霄的太阳穴，猛烈的撞击让尤霄迅速向旁边倒去。在倾斜的瓦砾之上，尤霄脚下不稳，直直地摔了下去。

站在屋顶上，冷睨着地上的男人，闫洌傲慢地说道：“尤霄，你是自作孽。”说完，白影几个起落，消失在皇城之内。重重地跌落在坚硬的石板上，尤霄的前额砸出了一道血口子，血沿额头流进了眼睛里。那双赤红的眼，由痛苦到死寂再到麻木……

缥缈山庄别院。盛夏的夕阳依旧如燃烧的火球，红得耀目，即使暮云极力想要将它掩埋，仍难敌它的光热，为原本苍白的云海镀上了一层金黄的霞光。夏日的刺姬丛苍翠而繁茂，在晚霞的光辉下竟也披上了一道道红光，不同于严冬下的刺红，却也是另一番景致。

后院花厅的门堂，正对着这片刺姬丛，商笑看着眼前的景致，不禁想起了她们的家。那里也有着一片这样的刺姬，每到夏日的晚上，她和姐姐就会在花丛里乘凉。越是想起幸福的时光，商笑的眼泪越是控制不住，使劲地向天上看，就是不让泪落下，嘴里不住地咒骂：“萧纵卿根本是个骗子，说什么有了消息就告诉我们，现在都十来天了，他连个影子都不见，无声门的人也消失了，这算什么？根本靠不住！”

裴彻轻搂着商笑的肩头，低哄道：“笑儿，少安毋躁。”深知这样的安慰苍白无力，但是他们真的已经尽力去查了，奈何对手实在太强大了。

果然，对于这种安慰，商笑已经听得麻木甚至是厌烦了，几乎是在吼叫：“什么狗屁少安毋躁！这么多天，说不定我哥他——”不敢说出任何一个心中猜测和担忧的字眼，商笑闭了嘴。刚好御枫匆忙赶回来，商笑立刻迎上去，急问道：“御枫，你们查了这么久，有眉目吗？我不能再这样苦等下去了，我会疯的！”

迎着商笑急切的眼，御枫微低下头，叹道：“小姐，我们已经尽力在查了，只是关于昊天盟，我们真的没有无声门了解得多。不过现在全城戒严，每天都有士兵逐户搜查。估计主子应该是落到了朝廷手里，我们正在往这方面查找。”每天都是一样的答案，还在查。商笑无力地垂下双肩：

“到底还要查多久?”

商笑的落寞看在每个人的眼里都不是滋味。陇宜亥也忍不住劝道：“商小姐不要太过担心，只要朝廷未能找到他们想要的，商公子的性命应该无虞。”商君果然是个奇才，这座别院的后面，居然还有一个掩藏在奇阵后面的后院，官兵几次搜查别院，也没有找到这里。但是都这么久了，商笑真的不敢再想下去，她快崩溃了。每一天都害怕日出日落，或许她真的不够坚强。怔怔地盯着快要消失在地平线的夕阳，商笑紧紧地环着自己的身体，不由自主地颤抖着。

“小姐！小姐!”一串急促的脚步声，打破了花厅里郁结的气氛，卫溪的声音第一次这样激动，甚至有些慌乱。

商笑与御枫对视一眼，心里皆是咯噔一下，他们已经承受不起再多的打击。最后还是御枫迎了上去，问道：“卫溪，什么事?”脸上带着不知是惊讶还是兴奋的神情，卫溪抓着御枫的胳膊，回道：“你快看，谁来了。”

一向沉稳的卫溪异常的神情让花厅里的几人都起身，走出了屋外。金光笼罩下的刺姬丛中，由远及近走来两人，一男一女，皆戴着斗笠。黑纱隔面，看不清长相，女子一袭青衣，墨丝及地，男子银丝素袍，长身而立。男子始终轻扶着女子，这两人一路行来，就如同一幅绝美的画卷，无关相貌。看见那款款行来的女子，商笑整个身子抖得更加厉害。裴徹也出神地盯着这两人，总觉得很是熟悉。陇宜亥有些莫名，这两人是什么来头，让他们神色如此异常，心中存疑，稍稍上前了一步。

两人走近，女子直直走向商笑，轻掀斗笠，一张素颜出现在众人眼前，清浅的声音轻柔地响起：“笑笑。”

“舒清姐姐——”又见这双温暖的眼，淡雅的笑，商笑再也抑制不住多日的恐惧和无助，扑到舒清的怀里痛哭起来。

第十三章　部署救人

看清舒清的脸，除了商笑，所有的人都傻了眼，虽然他们一直也不愿意相信她真的死了，但是此时看着舒清活生生地站在他们面前，就连卫溪、御枫这样沉稳的人，眼中也难掩波澜。女子是慕容舒清，那男子，莫不是——

裴彻走到男子面前，盯着他黑纱掩盖下的脸，声音竟是控制不住地微颤："轩辕，是你吗？"男子抓住帽檐儿，手一扬。剑眉星目，傲鼻薄唇，就连轻扬的唇角都显其不羁的性情，这人不是轩辕逸，还会是何人！

陇宜亥眼神一闪，此人莫不是去年殁于临风关的东隅名将轩辕逸？他居然没死！果然是他！裴彻一拳重捶在轩辕逸的肩膀上，低骂道："你真该死！走也不和我说一声，信也没有一封，害我担心这么久！"他们可以说是一起长大的好兄弟，出生入死这么多年，两人的默契不言而喻，不然他也不会随便发现一个穿着轩辕逸盔甲，却面目全非的人，就上报朝廷，镇国将军战死。只是即使轩辕逸留下了一些线索，没有实实在在看见他的人，怎么能不担心？

轩辕逸也抬起手，用力地拍了拍裴彻的肩膀，没有多余的解释，男人间的情谊已表露无遗。

肩膀渐渐感觉到湿意，舒清轻抚着商笑的发丝，轻声说道："我们都进去说话吧。"抬起头抹掉泪痕，说了不再哭泣了现在又哭，她真没用。商笑连忙点头，拖着舒清的手，就往屋里走："舒清姐姐，快来。"

舒清随着商笑匆忙的脚步，才走了几步，忽然抚着腹部停了下来，眉头紧皱。这几天，几乎是没日没夜地赶路，她真的有些累了，肚子也不时隐隐作痛，但是怕逸担心，她一直都没有说出来。

虽然舒清已经极力控制自己的表情，轩辕逸还是被吓得不轻，赶紧将她环在怀里，急道："清儿，你怎么样？哪里不舒服？"他真不应该听她的，日夜兼程，硬是将半月的行程缩短成数日！若是为此孩子有个万一，他怎么也不能原谅自己！舒清暗暗深吸了几口气，终于，刚才那一波痛楚过去了，轻轻摇头，示意她没事。

商笑也终于注意到，一向清减的舒清肚子明显突出，震惊地睁大了眼睛，迟疑地问道："舒清姐姐，你，你有孕了——"

"嗯。"舒清微笑点头。

看着舒清疲倦地靠在轩辕逸怀里，手始终轻抚着小腹，脸色有些差，眼中的劳累藏也藏不住。商笑低下头，哽咽道："我，舒清姐姐，对不起，对不起！"她不知道自己还能说什么，舒清姐姐有孕在身还这样奔波，她们欠她的永远也还不清。

轻轻挣脱轩辕逸的怀抱，舒清拉起商笑的手，安慰道："傻瓜，在我心中，你和君就是我的亲人，我和你一样牵挂着她的安危。现在不是难过致歉的时候，我们最重要的就是合力救出君。再说，我现在不是好好地站在你面前了？"红着眼，商笑用力点头，小心地搀着舒清的手："舒清姐姐，我们进去坐下说话，你慢点走，慢慢的。"

舒清哭笑不得，这哪是走啊，简直是在挪，不过包括轩辕逸在内的一群大男人，都认为这个速度很好，她也识趣地乖乖闭嘴，反正也不急在这一小段路的时间。好不容易挪到花厅，商笑把她扶到旁边的软榻上，一边给她加垫子，一边说道："舒清姐姐，你快躺好。"

舒清微笑着坐下，感觉好一些后，立刻问道："御枫，商君失踪几天了？失踪前发生了什么事？这些天你们都查到些什么？"

御枫原本就是舒清身边的人，她的出现也安定了他多日来惶惶不安的心。听见舒清的问话，御枫把这段时间发生的事情简要地说了一番。

在船上的时候，她就问过修之，大概情况也知道一些，环顾了一眼四周，问道：“你刚才一直提到无声门主萧纵卿，他现在人呢？”舒清的眼光在唯一一个没有见过面的锦衣男子脸上停了一会儿，不过很快移开。传说这萧门主年纪不过双十，应该不是他。

“萧门主十几日前与我们分开了，原来说好一有主子的消息就会告知我们，但是那日之后，他就没有再出现过，无声门的人也消失了。”他们也不知道究竟是怎么回事。

消失？无缘无故，怎么会消失？舒清思索了一会儿，对着卫溪说道：“卫溪，你立刻去你所知的所有无声门据点，找到萧纵卿。如果找不到他，就留下消息，说，缥缈山庄已经找到营救商君的办法，让他立刻过来一趟。”如果不是出了什么事，以御枫所言，萧纵卿对商君的关心，必定马上到，如果不来……结果不言而喻。

“是。”卫溪领命离去。商笑抑制不住心中的激动，又不敢碰舒清，只能不住地问道：“舒清姐姐，你真的有办法救我哥了？是什么办法啊？”

扬起一抹清淡的微笑，舒清回道：“我会把商君救出来的。”

虽然舒清没有说什么方法，但是那仿佛一切尽在掌握中的气势让商笑坚信地回道：“嗯，我相信，舒清姐姐一定能救出我哥！”她知道，舒清姐姐的出现，不仅仅是给她吃下了一颗安心丸，御枫和卫溪应该也是信心倍增吧。

“裴彻，有件事我想请你帮忙。”

裴彻大方笑道：“有什么吩咐，嫂子你尽管说。”

这家伙，真是无时无刻不忘消遣别人，舒清轻笑说道：“陇趋穆派了护卫军封锁天城，而且城内外都有据点。炎雨、苍素也随我来了，就在院外。我想请你带领他们把天城内外的兵力分布情况画一张图给我，子时之前我要拿到。”听了舒清的安排，裴彻隐隐感觉到，这次她要有大动作，不禁也严肃起来，回道：“没问题。”

天城已经封锁，行动确实极为不便。想起刺姬下，耗时三年所建的地道，御枫走到舒清身边，低声说了几句。舒清惊讶地叫道："真的?"

御枫点点头。舒清暗叹，商君真是太厉害了，居然挖了这么多密道，这下她行事就更容易了！看看屋外，月亮已经升起，舒清说道："御枫，你帮我出城外去等几个人。"她一下船就给慕容星魂和沈啸云发出了急笺，算算时间，她要的人今天也应该到了。

"什么人?"在御枫和商笑疑惑的目光下，舒清淡笑回道："风雨楼北堂主花咏沁，慕容家的总管冯毅，还有一个人，你应该已经很熟悉了，是修之。"

城门已闭，修之正在城外等待护送慕容家的货物、装扮成家丁的海域精锐到达，这么多人实在需要小心谨慎。

商笑微惊："他真的又回来了?"修之走的那天，她发现袭慕居然没有离开，她当时就猜测他还会再回来。她或许错怪了秦大哥，不过那袭慕是块又臭又硬的石头，问什么都不答！舒清轻轻扼首，叹道："你该好好谢他。"他是用自己那颗心的自由做的交换。商笑似懂非懂，不过还是听话地点头。

朝着轩辕逸轻轻招手，轩辕逸微低下头，舒清在他耳边低声说了两句，又对御枫说道："御枫，你把东西交给逸，就去城外等人吧。"

"是。"御枫离开了，轩辕逸也随着他去取暗道的地图。舒清暗暗出了一口气，这一屋子的人终于少了一些。缓缓转过头，舒清终于对上了那道已经默默观察了她一整晚的探究眼光。绛紫锦衣，腰别凝脂白玉，脸上是儒雅的浅笑，面对自己可以说得上放肆的目光，他坦然以对。良好的修养，淑人君子之风尽显，他眼底的精光，眉羽间难掩的尊贵与坚毅之气，舒清自然也没有错过。

舒清微微欠身，算是行了礼，说道："这位就是睿王吧?"

陇宜亥微笑回礼，赞道："慕容小姐，久仰了。"慕容家他是早有耳闻的，而慕容舒清，他确实没怎么听说过。不过今日一来，他算开了眼界。

纤弱之姿却是风骨幽然，气韵天成，身为女子，亦是胆识过人，行事果断。难怪，她的出现让这一群人仿佛一下子看到了希望。即使，她只是一个手无寸铁的孕妇。

舒清微微一笑，坦然回道："睿王言重了，慕容舒清已死，我只不过是商家的旁亲，睿王叫我舒清即可。"

"好。"陇宜亥也从善如流，笑道，"在舒清小姐的部署中，不知可有予函出力的地方。"

"当然。"舒清声音略略放低，回道，"有一件事，非睿王出马不可。"

"何事？"陇宜亥还好奇，什么事情非得他才能做？

舒清唇角轻扬，平淡地吐出两个字："逼宫。"

商笑张大嘴，惊异地看着舒清，虽然她和姐姐一样，无时无刻都没有忘记家仇，但是这样光明正大，轻松随意地说出"逼宫"二字，商笑一下子没能反应过来。陇宜亥心下一惊，一旦逼宫，倘若不胜，那就是死无葬身之地，更会背负犯上作乱、弑君篡位的罪名。目前他与陇趋穆的实力明显悬殊，她让他此时逼宫，不就是让他送死！她想救商君的心情他可以理解，他何尝不想施救？只是她不该如此利用别人，此等足以灭九族的事情，她说起来倒是一派悠然。心下不悦，予函口气微冷地回道："小姐是想借此举分散朝廷的注意力和兵力，以便救出商君吧？只是如此未免太过冒险！"

舒清不在意他微变的脸色，反而更加悠闲地拿起旁边的靠枕，细心地垫在腰后，口气随意地低笑道："有时候箭在弦上，由不得你不发。从东隅一路行来，据我所知，临风关一役中战败的军队已经开始整顿。如果我没有看错，陇趋穆将会把他们调回天城，那可是六万大军啊。就不知道那时睿王的处境……"说完，舒清稍稍停顿了一会儿，相信后果不用她说，陇宜亥也应该明白。

如愿地看见陇宜亥眼中闪过一抹焦虑。舒清轻轻昂首，正视着他的眼笑意不变，眼神却已不再轻柔，冷然的低语，精光毕露的眼，莫名地让人感觉到压力："商君既然愿意相助睿王，想来，睿王必是苍月的希望，也必有一国之君的气度和胸怀。商君为何会落入危险之中，睿王应该比我明白。其实此时逼宫，不仅能让商君更容易脱困，睿王也可以趁此机会一举夺政。你我也算各取所需，睿王不妨权衡一二。"他的命是命，君的命就不是命？若他是这样的人将来登上王位，也不会是苍月的福气。

舒清话锋凌厉，即使她现在大着肚子，斜靠在软榻上，你也丝毫不敢轻看她。陇宜亥暗暗钦佩的同时，也感受到了前所未有的压力，这个女人，非常懂得谈判的技巧。在道义上，商君为了救他才出的事，如果他委延推脱，那便是忘恩负义之徒。在宏图大业上，现在已到最危急的时刻，有她相助，事半功倍。在这样的情况下，他岂能说一个不字！陇宜亥苦笑一声，回道："小姐果然是生意人。"显然他已经想清楚了。舒清微微一笑，却坚持要他亲口允诺："睿王意欲如何？"

陇宜亥暗叹，她与商君果然不同，想说服和打动她要困难得多。而且她有一双敏锐的眼睛，仿佛可以洞悉一切。陇宜亥迎视舒清，正色回道："商君一定要救，逼宫之事可以进行，不过还需好好商榷权衡一番才可行事。毕竟，若是败了，牺牲的不仅是我陇宜亥一个人，我也要为他们着想。"他的答案，舒清还算满意，继续问道："睿王手下，能用之人有多少？"

舒清与风雨楼交情颇深，兵力之事，她总会知晓，若让她觉得自己不坦诚，只怕难得她的信任。陇宜亥暗暗权衡了一番，决定不再隐瞒，回道："天城中，睿王府还能为我调动的不过百余人。北军，差不多六万人。早些日子，我已经修书让他们分批隐秘入天城，但是北军驻地离京太远，就算日夜行军最少也还需七八日，只怕商君等不了这么久。自古以来，没有军队，想要逼宫几乎是不可能的。就不知，小姐是否另有打算？"六万？比她想象的多一些，难怪他敢想称帝之事，而陇趋穆想要他死了！自古，兵权都是让上位者忌惮，让谋权者疯狂的东西。

心中自有一番计较，舒清思量着回道："游城的军队，要调回天城也需些日子。只要在这七八日中，救出商君，逼得陇趋穆退位，就足够成事了。目前重要的，还有两件事，第一，明确商君的位置；第二，筹集和安排人手。离子时还有些时间，睿王清点好自己的兵马，稍加休息，晚一点儿再做商讨。”

“好。”陇宜亥微笑着离开了花厅，与慕容舒清一番浅谈，接下来如何行事，他也另有一番度量。待陇宜亥走后，商笑赶紧问道：“舒清姐姐，那我呢？我需要做什么?”轻拍商笑严肃的脸颊，舒清微笑回道：“你的事情是最最重要的。”

“什么?”商笑赶紧坐直身子，心也为着“最最重要的事情”扑通扑通地跳起来。看她严阵以待的样子，舒清失笑，回道：“给大家准备吃的!”

“就这个?”商笑有些失望。

舒清却是认真地说道：“别以为这个不重要，五六千人的口粮，你最少要准备五日的量，现在天城戒严，筹措这么多粮食，可不是件容易的事情。”也是，食物乃是一切的根本，商笑用力点头，回道：“好吧，筹措粮食的事情交给我。”

扶着舒清起身，商笑指着舒清的肚子，调笑道：“我先带你回房休息，再让厨房给你准备些吃的，可不能饿坏了宝贝!”

“好。”在商笑的搀扶下，两人一路挪动着。走到花园，就碰到了匆匆走来的轩辕逸，商笑微笑着叫道：“轩辕大哥。”对她点了点头，轩辕逸已将舒清轻揽在怀里，担忧地问道：“累了吗?”

舒清微笑着摇摇头，两人皆没有多说什么话，但是那相依相偎的温情已叫人羡慕。默默地走在他们身侧，看着舒清姐姐轻柔的笑容，商笑低下了头。舒清姐姐终于找到了自己的幸福，她却又自私地将她卷进了这场恶斗中，心里涌现的愧疚几乎将她淹没。好不容易走到旁边的厢房，商笑低声说道：“这就是你们的房间了，舒清姐姐你好好休息一会儿，饭菜很快就会送过来了。”说完，商笑连忙转身，却被舒清轻轻拉住了手腕，低叹一声说道：“笑笑，你没有做错任何事情，如果你不去找我，君真的出了什么事情，我才要怪你。我现在很好，孩子也很好，我希望不仅仅是我幸福，你和君也要幸福。你明白我的心情，对不对?”

感受着舒清手心的温度，商笑用力地点头，却回不了一句话，她怕泪水会不争气地流出来。唉，她们这两姐妹，就是喜欢把什么都往自己身上揽，君是这样，她也是这样。轻拍着商笑的手，舒清故意调笑道：“好了，以后不许说那些傻话或者想些怪念头。你还是想想，有什么好吃的，给我和君好好补补!”

“嗯。我去准备吃的。”深吸一口气，商笑终于挤出一抹牵强的笑容，匆匆往厨房的方向跑去。轩辕逸将舒清扶进房间，在桌前坐下，紧紧握着她的手，急问道：“哪里不舒服告诉我。”

这个刚毅霸道的男人，几时有过如此彷徨心慌的表情。回握着轩辕逸的手，舒清心里暖暖的。把他的手轻轻放在自己的肚子上，舒清笑道：“就是有些累，刚才休息了好一会儿，现在已经没事了。”

感受着舒清平稳的呼吸，轩辕逸的心也才缓缓归了位。

半靠着轩辕逸，舒清低声问道：“东西拿到了吗?”

“在这儿。”从袖间掏出一张三尺有余的素白锦缎，摊开在圆桌之上。庞大的地道图，密密麻麻，却又井然有序地分支，出口的设计隐秘而繁多，几乎囊括天城的主要道路，甚至连皇宫地下都有。每一个旁支又相对独立，即使敌人发现入口，也可以简单地封锁几个点就能防止敌人一网打尽，而复杂精细的内部结构，没有图纸进去了也极容易迷路。

将军出身的轩辕逸，更是看得入迷，忍不住叹道：“太精妙了，这绝对是一个大工程。”舒清也惊叹于眼前的地道图，不过只一会儿，舒清面色有些忧郁地看向轩辕逸。他的眉头也是越皱越紧。舒清微笑问道：“在想什么?”再次环上舒清不再纤细的腰肢，轩辕逸低低叹道：“和你想的一样。”

“陇宜亥!”两人同时脱口而出，说完相视一笑，看来夫妻做久了，他们倒是越来越有默契了。盯着眼前精妙的地道图，光是想象它的存在，轩辕逸都有些热血沸腾，低叹道："这样一个庞大的地下通道足可以让任何上位者心惊胆战。即使他再信任一个人，地道的存在也会如芒刺在背。但是如果用过这次就毁了这个地道，实在是可惜。"

舒清点头，脸色凝重："我担心的不止这个。商君的为人，我很清楚，她不图富贵，不慕高位，不恋权势，一心只想替家人报仇雪恨。这件事完结之后，估计她会隐居山林，或者回到缥缈山庄那个三不管的地带，逍遥自在。我就怕商君有隐退之心，陇宜亥却没有成全之意。毕竟，她现在能挖出一个地道，改天她还能做出什么来，谁也不知道。对于君王来说，某些人不能为我用，必为我所杀。"

听清儿的口气，轩辕逸猜道："你打算，不让陇宜亥知道地道的事情?"舒清肯定地点头："嗯。"轩辕逸却有些担忧，动用这么庞大的地道，如何能不被他所知，没有陇宜亥的兵力，这场仗只怕更难打了。

舒清显然并不担忧，微笑回道："北军未到之前，陇宜亥手下只有百余人，需要进入地道完成的事情，海域精锐就可以完成，根本不需要用到他。他的用处在于他的身份。"他是唯一有资格向陇趋穆逼宫的人。

清儿说得没错，轩辕逸点点头，轻柔地将她扶起，劝道："你累了，躺一会儿，这图我来研究就好。"

舒清听话地回道："好。"关于这些地图、谋略，轩辕逸比她厉害得多，有他帮忙看，她很放心，而且她也是真的累了。

轩辕逸扶着舒清在床上躺下，拉起薄被替她盖好，轻柔的吻落在眉心。轩辕逸才放下帷帐，走回圆桌前，怕烛光会让舒清睡不好，还将烛火拿远了些，用高大的身体挡住烛光。手轻抚着越来越滚圆的腹部，舒清静静凝视着那道挺拔的身背，嘴角含笑，安心地闭上了眼睛。舒清一向好眠，不一会儿便睡着了。听到床帏内的呼吸声渐渐绵长平稳，轩辕逸才埋首于复杂的地道图之中，越是细看，轩辕逸越是佩服商君的巧思。清儿担心得没错，他若是上位者，也绝不放过这样的人才。

也不知道过了多久，门外传来窸窸窣窣的声音，细听之下，才听清是商笑的声音："舒清姐姐。"轩辕逸抬头，低声说道："进来说话。"

商笑推开门，看见帷帐低垂着，不敢上前打扰。看向轩辕逸，商笑轻声问道："轩辕大哥，舒清姐姐没事吧？"

轩辕逸还没来得及回话，帷帐已被素手掀开，舒清笑道："睡了一会儿，现在精神很好，是不是他们回来了？"

看舒清的脸色确实红润了一点儿，商笑一直提着的心也放了下来，回道："嗯，卫溪和御枫他们都回来了，裴彻还没见影子。"不知道他子时前能不能赶回来。

"逸，我们过去吧。"

将地图收入袖间，轩辕逸回道："好。"

挽着舒清的手腕，商笑细心地说道："舒清姐姐，我扶你，小心哦。"舒清微笑点头，三人朝花厅缓慢行去。

舒清才踏进花厅，最先迎上来的是慕容家的管事冯毅，快六十的老者依旧健硕如昔，声如洪钟。本以为此生无缘再见，今天又能看到舒清，他的眼眶也忍不住泛红，"主子！"

舒清微微一笑，问道："冯管事，近来一切都好吗？"

冯毅赶紧点头，欣慰地回道："少爷已经能够独当一面，星月小姐也请了夫子教授课业，红袖、绿倚她们都好。"

那就好，舒清牵挂的心也缓缓落地，转头看去，对上了一双算不上凌厉，却让人不能忽视的眼。对上舒清的目光，花咏沁轻轻颔首道："舒清小姐。"

"这次真是麻烦你了，花堂主。"舒清暗暗观察，此女相貌普通，即使路上遇见，恐怕也引不起任何人的注意，但是细看之下，此人眉宇间蕴含着英气，又不乏女子特有的娇柔，很奇妙的一个人。

面对舒清的审视，花咏沁表情自然，回道："您不用客气，楼主交代，小姐有事尽管吩咐就是，风雨楼赴汤蹈火，在所不辞。"

赴汤蹈火，在所不辞？这可不像是那个钱奴沈啸云说的话，倒颇有唐晓晓的风范。舒清低笑：“是你家楼主夫人说的吧？”

花咏沁一怔，舒清小姐果然是主子的至交好友，这话确实是楼主夫人说的，不过楼主也没反对就是了。看她笑得一脸不自然，舒清就知道，自己猜对了。

花厅原本很宽敞，但是一下子站了十个人，就显得有些拥挤，但是谁也没敢挡着孕妇的道，舒清慢慢挪到了软榻上坐好。

扫了一眼卫溪身后的男子，舒清微笑问道：“卫溪，他是？”那人一身黑衫，眼神坚定，冷傲有余，却不像是一门之主。果然，男子微微抱拳，沉声回道：“在下流光，无声门人。”萧纵卿果然没来。舒清直接问道：“你家主子呢？”

流光并未回答这个问题，只是冷声回道：“我此次来，只能将近日查到的关于商公子的事告知各位，其他的无声门无能为力。”他本来也不用来，不过看在门主与商公子的情谊上，他还是走了这一趟。

流光口气冷硬，一副行事匆匆、不愿多谈的样子触怒了商笑，亏她曾经还把希望寄托在无声门身上，若如此不情愿，一开始便不要来凑这热闹。给了别人希望，现在又撒手不管？气不过，商笑忍不住说道：“萧纵卿太过分了，不帮就不帮，好歹自己当面来说，派个人来是什么意思。”

流光眼中闪过一丝怒意，不过随后压制了下去，虽然只是很短的一瞬，却没能逃过舒清的眼睛。轻拍着商笑的肩膀，像是在安慰她，实则，舒清却是对着流光说道：“只怕他是想来没法来了吧。”

低吟般的猜测让流光如遭电击一般怔住了，看向舒清的眼神，也渐渐染上戒备。这些人中，修之算是与萧纵卿交集颇多，不免有些担心他的安危，问道：“舒清此话何意？”

舒清淡笑不语，转而看向花咏沁。花咏沁淡然回道：“无声门忙着找门主，自顾不暇。”流光心惊，微眯起眼，冷视花咏沁。舒清却是心情大好，传说风雨楼北堂主心思缜密，为人低调，却是个暗中游走各国的顶级探子。今日看来，所言非虚。

秦修之大惊，急道："流光，萧门主真的失踪了？"思索了片刻，流光看看舒清，再看看花咏沁，最后才略带烦躁地回道："也算不得失踪，主子多日前回家了一趟，结果就再也没有出来。我们查过，他一定还在萧家，就是不知道被萧纵寒关在什么地方，寻了多日，毫无所获。"萧纵寒？舒清轻皱秀眉，看向花咏沁，问道："萧纵卿是苍月萧家的人？"

"他是萧家的三公子。"

原来如此。舒清沉思片刻，忽然抬起头，对着流光说道："流光，明日无声门若全力配合我救出商君，我就帮你要回你家主子。"

舒清此话一出，不仅流光惊讶，花厅里的人无不一副忧虑的样子。无声门寻了十几日，未能找到机会救人，她一个东隅商贾，凭什么救？

流光沉默了一会儿，随即冷声说道："与无声门谈交易，可容不得糊弄。"舒清坦然一笑，并未指天誓地，只淡笑回道："我向来言出必践。"

"好！"反正一时之间，他们也没有什么更好的法子，如果慕容舒清只是吹嘘利用他们，无声门也不是好惹的。

裴彻的朗笑声从门外传来："好热闹啊。"还未进屋，就已经看见满屋子的人在晃动了，舒清这次可算是倾尽全力了。

听他愉悦的声音，她要的东西应该已经到手，时间紧迫，舒清伸出手，问道："东西呢？"

"幸不辱命。"掏出一张布绢，裴彻交到舒清手中，不查不知，陇趋穆近日安插了这么多暗哨。

"好。大家都过来。"将布绢平摊在矮几上，舒清指着上边的暗哨，说道："我预备明日辰时救人，到时候……"

别院里人头攒动，谋划策动。别院外，夜愈见深沉，万籁俱寂。明日不知又是何光景。

"早啊，商君。"耳际响起朦胧的调笑声，沙哑而刺耳，不用睁眼，商君也知道耳畔之人是谁。

商君稍稍动了一下。闫洌继续低笑道："昨晚睡得还好吗？还记不记得，今天是你被抓进来的第几天？"

在这暗无天日的地方，她早已分不清是白天还是晚上。自从上次尤霄出现过一次之后，就没再出现了，白衣人也没再让人鞭打她，但是长时间的悬吊和本就严重的伤势，商君几乎都处在昏迷的状态。过了几天，她早已记不清了。商君低垂着头。闫洌拿起折扇，抬起商君的下巴，确定能看清商君的表情了，才似笑非笑地说道："想不想知道，今天外面发生了什么有趣的事情？"

商君缓缓睁开了眼睛。闫洌故意逼近商君，面具几乎与她的脸贴在一起，才又缓慢地说道："陇宜亥居然主动露脸了。"已经有些混沌的脑子，片刻之后才理解白衣人这话的意思，眼中掠过一抹诧异。

"惊讶吧。"闫洌收回折扇，商君的头又缓缓低垂下去，不过他的下一句话，让商君又挣扎着抬起头来。

"还有更好玩的事情。皇城里的暗哨，在今日辰时同时遭刺。敌人神出鬼没，老头子一下子成了瞎子。连发三道圣旨，命五十里外的护城军队入城救驾，结果杳无音信，送圣旨的人更是有去无回。"想到老头子吹胡子瞪眼的样子，他就觉得好笑。

商君若有所思地看着白衣男子，他说得兴致勃勃，他不是陇趋穆的人吗？如果是，他这个时候应该去想办法给他解围，而不是像现在这样幸灾乐祸；如果他不是，那他为什么和尤霄说话时，口口声声提到陇趋穆呢？

误以为商君是对这件事感兴趣，闫洌语气更为兴奋地笑道："有意思吧？更有意思的是，陇宜亥此时终于'大病初愈'，出现在皇城内。平时躲得比老鼠还深的人，此刻堂而皇之地出现在本应该是重兵把守的睿王府门前大方派米给老百姓，是不是有意思？"

虽然只是粗略地听了一些，商君渐渐明白，予函他们正在想办法救她，可是，他们要准备怎么做呢？

有这个疑问的不只商君，闫洌也在牢房里走来走去，抓着折扇，轻拍在掌心上。啪啪的拍打声在森冷的石室里响起，有些怪异，嘴里低喃着：“只一个晚上而已，到底发生了什么事？”据他所知，这十几日，并未有什么异常，而且城门紧锁。一时间，陇宜亥上哪里变出那么多人来。

最后，闫洌在商君身边停下，啧啧笑道：“看来你还很重要的嘛，陇宜亥搞那么多事，又不进皇城，不就是想救你吗？我就陪他玩玩。”他倒想见识见识陇宜亥有多厉害。

不，不是陇宜亥，他手下没有这么多可用之人，难道是三儿回萧家求援了？如果萧家已经出手，事情就应该做得更决断一些，不至于像现在这样，有些故弄玄虚，难道——是她！商君的心忽然一阵紧缩，又酸又痛，她还是来了吗？她到底还要亏欠她多少？商君陷入自责中。闫洌轻轻扬手，门外进来四个黑衣人。闫洌低声说道：“把她给我带走。”多日的捆绑和鞭伤，麻绳早就已经深深地陷入肉中。黑衣人粗鲁地扯下麻绳，商君立刻痛得冷汗直流，这时才发现，自己已经被几人半拖着往外走。盯着闫洌，商君低喘问道：“你要带我去哪儿？”

双手环在胸前，闫洌略带几分得意和挑衅，回道：“我们来一招螳螂捕蝉，狡兔三窟，如何？”他果然狡猾。看到商君眼含恨意，闫洌心情更好，低笑道：“你放心，我现在不会要你的命，好戏还在后头呢。你要挺住，可别不小心就死了。”说罢，闫洌摆了摆手，两个黑衣人立刻拽着商君的肩膀将她拖了出去。

睿王府邸。“流光和卫溪带领的五百人已经潜进囚禁商庄主的暗牢，目前还没有出来。袭慕和裴彻带领的两千人也将皇城内六十处明哨暗哨拔掉。夜焰、炎雨带领的一千精锐成功阻断了天城与驻军的所有通路，已拦下密诏三封。”一晚上没睡的舒清舒服地半靠在丝绒软榻上，听着苍素略带兴奋地回报着辰时到现在的战况，一脸平静，未见喜色。

轩辕逸是昨晚讨论出来最适合指挥这次营救的主将。听完苍素的话，轩辕逸沉稳地说道：“很好，让夜焰和御枫他们一定要撑过今天。”

“是。”卫溪刚要离开，沉默了一个早上的舒清忽然开口：“等等。”

低眉思索了一会儿，舒清缓缓看向苍素，沉声说道：“让御枫盯紧暗牢方圆十里的各个路口，绝不能让他们从别的地方跑了。今天无论如何我一定要见到君，生要见人，死要见尸！”

主位上的陇宜亥莫名地心忧，他们做这么多就是为了救那个人，万一他有什么不测……

负责贴身保护陇宜亥的何绍华，听了一个早上的局势变化，终于忍不住上前一步，说道：“舒清小姐，在下有一事不明，还望赐教。”

舒清侧头，看见了一张年轻而张扬的俊脸，微微一笑，说道：“请。”

“您既然已经隔断了陇趋穆救援的路径，今早一番围剿，铁甲军损失过半，目前正是皇上孤立无援的时刻，为何不让我们睿王一举攻入皇城，反而还要大张旗鼓地暴露自己。过了今天，护城军发现异样，岂不白白损失了这大好的机会？”经过昨晚的讨论安排，到今天的天城局势，何绍华对这位看似柔弱的舒清小姐也是心生佩服，只是他真的不明白，为何她要阻止他家主子此时杀进皇宫？

舒清猜想，不仅这小伙子这么想，估计睿王府的人都这么想吧。舒清缓缓坐直身子，反问道：“你也说护卫军明日就能回来救驾，在北军未到之前，我们加起来也就五千多人，目前暂时占了上风，完全是取巧。兵力不足，睿王又拿不出能证明自己就是正统的皇位继承人的证据，此时攻入皇城，逼得陇趋穆鱼死网破，你想，后果会如何？”清冷低浅的语调，没有咄咄逼人，却让一屋子的睿王亲信陷入了沉思。

越想越觉得险恶，何成也忍不住说道：“按您这么说，那到了明日，主子不是一样要面对这样的困境。”

何绍华低喃道：“按我说，今天就不应该露面。”

舒清轻轻摇头，正要解释，不过有人比她快了一步。陇宜亥朗声笑道：“此时露面正是时候，虚则实之，实则虚之。”他越是光明正大地出现，陇趋穆越是不敢轻举妄动，他越是按兵不动，陇趋穆才越是胆战心惊。不明白主子说的虚虚实实，何绍华只关心：“那明日怎么办？”

舒清耸耸肩，轻声笑道：“睿王病愈，只是在自家门前派米。劫狱、诛杀信使的，又不是睿王府的人。陇趋穆一时之间还找不到借口对付你家主子。再则，明日有明日的局势，说不定明日护城驻军根本没有机会救驾。”陇宜亥似乎听出了话里的玄机，立刻问道：“此话怎讲?”

舒清也不故弄玄虚，回道：“皇城附近，能灭区区两万驻军的，还有一支队伍。”陇宜亥蹙眉，“你是说，萧家?”

舒清点头，陇宜亥显然有些失望：“萧纵卿亲自回去说情都被软禁，萧家不会帮我们。”

“那可不一定。”舒清自信满满地说道，“这个事情，只有一个人能说服萧纵寒。”

“谁?”陇宜亥不知道，还有谁比萧家三公子更能说服萧家。

撑着软榻，舒清站起，坚定地说道：“就是你！苍月未来的王!”

陇宜亥一怔，慕容舒清是要他效仿先祖，以他的实力和日后的利益打动萧家？舒清很满意，看来她不用费力解释了。看看已经正午的日光，舒清笑道：“时间差不多了，你去吧。”要想成为真正的赢家，无上的君王，陇宜亥必须自己去争取，没有人能帮他。

“好。”陇宜亥了然，这次是他能否成事的关键。对着舒清和轩辕逸微微揖手，陇宜亥疾步离去，才走了几步，忽然听到舒清的声音懒懒传来：“对了，如果睿王成功了，可别忘把萧纵卿要回来，不然我可要失约的。”

陇宜亥失笑，原来她一开始还真的是在糊弄流光。

商君被拖着在一个弯曲的通道里走了大约一刻钟，忽然感觉身边的人停了下来。几个黑影在眼前晃动，肩膀上的钳制一松，商君软倒下去。就在她快要撞向坚硬石砖的时候，腰间倏地又是一紧，商君感觉自己被一双有力的手环住腰肢，宽大的披风罩在她的身上，将她紧紧裹住。

商君勉强睁开眼睛，还没看清眼前的人，那双环着她的手，一使力，将她扛到了肩上。天旋地转之后，商君只看见地上横着黑衣人的尸体，而另外几个脸上蒙着面巾的人，正拖着他们的尸体丢到通道的死角处。

这些人不是他的人，他们是谁？想干什么？

商君不安地扭动着身子，一道冰冷的男声低喝道：“别动。”

这声音——扛着他的人居然是——尤霄！商君本来已经混沌的脑子此刻越发糊涂了，尤霄和白衣男子不是一伙的吗？还是他们演这一出戏，是在耍什么花样？也不知道为什么，确定是尤霄之后，商君反而平静了下来，也懒得动了。静观其变吧，她现在也没有能力去改变什么。

尤霄狂奔了一阵之后，商君感受到了刺目的阳光，这是她十多天来，第一次感受到太阳的温暖，想要睁开眼睛，却被久违的光芒刺痛。另一侧，埋伏在暗室对面斜坡之上接应的御枫，也看到了这奇怪的一行人从暗室的一个出口冲了出来。七八个黑衣人蒙着面巾，最中间那人的肩膀上还扛着一个人，看身形有些像主子，但是看不见长相。怕是敌人调虎离山之计，御枫不敢轻举妄动，想了想，沉稳地部署道：“你们留在这继续观察，你们几个随我来。”几人在矮丛的掩护下，缓缓向黑衣人靠近。

好不容易适应了正午的阳光，商君缓缓抬起头，尤霄却忽然停了下来，浑身一僵，耳边随即传来那道让人心颤的沙哑男声：“尤霄，你抢人抢到我这来了，胆子不小啊！”闫冽满目寒霜，眼中的杀气，浑身上下散发的邪魅之气，让尤霄竟不自觉地后退了一步。看样子，闫冽真的动怒了。从小一起长大，没有人比他更了解闫冽，他孤僻怪异，残忍冷情，或许今天他不但救不出商君，自己也会死在这里。

多说无益，尤霄向旁边的几人打了一个手势，后面的人立刻变换了队形，将尤霄护在身后。尤霄一路往后退，扛着商君朝着另一个方向奔去。

“想走？”闫冽冷笑，只见他轻轻抬手，身后十几个黑衣人立刻长剑出鞘。“一个不留！”冷残的话语，依旧毫无起伏。他身后，黑衣人鬼魅般的身形迅速飞身而出，直奔尤霄。这群人身手奇快，招式诡异，尤霄的手下根本不是对手。很快，黑衣人的长剑缠上了尤霄。才接了对方一招，尤霄立刻了然，这些人是闫冽训练多年的魅影死士，他们的武功就是与他相比也是不相上下。几招下来，他已经吃不消，手臂多处见血，不得已，尤霄将肩上的商君抛到旁边的矮丛里。

在草丛里翻滚了几下，商君趴倒在矮丛里，一时无力站起来。

看着前方打得不可开交的两队人马，躲在树丛里的御枫示意身边的人按兵不动，自己悄声接近那个被丢在一旁的人，宽大的披风将他裹得严实。御枫思索了一会儿，才抓住那人的肩膀把他翻转过来。

待看清那人的脸，御枫的声音也随之颤抖："主子——"那张曾经无人能及的俊颜上，交错着数条狰狞的鞭痕，鞭痕从脸上延绵到脖子下。御枫不敢想象，披风下的身体该是受了怎么的酷刑。将商君扶起来，御枫急道："主子？主子您醒醒！"

商君嘴唇干裂苍白，脸色暗青，眼睛明明是睁着的，却似乎没有焦距，看不见他一般。御枫心下一慌，对着前方矮丛里的人叫道："你们几个过来。"潜伏的人涌上前来，也都被商君的惨状惊得心酸不已，这是他们那个丰神俊朗、神武脱俗的主子吗？正在他们恍惚的一瞬间，两个黑衣人朝着商君冲了过来。抽出长剑，御枫一边迎上追来的黑衣人，一边对着身后的人叫道："带主子走，快！"四人利落地扶起商君，向着斜坡的方向奔去，那里还埋伏有几十人，上到斜坡主子就安全了。

草丛里忽然蹿出来的人让闫冽微微皱起了眉头。还有人接应？尤霄居然和那些人勾结，这点他倒是没有想到，扬起一抹冷残的笑，好吧，好久没有狩猎了，今天可以玩一玩。闫冽伸出手，寒声说道："弓。"一把长弓立刻递到闫冽手中。缓慢地举起弓箭，闫冽一副懒散的样子，看似随意地拉弓放箭，却每一箭，都正中护送商君离开的人，箭箭穿胸而过！

商君恍惚中，只听见利箭划破长空呼啸而来的声音，接着身边的人，一个一个倒下。蹒跚地转过身，商君微微眯眼，眼睛里除了人影晃动，其他的仍是一片模糊。但是她能感觉到，利箭已在弓上，下一箭刺穿的将是她的胸膛。冷视远处，商君面色平静，这一箭她已是避无可避，那就来吧。

他讨厌她那份冷漠傲然的样子！闫冽握箭的手紧了紧，满弓而发——

力透千钧的长箭以极快速度射出，目标便是摇摇欲坠的商君。商君，本来想留你多活几天，既然如此，那你就去死吧！

黑衣人的武功都很高，在他们的纠缠下御枫无暇分身，卫溪和流光又还在暗室里。看到远处长箭所指之处，御枫心急如焚，不理会劈向他身上的长剑，飞身上前。不过，一道影子比他更快，挡在了商君的面前。

商君等待着长箭没入身体，不承想眼前忽然出现的是尤霄的身影。长箭刺穿胸膛的声音，商君听过无数次，这一次，却格外清晰。

“尤霄？”商君不敢相信眼前看到的，尤霄的脸在她眼前放大，长箭已经刺穿他的胸口，箭尖紧贴着商君前胸，血沿着箭锋，咕咕地流淌着，在商君的披风上留下涌动的血液痕迹。长箭刺入尤霄身体的那一刻，闫冽握弓的手也是一僵，他居然——居然替她挡箭？“为什么？”商君茫然地盯着尤霄深沉的眼睛，里边闪耀着一抹她看不懂的光芒。

喘着粗气，尤霄站不稳，跪在地上。手中的银戟重重插在土里，才勉强没有倒下，只是他颤抖的手上，青筋几乎要暴出来。与他一同跪下，商君抓住尤霄的衣襟，低吼道：“为什么？为什么救我？”她真的不懂！

“因为，只有你配做我一生中唯一的对手，所以，你——只有我可以杀！谁都不能要你的命。”尤霄和着粗喘的低哑声音，如同他每一次所说的挑战宣言一样响起，只是这一次，商君的心就像被什么东西狠狠地揪住一般，算不上痛，却让她几乎喘不过气来。

手中濡湿的血液让商君终于回过神来，点了他止血的穴道，低声说道：“好，不管你为什么救我，现在先别说话，你一定要撑住！”

尤霄却不领情，盯着商君的眼睛，冷声问道：“我只问你一句话。”

“什么？”

忽然伸出手，尤霄紧紧抓住商君的手腕，逼问道：“若还有来生，你可愿与我再做对手？”冰冷的掌心，暗紫的唇色，显示尤霄已经中毒。对上他布满血丝的双眼，商君的心涌起一股酸楚，低声叹道：“我管不到来生，但是今生你是我商君最好的对手！”

“好！有你这句话，就够了。”尤霄大笑，震耳的笑声豪迈而带着悲凉。胸口的震动让本来已经不再流血的伤口再次鲜血淋漓。松开商君的手，尤霄抓住箭尖用力一拔，长箭当胸穿过，雪白的箭羽上一片殷红。

“你！”商君心惊，他的动作是那么决绝，根本不给人阻止的机会。箭拔出的瞬间，血液失控地喷涌而出，溅在商君的脸颊上，温热而黏稠。

长箭拔出，尤霄也不再控制自己，后仰倒下，双眼直直地瞪着天空。

脚下无力，商君几乎是爬到尤霄身边，他身下的泥土已被血浸湿，面如死灰，嘴里低喃着一些支离破碎的话语：“我的一生争强好胜，渴望他的肯定，结果……”空洞的眼睛里，流淌着的是那么明显的绝望和悲哀。“尤霄……”商君开了口，又不知自己能说什么。

听见商君的声音后，尤霄忽然又笑了起来，笑得很轻很浅，或者那根本算不上笑：“还好，有你出现在我的生命里，还好……”带着未尽的话和让人心碎的笑，尤霄缓缓闭上了眼睛。

“尤霄。”商君垂下头，掩下眼中淡淡的薄雾。商君理不清此刻的感受，只是她的心在这一刻为这个口口声声要与她为敌的男人乱了，痛了。玄铁面具掩盖下，看不见闫冽的表情，只是再次举弓时，轻颤的手，泄露了他的心情。商君，你应该去陪他！弓起，箭出——

箭势如破竹，只是这一次，依然没能射入商君的胸膛，一柄暗红长剑赫然出现，竟将利箭当中劈开，一分为二。商君只看见一道黑影，多日折磨再加上尤霄的死让她身心疲惫，眼一闭，她软了下去。

莫残身后，跳出一个红衣女子。薇娜蹲在尤霄身侧，伸出手在他的脖颈处摸索了一会儿，说道：“死了！”又走到商君身边，同样摸索了一会儿，轻轻扬眉，笑道：“这个还没死。”

看见莫残的那一刻，白衣男子眼中划过诧异、痛楚、恨意，复杂而转瞬即逝。与莫残对视片刻之后，白衣男子收了弓箭，转身就走。薇娜低叫道：“残，你好厉害，都还没战，他居然看见你就逃了。”

莫残忽然提气，飞快地朝着白衣男子追去。薇娜急道：“你去哪里啊?”

“你跟他们走，我会去找你。”只丢下一句话飘散在风里，莫残脚下不曾停滞分毫。

“喂——”薇娜喊破喉咙，莫残的身影早已紧随着白衣男子消失得无影无踪。

忙了一整天，夕阳西下，舒清才从睿王府回来。轩辕逸本来想扶她回房休息，舒清执意要在花厅里等商君的消息，无奈之下轩辕逸只好从了她的愿，陪她在花厅里等。不过才坐下半个时辰，轩辕逸终于受不了了，低吼道：“秦修之，商笑，你们可不可以不要在我面前走来走去，我头晕。”不大的花厅里，尽是他们的影子，他们的脚不酸，他的眼都花了。

两人尴尬地停下脚步。商笑微低着头，低声说道：“对不起，轩辕大哥。”说完径直走到门边，坐在旁边的石阶上，手撑着下巴，眼睛痴痴地盯着刺姬丛的尽头。

秦修之也不好意思，对着轩辕逸轻轻揖手，转身出了屋外。舒清朝花窗外看去，满天霞光之下，秦修之久久地立在刺姬丛中，坐立不安，不时搓着自己的手心，脸上的忧虑与惶恐之色已无心掩饰。一向悠然从容的修之也有如此失态的时候，舒清轻叹，他只怕早已是情根深种了吧。

霞色渐渐淡去，天色渐晚，舒清也越来越不安。此时，商笑带着惊喜的声音忽然响起：“舒清姐姐，御枫回来了!”说着她已从石阶上站了起来，朝着御枫奔过。舒清也心急地站起身，脚下一晃，差点摔倒。轩辕逸赶紧将她抱在怀里，急道：“当心。”舒清歉意地笑笑，拽着轩辕逸就往外走。

站在刺姬丛里的修之迎了上去，商笑也冲了过来，急道：“御枫，我哥他怎么样?”御枫怀里打横抱着一个人，那人被一件宽大的披风包裹着，但是披风上血迹斑斑。御枫脸色凝重。商笑和秦修之的心都提到了嗓子眼。商笑伸出手，想要将遮住那人脸庞的披风打开，又怕看见的是自己不能承受的一幕，手僵在那里，久久不能动。修之上前将商笑揽在怀里，另一只手轻轻掀开一角披风，映入眼帘的，是一张满是血污的脸，几乎看不出长相，面如死灰。

“哥！”商笑惊呼，好在修之护着她，不然她就要栽倒在地上。

“商君——”秦修之轻轻抚上商君的脸颊，灼热的温度让他的心稍稍回了位，他还活着！脸颊上凹凸的鞭痕，透过掌心，似乎每一下都打在他的心里。

舒清赶到，意外地发现薇娜居然站在御枫的身后，她的身边却没有莫残的影子。心里虽然有疑问，不过此时救治商君更加重要，舒清说道：“御枫，抱君回房间。卫溪，请大夫，快！”

“是！”一行人朝着商君的房间赶过去。御枫把商君轻放在床上。舒清一边叫朗月准备热水和干净的衣服，一边将他们赶到屏风之外，只留下一句：“你们出去。”就又匆匆进了里屋。御枫和秦修之极为不解，处理伤口这种血淋淋的事情，应该是男人来做才对，再则男女有别，舒清小姐还有孕在身，怎么说出去的也应该是她们啊！

“走吧，我们出去等，处理伤口还是女人比较细心。”事情的原委轩辕逸自然是清楚，一手搭着一人的肩膀，几乎是半强迫似的将两人拖了出去。房间里，商笑站在床边，竟然不敢靠近。她怕走近，会夺了她的呼吸，她现在脆弱得仿佛随时都会死去。

雪白的床单，被披风上的血浸湿了。舒清走上前，想要将披风解下来，却在掀开披风时，看见了让她心脏都随之紧缩的一幕。商笑紧紧捂住自己的嘴，几乎跌倒在地，泣不成声。她已经猜到，披风下的身体，一定是伤痕累累，却不承想，她还是太天真了，这已不能用伤痕累累来形容，是残破。身上全是一道一道的鞭痕，每一处鞭子侵袭过的地方，都是一道深可见骨的血口子，舒清的眼睛渐渐模糊，别过头去不忍再看下去。

血腥的味道充斥着房间，也充斥着舒清的心。抹掉脸上的泪痕，舒清一边解开披风，一边对身后的商笑说道：“笑儿，来，帮我把君的衣服脱下来，待会儿大夫来了，好给她处理伤口。”

“我……”商笑颤抖着坐在床沿，双手停在商君胸前，不知道应该碰触她哪里。她身上没有一处地方是完好的，衣服与干涸的血水交融贴在伤口上，有的甚至还陷入了肉里。商笑带着哭腔，求救地看着舒清，说道：“我怎么脱？”商笑的手抖得如秋风里的叶子，君是她唯一的亲人和依靠，别说她现在六神无主，看着这样的商君，自己也心如刀绞。舒清轻咬下唇，说道：“你把她抱起来坐好，我来。”

商笑深吸一口气，扶着商君的肩膀将她撑着坐起来，手下的胳膊像烧红的炭一样烫手。

舒清轻轻解开商君的衣衫，只是有些地方，布和伤口几乎已经长在了一起。舒清小心再小心，额头泛起了一层薄汗，但是在脱下衣服的时候，还是不免拉扯到伤口。“哼！”商君闷哼一声，倏地睁大眼睛。

舒清手下一滞，喜道：“君，你醒了吗？”片刻之后舒清失望地发现，商君盯着自己，可是眼中完全没有焦距，片刻后又垂下了眼睑。

第十四章　凤凰灵柩

“小君——”

“你怎么样?”

“哥，你能听见我说话吗?”

“醒醒。”细细碎碎，好多的声音，低低的，轻轻的，都是在呼唤她。商君努力地睁眼，眼皮像是有千斤重一般就是睁不开，耳边已经能听清他们在说什么了，眼睛却不听使唤。

看见商君眼皮动了一下，商笑更加兴奋，趴在商君耳边，不停地叫着她。好一会儿，商君终于吃力地睁开了眼睛，眼前是两张晃动的脸，窗外的阳光还是有些刺眼。商君微眯着眼，低喃道：“小师叔？笑儿?”

看她终于睁开了眼睛，还认出了自己，商笑忍不住落下泪来，不敢让商君看见，赶紧退后一步，靠在窗沿上，抹干泪痕。

“舒清呢?”她记得，她明明听见舒清叫她的声音，还有她清明温暖的眼睛，难道是她在做梦?

“我在这儿。”依旧是伴着清浅的笑，舒清从屏风外走了进来。

看着袅袅行来的人，商君叹道：“你果然还是来了。”她不是在做梦，但是看清舒清隆起的肚子时，商君惊得几乎要坐起来。

在床沿上坐下，轻压商君的肩膀，不让她乱动，舒清笑道：“君，我现在很好，肚子里这个也很好，你就不要自责了，把身体养好才不枉费我跋山涉水来救你。”

“嗯。”轻轻点头，商君上上下下又把舒清看了个遍，心终于放了下来。舒清居然有孕了，老天保佑，她没出什么事。

舒清失笑，她不知道自己现在浑身包扎得像个木乃伊，还有心情担忧别人。不过祁风华的医术果然高明，才一个晚上君就醒过来了。不想让她太过担心自己，舒清笑道：“逸也陪我来了，还有修之他们都在外面，大家都很担心你。”屏风外，隐隐能看见好多人影，商君低声说道：“多谢各位相救。我的伤没什么大碍，现在感觉已经好一些了。”说起这个，商君忽然发现这些日子以来，如巨石压在胸前喘不过气的感觉好像已经淡了，胸口也没那么闷了。

看着商君有些疑惑的样子，祁风华得意地笑道：“那当然了，你身上的毒我已经帮你解了。这次，我还找到了师兄，他让我给你带来了化解聚元丹的药，不过你的武功，或许……”停顿了一下，祁风华没继续说下去，不过在场的人都听出了其中的意思。

舒清淡淡一笑，说道：“只要还活着，就一切都有希望。”

“对对对。”祁风华立刻附和，对这个传说中的表姐，祁风华不得不赞叹，果然是蕙质兰心、气韵天成的女子。

是师父救了她吗？商君的心思并不在武功是否能恢复，于是盯着祁风华，问道：“他好吗？”

“好得很，你不用为他担心。”这师徒俩明明就是相互关心得要命，却硬是不肯放下。微垂下头，商君失望地低喃道：“他还是不愿来见我。”她以为，在生死攸关的时刻，师父还是会来看她的，结果还是她妄想了，她早已被逐出师门。不忍看她失望难过的样子，祁风华赶紧说道：“小君，你别难过，师兄说，他会在凤凰灵柩等你。”

“凤凰灵柩？”商君猛地抬起头。屏风外的人，除了陇宜亥也是脸色剧变之外，都是一脸的茫然：“什么是凤凰灵柩？”

众人面面相觑，看着祁风华，祁风华立刻摇头，他怎么知道。

现在还不是暴露自己身份的时候，商君想了想，避重就轻解释道：

“据说，当今皇上陇趋穆并非先皇选定的国主。他当年登基的遗诏乃是自行草拟的。而这个凤凰灵柩就是收藏先皇留下的亲笔遗诏和奉国玉玺的地方。”真有遗诏和玉玺？何绍华最为欢喜，笑道：“太好了，有了遗诏和玉玺，要对付陇趋穆，就易如反掌了。”

舒清暗暗观察着陇宜亥，相较睿王府其他人的喜形于色，他异常镇定，只是略显惊讶而已，或许他早知道有遗诏和玉玺。只见他有礼地问道：“祁公子，凤凰灵柩在哪儿？”祁风华再次摇头，茫然地回道：“我不知道啊，师兄只说你们中的一个人能找到那里。”

这次大家都对祁风华不抱希望了。舒清直接对着商君问道：“君，你知道这个凤凰灵柩在哪儿吗？”

商君摇摇头，叹道：“传说，凤凰灵柩是神鸟凤凰涅槃重生之处，聚天地灵气之所，要找到它的具体位置必须以玄石为钥。不然即使找到也进不去。”她找了四五年，比任何人都想知道凤凰灵柩在哪里，但是她真的不知道。她甚至不知道师父也知道关于凤凰灵柩的事情。

“玄石又是什么？”

“上哪里找玄石？”

凤凰灵柩还没弄明白，又来一个玄石？

“玄石。”舒清低喃着，思考着，正巧与修之的视线对上了。两人仿佛同时想到什么，一同说道：“玉玲珑！”

两人相视一笑，舒清对着御枫说道：“御枫，去把莫残请过来。”

她见过的能称之为玄的东西也只有那对玉玲珑了，希望真如她所料吧。不一会儿，一抹红影率先跑了进来，后面跟着依旧冷傲的莫残。

走进屋内，看见一群人，薇娜低呼：“怎么这么多人？”

莫残也立刻皱起眉头。舒清适时上前，笑道：“莫残，能否借你的玉玲珑一用？”不喜与生人接近，莫残本想一走了之，但是舒清说话了，即使心情极差，莫残还是从袖间掏出两块用丝帕包裹着的东西，但是他仍站在门边，不肯走进去。

舒清本想过去接，腕间忽来的凉意让她停下了脚步。腕间的镯子，平时就和普通镯子一样，但是每次遇见玉玲珑，都会有反应。尤其是这次，镯子散发出的寒意，让她心不由得微怔。不安的感觉让她退后了一步，对着秦修之说道："修之，你仔细看看玉玲珑上是否有线索。"

"好。"秦修之接过两块玉玲珑，轻轻打开包裹的丝帕，仔细看了玉面，除了傲梅、幽兰，两句诗之外，再也没有其他东西。秦修之将系于上阕顶端的殷红锦线提起，让其悬于半空中。众人好奇地看过去，那是两块扇形的玲珑白玉，晶莹剔透，散发着淡淡的玉质柔光，并没有什么太过于奇特之处。见过两块玉玲珑合在一起时紫光环绕奇景的人都是一愣，怎么没有光呢？

薇娜绕着玉玲珑走了一圈，奇道："怎么不亮？那晚我明明看见它会发光的，难道是因为现在是白天？"

秦修之也觉得有这个可能，刚想把玉玲珑放下，忽然，玉玲珑响起了低低浅浅如铃声般清脆的响声，比夜间的时候更加响亮一些，四周的光线仿佛瞬间就聚集在白玉之中。两块玉玲珑由内透出一道道紫光，光芒越来越盛，在日光充盈的房间里，竟是一样的光芒耀目。"这怎么——"众人都惊叹于眼前唯美而神奇的一幕，一时间竟不知要说些什么！

舒清感受到，每当玉玲珑合起来的时候，她腕间的镯子流动的寒气就更加强烈。思索了一会儿，舒清说道："修之，你试试把它们重合起来。"

修之点点头，将手中提着的两根红线交叠，随着他的手势，玉玲珑发出更加绚丽的紫光和渐强的低吟。但是不管修之如何努力，两块玉玲珑交相辉映，却怎么也贴不到一起。缓缓将玉玲珑放下，光华瞬间消失，修之无能为力地回道："不行，好像有一股力量让我控制不了它们。"

"给我。"莫残冷声说道。

修之把玉玲珑递还给了莫残。如修之一般，莫残也将玉玲珑提起，一切都和刚才一样，莫残也感受到了修之所说的无形力量。试了几次之后，莫残不甘心，一手提着红线，一手抓住两块玉玲珑，硬是要将它们重叠在一起。缓缓收紧手劲，莫残感受到两块玉之间排斥的力量。提气于胸，莫残不肯放弃，更加用力地拧着玉片，低吟之声愈来愈强，竟有些刺耳，忽然一道极其耀目的白光由两块玉之间闪出，让所有人眼前一花。

莫残更是被一股力量震得手心发麻，胸口发闷。

舒清手上的镯子也随着那道光的闪耀剧烈地抖动起来，虽然只是一瞬间，还是吓到了舒清。一直将舒清环在身侧的轩辕逸感觉到舒清身体一僵，问道："清儿，你怎么了？"回过神来，光芒已过，手镯也安然无恙，舒清轻轻摇头，有些恍惚地回道："我没事。"

强光过后，两块玉依然各自分离。莫残被力量反噬，一口浊血顺着唇边溢出。薇娜赶快掏出丝帕为他擦拭，急道："莫残，你怎么样？"

莫残轻推开薇娜的手，用手背擦掉唇边的血渍，将玉玲珑放在桌面上，他没有能力让它们合在一起。盯着现在没有任何光华，极其普通的两块玉片，薇娜低喃道："怎么会这样？"她想不明白，在场的人更不明白。就在众人不知如何是好的时候，舒清忽然上前一步走向玉玲珑。轻轻提起红线，玉玲珑再次发出低低浅浅的轻吟，美丽的紫光莹润美丽。不过她这举动可吓坏了轩辕逸，走到舒清身旁，低吼道："清儿，你快放下！"

躺在床上的商君也惊得赶紧劝道："清，太危险了，不要冒险。"

舒清轻轻一笑，回道："放心，我不会勉强的。"刚才莫残会被反噬，完全是因为他在强迫玉玲珑，而她觉得，她的镯子与玉玲珑之间一定有什么联系。轩辕逸还想说什么，舒清已经伸出手，用戴着镯子的手轻轻抚上玉玲珑。轩辕逸大惊，赶紧扶着舒清的肩膀，怕她被玉玲珑的力量所伤。其他人也别开眼，那道白光实在太过耀目。但是——没有尖锐的声响，没有刺目的白光，舒清也依旧安好地站在那里，而她手中的玉玲珑却已经乖乖地交叠在一起。低低浅浅的轻吟声消失了，紫色的光芒渐渐扩大，在舒清的面前形成了一道淡淡的紫色光膜，美丽异常。

薇娜睁大了眼睛，不敢置信地叫道："她为什么就可以做到，还不费吹灰之力？"正当大家面面相觑的时候，舒清感觉到腕间的紫镯不再冰冷，而是隐隐地发烫。随着镯子的变化，她面前的紫色光膜上模糊地显现出图像，一开始并不明显，随着镯子温度渐渐升高，画面越发清晰。

舒清早就知道投射原理，所以并不觉得有什么特别奇怪的，但是屋子里的人却是从来没有见过这种事，都瞪着平空出现的画面惊异不已。

图像越来越清楚，好像是一座山。好一会儿，大家终于回过神来，也开始思考画面上的山峰是哪里。天下间山峰这么多，只是这样一幅画哪里看得出来。

商君微微眯眼，隔着屏风，虽然模糊，还是认出了这个地方，沉声说道："幽风山！"那是当年她劫法场、救出笑儿之后躲藏的地方，在最痛苦、最悲伤、最无助的时刻她和笑在那座山里住了一个月，她永远不会忘记。听商君这么一说，在天城长大的何绍华也想了起来，叫道："对！就是幽风山！"怪不得他觉得那么眼熟呢。

"如果这两块石头就是玄石，那幽风山就是凤凰灵柩所在的地方了?"何绍华说完想了想，又立刻摇头说道，"但是幽风山离天城才不过三百里，虽然那里少有人经过，但也不是人迹罕至，若是凤凰灵柩在这样的地方，不是早就被发现了吗?"商君本来也有这样的疑惑，毕竟她当年在那里待了那么久并没有发现任何异状，但是看过刚才那一幕之后，她相信有些玄妙之事确实不是寻常人能了解的。

舒清微笑，回道："我们身边没有关于玄妙之石的任何线索，只有这两块玉玲珑，而它也招来不少人的觊觎，可见必有蹊跷之处。商君的师父又说我们之中有一个人能找到，确实也只有我一个人能重合它。凡事不可能有这么多巧合，我猜玉玲珑应该就是玄石，既然它指引的是这个地方，我们或许可以去试一试。"说着，舒清轻轻松开手，两块紧贴着的玉玲珑立刻分开，刚才还清晰的影像瞬间消失，仿佛没有出现过一般。眼前奇幻的一幕，已经足够说明一切，谁也不能反驳。

薇娜接过舒清手中的玉玲珑，一边把玩着，一边问道："什么玄石、凤凰灵柩的，和莫残有关吗?"莫残极其重视这两块玉片，说是和他身世有关，她只关心他们找的什么凤凰灵柩和莫残有没有关系。

“玄石就是玉玲珑，而凤凰灵柩就是玄石守护的地方。”看向莫残，舒清轻声说道，“莫残，你若想知道更多关于它的消息，不妨去看看。”

莫残思索了一会儿，最后冷声回道：“好。”昨晚秦修之已经和他说了拥有玉玲珑的缘由，只说是当年一个女子临盆之前交给他父亲的，然后女子就离开了，其他的什么都不知道。或许，那个凤凰灵柩有他需要的答案。

“清儿，你也要去吗？”

轻靠着轩辕逸，舒清低声叹道：“冥冥之中自有安排，我必须去。放心，只不过三百里，我坐在马车上一天就到了。”

即使轩辕逸百般不愿，但只有清一个人能重合玉玲珑，她确实非去不可。将舒清环在怀里，轩辕逸只能安慰自己，孩子和清儿都很坚强，这样的波折总会过去的，只要他们在一起。

撑着床沿坐直，商君微喘着说道：“既然如此，明日一早就出发吧。”

看她辛苦的样子，祁风华拿起靠垫，让她坐得舒服一些。屏风外都是人，祁风华只能微微伏下身子，在商君耳边低骂道：“你伤还没好，在家养着，哪里也不许去。”

祁风华一边低声数落着，一边给她盖好薄被。商君忽然伸出手，拽着他的衣袖，紧紧地！祁风华一怔，转头看去，只见商君低垂着头，看不见她的表情。久久，她闷闷的声音轻轻传来：“我想见师父，我想他……”

他最受不了小君这样可怜兮兮的样子。他本来已经做好准备，这次无论小君说什么，就算她对他发火，他也不会让她再到处乱跑，但是他忘了，师兄在凤凰灵柩，小君怎么可能不去？

屏风外的人只听见里边窸窸窣窣地说话，片刻之后，就见祁风华垂头丧气地走了出来，不甘不愿地说道：“好吧，大家准备一下，明日一早立刻出发。”

官道上，两辆简朴的纯黑马车极速向前奔驰着，马车前后，紧随着数位骑马者。即使他们都着布衣，但那凛冽的气势和矫健的身手，皆显示着这一行人的不凡。

“你……”“你……”商君和秦修之对看一眼，尴尬地笑笑。

“你先说。”“你先说。”再一次异口同声，两人都是一怔。自从上次修之表白之后，两人不管是见面或者说话总觉得别扭。商君故作随意地轻掀起竹帘，看向车外苍翠的树林，实则是不敢看修之深沉温润的眼，他有些后悔没让笑笑跟来。有笑笑在，起码没有这么尴尬，他的心也不用跳得这么快。

他凝视着窗外，几条交错的鞭痕由脖子蜿蜒到脸颊之上，在绝美的面容上留下了痕迹。但是他还是他，清冷而淡雅。他的美从来都无关样貌。秦修之看得有些痴，直到商君不自在地轻咳一声，秦修之才回过神来。他这是怎么了，在海域时，他不是已经决定，不再用这样的感情烦扰商君吗？收回视线，秦修之低声说道：“我还是出去吧，你的伤躺着比较舒服一些。”

“等等。”听到他要出去，商君回过头，迎着修之温情的眼，轻声说道，“修之，谢谢你这些天以来为我所做的。”秦修之轻轻摇头，似低叹，又似苦笑：“我们之间，就只剩下这些可以说的了吗？”

“不是。”修之言语中的苦涩让商君急忙解释，“其实，我——”我什么？商君语塞。不自觉地抚上自己都觉得可怕的手腕，层层纱布下的狰狞只有她明白，这样的她能和修之说什么呢？

“商君，我明白，你我同为男子，上次我说喜欢你造成了你的负担，对不起，但是我是真心的。”他不想让商君觉得他是在儿戏，但是商君欲言又止，神色凝重，已经给了他答案。背靠着车厢，修之带着淡笑，沉声说道：“你的心意我了解，我会永远都是你的好朋友，也只会是好朋友，你放心吧。”商君已经救出来，他也应该信守承诺，回到海域了。

“你真的很笨！”他就认定他是男子了，商君心里又气又恼又是无奈。笑笑说得很对，秦修之真的是根木头。而且还是方的，踢了也不会动。

秦修之莫名其妙地看着商君，他这话是什么意思？

“主子、秦公子，幽风山到了。”马车停下，御枫的声音适时响起。商君懒得理他，挣扎着站起身，出了马车。秦修之还是没想明白，商君为什么忽然说他笨。直到商君出了马车，秦修之才赶紧跟上。

商君身上缠满了白纱，弯腰很不方便。秦修之率先下了马车，手扶着商君的腰，几乎是将她抱下马车的。舒清早已经站在旁边等着商君，看见这一幕，眼中闪过一抹流光，嘴角轻扬。薇娜下了马，站在高耸的幽风山下，嘟囔道：“幽风山这么大，哪里才是我们要找的地方？”

再次回到这里，无数的感慨涌上心头，观察了一会儿，商君淡淡回道：“玄石上显示的，应该是山峰的北面。”

天快黑了，舒清朗声说道：“那我们过去吧。”

陇宜亥和莫残他们走在前面，御枫、卫溪以工代赈后，中间自然是伤员孕妇了。修之搀扶着商君走在前面，舒清和轩辕逸缓步走在后面，看见祁风华要走向商君，舒清微笑叫道：“风华，过来扶我一下。”祁风华一怔，她不是有轩辕逸护着吗？但是看看舒清肚子大得吓人，祁风华还是走向她，一边给她把脉，一边问道：“表姐，你觉得哪里不舒服？”

舒清轻轻一笑，回道：“没有，我很好，就是觉得你在我身边更好些。”顺着她的视线看去，一对璧人相携而行，怎么看都是一幅美丽的画面。祁风华终于了然：“原来你是怕我碍事。”

轻拍祁风华的手背，舒清一手拉着祁风华，一手拉着轩辕逸，一路晃晃悠悠，终于在日落前走到了幽风山的北面。

陇宜亥早就到了，看见舒清上来迎了过去，说道：“应该就是这里了。不过我刚才看了一圈，都是岩石，没有任何类似山洞的地方。”

舒清抬眼看去，确实是一片岩壁，想了想，舒清对着莫残说道：“莫残，给我玉玲珑。”

莫残拿出玉玲珑，舒清轻轻举起，将它们合在一起，紫光缭绕下，一道白色的强光射向山体正前方的岩壁，平滑的岩壁居然将光线反射到了右边的侧峰上。几次反射之后，光束停留在主峰与侧峰交界的地方。

“在那边。”舒清放下玉玲珑，交还给莫残。

莫残没有伸手接，满不在乎地回道：“你先拿着吧。”舒清点头，把玉玲珑包好，随手放在袖间。陇宜亥将一切看在眼里，暗叹一声，好潇洒的人，世人心里的稀世之宝，在他们看来或许也就是两块玉牌而已。

一行人好不容易走到光束提示的地方，居然是一个小山洞，所有的人走进去之后，连转身的地方都没有。众人在山洞里摸索了好一会儿，除了杂草，什么也没有。无聊地靠在洞口，薇娜调笑道：“不要告诉我，这么个小山洞就是凤凰灵柩?”

商君走得慢，没有走进洞内。修之陪着她背靠着洞外的石壁休息。才靠着一会儿，商君就感到背后什么东西硌得她难受！转头看向背后的石壁，一块微微凸起的石头上边长满了了杂草。商君轻轻拨开杂草，一个小凹槽出现在眼前。商君与修之对看一眼，两人都觉得这石缝有些蹊跷。商君轻唤道：“清！你出来一下。”

众人走出来一看，有些失望，这个凹槽和玉玲珑的大小并不相符，或许只是一个天然形成的石缝吧。

虽然凹槽的大小对不上，舒清还是拿出玉玲珑试了试，玉玲珑刚刚拿出手，才靠近凹槽，它居然自己合并在了一起，莹润的紫光包围着凹槽处，最后竟悬浮在凹槽之前，接着就听见山洞里发出巨响，山体也微微颤抖起来。

“怎么回事?”众人还未反应过来，山已经不震了，巨响也停了，待他们再次走进山洞的时候，被眼前的奇景震慑住了。

山洞的一面石壁完全不见了，由外面看去就如同一扇门，门内外是两个不同的世界。里边是一个巨大的空洞，四周闪着耀眼的金光，看不见边界在哪里。入眼之处尽是金黄。地上与四周都是金色的凤凰浮雕，栩栩如生，仿佛随时都会活过来一样。

“好美。”好奇的薇娜第一个跨进了这个金黄的世界，手还忍不住抚上金光灿灿的美丽神鸟。谁知，她的手才碰到凤凰的羽毛，只听见一声高亢的鸣叫，原来不动的凤凰居然动了起来，吓得薇娜大叫。莫残飞身而入，将薇娜护在身后，好在凤凰只是绕着他们飞了两圈，鸣叫了几声，一飞冲天，美丽的凤尾拖出一条金色的绚丽轨迹。

薇娜愣愣地盯着头顶消失的瑰影，低叫道："太神奇了！"

真的太神奇了。每个人都带着敬畏的心情，踏入了这个奇幻的空间。

好奇而小心地走在黄金地面上，每个人的心思都在周围各异的凤凰上，不过再也没有人去碰触它们。走了一会儿，舒清终于发现前面有一个巨大的长方形的金色灵柩，那个是不是就是凤凰灵柩？

舒清正想走过去一看究竟，忽然感觉轩辕逸手下使力，狠狠地推了她的肩膀一下。舒清侧身，一把长剑从他们中间刺了过来，剑身一转，劈向舒清。轩辕逸不得已，只有放开舒清手迎了上去。轩辕逸才放开舒清的手，舒清立刻被一道白影掠去。

"啊——"众人只听见一声惊呼，回头看去，舒清已经被白衣男子擒住。

又是他！银面白衣，商君不由得浑身微颤，低叫："闫冽！你放开她！"斜睨着商君，闫冽冷笑："商君，别来无恙，我的长鞭可是很想念你啊！"此人就是折磨商君的人，想到商君回来时的惨状，御枫、卫溪的长剑都已出鞘。

看着想要一拥而上的他们，闫冽不急不慢地用折扇轻抚着舒清的肚子，嘶哑的声音冷冷地说道："不想一尸两命，你们最好乖乖听话。"

"你敢伤她，我绝对将你碎尸万段。"轩辕逸双眼几乎充血。

"走。"一手紧扣住舒清的脖子，闫冽根本不把轩辕逸放在眼里，推着她走向中间巨大的灵柩。舒清在他手上，其他人只得戒备地紧跟着。

两人走近灵柩，立刻感受到一股吸力，仿佛要把一切都吸入盒子中一般，低头看去，灵柩的正中还有一个木盒，看不见里边是什么。闫冽停下脚步，用折扇上的利刃抵着舒清的背心，说道："你去拿。"

刃尖直顶着舒清，舒清退无可退，只能将手伸向灵柩，却被一层无形的气墙弹开，但是这些只有舒清感受到了。闫洌看她久久不把手伸进去，手中的扇子更逼近几分。舒清低眉思索着，最后一手抓住灵柩的外壁，一手用力地戳向气墙。果然如舒清所料，气墙受到冲击，一股强大的力量从灵柩内喷涌而出，因为舒清抓着外壁早有准备，只是踉跄地跌倒在地，闫洌不明就里，突来的力量将他击出三丈开外。趁着这个机会，轩辕逸飞身向前，护住舒清。莫残的猩红长剑，也缠上了闫洌的殷红折扇。“清儿！”将舒清抱在怀里，轩辕逸紧张得已经语无伦次，“你怎么样，哪里痛？肚子呢，痛不痛？”

靠着轩辕逸，舒清第一件事也是轻抚着她的腹部，直到确定没有异样，才微喘着笑道：“我，我没事。”那边舒清已经无恙，众人的视线，都紧锁在莫残和闫洌身上，只见长剑与折扇针锋相对，一时间难分上下。忽然，闫洌猛地收回折扇，轻跃而起——想起这是他的惯用动作，祁风华赶紧大声提醒道：“小心他的折扇有毒！”话音未落，一抹黑雾从折扇的间隙喷洒出来。莫残微惊，虽然及时抽身，但也躲避得狼狈，一直在为莫残担忧的薇娜，看见闫洌使诈，大叫一声：“可恶！你以为就你会用毒？”

随着这声大喝，嫣红的长绫如有生命力一般直扑向闫洌，闫洌出扇隔开，谁知红绫上竟有玄机，扇子击打在红绫上的同时，一阵轻薄的红雾弥漫开来。闫洌大惊，正要躲避时，莫残再次迎了上来，长剑直指他的咽喉。闫洌侧身险险闪过，玄铁面具应声而落。

面具掉落，闫洌的真面目展露出来，只是待看清那张脸，所有人都倒吸了一口凉气。莫残的长剑也僵在那里！

“这——怎么会？”

玄铁面具下，那是一张被烈火施虐过的脸，半边脸面目全非，而未被火烧过的侧脸，正是引起众人惊呼的原因。飞扬的眸，挺傲的鼻，他竟和莫残长得一模一样。不同的是，莫残冷漠，闫洌邪气。

薇娜惊呼：“你到底是什么人？为什么会和莫残长得一模一样？”

“一模一样？”闫洌冷残的眼中划过一抹深刻的恨意。睨着莫残刚毅俊朗的脸，闫洌忽然扬起一抹邪肆的笑，冷笑道：“你想知道我的身份，我告诉你。我们是亲兄弟，一奶同胞的兄弟。”

众人并不惊讶，只要看过闫洌样貌的人，都不会怀疑他们是兄弟。修之想了想，说道：“但是我听父亲说，当年那女子只生下一个孩子。”

闫洌冷哼，他也希望当年那个女人只生了一个孩子。扫了众人一眼，视线最后停在莫残脸上，心中涌现一股灭天的恨意，他要让莫残也尝尝他知道真相时的打击：“莫残啊莫残，你可知，你帮他们对付的人，正是你的亲生父亲！”

莫残竟然是陇趋穆的儿子！众人大惊失色，莫残面色如常，寒声说道：“说下去。”

我要看看你知道真相之后，还能不能这么潇洒。

挣开莫残的手，闫洌漠然说道：“当年，老头子虽然已经登上皇位，但是遗诏和玉玺却是他心中的一根刺。为了寻找玄石，他多次到东隅、燕芮。有一年，他在东隅遇上了一个女子，她才华横溢，风雅多情，两人很快互生情愫。老头子决定带她回国，封她为妃。回程的前一天，女子拿出自己的心爱之物玉玲珑，毫无保留地说出了它的秘密。而女子的师父正是陪伴先皇多年的术士。为了得到另一块玉玲珑，老头子哄骗女子回去偷另一块。可惜女子何等聪明，很快看穿了他的把戏。只不过那时候那个笨女人已经有孕了，不甘被愚弄，她跑了出去，在路上把玉玲珑交给了秦修之的父亲，也生下了我。后来她逃到悬崖上，还是被老头子找到了。他抢了我，逼迫她交出玉玲珑。打斗中，女子被打落下悬崖，她可能自己也没想到，肚子里还有一个孩子，掉下悬崖她还生下了你之后才死的。”商君蹙眉，竟还有这种事？落崖之后，居然还能生下孩子。或者这一切只是闫洌的编造？

一手拽着莫残的衣襟，闫洌甚至有些得意地大笑道：“怎么样，很精彩吧，你我不过就是一场欺骗所诞生的产物，这就是你想要知道的身世。”

刺耳的笑声在空旷的凤凰谷里回荡，如一把爪子在撕扯着人的心。莫残脸色一如往常般冷傲，只有站在他身边的薇娜感受到他极力控制但已明显紊乱的呼吸。瞪着闫洌，薇娜劝道：“残，这人阴阳怪气的，你不要相信他！其实仔细看看，他那张恐怖的脸和你长得也不是很像。”

“恐怖?”闫洌怒目圆睁，逼近莫残，两人的脸就这样相对着，火燎过的脸颊因为恨意的侵蚀越发狰狞，“你想知道，我的脸和声音为什么会变得这么恐怖吗？因为老头子说，我长得像那个女人，他不想看见我这张脸，也不想听见我的声音。”

莫残的手下一颤，趁着这一个小小空当，闫洌翻转折扇，隔开莫残的手，白影纷飞，众人还没有反应过来，闫洌的身影已经消失在凤凰谷中。

薇娜惊呼：“他跑了!”

正要提气追出去，莫残一把握住薇娜的手。好痛，薇娜看向莫残，只见他额前的青筋若隐若现，正在隐忍着什么。

那人毕竟是他的兄弟，舒清能明白莫残心中的纠结之情，于是朗声喝住追出去的卫溪、御枫：“别追了，先拿出遗诏和玉玺，离开这里再说。”

走到灵柩旁，舒清把手放在灵柩上，一道薄薄的膜立刻显现，舒清叹道：“遗诏上方有一层气墙阻隔，力量很大，刚才我已经试过一次，不行。”陇宜亥走进灵柩周围，就已经感受到那股力量，停下脚步：“用玉玲珑试试看吧。”

“好。”舒清拿出玉玲珑将它们合在一起，再伸出手靠近灵柩，玉玲珑上紫光一闪，但是依旧没能破除那堵气墙。舒清试过几次之后，只能收回手，“还是不行。”祁风华不信邪地伸手去碰触灵柩。没有玉玲珑的保护，祁风华的手才靠近就被一股强大的力量震得发麻。祁风华一边揉着自己的手，一边低骂：“这是什么鬼东西，为什么会不行呢?”

正当众人再一次陷入茫然的时候，一道清朗的男声幽幽传来：“因为玉玲珑是进入凤凰谷的钥匙，而不是打开灵柩的钥匙。”

众人回过头，只见一个身着长袍的中年男子信步行来，浑身上下洋溢着潇洒脱俗的气质。商君眼前一亮，叫道："师父！"

荆蜀眼光在商君身上稍作停留，看她一身的伤，眉头不禁紧锁在一起，随手搭上商君的手腕。片刻之后，缓缓收回手，却一个字也没有说。即使是这样，商君已经很满足了，因为师父还肯为她把脉，说明还是关心她的。舒清总觉这个人很眼熟，他们应该见过才对。果然，男子回过头，对上舒清的眼，大方地笑道："舒清小姐，别来无恙。"

思索了一会儿，她终于想起，两年前他给绿倚解过毒。轻轻点头，舒清回礼，笑道："先生，原来您是君的师父。"第一次见他时，就已经感觉到此人道骨仙风，气质非凡，也只有这样的师父才能教出君这样的人物来。薇娜双手环胸，不耐烦地说道："你们就不要寒暄了。这灵柩的钥匙是什么？快点把那个什么玉玺拿出来，我们好离开了！"莫残的脸色从刚才开始就一直很差，她只想陪着他快点离开，没时间听他们叙旧。

荆蜀并不在意薇娜的不敬，走到灵柩旁接过舒清递过来的玉玲珑，解释道："守护凤凰灵柩的玄石一共有两块，分别由天、地凝聚而成。地石，被天机老人所得，后来他传给了他的第一门生，邪医楚吟，也是楚吟将之一分为二的。天石，一直是我师父收藏着，得知地石一分为二之后，师父也将天石分作了两块，一块传给了我，师父说，另一块属于异世的有缘人。"说完，荆蜀不着痕迹地看了舒清一眼。舒清一怔，异世有缘人，说的可是她？抚上腕间微凉的玉镯，舒清心中莫名涌起一股不安，让她心慌。

原来玄石不止一块啊！"你应该有一块吧，快拿出来试试。"薇娜好奇，所谓的天石和莫残的地石有什么区别。

荆蜀从怀里拿出一块锦帕，小心翼翼地捧在手心，眼中尽是怜惜之情。众人好奇地盯着他手中之物，这是什么样的宝贝让这个潇洒的男人也如此珍视。

锦帕缓缓打开，众人愕然，他手中的东西，不过是几片支离破碎的玉块，材质看起来和玉玲珑有些相近而已，并没有什么奇特之处。祁风华一脸可惜地问道："师兄，它怎么碎了?"

如抚摸最亲密的情人一般，荆蜀眼里交杂着遗憾与疼痛，轻声叹道："当年，我把它送给了生命中最重要的女人，谁知一场误会让我与她有缘无分，就像这块玉玲珑破镜难圆。"

又是这个表情，自从她懂事以来，已经记不清多少个夜晚，师父常常这样仰望着天际。商君现在终于明白了，原来师父在悼念他的情殇。

破镜难圆，好熟悉的话，对了，祁月！舒清仔细地盯着荆蜀的脸庞，果然，祁睿竟与他有三分相似。

"你是……"舒清有些不敢确定。荆蜀已经缓缓抬头，看着舒清的眼睛有几分迷离，仿佛在透过她，看着另一个人，"舒清，你和她真的很像。"不一样的容貌与气度，却有着一样的才华与气质。

"我只用了一眼的时间去沦陷，却用了一生的时间来怀念。"这是祁月手记里最后的一句话。手记里满是她的清冷、她的孤傲、她的不屑、她的决绝。他果然就是当年弃祁月于不顾的男人？不像，他一点儿也不像那样迂腐的人。舒清忍不住问道："我想替她问你一句话，为何要辜负她?"

舒清话音才落，原来洒脱风雅的人却是立刻大喝一声："我没有!"

所有人都吓了一跳，商君更是担忧，师父从来没有这样失控过。

久久，荆蜀掩下胸中多年来仍抑制不住的心痛，沉声回道："当年匆忙离开是因为师父的急召，我留有信给她，但是不知道为什么，回来的时候，她已经嫁人了。"舒清叹息，只是一场误会吗？寥寥几句，已经够让人心碎。祁月早已成为一抔黄土，而留下来的人继续承受着离殇之痛。归咎起来，又岂是"误会"二字可以概括？错过了便是错过了。

薇娜也觉得荆蜀有些可怜了，看他捧着碎玉无比珍视的样子，他还是忘不掉他的爱人吧。她最敬佩这种长情的人了。走到荆蜀身边，薇娜朗声说道："你就别再难过了，玉虽然碎了，但是她还在你心里嘛。佳人在心，何须恋物?"荆蜀忽而大笑起来，荆蜀啊荆蜀，亏你自认聪明，竟是不如一个小女孩看得透彻。

荆蜀缓缓将手中的碎玉与玉玲珑一齐放在灵柩之上，一道紫光笼罩着灵柩，气墙明显弱了一下，却依旧存在。手托着腮帮，薇娜嘟囔着：“现在怎么办？还有一块没有着落，真是白折腾了。”

心中的不安日益扩大，舒清虽然不愿，却也不得不说道：“最后一块应该是在我这儿吧。”在舒清身上？难怪她能重合玉玲珑，既然在她身上，为什么不早说呢？轩辕逸也隐隐觉得哪里不对劲，却又说不上来。将玉玲珑和碎玉交到舒清手里，荆蜀说道：“舒清，你试试能不能拿出来。”

“好。”轻轻扬起手腕，应和着手中的玉玲珑，镯子也放出了淡紫流光，舒清将手伸入灵柩内，果然未有受到任何阻力，轻易地拿出了木盒。

“君。”将木盒交到商君手上，舒清终于松了一口气。却见商君一脸惊愕地盯着她看。

木盒拿出来之后，灵柩里冲出一道金光，在舒清身后形成了一个可怕的旋涡，而舒清浑身上下都被一道金光所覆盖，仿佛随时要消失一般。

“清！”商君大惊，想要抓住舒清的手，还未靠近，已经被一股力量震倒在地。“清儿！”几乎是同时，轩辕逸也冲上前去，一样无法靠近舒清分毫。

这股力量之大，让已经遍体鳞伤的商君站不起来。修之将他护在怀里，低声问道：“商君，你怎么样？”商君低喘着摇头。

“清儿。”轩辕逸发疯一般撞向舒清身侧的气墙，每次力量越大，反噬也就越大。几次之后，轩辕逸的嘴角已经染血。他眼中只有舒清，似乎没有感觉到疼痛，一次次靠近，一次次被弹开。舒清的脚如同被钉在地上一般动弹不得，看着轩辕逸狠狠地摔在地上，口中呕出的鲜血滴在黄金地面上，舒清心疼地叫道：“逸，你别再撞了。”

“清儿——”轩辕逸踉跄地起身，眼睛已经模糊，却依旧朝着心中那道身影一步步走近。舒清迎上前去，一样也被弹了回去。担心肚子里的孩子，舒清不敢再上前，眼睁睁看着轩辕逸再次撞上来，舒清大叫道：“炎雨、苍素你们快拦着他啊。”

“清儿!”炎雨、苍素回过神来，抓住轩辕逸的胳膊。谁知他的力量居然大得惊人，多次的撞击让他的鼻子也流出了鲜血，粗鲁一抹，脸颊上尽是血痕，仍是倔强地迎上舒清。

“我求你别撞了。”舒清半跪地上，泪水打湿了清丽的容颜。但是无论她怎么喊，轩辕逸仍是重复着同样的冲撞，他心中只有一个信念，只想将舒清拥进怀里。轩辕逸的深情感动着所有的人。商君抓住荆蜀的衣袖，急道：“师父，为什么会这样，舒清她怎么了?”

有情人似乎总不能相守，难道这就是命运?轻叹一声，荆蜀对着舒清说道：“玉玺和遗诏不过是借放在这里而已，凤凰灵枢真正守护的其实是个时空隧道，玄石齐集的时候，就是打开这个通道的时候。舒清，你可以回家了。”时空隧道?真有这种东西?

舒清隐约听见身后传来爸爸妈妈的声音，回过身，透过旋涡，舒清看见了久违的父母，他们的头发有些斑白了，那个孩子是谁?是哥哥的孩子吗?好可爱，他们是在照全家福吗?

“爸爸、妈妈……”我好想你们。心中所系的亲人就在眼前，舒清起身，缓步走向幸福的家。

“清儿——”就在她快要踏入旋涡的时候，一道绝望的呼唤让她回过神来。轩辕逸跪倒在旋涡前，盯着舒清的背影，呼喊着：“清儿不要走!清儿!”

男儿膝下有黄金，舒清的心抽痛着，回头看向年迈的父母。以前照全家福的时候，她一定坐在爸妈中间，但是现在，他们身边已经有了一个新的生命。对不起，爸爸妈妈，我要为他留下，这是我的幸福。

舒清回过身，想要走近轩辕逸，却怎么也不能靠近，她被一股力量推向旋涡里。“逸——我不想走!”舒清的哀鸣、轩辕逸狂吼，仍然没能阻止舒清的身影渐渐模糊。

“啊——”就在舒清几乎消失的时候，她的腹部闪过一丝流光。一阵剧痛袭来，舒清跌坐在地上，神奇的事再次发生，旋涡居然消失了。

光环消失，轩辕逸立刻扑了上去，将舒清紧紧抱在怀里，慌乱地低喃道：“清儿，你不要走。清儿，不要走！”

待疼痛散去，舒清缓过来，她已经落入了温暖的怀里，安心的感觉笼罩着她。环着轩辕逸的脖子，舒清哽咽道：“逸，你和孩子已经把我留下了。”

还好舒清没事！众人好不容易松了口气。洞穴忽然晃动起来，原来还是浮雕的凤凰，一声高过一声地鸣叫。舒清只觉得腕间的玉镯一震，居然碎落在地上，与碎裂的玉片融合在了一起，另外两块玉玲珑也渐渐融在一起。

两块灵石再次重现，凤凰谷的石门动了起来。荆蜀大声说道：“玄石归位，凤凰灵柩要关闭了，快出去。”话音未落，黄金地面强烈地颤抖着，随时要塌陷一般。商君把手中的木盒塞到陇宜亥手中，抓住轩辕逸的胳膊，急道：“炎雨、苍素，快带轩辕逸和舒清走。”

“是。”护着舒清和轩辕逸，一行人朝着洞外奔去。商君才走了两步，伤口被牵动，脚下一软，一双修长的手已将他揽入怀中。荆蜀不着痕迹地收回伸出的手，眼光扫过修之俊秀的脸，唇角满意地轻扬着。

险险出了凤凰谷，商君才缓过一口气。荆蜀低声说道：“商君，你过来。”商君怀着忐忑和欣喜的心情，跟在荆蜀身后，在一处绝壁上停下。荆蜀久久不语。商君忍不住轻声说道：“师父，有何教导？”这声师父，她已在心里默念了好多次，想不到今日还有机会再叫一声，商君不自觉湿了眼眸。

拿出一本蓝皮书，递给商君，荆蜀叹道：“你我之间的师徒缘分已尽。这本‘回天诀’，你拿回去好好习练，三五年后，你的武功或许能恢复六七成，保护自己绰绰有余了。”

“多谢师……”商君话哽在喉间，却再也说不下去。她早就没有资格叫师父了，再也没有。如来时一般，荆蜀绝尘而去。远远地，只传来一声几乎被风吹散的低叹：“珍惜眼前人。”

第十五章　情归何处

盛夏的夜晚，连清风也带着几分躁动，满月当空，光华如水，却有些袭人。透过镂空木窗，月光洒在矮几之上，浅绿的茶汤也泛起了清亮的波光。两个慵懒的人侧卧在矮几旁，商君只穿着一件素白中衣，长发未束，墨黑的发丝蜿蜒在脚边，平日里英气的脸庞，因为青丝的映衬透着另一番风情。舒清第一次看见这样的商君，不禁有些痴了，不由得轻叹，美人当如是吧。不管是怎样的姿态都让人看得欲罢不能，却只敢远观。

强迫自己收回视线，将泡好的茶汤递到商君手上，舒清轻松地笑道："陇宜亥的北军已经到了，有玉玺和遗诏，要说服各地驻军轻而易举。你的仇，很快就能报了。"

"嗯。"轻哼一声，商君接过清茶。她等这一天很久了，而它即将来临的时候，她却没有感到热血沸腾，反而越发疲惫了。

"君，过两日，我就要回海域了。"看她神色如常，舒清的心也算放了下来，起码君对于复仇没有那么狂热了。

商君微微皱眉，不舍地说道："这么急?"这次一别，又不知道什么时候能再见到她了。

轻叹一声，舒清颇为无奈地回道："我也想多陪陪你，但是我怕回来的消息很快会传到玄天成的耳朵里，到时候，一定会惹出更多的麻烦。"当年那出金蝉脱壳的戏码，牵扯着不少人，她不想连累他们。

"好吧，你要保重。"商君了然地点点头，握着舒清的手，看着她大得有些离谱的肚子，感激地说道，“清，谢谢你为我而来。”

舒清受不了地摇摇头，她还要说多少遍？不愿接她的话，舒清回握着商君的手，问道：“你以后有什么打算？”

打算吗？商君扬起一抹平淡的笑意，回道：“报了仇之后，或许会隐居吧。”

“隐居？”舒清低笑，她猜得果然没错。轻拍了一下商君的手背，舒清轻斥道：“你还真想变成那劳什子的隐士高人啊！”她才不过二十多岁，生命的绚烂还未来得及一一体会，如何能隐居？放开舒清的手，缓缓靠向身侧的软垫，商君似乎在看窗外郁郁葱葱的刺姬丛，又似乎在看更远的地方，淡淡的声音几乎散去：“我是真的累了。”

商君眼中的疲惫与倦意让舒清心疼，那是这些年来，她不肯表现分毫的，今天却毫不掩饰，或许她确实太累了，无力再去隐藏。

“那修之怎么办？”故意停顿了一会儿，舒清盯着商君的脸，不想错过她一丝一毫的表情。商君眼神微闪，握着手中微凉的清茶，低声回道：“他，应该有更好的女人。”

是这样吗？那为何她在商君的眼睛里，看到一抹心疼？低下头自顾自地沏茶，舒清故意无所谓地回道：“好吧，反正他过两天要回海域了。他的事情你也不需要管了。”

终于抬起头看向舒清，商君不解地问道：“他还要回去吗？”他记得以前修之提过，不会再回到海域了。

迎着商君的眼，舒清缓缓放下手中的茶具，沉声回道：“你以为，修之为什么能从海域调这么多人来救你？他是在用自由救你。”

自由？商君不由得浑身一怔，急道：“什么意思？”

“为了救你，修之已经答应了恢复海域王子的身份。他的一生都只能困在海域了。真是可怜的人，回去之后，估计海域女皇就该给他选妻主了吧。海域那个地方，望族之后，娶几个夫郎是常有的事情，就不知道修之受不受得了。”说完，舒清还故意哀叹了一声，等着看商君的反应。

果然，商君几乎是立刻坐直身子，低吼道：“这怎么可以？”修之怎么可以受这样的委屈。

舒清轻轻挑眉，回道：“怎么不可以？除非你嫁给他，不然，那就是修之的命运。”舒清的确是有心刺激君才这么说的，但是她所说得也不假，那确实是修之或者说是每个海域的男人要面对的。

原来激动不已的商君，忽然脸上一僵，低喃道：“我不行。”

“为什么不行？”舒清不明白，君明明就喜欢修之，现在仇马上就能报了，她还纠结些什么？

商君抬起头，拨开覆在脸颊上的发丝，深深浅浅的鞭痕，即使在浓重的夜色下，依旧明显，看进舒清清明的眼里，商君淡淡地笑道：“我现在如何能与他相配？”清浅的笑容背后，是极力掩藏的哀伤。

原来她担心的是这个。舒清哭笑不得，君在其他方面确实是难得一见的奇才，怎么在情爱上她就迟钝成这样？如果修之是那样在意外在的人，才真是配不上她了。轻抚着商君柔软的发丝，舒清低声劝道：“君，每一次都是你在做决定，这一次能不能让他自己做一回决定？”

舒清轻柔的话却让商君不自觉地微微颤抖。是啊，原来她这么自私，不管是对三儿还是修之，她都没有给他们做决定的机会。三儿，那个为了她付出了五六年，极力想从男孩长成男人，只为了保护她的人，她该如何面对他？商君的眉头几乎要打成结了。舒清不忍地轻抚她的眉心，问道：“你在担心萧纵卿？君，若不能爱他，就应该放了他。如你所说，萧纵卿也值得拥有更好的女人，不是吗？”

若不能爱他，就放了他。她该怎么放呢？是不是她有了归宿，三儿也就能死心了。她的归宿又是谁？师父说：珍惜眼前人。但是她现在这样，要如何珍惜，她配不上修之啊！无力地趴在矮几上，商君第一次这样迷惘，她到底应该怎么做？

商君陷入了自己的思绪之中。舒清悄然起身，轻轻退了出去，情爱之事，旁观者即使再清醒，也不过是旁观者。

轻轻掩上房门，舒清意外地发现，刺姬丛中一个略显焦躁的人影来回走动着。借着月光看去，她看到了一张绝世的俊颜。月华下，他风雅得犹如谪仙。舒清轻叹，难怪商君一时想不明白，修之的完美会让站在他身边的人自惭形秽，尤其是此时的商君。缓步走近，舒清低声唤道："修之，我后天回海域，你要和我一起回去吗?"

回过神来，秦修之看了一眼商君房内摇曳的烛光，迟疑地问道："他怎么样了?"他确实应该回去了，只要商君好好的，他也就无憾了。

这两个人真是能气死人，难道看着他们就此错过？舒清眼中闪过一抹狡黠，微低着头，面色凝重，回道："不太好。"

不太好是什么意思？修之急道："怎么了?"

舒清掏出袖中的药瓶，一脸无奈地回道："她不肯擦药。"

"为什么?"

"她说——"故意停顿一下，确定修之的心给吊起来之后，舒清才叹息一声，说道，"她说反正再也不可能恢复到以前那样了，就让那些恐怖的疤痕陪她终老好了。"

果然，修之脸色大变，担忧地说道："这怎么行！不擦药伤口会恶化的。"疤痕是小事，若是伤口好不了他岂不是要一直疼着？

舒清暗笑，真正是关心则乱，这样的说辞他也信。轻咳一声，掩下心中的笑意，舒清继续装作着急又无奈的样子说道："是啊，但是我说不动她，她也不要我擦，不如你去试试?"

"好!"药瓶递到修之面前，修之一心挂念着商君的伤势，没有想太多，接过药瓶匆匆走向商君的房间。目送着修之的背影，舒清唇角轻扬。商君，这次你要好好把握，不要让幸福再溜走了。

默默地为商君祈祷着，舒清落入了温暖而坚实的怀抱之中，轻柔的细吻在她的发丝间流连，轩辕逸低沉带笑的声音在耳边响起："你什么时候开始这么热衷做红娘了?"

安心地靠在轩辕逸的怀里，舒清低声回道："因为你啊。"

“我？”看不见她的表情，轩辕逸不解。转过身，含笑的唇角再次飞扬，轻轻环上轩辕逸的脖子，舒清倚在他胸前，柔声说道：“你让我感受到什么是幸福，所以我也希望身边的人都能幸福。”

环着舒清腰际的手轻轻收紧，轩辕逸的声音竟有些颤抖：“清儿，永远不要离开我。”上次他以为，他真的要失去她了，那种恐惧到现在依旧折磨着他，他不能想象没有清儿的日子他如何活下去。

“好，我答应你。”感受着轩辕逸的不安，舒清脸颊轻轻摩挲着他的胸膛。当玄石要把她送回去的时候，她和孩子都做了选择，因为这里有他们不能放下的人。轩辕逸几乎要将她揉进心里。舒清轻咳一声，不得不低声说道：“逸，你再不松手会压坏我们的宝宝。”

轩辕逸如遭电击，赶紧松手，急道：“我弄痛你了？还是他踢你？我带你回房，躺着好一些。”说完他轻松地将舒清打横抱起，向着房间走去。

舒清惊呼一声，连忙低声叫道：“逸，你快放我下来。”老天，这里不是他们海边竹林，花厅里还坐着一群人，她还要不要活啊。轩辕逸我行我素，可不管这些，脚下不曾停滞，向着他们房间疾奔而去。

商君思绪混沌时，一串轻柔的叩门声响起。商君恍惚间抬头没看见修之，以为是舒清出去又回来，伏下身子，不在意地说道：“进来。”

门开了又合上，来人只迈了几步，便停了下来，久久没有动静。商君疑惑地抬起头，看清眼前的藏青身影，不由得有些惊慌，怎么会是修之？想到自己此刻狼狈的样子，商君侧过脸，故作镇定地问道：“修之，你怎么来了，有什么事吗？”

“我……”

月光下，如瀑般的发丝披散在她身侧，轻薄的素白中衣，在发丝和月色的缠绕下，竟然分外妖娆魅惑，微侧的脸颊被发丝遮去大半，只能看见半掩的双眸，如扇的睫毛在月影下，投射出长长的剪影。此时的商君，竟是比女子更柔美几分。

天！他又在胡思乱想什么？修之心跳如雷，脑子几乎不能思考。赶快侧过身，不敢再看软榻上妖娆的丽影。修之紧紧攥着手中的药瓶，提醒自己此行的目的，暗暗深吸了几口气，才稍稍平静下来："我听说你不肯擦药，这样对伤口不好。"商君一头雾水，她什么时候不肯擦药了？看向修之，只见他几乎背对着自己，自顾自地说着话："你不必太在意那些疤痕，祁公子也说会慢慢淡一些的。"商君自言自语一般低喃道："再淡也不会消失了。"

听出商君言语中的自弃，修之急忙说道："我觉得你这样就很美。"话说出口，修之才惊觉自己在说些什么。

商君自嘲地笑笑，她这样若还能称之为美，天下间也没有丑了吧。俯下身子，商君疲倦地趴在矮几上，声音闷闷地传来："谢谢你，把药放着吧，我待会儿自己擦。"修之担忧地看着商君蜷缩着身子，怕他只是敷衍，最后也不会用药，把药握在掌中，说道："我帮你擦吧。"

屋子里安静片刻，商君忽然坐直身子，死瞪着修之叫道："不行。"

这声惊呼终于让修之感觉到了哪里不自在，他曾和商君表白过他的心意，商君不会误会他对他有非分之想吧？秦修之急忙解释："商君，你别误会，我不是，我只是——我担心你的伤口，我想，不，我不想……"

说了半天，修之还是没说明白，反倒急得语无伦次，额间都冒出了薄汗。商君却渐渐冷静了下来，就在修之被他盯得不知道说什么的时候，忽然平静地问道："你确定你要帮我擦药？"

"我……"他要怎么说？修之语塞。

"好。"商君缓缓起身，月光洒在她身上，踏着月光她一步步走近修之，白衣纷飞，墨发低垂。修之几乎可以听见自己如雷的心跳。商君在他面前站定，深吸了一口气，一句话也不说利落地扯开了腰带，素白衣衫随着束带一同滑落——窈窕身姿，就这样毫无遮掩地展现在修之面前。

"你，你是——女子。"修之说不清心中的感受。不过下一刻，修之深刻地感受到了什么是痛彻心扉。只因为那本该洁白细腻的完美身躯，此刻却被一条条几乎见骨的纵横交错的鞭痕爬满，浑身上下竟无一处完好的皮肤。捡起地上的素衣，披在商君肩上。秦修之轻轻将她拥入怀里，轻抚着她丝缎般的发丝，低沉的嗓音在耳边低语："你受苦了。"

商君身体不能控制地微颤着，声音依旧平静："你都看见了。"看清她是女子，看清那些将会永远跟随她的狰狞印记，这样的她，他可还要？

"嗯。"感受着商君的颤抖，秦修之将她更紧地抱在怀里。

僵直着身子，商君冷声说道："这样还美吗？很狰狞恐怖，对不对？"她自己照镜子的时候，都会被自己吓到，何况是别人！清说，这一次应该让修之自己决定，好，就让他决定，在看见真实的她之后。

这就是商君，即使是此时也没有表现出如何的脆弱，但是那冷硬却哀伤的声音已够修之心伤。修之缓缓低下头，温柔地吻上商君肩膀处深深的鞭痕。温热而细密的轻吻让商君的心莫名地生出一股奇怪的感觉，有些酥麻，有些难受，想要推开修之，修之却不肯放手。握着商君的手，修之轻声问道："商君，我心疼，让我照顾你，好不好？"

"你觉得女人变成现在这个样子很可怜，所以想照顾我，是吗？"商君缓缓收回手，她不需要任何人可怜。把腰带捡起，秦修之帮她把衣服穿好，打理着她微乱的发丝，细心而柔情。迎着商君微冷的眼眸，秦修之坦然回视："君，你不该这么说我，更不该这么说自己。你知道吗，你是女子，我很开心，不是因为别的，而是我不用再担心你会鄙视我的爱，会因为我的爱连累你被人耻笑。在我心里，你是男是女都不重要，因为你就是我的最爱。而这些你所谓狰狞的疤痕不会让你变得可怜，只会让我更懂得你的坚韧，更心疼你的隐忍，更爱你的勇敢。"

在那双深若静海的双眸中，商君看见了自己苍白的脸。轻抚上修之绝美的脸庞，商君低声说道："修之，这样完美的你值得更好的人。"

"你就是那个更好的人，在我心里没有第二个人可以和你比较。"不许商君逃避，抓住她想要挣脱的手，再次抚上自己光洁的脸颊，修之柔声说道："我不会为了表达自己的决心而去毁容。因为我要让你知道，这样完美的我，会一生一世守护你、陪伴你、照顾你。给我一个机会，让岁月来检验我的誓言，好不好？”

一生一世吗？轻靠着修之或许算不上厚实却温暖坚定的胸膛，一滴泪从商君的眼角滑落，倾听着一下一下平静绵长的心跳，商君终于轻启朱唇，轻声回道：“好。”珍惜眼前人，她想给修之，也给自己一个机会。月下，两个相互倾慕的人，终于牵到了彼此的手。

御书房。纯黑的金丝蟒袍加身，陇宜亥站在书案前，朗朗君王之气充斥着大殿。商君沉默地立在一旁，心中已是波澜不兴。因为陇趋穆在他们冲入皇宫之时，不甘受辱，已经自尽。他没能亲手杀了陇趋穆为爹娘报仇，但是人已经死了，一切终于结束了。盯着眼前长身而立的淡漠男子，陇宜亥有些迟疑地问道：“你真的是武将军的女儿？”

久久，商君轻声回道：“是。”六年了，她终于可以再次承认，他就是武家的女儿！武偌君！

陇宜亥轻叹：“果然虎父无犬子。”他是万万没有想到，商君居然会是女子，可惜了，不然苍月将会再出一个威震四方的名将。

负手而立，陇宜亥朗声笑道：“你放心吧，明日登基大典之时，朕会为武将军昭雪，还武家忠烈一个清白，追封武将军为忠义侯。笑笑呢，封为安平郡主，你——”

商君心中哀叹，她担心的事情还是发生了。上前一步，不等陇宜亥说完，商君悠然回道：“多谢皇上，您能还武家一个清白，爹娘已能瞑目。我与笑笑只想过平凡的日子，还请皇上恩准。”

陇宜亥脸上一凛，低声问道：“那么你有什么打算？”

商君平静地回道：“我和笑笑准备回缥缈山庄。”

回缥缈山庄？陇宜亥轻轻扬眉，说道：“秦修之是海域的皇子，你不打算跟他去海域？”商君迟疑了一会儿，最后还是模糊地回道：“或许吧。”

哼，或许，是一定吧！他身边还真是卧虎藏龙，又是慕容舒清，又是轩辕逸，现在还有个海域王子秦修之。转念一想，陇宜亥心下一惊，那几人的能耐他是见识过的，他们全部齐聚海域，若是海域不甘心只坚守孤岛，只怕内陆三国也要不得安宁。

陇宜亥脸色越来越阴鸷。商君暗叹，天下间的上位者都是一样的，坐上了那个位置，心就变得窄了。从袖间拿出一卷棉锦，商君双手呈上："商君今天来，是有一样东西送给皇上。"

陇宜亥疑惑接过，轻轻展开。陇宜亥眼神一亮，惊道："这是？"好一幅设计精妙、工程浩大的地道图。商君微笑回道："天城密道图。"

天城密道图？这难道已经建成了？这么庞大的工程居然已经存在了吗？难怪慕容舒清信心满满，轩辕逸用兵精准，有了这个密道他们几乎可以在天城任何角落出现。

越看陇宜亥越是惊叹，这些都是商君的作为吗？他几乎在天城下再造了一个天城。陇宜亥看向商君，她平静的神情让陇宜亥立刻冷静了下来，低声问道："你为什么要交出来？"

商君淡然回道："求心安。"

心安？她有什么不心安的？陇宜亥心生疑惑，但脸上仍是平静无波。

商君微笑迎视，坦然回道："求皇上的心安。"

陇宜亥眼神微闪，看着手中精妙的地道图，沉声说道："商君，你知道在来天城的路上，朕为何一定要杀了那些落草为寇的山贼吗？"

商君思量了一会儿，回道："因为法度。"

"不。"陇宜亥抬头，直直地看进商君的眼里，朗声说道，"是因为你。"商君轻敛眉，却不接话。

陇宜亥将手中的地图随意地扔在书桌上，一双眼锐利锋芒，不容逼视。盯着商君，陇宜亥一字一句，冷声说道："你可知，朕第一眼看见你，就知道你非常人。朕要得你相助，必要让你注意朕，了解朕，欣赏朕，所以他们非死不可。还有，北军一开始入京，驱赶难民，并不完全是萧纵卿的教唆，是朕授意的。"陇宜亥每说一句，商君的脸上就冷上几分，两人就这样对面而立，寒目相对，谁也没有妥协。

"皇上现在和商君说这些，意欲何为？"他心机竟如此深沉，从一开始，就在利用她。

看清商君眼中的防备和怒火，陇宜亥嘴角轻扬，笑道：“你不留在朝中，不怕朕成为第二个陇趋穆?”

商君一怔，说来说去，他就是为了留下她吗？商君苦笑道：“皇上太看得起商君了。我做这么多的事情，不过是为了替父母报仇，现在心愿已了，我已经再无力气去管那些是是非非。”

莫说陇宜亥做的这些事情，虽然欺骗利用了她，很是可恨，但是登基以来，他做的事情的确是利国利民！就算陇宜亥真的是第二个陇趋穆，事到如今，她还能如何呢？微微弯下身，拱手于胸，商君沉声说道：“商君不是苍月的救世主，而您亦不会是第二个陇趋穆。如今商君武功尽失，容颜残破，只希望能过些平静的生活，还求皇上成全。”

果然去意已决。看着眼前躬身而立，连语气都疲惫不堪的她，陇宜亥缓缓背过身去，久久，大殿上响起了一声低叹：“准。”

“谢皇上。”商君长舒了一口气，提着的心总算放了下来。她终于可以过平静的生活了。

花厅里，满桌佳肴，还有一个忙碌的身影一会儿夹菜，一会儿倒酒，嘴巴还不能停下来。

“姐，这个好吃，你多吃点。”

“姐，还有这个，你最喜欢的贵妃鱼。”

“姐，你的伤还没好，酒你就不能喝了，喝茶吧。”

商笑心情大好，正要豪饮一杯，皓腕被一双大手截住，裴彻轻声劝道：“你也少喝点儿，待会儿要醉的。”她都快喝一壶了，再喝下去，绝对要醉了。姑奶奶的酒品他可不敢恭维。

拍下裴彻的手，商笑叫道：“人逢喜事精神爽，醉就醉了，有什么关系?”转向商君，商笑痞痞地笑道，“姐，你说对不对?”

拿掉她手中的酒杯，商君受不了地说道：“笑儿，你一定要在每一句前面叫姐吗？我听得鸡皮疙瘩都起来了！”自从报了仇之后，这丫头开口不带个姐字，她就不会说话了一样。

“我整整六年没能叫姐姐，现在当然要补上！我就要每一句前面都叫姐姐！”亲热地挽上商君的手，商笑不停地叫道，“姐姐……姐姐……”

抓起一只鸡腿塞进商笑嘴里，商君笑骂：“这么多菜也堵不上你的嘴！”商笑耸耸肩，看着商君还穿着一袭简单的男装，笑道：“对了，姐，明天我给你去选几块料子，做几身新衣服。”狡黠地一笑，商笑靠近秦修之故作神秘却异常大声地说道：“秦大哥，我偷偷告诉你哦，我姐可是个大大大美人，换上女装，你一定看得双眼发直。”

摇摇头，秦修之认真地回道：“那还是不要换了。”

“为什么？”商笑诧异。商君自顾自地吃着，总算没人接这疯丫头的话了。“因为……”秦修之含笑看了一眼商君，回道，“我现在就已经看直了，换上女装，那我怎么活？”

“修之！”他怎么也和笑儿一起瞎胡闹。

商笑一愣，哈哈大笑起来：“原来秦大哥也这么幽默啊。”

花厅里笑语不断。卫溪的声音忽然响起：“主子，萧门主来了。”说完轻轻侧身，萧纵卿高大的身影出现在门边。

商君怔愣着起身，微笑说道：“三儿，快进来坐。”

萧纵卿怔怔地盯着商君，站着不动。气氛有些尴尬。裴彻轻轻拉了一下商笑的衣袖，说道：“笑，你不是说你的琴弦松了吗？我去帮你调一下。”

“哦，好！”轻咳一声，商笑赶紧起身，讪笑道，“你们坐，我们去弄我的琴。”商笑、裴彻匆匆离去，花厅里，只剩下三个人，萧纵卿、商君站在门前，秦修之独自坐着。

“你们慢慢聊。”修之缓缓起身，给他们留下可以说话的空间。

他的黑衣有些皱，脸上的胡茬儿也没好好刮，消瘦的脸颊，眼下明显的黑眼圈让他看起来很是憔悴。商君轻叹：“三儿，你瘦了。”

鞭痕交错地攀附在这张原本绝世倾城的脸上，萧纵卿颤抖的手缓缓伸出，最后却只停在商君脸颊上，不敢碰触，怕弄痛了她。

自责地低下头，萧纵卿痛苦地说道："对不起，君，我在你最需要我的时候，没能在你身边，对不起！"他发过誓要保护她、照顾她，但是，在她受苦的时候，他却没能陪在她身边，他还有什么资格说守护她呢？

商君急道："三儿，别这么说，我知道你为了救我，受了很多苦，我真的很感激你。"感激？萧纵卿心下一颤，他最不需要的就是她的感激啊！"我在你心中，到底算什么？"

商君真诚回道："三儿，在我心里你是谁也不能替代的存在。一直以来，我把你看作是最好的朋友、最亲近的亲人。"

他只能是朋友、是亲人，但却不会是托付终身的人。是这样吗？萧纵卿的手紧了又松，松了又紧："我没有机会了，是不是？"

商君迟疑。布满血丝的眼，直盯着商君："是不是？"他要一个答案。

不能爱他，就放了他吧！深吸一口气，商君轻声说道："我已经选择了修之。"

我已经选择了修之……

我已经选择了修之……

我已经选择了修之……

他不是早就已经知道答案了吗？心为什么还这么痛？

"三儿——"避开商君伸过来的手，萧纵卿僵硬地转身。

"三……"看着那道消瘦而颓然的背影，商君正要追上去，脚一僵，她追上去能说什么？说对不起吗？那又有什么用？

西斜的月光照进房间里，为失去烛光的黑暗带来几丝光线。墙角下一字排开的酒坛子或倒或立，相同的是每个坛子都已经开了，酒香四溢！

萧纵寒看着房间里烂醉如泥的人，轻叹一声踏入屋内，满室逼人的酒气差点将他熏出去。在萧纵卿身边席地而坐，叹道："三儿，若是真的难过就哭出来吧。"

房间里，回应他的是低低的粗喘，还有酒坛碰撞的叮当声。萧纵寒抓住萧纵卿握酒杯的手，低声劝道：“她不属于你，日子一样要过，而且你会发现，每一天都变得更加漫长和煎熬。你想醉，偏偏醒着；想死，偏偏要活着。你要在这样日复一日、永无止境的痛苦中生活吗？”

萧纵卿手上一僵，侧着头看向萧纵寒，眼神浑浊，久久好像才看清楚来人。重重地靠在萧纵寒身上，萧纵卿声音沙哑却是面带微笑，幽幽说道：“二哥，你不知道，我第一眼看见她的时候，她一身书生打扮，身处贼窝，闯狼窟，劫贼赃，依旧儒雅从容。为了救治瘟疫，她以身犯险，但是就是这样的人竟然会晕船。很可爱，对不对？”迎着萧纵卿期待的目光，萧纵寒只能轻轻点头。

“二哥，我真的爱她。”轻轻地软倒在萧纵寒怀里，萧纵卿终于压抑不住地低泣。遥远的记忆再次袭上心头，当年的他是否也如三儿一般？压抑的哭声，如一把长针扎在他的心头。轻轻拍着萧纵卿的头，就像小时候哄他睡觉一般，萧纵寒柔声劝道：“三儿，你做这么多难道不就是为了让她幸福吗？虽然这个幸福不是你给的，但是起码她是幸福的。还是说，你所做的一切都是为了把她困在身边而已。这是爱她吗？”低柔的劝慰，不知道是在劝解萧纵卿，还是在说服自己。

缓缓抬起头看向萧纵寒，萧纵卿眼神茫然，无助地问道：“我放不下她，忘不了她，怎么办？”

萧纵寒手上一僵，放不下应该怎么办？怎么办？苍白的脸几乎白得透明，眼中闪过一抹沉痛，萧纵寒冷声说道：“那就不要忘！让她留在你心里，融入你的血液。那份记忆和情感，不会被任何人打扰，也不会被任何人夺走！”

“二哥？”萧纵卿抬起头，怔怔地看着萧纵寒。

“来，今天二哥陪你喝个痛快！”抓起两坛酒，一坛塞给萧纵卿，一坛握在手中，“干！”辛辣的烈酒灼烧着胸腔，或许只有这样，才能暂时忘却心痛的撕裂！角落里，月光照不到的地方，两个依偎的人影，一室空坛，满园酒香。

东海港口，常年停泊着大大小小数百船只，依旧一派繁荣的景象。几艘高大的商船停泊在海边，飘扬的红色旗帜显示着这是缥缈山庄的船舶，数年来，无人匹敌。船下，送行的几人亦是风华出众，惹得海岸旁的艄公远远观望。

“姐，你真的要和秦大哥回海域啊?”拉着商君的手，商笑哭丧着脸。

商君和修之对看一眼，回道：“嗯。”

想也不想，商笑叫道：“那我也去。”

裴彻一脸紧张的样子。商君失笑：“你去了，他怎么办?”

撇过头，商笑嘟囔道：“我管他呢，我不要和你分开。”她们好不容易过上平静幸福的生活，现在却要和姐姐分开，她不要。

“傻瓜，你能跟着姐姐一辈子吗?”商君拉过裴彻的手，把商笑的手交到他的掌中，说道，“我知道，裴彻会给你幸福的。”商君心里一样有些酸楚，更多的是安慰吧。裴彻紧紧地将商笑的手握住，他再也不会松开。感受到裴彻手心传来的力道，商笑红了脸。

看了一眼二人十指紧扣的双手，商君低声笑道：“笑儿，缥缈山庄就当是姐姐留给你的嫁妆。我相信，裴彻会替我照顾好你和缥缈山庄。”

“姐!”她什么时候说过一定要嫁给他了。几次想要挣脱裴彻的手，都未能如愿，商笑的脸再一次爬满红霞。被裴彻拥在怀里，商笑泪眼迷蒙地看着商君，叫道：“姐，我舍不得你。”

她又何尝舍得她呢?轻拍着商笑的俏脸，商君轻哄道：“又不是一辈子都不见了，放心，每年都有船进出海域，有空我们就来看你。”

姐姐心意已决，也只能这样了。

商君朗声笑道：“御枫、卫溪，你们可要替我好好照顾笑儿。”

沉默了一会儿，两人才低声回道：“是，主子。”

“主子，可以上船了。”老尤响亮的叫声让岸上送行的人皆是一颤，商笑更是忍不住抓住商君的衣袖，哽咽道：“姐——”

将商笑揽进怀里，商君的眼眶也有些湿润。

秦修之上前将商君揽入怀中，轻拍着商笑的肩膀，温和而坚定地缓缓说道："笑笑，我保证会好好照顾她，让她幸福。相信我，好不好？"

商笑用力地点头，姐姐受的苦够多了。她一定会幸福。

"君！"不高不低的男声在不远处响起。

商君抬头："三儿？"他站得有些远，海风将他的黑色劲装吹得啪啪作响，双眼如一汪深潭。

看着远处的萧纵卿，秦修之对着商君轻柔地一笑，轻轻松开手。

商君感激地看向修之，低声说道："等我。"修之含笑点头。

萧纵卿怔怔地盯着海天相接处，脸上没有表情。商君缓步走到他身侧，一时间也不知道说些什么。久久，萧纵卿略带沙哑的声音幽幽响起："其实，我还是很不服气！我也一样可以照顾你，给你幸福。可惜，我没有这个机会。"

商君沉默。现在再说什么又有什么意义，她注定是伤了他，负了他！

萧纵卿忽然转过身，商君落入一个紧窒的怀抱中，拥得她有些疼。萧纵卿把脸贴近商君的脖子，感受着最后的温暖。这次，商君没有挣扎。

"答应我，一定要幸福。"

压抑的低吟声闷闷响起，商君颤抖的手回抱着这个深爱她的男人，嘴里只能回一个字："好。"

三年后。

"画师，您能不能快一点儿。"

连天碧海，阳光穿透云层，微风携带着海水的咸味，拂面而来。本来欣赏着海风逐浪是一件风雅之事，但若是这样傻愣愣地站上两个时辰，就不那么好过了。尤其身边的佳人还挺着大肚子，难怪一向淡定温柔的男子，也忍不住催促了。

年老的画师额上满是薄汗，手上不敢停滞，连连说道："马上就好，马上就好。"

环着偌君的腰际，让她靠在自己怀里休息一会儿，修之低声问道：

"累不累？不如休息一会儿。"轻轻摇头，偖君回道："还好。"她还没这么弱。放下手中画笔，长舒了一口气，画师笑道："画好了，请皇子殿下过目。"

两人走到画作前，偖君微微皱眉，这也未免失真吧，她脸上的疤痕被画师画得仿佛是特意勾画上去的装饰一般，颇有几分美感。修之满意地点头叫好："嗯，画得很好。"几年过去，君脸上的疤痕淡了很多，但是始终也未能除去，反正他觉得很好看就是了。

反正都已经画好了，偖君微微一笑，也懒得纠结于此，让看画的人觉得她很好，也是一种慰藉。提起笔，想在画卷下留几句话，忽然想到什么，偖君问道："修之，我们的孩子叫什么名字好呢？"

修之无所谓地笑笑，"你是一家之主，你说了算。"

偖君受不了地瞪他一眼，凡是这种难以抉择的事情，他就会说她是一家之主了！

想了想，偖君笑道："不如让他姓'秦'吧。"

"姓秦？"修之一怔。

"当然了，我们的第一个孩子，一定是要随父姓啊。"她知道，修之虽然改姓西烈，在他心里，他仍旧怀念着秦这个姓氏，那是他父亲留给他的礼物。将偖君拥进怀里，修之轻叹道："君，谢谢你。"他何其有幸，能得妻如此。

听着修之怦怦的心跳，偖君低喃道："叫秦什么呢？"

拉着修之的手，抚上隆起的腹部，偖君说道："修之，我们能在一起，要感谢舒清的帮助和三儿的成全，不如孩子就叫——秦倾！男孩女孩都可以用，好吗？"

修之微笑："好！"你说什么都好。

数百棵娇艳的白梨沐浴在春风下，雪白芯蕊无限娇羞，几片调皮的娇花随着清风飘摇而下，飘入敞开的窗棂中。书案前，一袭黑衣长衫，健硕挺拔的男子正举着一幅画作，细细地欣赏着。

海上碧波连天，蓝天宁静邈远。深浅的绚蓝，让画作纯净清雅，画卷的中央是一对璧人。男子一袭青衫，温润如玉。女子素衣罗裙，飘逸洒脱，高高隆起的腹部说明女子已经身怀六甲。男子将她护在怀里，两人鹣鲽情深。

看向画作下的几行小字，黑衣男子嘴角扬起："秦倾，好名字。"他们的孩子，若是男子，必有倾世之才；若为女子，也必定有倾城之貌吧。

一片落花飘散，正好落入画卷之上，遮住了女子美丽的容颜。男子温柔地将落花拾起，眼光始终不能从女子身上移开。

"萧纵卿，你给我滚出来。"忽然，门外一声娇嗔传来。

萧纵卿手上一僵，仿佛没听见一般，继续欣赏着手中的画卷。

"别以为做个缩头乌龟就没事了，你给我出来！出——来——"嘹亮的咒骂一声声穿破耳膜，刺激着某人的神经。

死妖女！把他的仁慈当成好欺负了！倏然起身，萧纵卿气得额上的青筋暴起，高大的身影夹带着怒火，迅速消失在书房里，只剩下微风携着画卷轻轻摇摆。画上的人，笑得幸福而甜蜜，就如同窗外的满园梨花。

又是一年春天。

番外一　修之的护妻生活

初秋的天气凉爽宜人，和着海水味的微风轻拂着小院中的君子兰，温暖的阳光透过雕花木窗映入屋内，桌上一杯清茶冒着淡淡的茶香，看起来一派祥和，可惜屋内人显得有些烦躁。

“你，真的要去?”秦修之看着圆桌旁安然品茶的商君，一向清朗的俊颜上尽是担忧之色。放下手中的白玉茶杯，商君捋了捋胸前的青丝，莞尔一笑，回道：“你母亲和姐姐想见我，我自然应该去拜会。”换回女装几个月了，她还是不太习惯，还是利落的男装适合她，不过在海域这个地方，女扮男装会有另一番麻烦。

眉头紧紧地皱着，修之思索了一会儿，回道：“你身体还没有完全康复，过些日子再去不迟。”他们才刚到海域半个月，母后便急着召见，只怕会为难商君。

看修之紧张的样子，商君失笑：“早去晚去都是要去，何况还是下旨召见，没必要抗旨。”她决定和修之一同回来的时候，就知道要面对什么。

秦修之还想说什么，商君一派从容的样子，他反而说不出话来，只是脸上的忧色更浓。轻轻叩门声响起，朗月温柔的声音从门外传来：“主子，舒清小姐来了。”

舒清？商君和修之对看一眼，她不是这个月就要生了吗？商君赶紧起身，开门看去，朗月身旁果然站着大腹便便的舒清。她身旁的炎雨面色凝重、异常谨慎地守在她一步之遥的地方。

商君立刻搀扶着她，头疼地说道：“你挺着这么大肚子，走来走去干什么？”舒清的肚子大得很可怕，偏偏她自己好像不觉得似的，整天到处走动，看得旁人胆战心惊。

舒清和她一同进了屋内，对着修之点头微笑之后，才讪讪回道：“你们别太紧张了，这不是还没生嘛，孕妇多走动对身体有益。听说你们今天要进宫，刚巧我也要去，过来和你一同前往。”舒清好些日子不上朝了，此刻却说刚巧要去，分明是担忧她应付不来吧。商君哭笑不得：“我看起来就这么弱不禁风？”修之一个早上坐立不安，现在舒清也来凑热闹，她要是连这都面对不了，她也不用留在海域了。

舒清没有否认，大方笑道：“你可以理解为我太久没有看好戏了。”

商君摇摇头，回道：“好，时间快来不及了，走吧。”带着舒清，路上用的时间要多花很多……

修之看着商君搀扶着舒清慢慢走远的背影，嘴角终于扬起一抹淡淡的笑，他应该相信她的，他的君一直是个勇敢的人。不管母皇如何刁难，他都会站在她身边，还有什么困难不能逾越？

修之的母亲特意下旨召见，商君猜想此行必定不会轻松，只是她没有想到，西烈倾华一开始就给她来了一个下马威。

皇宫的正殿是百官早朝的地方。偌大的宫殿里八根粗壮的大柱子上盘着一只只张牙舞爪的金龙，地上是羊毛编织的暗红色地毯，龙椅放置在白玉高台之上。一名年轻的美丽女子坐在中间的龙椅上，脸上带着淡淡的戏谑之色。她身边坐着一名妇人，华贵的打扮，高傲的姿态，眉宇间隐隐透着威严。偌大的宫殿就他们几个人，商君能感觉到一双锐利的眼正紧紧地盯着她。

“你就是商君？”

她应该是修之的母亲吧，不愧为一国之君，即使她声音不高，但那睥睨众人的气势已让人心神微恍。商君点头回道：“是。”商君这个名字陪伴了她这么多年，其中有无奈，有艰辛，有血泪，但是她还是喜欢这个名字。

“朕听说你本来是苍月人，在两国经商，后来还插手苍月皇室纷争，搞得一身伤病，甚至……”上下打量了商君一眼，西烈倾华扬声继续说道，“毁容。”

秦修之微低着头，西烈月看不清他的表情，不过那双紧握成拳的手她是看得很清楚。西烈月明眸微眯，眼前的女子很高很瘦，布衣素裙，脸上还有几道鞭痕留下的伤口，即使是这样，还是不能掩盖她绝美的容颜。那坚定凛然的双眸让她看起来英气勃勃，难怪她能女扮男装这么多年不被发现。她的魅力还真不小，平日里遇事冷静，情绪波动极少的修之竟因为母皇说了她几句，就动怒了。还有这个月以来请都请不到的慕容舒清，居然也不惜挺着大肚子陪她前来。她倒要看看，这女子有何特别之处。

商君沉默了一会儿，坦然而平静地回道：“是。”

“你觉得这样的你配得上修之？”

西烈倾华话语中只不过带着淡淡的不屑，秦修之已经忍不住低声喝道：“母皇！我只答应回到海域，回归西烈皇室，不代表您可以随意操控我的婚事。”他早已经猜到母皇不会轻易答应他与君的婚事，但是她也不能用这样的语气羞辱君。

西烈倾华没有想到修之会如此强硬地反驳她，一愣之后脸色微变，冷声回道：“这是你和母亲说话的态度？”

秦修之暗暗咬了咬牙，没继续说下去，却把头偏向一边。商君看向身旁的修之，给了他一个少安毋躁的眼神。商君微微抬头看向高高在上的西烈倾华，认真地问道：“那么在您的眼中，什么样的女子配得上修之？”她能明白修之爱她护她之心，如果可以，她也希望自己能尽量达到他母亲的要求。因为刚才秦修之的维护，西烈倾华对待商君的态度越发地差了，轻笑一声，西烈倾华冷声说道：“最起码要出身高贵，知书达理，才貌出众，德才兼备。”

西烈倾华说完，冷睨着高台下的商君，等着看她如何回答。久久，商君终于开口了，说的却是：“还有吗？”

她这样问，倒让西烈倾华一时间无言以对，大殿内一下子陷入了安静之中。西烈倾华不说话，商君无奈地一笑：“我希望能得到修之家人的祝福，可惜我好像不太符合您的要求。”

生怕商君就此放弃，秦修之赶紧抓她微凉的手，急道：“君……”没等修之说完，商君用力回握了一下这双带给她温暖的大手，迎上西烈倾华审视的眼，朗声说道：“但是，我不打算放开这双手，您预备怎么办呢？”

好狂傲的女子！西烈倾华嘴角闪过一丝极浅的笑，这女子果然有点意思。修之喜欢的女子，她怎么会不派人好好查查，武偌君，为父报仇洗刷冤屈，韬光养晦蛰伏多年终还武将军清白。今日她就要挫挫她的锐气，西烈倾华一掌狠狠地拍在鎏金座椅上，大声喝斥道：“大胆！你知道自己站在谁的土地上？朕要你死，就像捏死一只蚂蚁一样容易。”

商君微微蹙眉，据舒清所言，西烈倾华并不是容易动怒的人，今天是怎么了？她真的这么让她不满意?！眼见商君暗自神伤，秦修之忽然将她拉到身后，平日里清润温暖的气息也变得冷然起来：“母皇想要谁的命都很容易，想把谁赶出海域就更容易了。或许君不符合西烈修之妻主的要求，却足够做我秦修之的妻子。”

“西烈修之!”他为了个女子，竟处处与她作对，西烈倾华是真的动怒了。若是不能保护她，他便不配让商君为他留在这个国度，秦修之并未像上一次那样沉默，沉声回道：“下月十五，我会和君完婚，告退。”丢下一句话，也不等西烈倾华还要说什么，秦修之拉着商君的手头也不回地往外走去。

商君回头担忧地看向还在大殿上的舒清，舒清微笑着对她摆摆手，示意她尽情地随着修之“私奔”去吧。

看着两人远去的背影，西烈倾华又是无奈又是好笑地说道：“这孩子!”以前他从不会刻意去争取什么，更不会这般大动肝火，淡然到淡漠，今天总算像个普通人了。背靠着椅背，西烈月摇头笑道：“您这是何苦?”

“你给他们筹备婚事吧，一定要盛大。”没回答西烈月的话，西烈倾华起身留下一句话也出了大殿。

大殿上终于只剩下西烈月和她了，舒清忍不住笑了起来。

清脆的笑声怎么听都有些刺耳，她不觉得自己笑得有点夸张？看着安然坐在一旁看了一场还好戏的舒清，西烈月轻哼道：“很好笑？”

舒清轻咳一声，压下唇角的笑花，回道：“我只是不明白上皇为何一定要逼修之上演一出有了媳妇忘了娘的戏码。”

西烈月也觉得母皇多此一举，为了救商君，修之不惜同意母皇提出来的条件，回到这个他急于逃离的西烈皇室，且不说商君的确是一个不可多得的好女子，就算她真是德行败坏之人，修之就是认准了她，母皇又能如何？西烈月低声叹道：“母皇亏欠修之太多了，对他的事情免不了格外重视，商君毕竟是外族，若是她连坚定与修之在一起的决心和胆识都没有，就真正是配不上修之了。”好在修之眼光不错。

舒清了然一笑，她自然明白西烈倾华的心情，不然刚才也不会这么淡定地坐在一旁了。明知西烈月对商君很满意，舒清还是故意笑道：“那么她过关了吗？女王陛下。”

西烈月瞪了她一眼，轻哼道：“废话，赶快回去安胎，别老进宫碍朕的眼。”她不知道自己的大肚子有多吓人吗？

耸耸肩，舒清撑着木椅慢慢起身，两名宫女赶紧上前，一左一右地搀着她，将她轻轻扶起来。舒清苦笑，以后她还是不要随便走动好了，省得给别人添麻烦……

商君喜欢这一院的君子兰，更喜欢坐在院中看书，看屋外斜阳渐落，商君拿了一本讲述海域风土人情的书走到院内，刚坐下看了不到一页，修之匆匆进入院中。商君抬起头，奇道：“怎么了？你不是会客去了？”从皇宫回来的这些日子，府上每天都有很多访客，商君这才知道，修之在海域的人缘竟这般好。修之并未回答商君的问题，轻轻拿下她手上的书，认真地问道：“君，你的身体好些了吗？”

“没什么大碍了。”调养了两三个月，鞭伤都已结疤脱落，这半个月来，她开始练习师父给她的《回天诀》，功力虽不可能恢复如初，元气却已在慢慢凝聚。她现在的身体比起普通女子要好得多，一直都是他们在大惊小怪。

秦修之暗暗松了一口气，握着商君的手，微笑着问道：“海域虽是岛国，但是地大物博，我带你到处走走，赏遍海域美景，如何？”

“好啊。”她一向喜欢游历名山大川，修之愿意和她一同前往自然再好不过。得到商君首肯，秦修之立刻牵着她起身，急道：“事不宜迟，我们马上出发吧。”

商君一愣，笑道：“为什么这么急？”即使要出去游玩，也需要准备些东西，想想先去哪里吧。还有他们的婚礼，虽然她希望简简单单就好，但是听说他母亲希望办一场盛大的婚礼，他们现在出去游玩，合适吗？

修之一边牵着她往外走，一边说道：“现在出门正好，再晚就看不到深秋的美景了。”

修之这是怎么了？看起来像是仓皇逃离的样子，商君不太明白修之为什么这么着急，不过既然他说了，商君只是回了一句“好”，便随着他往外走去。让仆人简单收拾了一下，两人牵着手还未走到府邸门口，五十多岁的管事一路追上来，回禀道：“主子，十一少爷和素溪公子在花厅求见，说是要与您叙旧。”

十一弟？好像是……母皇的妹妹杏姨的小儿子。如果他没记错，他离开海域的时候，他才不过三岁，他们之间有什么旧可以续？更别提十一弟的表哥素溪公子，他们连面都没有见过吧。头疼地揉揉太阳穴，修之低声回道：“告诉他们，我外出游玩去了，归期不定。”

上次入宫之后，不知是谁散播谣言，将大殿上发生的事情大肆渲染，把他说得为了君竟在大殿之上发起疯来，导致母皇不得不为他赐婚。这半个月来，不断有人以叙旧为名来访，实则都是想来看君到底是怎样的女子，他实在不胜其扰。

“是。”管事笑着点头离开，去打发不断来访的贵客去了。

长舒了一口气，紧握着商君的手，秦修之笑道：“君，我们快走吧。”

她似乎有些明白修之急于出走的原因了，商君没有多问什么，还是那样淡然地回道：“好。”只要有他相伴，何时去，去哪里？又有什么重要呢？

番外二　萧纵卿的情事

今日是萧家三公子的大婚之日，天城内所有的客栈酒肆全部免费招待，吃多少喝多少，由萧家付账。这样大的手笔，除了皇族之外，也只有萧家了。紫檀老木所制的门堂，恢宏大气，贵气逼人。四排大大的红灯笼高高挂起，将萧府门前照得一片光明。随处可见的红绸、鞭炮留下的残红，将萧府映衬得喜气洋洋。萧家仆人引领着客人进入内堂，络绎不绝，热闹非凡。

两道颀长的身影出现在萧家大门外，简朴的装束与周边衣着华丽的宾客和奢华的气氛有些不符，但是却没有人觉得有什么不妥，眼光也都不由自主地追随他们。被迫安排在大门外把手的流光，看清二人的脸后赶紧恭敬地迎了上去。

大堂内人满为患，都等着看能配得上萧家三公子的女子到底是哪家小姐。萧纵卿一身红衣蟒袍，意气风发，俊朗的脸上洋溢笑。流光匆匆走来，在他耳边低语了几句，萧纵卿先是一愣，之后一脸狂喜地向后院走去，也不管一室的宾客。

大堂内人声鼎沸，后院布置得喜庆的新房内却是一片狼藉。

大红盖头被斜斜地丢在床上，缀满珍珠的黄金凤冠，也被遗弃在床角，艳丽的霞帔更加凄惨地从床上滑落到了地上。珍馐佳肴前，一只忙碌的手在各个碗碟里穿梭，忙得不亦乐乎，身旁的酒杯被弃之不用，纤手抓起酒坛子豪迈地喝着酒。

不一会儿，颜芮终于吃饱了，抹干净嘴边满足地长舒了一口气。

妈呀！成亲真不是人干的事。一大早忙活到现在，梳洗打扮、祈福迎亲，待会还要拜堂。她可不可以说不玩了！哎！

那个凤冠起码有三十斤重，戴得她头都痛了。她还是会武功的，要是普通的女子，脖子估计会断掉吧。想到待会儿还要戴上它，颜芮心里直打鼓，她坚决不要再受这种罪了，麻利地将身上挂满的黄金、美玉全部解下来。当手触摸到衣襟中鸡蛋大小的血珀时，颜芮脸上扬起了今晚以来第一个甜蜜的笑容。

她和他就是因为这块血珀相识的吧，想起当年初见时的火爆，颜芮再次忍不住笑了起来，那是一年前的夏天……

萧家的产业涉及之多，萧纵卿都有些记不清了，二哥的身体越发地不好，萧纵卿终于还是接下了家中的产业。走到天城最大萧家当铺前，还未进去，萧纵卿就听见里边传出女子尖锐的叫嚣声："你个死老头，懂不懂什么是好东西，这可是千年血珀，你才出五十两？"

瞪着高台后一脸"尖酸刻薄"的老头，颜芮气不打一处来，要不是她从家里带来的钱都用完了，她也不会来当师父送她的千年血珀救急。等师兄送钱来，她就可以赎回来了，谁知这个死老头居然想讹诈她。五十两！有没有搞错，换作平时五千两她都不卖。

掌柜不为所动，哼道："我说姑娘，这里是当铺，在我眼里你那东西就值这个价钱，要当就当，不当请便！"压低价钱是当铺的行规，真是不懂事的小丫头。

掌柜高高在上的样子，把颜芮气得半死，叉着腰，颜芮指着他大骂道："什么狗屁当铺，本姑娘要不是正好缺钱，也不会来当了，你还乘人之危地刻意压价，根本就是奸商！"

小丫头还来劲了，她在这撒泼，他们还要不要做生意？这种人他见多了，掌柜大叫一声："来人啊，把她扔出去。"

"是。"三四个壮汉，朝着颜芮围了上来。

“说不过就想动手是吧!”颜芮卷起袖子，叫道，“姑奶奶会怕你们?来啊!我把你这家黑店给砸了。”话音才落，几人动起手来，颜芮自小与师父学武，虽然平时偷懒惯了，不是师兄们的对手，但是对付几个家仆，还是游刃有余的。三两下，几个人就被她撂倒在地。越想越恼，颜芮干脆将当铺内的花瓶瓷器砸了个遍，让你们还开黑店!

掌柜吓了一跳，想不到这小丫头还有两下子，正准备到后院叫人，一道暗黑的身体极快地闪了进来。颜芮一惊，两人只过了几招，颜芮就知道自己碰上高手了。果然十招之后，她被反剪双手压在木椅上。

这人的手就像铁钳一样紧紧地束着她的手腕，疼得颜芮大叫起来:“疼死了，松手!”

流光脸色微冷，根本不理会她的叫嚣，等着萧纵卿的吩咐。

高大的身影走进室内，掌柜一看来人赶紧迎上去，恭敬地叫道:“三公子!”他怎么这么倒霉，出了这样的事情居然被三公子看到。

萧纵卿黯沉的眼扫过一地的残片，冷冷地问道:“怎么回事?”

掌柜暗暗咽了一下口水，解释道:“这位姑娘来当物件，嫌我们开的价低，就出言谩骂，还动手砸店。”

“放屁!”手别扭得生疼，颜芮气不打一处来，吼道，“是谁先动的手?我当的可是千年血珀，你们就出五十两，不是黑店是什么!”简直是恶人先告状。

萧纵卿终于看向这个被压在椅子上还不忘叫嚣的女子，一身鲜艳的条纹刺绣的衣衫，短短的裙子，两条修长的腿缠着黑布，脚下是一双嫣红的长靴，长长的发辫垂于胸前。看打扮，女子应该不是苍月人，喷火的灵眸正狠狠地瞪着他，恨不得扑上来咬他一口。萧纵卿有些好笑，她这个样子真像是一只张牙舞爪的小野猫。

忽然想逗逗她，萧纵卿走到她身旁，斜睨着她，冷哼道:“我这里是当铺，不是善堂，你嫌价钱低，可以走，砸了我的东西可是要赔钱的。”

“欺人太甚，明明就是你们先动的手。”颜芮快气炸了，亏他长得人模狗样的，居然这样是非不分，难怪他会开这样一家黑店。不肯妥协，颜芮叫道：“要钱没有，要命一条。”

他要她的命做什么？觉得这女子还有点意思，轻轻摸索着下巴，萧纵卿故作思考地回道：“没钱？那就拿血珀充数吧。”

掌柜一听，赶紧将还放在典当台上的血珀交到萧纵卿手里。

“你你你……你这个强盗！土匪！把血珀还给我。”如果可以，颜芮真想一口咬断他的脖子。

她越是叫嚣，萧纵卿越是觉得有趣，把玩着手中的血珀，纯净剔透的质感，暗红的流光若隐若现，确是一件好东西。放在手中掂掂，萧纵卿随意地说道：“东西勉勉强强还不算太差，就算一百两吧，砸了我东西，起码也要赔个六七十两，掌柜，去账房拿四十两给这位姑娘。”

“是。”掌柜跑到后面的账房，不一会儿，拿了一袋银子出来，放在颜芮身边。

“谁要你的臭钱，还我血珀。”颜芮看也不看钱袋，挣扎着要站起来，她今天死也不会把血珀当给这个该死的男人。

捏着她的下巴，萧纵卿微微俯下身，墨黑的眼直直地看进颜芮的眸中，微冷的声音带着挑衅幽幽响起：“它现在已经是我的了。”

他的眼睛还真漂亮，颜芮有些恍惚，下一句话立刻将她拉回现实。

“流光，把她丢出去。”

“是。”

当铺门口，一个如花似玉的姑娘被扔了出来，身边还有一小袋银两。

每次轻抚着血珀，颜芮都会忍不住想笑，从那以后，她和他就结下了梁子，她三不五时地找他麻烦，但是每次不是被他丢出府就是被整得一塌糊涂。最后没有办法了，她只有用蛊毒，成功让他中蛊之后，她又不忍心看他受蛊毒侵蚀的痛苦，死乞白赖地要帮他解毒。

一碰到他，什么事情都乱了。

前院的喧闹声不时传来勾引着她，外面一定很热闹吧，她可不想一直被关在这，偷偷出去晃一圈，应该没事吧。奸笑几声，红影利落地蹿了出去，新房里只剩下凤冠霞帔、珠宝玉石与烛火交相辉映。

急匆匆地赶来，待看清眼前含笑看着他的两人，萧纵卿还是不敢相信地笑道："没想到你们会来。"两个月前，托商家的船队给他们送去喜帖，他以为他们不会来的，毕竟商队三个月出一次海域，想不到他们居然真的来了。

商君和修之对看一眼，笑道："你的大喜日子，我们怎么能不来？"在她心中，三儿始终是她最好的朋友，甚至在她心中，他早就如同她的亲人一般。

商君今天或许是因为图方便，还是穿着一身男装，他也看习惯了。一别四年，时间仿佛静止了一般，岁月都没有在他们脸上留下痕迹。

感慨地一笑，萧纵卿奇道："小倾呢？"

一年前就听说商君生了一个可爱的女儿，有这样美丽的母亲，那孩子将来必定倾国倾城吧。

商君好笑地回道："路途遥远，我没让她来，她现在整天腻着舒清，都快忘了谁才是她娘了。"

多年不见，她还是有些不同的，以前的她不会笑得那么柔美，不会笑得这么轻松，看了一眼始终默默站在身旁，含笑凝视她的秦修之，萧纵卿相信，她是幸福的，这样就够了。

萧纵卿有些出神，商君故意问道："你的新娘子呢，我们还没机会见呢。"她想看看，是怎样的女子融化温暖了三儿的心。

回过神来，萧纵卿扬起一抹淡淡的笑，回道："她在喜房里……"

话还没说完，萧纵卿就看见一道娇俏的红影偷偷摸摸地贴着树丛，正往外跑。

"颜芮！"萧纵卿怒吼一声，朝着那道红影走去。

忽然响起的叫声，也让颜芮如遭电击。他不是在前厅吗？怎么会在这里？她才刚刚跑出来啊！

一把拎起她的衣领，萧纵卿寒声说道：“给我解释一下，你是准备要逃婚吗？”

颜芮咽了咽口水。轻咳一声，献媚地笑道：“人家怎么可能逃嘛，里面无聊死了好不好，我出来透透气。”

人家？萧纵卿轻轻挑眉，每当她心虚的时候就会说这个词。

颜芮努力装出一脸无辜的样子，在她“可怜兮兮”的目光攻势里，萧纵卿还是无奈地放开她的衣领。这时，商君和秦修之也走了过来。

“哇……”盯着月华下缓缓行来的两人，颜芮惊叫道，“好俊！”

一个如清风般清雅温润，一个如慕云般清扬洒脱。

迎上前去，颜芮大方自我介绍道：“你们好，我叫颜芮。”他们是萧萧的朋友吧，她也想与他们结交。

“商君。”

“秦修之。”

商君挺喜欢这个直爽利落的猫样女子，感觉在她身边，都会被她的热情点亮一般。

“咦？”近距离仔细看了一会儿，颜芮低喃道：“你们好眼熟哦！”在哪里见过？想了好一会儿，颜芮终于想起来了：“我想起来了，是萧萧房间里的那幅画！”那可是他最宝贝的东西，谁都不能碰。

直勾勾地盯着商君看，颜芮奇道：“但是，你是女子吗？”她记得画上的她明明穿着女装，但是现在穿着男装，真的好俊好俊好俊。

萧萧？这是他们之间的昵称？还真是有意思呢。商君看了一眼被晾在一旁、脸色越来越暗的萧纵卿，忍不住笑道：“我是。”

又将他们两人看了一遍，颜芮点点头，兴奋地说道：“嗯，你们好般配。”这两人站在一起，就是一幅画，不管是什么装扮，气质使然。

“要不要给你们准备点酒菜，慢、慢、聊啊！”萧纵卿站在她身后，几乎是咬牙切齿地说道。

颜芮开心地点头笑道：“好啊好啊，你去准备吧。”

“颜——芮——”他还没和她算她偷偷逃跑的账，她居然敢如此忽视他。

颜芮傻傻地回头：“干吗？”显然，她不是很明白什么察言观色。

“啊！”一声惊呼过后，她被萧纵卿扛在肩上。

这时候，终于搞清楚状况的颜芮大叫道：“萧纵卿你放我下来。”好丢人！

“失陪。”向着商君和秦修之点点头，萧纵卿扛着一直扭得像只泥鳅一样的颜芮，朝着新房的方向走去。

“萧萧，放人家下来嘛！”

冷哼一身，萧纵卿的脚步不但没有放慢、反而更快地朝屋内走去。

声音越来越远，甜蜜的气息却越来越浓，秦修之低笑：“真是甜蜜的一对，看来拜堂的时候要推后不少。”

商君欣慰地回道：“那女孩子和三儿很般配。”她能带给他热情，那是三儿本身就有却被她抑制的情绪。

轻轻执起商君的手，秦修之叹道：“这下，你可以放心了。”虽然商君从来不说，但是他知道，在她心中，总觉得自己亏欠了萧纵卿，今天过后，她应该释然了吧。

缓缓点头，轻偎进秦修之怀里，商君低喃道：“嗯，还好，大家都是幸福的。”

月如心弦，风若焦糖，这一天，满堂宾客一直等到子时拜堂仪式还是没有开始……

U0824502